LA MISSION JANSON

DE ROBERT LUDLUM

Aux Éditions Grasset

SÉRIE « RÉSEAU BOUCLIER » :
    OPÉRATION HADÈS, avec Gayle Lynds.
    OBJECTIF PARIS, avec Gayle Lynds.
    LA VENDETTA LAZARE, avec Patrice Larkin.
    LE PACTE CASSANDRE, avec Philip Shelby.
    LE CODE ALTMAN, avec Gayle Lynds.
    LE VECTEUR MOSCOU, avec Patrice Larkin.
    LE DANGER ARCTIQUE, avec James Cobb.

LE COMPLOT DES MATARÈSE.
LA TRAHISON PROMÉTHÉE.
LE PROTOCOLE SIGMA.
LA DIRECTIVE JANSON.
LA STRATÉGIE BANCROFT.
OPÉRATION APRÈS, avec Kyle Mills.

ERIC VAN LUSTBADER
SÉRIE « JASON BOURNE » *(d'après Robert Ludlum)* :
    LA PEUR DANS LA PEAU.
    LA TRAHISON DANS LA PEAU.
    LE DANGER DANS LA PEAU.
    LE MENSONGE DANS LA PEAU.
    LA POURSUITE DANS LA PEAU.

d'après

ROBERT LUDLUM

PAUL GARRISON

LA MISSION JANSON

Thriller traduit de l'anglais (États-Unis)
par
FLORIANNE VIDAL

BERNARD GRASSET
PARIS

*L'édition originale de cet ouvrage a été publiée par Grand Central Publishing,
en octobre 2012, sous le titre :*

THE JANSON COMMAND

Photos de couverture :
Explosion : © Lorena Altamirano / Getty Images
Bâtiment : © Jodie Griggs / Getty Images
Personnage : © Forest Woodward / Getty Images

ISBN 978-2-246-77851-6
ISSN 1263-9559

Prologue

Le sauvetage

Trois ans auparavant
41° 13' N, 111° 57' O
Ogden, Utah

« Ogden est la ville idéale pour ceux qui aiment la randonnée, le VTT et le ski. » Doug Case empoigna les accoudoirs cassés de son vieux fauteuil roulant en imitant la position du skieur qui s'appuie sur ses bâtons. « C'est justement ce qui m'a attiré ici, pour ne rien te cacher. Comment as-tu retrouvé ma trace ? J'ai pourtant pris soin d'effacer toutes mes identités de la base informatique du ministère des Anciens Combattants.

— Quand la vie devient un enfer, les gens ont tendance à rentrer au pays, répondit Paul Janson.

— Dans ce cas, qu'est-ce que tu fiches ici ? Je ne réclame aucune faveur.

— Je ne pense pas qu'on t'en fera, de toute façon. »

Depuis l'entrée du tunnel ferroviaire abandonné où vivait Case, on avait une vue imprenable sur une décharge, un Kentucky Fried Chicken calciné et les sommets enneigés des monts Wasatch. L'homme était avachi dans son fauteuil, un sac à dos râpé sur les genoux ; ses cheveux filasse tombaient sur ses épaules et sa barbe datait d'une semaine. Au fond de ses yeux las, une lueur s'allumait de temps à autre, lorsqu'il regardait les quatre petits voyous qui les reluquaient depuis une Honda garée près du KFC.

Paul Janson était assis sur un caddie retourné. Il portait des rangers, un pantalon de laine, un pull et un gros anorak noir.

« Tue-moi, qu'on en finisse, lui dit Case. Je suis pas d'humeur à jouer aux devinettes.

— Je ne suis pas venu pour te tuer.

— Te gêne pas, vas-y ! J'ai pas l'intention de me défendre. » Il déplaça le sac sur ses genoux.

« Tu crois que j'appartiens encore aux Opérations consulaires, répondit Janson.

— Personne ne démissionne des Ops Cons.

— On a passé un accord. Je me suis mis à mon compte. Conseil en sécurité pour les entreprises. Les Ops Cons m'appellent de temps en temps. Et de temps en temps, je leur réponds.

— T'as jamais été du genre à brûler les ponts derrière toi, admit Case. Tu bosses en solo ?

— J'ai un tireur d'élite à ma disposition, en cas de besoin.

— Il est bon ?

— Je n'en connais pas de meilleur.

— Il sort d'où ? fit Case en se demandant qui pouvait bien être cet oiseau rare.

— Du dessus du panier. » Janson n'avait pas l'intention d'en dire plus.

« Pourquoi tu as quitté les Opérations consulaires ?

— Un matin, je me suis réveillé en pensant à tous les gens que j'avais tués pour de mauvaises raisons. »

Case éclata de rire. « Arrête de raconter n'importe quoi, Paul ! Les espions du Département d'État n'ont pas leur mot à dire. Quand on leur ordonne de tuer un mec, ils le tuent. On appelle ça des exécutions autorisées en haut lieu.

— Meurtres en série autorisés en haut lieu conviendrait davantage. Je reste allongé sur le dos dans mon lit et je les compte. Ceux que j'ai bien fait de tuer. Et les autres.s

— Ça fait combien en tout, entre les "bien fait" et les autres ?

— Quarante-six.

— Putain, j'y crois pas. Je te bats.

— Quarante-six *confirmés* », répliqua Janson.

Case sourit. « Je vois que ta testostérone n'est pas périmée. » Il détailla Janson des pieds à la tête. Le salopard n'avait pas pris une ride. Toujours aussi dur de lui donner un âge. Paul Janson pouvait avoir la trentaine et des poussières, la quarantaine et des poussières… voire plus. Comment savoir avec ces cheveux gris acier coupés ras ? En plus, il ressemblait à Monsieur Tout-le-monde. Sauf aux yeux d'un professionnel. Mais pas n'importe quel professionnel. Il fallait savoir observer pour remarquer sa carrure de déménageur planquée sous son blouson, ce regard perçant. Et quand on avait repéré ces détails-là, il était souvent trop tard.

« On a de la compagnie », annonça Janson.

Les quatre voyous s'avançaient en roulant les mécaniques.

« Je les ai vus, dit Case. Pendant que tu bouffais. » Les sacs vides de chez Sonic burger étaient soigneusement pliés à côté du fauteuil. Doug Case les laissa approcher. Quand ils furent à dix mètres, il leur cria : « Messieurs, je vous offre une leçon de survie. Gratos. Un survivant ne se lance pas dans un combat perdu d'avance. Faites demi-tour et tirez-vous. »

On en vit trois monter sur leurs ergots. Le quatrième, le plus petit mais le chef de bande, resta impassible. Il prit le temps de jauger Case puis tourna son regard vers Janson, lui accorda la même attention et répondit enfin : « C'est bon, on se casse.

— Mais putain, ce mec est dans un fauteuil roulant à la con. »

Le chef rembarra le râleur et battit en retraite avec sa bande. « Hé gamin ! lui hurla Case. T'as ce qu'il faut où je pense. Engage-toi dans l'armée. Ils t'apprendront à t'en servir. » Et, dans un grand sourire, il ajouta à l'intention de Janson : « Tu aimes le talent à l'état brut, pas vrai ?

— En effet », dit Janson. Puis, comme un homme habitué à se faire obéir, il lança : « Approche un peu ! » Le jeune voyou obéit. Il s'avança d'une démarche légère, méfiant comme un chien des rues. Janson lui tendit une carte de visite. « Engage-toi. Et appelle-moi quand tu passeras caporal-chef.

— C'est quoi ça ?

— Un barreau de l'échelle qui te sortira de ce trou. »

Janson attendit que la Honda démarre en trombe dans un nuage de gomme brûlée. « Pendant mes insomnies, pas mal de trucs me reviennent en tête. Je repense à toutes ces belles idées auxquelles je croyais avoir renoncé.

— T'as essayé l'amnésie ?

— T'achètes ça où ? »

Case se remit à rire. « Tu te rappelles ce qui est arrivé à cet agent ? Il avait tout oublié. Il s'est réveillé un beau jour au milieu d'une bagarre. Il arrivait plus à se rappeler où il avait appris le close combat. Comment il s'appelait, merde ?… J'ai oublié. Comme lui. Par contre, toi tu te souviens de tout. Bon d'accord Paul, si t'es pas venu pour me tuer, qu'est-ce que tu fiches ici, à Ogden ?

— Avouer mes crimes ne rime à rien si je ne me rachète pas.

— Te racheter ? Comment ça ? Comme ces alcoolos qui font leur *mea culpa* devant tout le monde ?

— Je ne peux pas revenir sur le passé mais je peux rembourser ma dette.

— Pourquoi tu n'irais pas voir le pape ? Ça te reviendrait moins cher. »

Le sarcasme tomba à plat. Janson y était imperméable. « Sers-toi des techniques d'observation qu'on nous a apprises et regarde-toi. Ce n'est pas beau à voir, dit-il.

— Sur le chemin de Damas, Saül découvre sa vocation et prend le nom de Paul. Mais tu t'appelles déjà Paul. Que vas-tu changer, alors ? Le monde ?

— Je compte faire de mon mieux pour sauver tous les agents qui ont détruit leur vie à force d'obéir aux ordres de leur gouvernement. Des gars comme toi et moi.

— Laisse-moi en dehors de ça.

— Impossible.

— Que veux-tu dire ?

— Que tu es le premier sur ma liste.

— Il y a un million de mecs qui détiennent des accréditations top secret. Imagine qu'un sur cent exerce en clandestin, ça te fait dix mille espions à sauver. Pourquoi moi ?

— Certains disent que tu étais le pire. »

Case lui retourna un sourire amer. « Certains disent que j'étais le meilleur.

— En fait, *nous* étions les pires.

— J'ai pas besoin qu'on me sauve.

— Tu vis dans la rue. L'hiver arrive. Tu es accro à l'oxycodone et les toubibs t'ont coupé les vivres. Quand l'ordonnance de ce mois-ci ne sera plus valable, tu feras n'importe quoi pour t'en procurer.

— Paul Janson, le fin limier !

— Tu seras mort à la Saint-Valentin.

— Et toujours si pertinent dans ses analyses.

— Tu as besoin d'aide.

— Je n'en veux pas. Fiche le camp. Laisse-moi tranquille.

— J'ai une fourgonnette avec une rampe d'accès. »

Les joues pâles de Doug Case s'empourprèrent sous sa barbe grisonnante. « Tu as une fourgonnette avec une rampe d'accès ? hurla-t-il, furieux. *Tu as une fourgonnette avec une rampe d'accès ?* J'espère pour toi que tu n'es pas venu seul, vu que j'ai pas l'intention de monter dans ta putain de fourgonnette. »

Janson voulut sourire mais n'y parvint pas tout à fait. Pour la première fois depuis qu'il s'était présenté à l'entrée de ce tunnel, il semblait assailli par le doute. L'homme qu'on appelait la Machine baissait la garde. Doug Case en profita pour riposter.

« On dirait que t'as pas tout prévu, mec. Pas de commandos planqués dans ta fourgonnette. Pas de plan d'attaque. Pas de force d'intervention rapide. Aurais-tu agi sur un genre de… d'impulsion ? Tu aurais dû préparer ton coup, comme tu faisais dans les Ops Cons. Une âme torturée trébuche sur la voie de la repentance ? Et c'est *moi* qu'on veut remettre sur le droit chemin ?

— Plus que cela. On va te redonner une vie digne de ce nom.

— Une vie ? Alors comme ça, pour commencer, tu vas me sortir de la came ? Et après, tu vas m'envoyer chez le psy pour qu'il me répare le ciboulot ? Et quand il aura fini, tu me trouveras un boulot adapté à mes remarquables talents ? Va te faire foutre.

— Tu seras un homme neuf.

— Tu pourrais même me trouver une nana ?

— Tu t'en trouveras une tout seul dès que tu seras retapé.

— Bon Dieu, Paul, t'es aussi cinglé que moi. Qui serait assez idiot pour financer un truc aussi dingue ?

— Pendant ma dernière mission, il se trouve que quelqu'un a déposé une tonne de fric sur mes comptes à l'étranger, tout ça pour faire croire que j'avais retourné ma veste, dit Janson. Le type en question n'est plus de ce monde. L'argent ne sera pas un problème.

— Si tu veux embringuer un pauvre mec comme moi dans tes rêves à la con, tu n'auras pas seulement besoin d'argent. Tu auras besoin d'aide. Beaucoup d'aide. Il te faudra du personnel. Mieux que ça, toute une organisation. »

De nouveau, Janson parut hésiter. « Je n'en suis pas certain. J'en ai marre des organisations, des institutions. Les gens de confiance se comptent sur les doigts d'une main amputée.

— Ce pauvre Paul et son âme tourmentée ! Il voudrait tout réparer en sauvant le plus paumé d'entre tous. Comment s'appellera ta boîte ? L'Institut Paul Janson pour la Réhabilitation des Anciens Agents de Terrain dans la Merde jusqu'au Cou ? Non, fais plus simple : la Fondation Phœnix. »

Janson se leva. « Allons-y, mon pote.

— Je n'irai nulle part. Et je ne suis pas ton pote.

— Peut-être pas, admit Janson. Mais nous avons travaillé ensemble et je pourrais être à ta place en ce moment. Donc nous sommes frères.

— Frères ? Ton auréole ne te serre pas trop ? » Doug Case se gratta l'aisselle et cacha son visage dans ses mains crasseuses. Au bout d'un moment, il baissa la gauche et marmonna. « Ils t'appellent "la Machine". Tu te rappelles ? Des fois, ils nous comparent à des animaux. Des fois à une machine. Une machine peut vaincre un animal. Mais pas toujours. »

D'un geste si rapide, si maîtrisé que Janson le perçut à peine, la main gauche de Case jaillit de son sac, le canon d'un Glock 34 calibre 9 mm automatique coincé entre le pouce et l'index. Sa paume droite s'encastra autour de la crosse, l'index recourbé sur le pontet, puis de la gauche il actionna la culasse. Une balle glissa dans la chambre. En une fraction de seconde, le pistolet fut armé.

Janson l'envoya valser d'un coup de pied.

« *Merde !* »

Doug Case frotta son poignet meurtri. Il aurait dû se rappeler la devise de ses instructeurs aux Ops Cons, des sacrées pointures, ces types. Ils disaient : vif comme la foudre, vif comme l'atome, vif comme Janson.

Janson ramassa le pistolet. Un grand sourire éclairait son visage, un sourire rayonnant d'optimisme. De lui émanait une incroyable certitude ; rien ne l'arrêterait désormais. « Je vois que tu as encore de beaux restes.

— Qu'est-ce qui te fait dire ça ? »

Janson tapota le Glock. « Tu as remplacé le viseur merdique fourni par le fabricant par un système de visée *ghost ring*. »

Il enleva le chargeur, le mit dans sa poche, retira la balle de la chambre, prit le sac toujours posé sur les genoux de Case, sortit deux autres chargeurs d'une poche latérale, un troisième de la ceinture de son pantalon de jogging, les rangea avec le premier et lui restitua son arme vide.

« Quand est-ce que tu me les rendras ?

— Dès que tu auras réussi tes examens. »

PREMIÈRE PARTIE

La Mère de toutes les réserves

De nos jours

1°19' N, 7° 43' E,
Golfe de Guinée,
400 km au sud du Nigeria, 250 km à l'ouest du Gabon

1

S URTOUT PAS UN MOT », DIT JANET HATFIELD, capitaine de
l'*Amber Dawn*. Son OSV, vaisseau de service off-shore de
trois mille tonneaux, traversait le golfe de Guinée. La nuit
était noire et la mer agitée. Dans le silence presque absolu de la
cabine de pilotage plongée dans l'obscurité, la voix du capitaine
résonnait d'une calme autorité. « Ce que tu as vu sur l'*Amber
Dawn* doit rester sur l'*Amber Dawn*.

— Tu m'as déjà fait jurer le silence quand nous avons quitté
le Nigeria.

— Je ne plaisante pas, Terry. Si jamais la compagnie découvre
que je t'ai fait monter à bord en douce, je vais me faire massacrer.

— Ce qui serait bien dommage », dit le Dr Terrence Flannigan,
qui cumulait les fonctions de médecin du travail itinérant, don
Juan au long cours et beau parleur de première catégorie. Il
leva la main droite et, affichant un sourire ensommeillé, ajouta :
« OK. Je jure encore une fois de ne pas parler de l'*Amber Dawn*,
du pétrole en général et de l'exploration pétrolière en eau profonde en particulier, croix de bois, croix de fer. »

Le capitaine, une blonde de trente-cinq ans bien charpentée,
tourna le dos à son galant le temps de jeter un regard inquiet sur
le radar. Depuis quelques minutes, l'écran affichait une cible fantôme, un mystérieux point lumineux qui apparaissait puis s'effa-
çait puis revenait. Impossible d'en déterminer la source. Le point
était trop pâle pour que ce soit un navire mais assez brillant pour
inquiéter Janet Hatfield. Elle n'avait aucune raison de douter de

la fiabilité du radar, un Furuno dernier modèle. Mais elle était responsable des douze personnes qui voyageaient à bord de son bâtiment : cinq hommes d'équipage philippins, six savants américains spécialistes de la recherche pétrolière, et un passager clandestin. Treize avec elle, mais elle avait toujours tendance à s'oublier.

Comment expliquer ce signal lumineux ? Des parasites ? Un baril de pétrole vide ballotté par les vagues, qui jouerait à cache-cache avec son radar ? Ou bien la carcasse d'un navire naufragé flottant entre deux eaux et qui ne figurerait pas dans les relevés ? L'*Amber Dawn* naviguait à la vitesse de quinze nœuds ; mieux valait éviter la collision.

Le point se ralluma, plus proche cette fois, comme si au lieu de dériver, il fonçait droit sur eux. Elle tripota les commandes du radar, essaya de varier son rayon d'action, sa résolution. Partout ailleurs, la mer semblait vide, à l'exception des supertankers qui circulaient à bonne distance, vingt miles à l'ouest. En haut de l'écran, l'unique cible terrestre indiquait le sommet du Pico Clarence, volcan culminant à deux mille mètres au centre de l'île de Forée, destination de ce navire. « Vous ne trouvez pas que cette île porte bien son nom, avec tout le pétrole qui dort dans son sous-sol ? » disait-elle aux grands patrons qu'elle convoyait parfois, pour leur faire visiter le gisement pétrolier du golfe de Guinée.

Elle vérifia les autres instruments. Le compas, le pilote automatique, une série de cadrans et de jauges correspondant aux générateurs diesels reliés aux deux propulseurs azimutaux de trois mille chevaux. Tout paraissait normal. Son regard se posa sur les hublots de la passerelle, obscurcis par la nuit. Elle saisit sa lunette à vision nocturne, ouvrit d'un coup d'épaule une lourde porte étanche et passa sur la coursive extérieure. Il y régnait une chaleur équatoriale, une humidité à couper au couteau. Les générateurs produisaient un grondement entêtant.

La mousson du sud-ouest qui soufflait par l'arrière rabattait la fumée de diesel vers le rouf. Dans le sillage du navire, les énormes rouleaux longeant la côte africaine depuis Le Cap distant de quatre mille cinq cents kilomètres, soulevaient si haut la poupe que la proue s'enfonçait presque jusqu'au pont. En l'espace de quelques secondes, Janet Hatfield se retrouva en sueur.

Sa lunette de vision nocturne était un petit caprice à mille huit cents dollars qu'elle s'était offert pour son anniversaire. Il lui servait à repérer les bouées de navigation et les petites embarcations. Il ne grossissait pas l'image mais permettait de voir comme en plein jour, ou presque. Elle visa la mer à l'avant. Le système affichait tout en vert. Il n'y avait rien sauf l'écume couronnant la crête des vagues d'un genre de mousseline pistache. C'était probablement un baril, rien de plus. Elle se réfugia à l'intérieur où elle retrouva le calme et la fraîcheur de la climatisation. La lueur rouge des instruments se reflétait sur le sourire aguicheur de Flannigan.

« N'y pense même pas, l'avertit-elle.

— Je veux juste t'exprimer ma gratitude.

— Dans quatre heures, tu pourras exprimer ta gratitude aux dames des instituts de massage de Porto Clarence. »

Des paquebots venus d'Europe de l'Est et de Chine déversaient dans la capitale foréenne, ancien port colonial en eau profonde, une clientèle attirée par les opportunités que l'île offrait en matière de tourisme sexuel. Toutes les conditions étaient rassemblées : pauvreté, dictature militaire dirigée par un prévaricateur, sans parler de la beauté légendaire des habitants, issus du métissage entre Portugais et Africains de l'Ouest.

Terry arpentait la cabine de pilotage. « J'ai exercé comme médecin sur des tas de gisements pétroliers. Autant dire que je sais tenir ma langue. Mais je n'ai pas souvenir de consignes aussi strictes.

— Arrête de dire ça.

— Tu as passé la semaine à remorquer des transducteurs électroacoustiques et des canons à air. C'était quand la dernière fois que ton OSV a été transformé en navire d'exploration sismique ?

— Le mois dernier. » Janet Hatfield avait répondu sans réfléchir. Elle se serait donné des claques.

Terry éclata de rire. « La "malédiction du capitaine". Tu aimes trop ton bateau pour pouvoir garder un secret. Alors comme ça, ce n'est pas la première fois ? Sans blague ? On est sur un navire de service off-shore, pas un chasseur de pétrole. C'est quoi cette histoire ?

— Oublie ce que j'ai dit. Je n'aurais pas dû t'en parler – j'admets, c'est bizarre. Et alors ? Quand la compagnie me nommera vice-présidente des activités maritimes, je leur poserai la question. En attendant, c'est moi qui commande ici. Alors, plus un mot à ce sujet. J'aurais dû te laisser au Nigeria !

— Je serais mort.

— Bien sûr », répondit Janet Hatfield. Avec cette fièvre du pétrole, les gens tombaient comme des mouches dans le delta du Niger. Des activistes enlevaient les salariés des compagnies pétrolières sur leur lieu de travail, des soldats ivres mitraillaient les postes de contrôle qu'ils étaient censés garder et des fanatiques mettaient la région à feu et à sang au nom de Jésus ou de Mahomet. Mais le Dr Terry, joli cœur devant l'éternel, avait failli se faire tuer d'une manière bien plus traditionnelle : un mari jaloux armé d'une machette, un nabab local possédant assez de relations dans le milieu politique pour éviter toute poursuite judiciaire, une fois son forfait accompli.

« Janet, pourquoi ça ne marche pas entre nous ? demanda Terry avec un sourire mélancolique.

— Notre relation s'est écroulée sous son manque de poids. »

Il valait mieux l'avoir comme ami que comme amant. Terry était trop imbu de lui-même pour mériter la confiance d'une femme. Mais, en dehors des rapports amoureux, il y avait quelque chose de solide en lui, se disait Janet Hatfield. C'était le genre de type capable de donner sa vie pour un ami. Raison pour laquelle Janet n'avait pas hésité à l'accueillir à son bord, avant que le mari trompé ne le coupe en menus morceaux. Pendant dix jours, elle l'avait caché dans sa cabine. Elle lui faisait « prendre l'air » quand elle était de quart.

La passerelle et sa cabine attenante étaient perchées dans un splendide isolement au sommet du rouf haut de quatre étages, à l'avant du navire. En dessous, il y avait les logements de l'équipage, le mess, la cambuse et le salon que les chercheurs avaient investi et transformé en salle dédiée à l'informatique et aux communications. Ils l'avaient décrété zone interdite. Janet Hatfield elle-même n'était pas censée y pénétrer sans autorisation préalable. Elle leur avait promis de ne pas pousser cette porte à moins d'un incendie, et encore, elle frapperait avant.

« Tu sais ce que les pétrologistes fabriquent en ce moment même ? »

Terry regardait fixement les hublots donnant sur l'arrière du navire. En contrebas, un pont plat s'étirait sur une trentaine de mètres. Cette nuit, il était presque vide, à part le treuil de remorquage de l'OSV, la grue et les cabestans.

« Éloigne-toi des vitres avant qu'ils te voient.

— Ils sont en train de balancer des trucs par-dessus bord.

— C'est leur affaire.

— J'en vois un qui se balade avec une lampe torche – oh, il a jeté un truc.

— Qu'est-ce qu'ils jettent ? demanda-t-elle malgré elle.

— Des ordinateurs. »

*
* *

En dessous, dans la salle informatique à présent débarrassée de ses équipements, une bande de scientifiques hilares ôtaient leurs chemises trempées de sueur et dansaient de joie en criant victoire. Ils avaient travaillé vingt-quatre heures sur vingt-quatre pendant dix jours, confinés dans un navire où la possession d'alcool, de drogue ou même d'une malheureuse bouteille de bière était passible de bannissement à vie de l'industrie pétrolière. Mais leur pensum venait de s'achever, ils avaient réussi à télécharger les milliers de téraoctets de la base de données sismiques 3D la plus chaude de la planète. Ils ne pensaient plus qu'à la virée bien méritée qu'ils allaient s'offrir dans les bordels de Porto Clarence.

La procédure d'acquisition de données était terminée, le modèle sismique du client parfaitement au point. Le succès de la chasse à l'éléphant, comme disaient les pétroliers, ne faisait plus aucun doute. Le client en question avait accusé réception de leurs transmissions satellites densément cryptées et leur avait ordonné de jeter les ordinateurs à la mer. Tout devait y passer, les portables, les unités centrales, jusqu'aux machines surpuissantes à cinquante mille dollars la bête servant à la modélisation sous-marine, si lourdes qu'il fallait deux hommes pour les basculer par-dessus le bastingage. Les moniteurs subiraient le même sort, pour ne pas éveiller les soupçons, de même que les hydrophones, les canons à air et l'émetteur de données par satellite.

Dans quelques heures, les chercheurs célèbreraient leur grande découverte : la « mère de toutes les réserves » – des milliards de barils de pétrole, des trillions de mètres cubes de gaz naturel qui transformeraient l'île de Forée, ce caillou paumé au large des côtes d'Afrique occidentale, vivant de ses plantations et des quelques gouttes de pétrole qui suintaient de ses puits obsolètes, en un pays producteur d'hydrocarbures comparable à l'Arabie Saoudite.

*
* *

« Dis donc, Janet. Combien de dinosaures sont morts pour former cette nappe de pétrole ?

— Des algues, pas des dinosaures. »

Terry Flannigan se tourna vers la proue du navire. Le fameux secret avait forcément à voir avec le pétrole. À cet endroit, l'océan plongeait sur plusieurs kilomètres mais si on remontait les ères géologiques, on s'apercevait que le fond marin n'était qu'un prolongement des côtes africaines. Pendant plus d'années qu'il n'y avait d'étoiles au firmament, le fleuve Niger avait déversé ses sédiments dans l'océan Atlantique. Cette gadoue formée de limons, de sable, de plantes et d'animaux morts avait comblé les chenaux, les fissures, les failles océaniques et continué à se répandre sur le plateau continental jusqu'au grand large. Un jour, une pétrologiste lui avait dit que le sédiment compacté se trouvait à dix kilomètres sous la surface.

« Et les dinosaures, qu'est-ce qu'ils produisent ? Du charbon ?

— Non, le charbon c'est les arbres », répondit négligemment Janet Hatfield sans quitter des yeux l'écran radar. Elle alluma les puissants projecteurs du pont. Un cercle lumineux de cent mètres de diamètre se forma autour de l'OSV.

« Oh merde !

— Quoi ? »

Un canot pneumatique rigide de six mètres de long, propulsé par d'énormes moteurs Mercury, jaillit de l'obscurité, hérissé de fusils d'assaut et de lance-roquettes. Janet Hatfield réagit au quart de tour. Elle se précipita sur le gouvernail pour désactiver le pilote automatique. En bas, le canot luttait contre la houle. Elle pourrait peut-être les semer. Elle amena la poupe de l'*Amber Dawn* vers ses assaillants, verrouilla le nouveau cap, lança les turbines à fond et décrocha le micro du plafond.

« Mayday, Mayday, Mayday. Ici *Amber Dawn, Amber Dawn, Amber Dawn*. Un degré, dix-neuf minutes nord. Sept degrés, quarante-trois minutes est. »

Elle répéta leur position. « Un degré, dix-neuf minutes nord. Sept degrés, quarante-trois minutes est. Un degré, dix-neuf minutes nord. Sept degrés, quarante-trois minutes est. » Si elle voulait obtenir du secours, il fallait d'abord qu'on les localise.

« Pirates arraisonnent *Amber Dawn*. Pirates arraisonnent *Amber Dawn*. Un degré, dix-neuf minutes nord. Sept degrés, quarante-trois minutes est. »

Impossible de savoir avec certitude si quelqu'un l'entendait. En cas de naufrage, la balise satellite EPIRB 406 MHz placée dans son conteneur flottant, sur la coursive de la passerelle, transmettrait leur position en continu. Janet Hatfield sortit pour l'enclencher manuellement.

Le canot pneumatique était si proche à présent qu'elle pouvait compter ses occupants : huit commandos en tenue camouflage. *Des camouflages de jungle en pleine mer ?*

Ils devaient venir de l'île de Forée, songea-t-elle, la seule terre à portée de cette petite embarcation. Mais ce n'était sûrement pas des soldats de l'armée régulière. Des rebelles du Front de Libération foréen, alors ? Pirates ou rebelles, que voulaient-ils ? Il n'y avait qu'une seule chose précieuse sur un vaisseau de service off-shore : ses membres d'équipage. Qu'ils les retiennent en otage ou qu'ils demandent une rançon, ils n'avaient aucun intérêt à les tuer. Pour l'instant du moins.

Soudain, des éclairs fusèrent des canons, éclairant le canot comme un arbre de Noël. Sur la passerelle de l'*Amber Dawn*, tous les hublots explosèrent en même temps. Janet Hatfield ressentit un choc violent au niveau du thorax. Ses jambes se dérobèrent. Elle tomba en arrière dans les bras de Terry et faillit éclater de rire. « C'est plus fort que toi, hein ? » Sauf qu'elle ne pouvait plus parler. Soudain, elle eut très peur.

*
* *

Un filet de chargement équipé de grappins atterrit sur le pont principal de l'*Amber Dawn*, glissa dans l'autre sens en cognant au passage contre les parements d'acier et finit par trouver une prise. Sept insurgés du FLF grimpèrent à bord, armés de fusils d'assaut. Les lance-roquettes étaient restés dans le canot avec le huitième. Les soldats minces, athlétiques, au visage dur, au teint café au lait caractéristique des Foréens, obéissaient aux ordres d'un merce-naire sud-africain, un colosse blanc nommé Hadrian Van Pelt.

Van Pelt possédait la liste des membres de l'équipage.

Il dépêcha deux hommes vers la salle des machines. Des rafales de fusil automatique retentirent dans le ventre du navire. Les générateurs se turent, sauf un, celui qui fournissait l'éclairage. Les soldats ouvrirent les valves de refroidissement des machines. L'eau de mer se déversa à l'intérieur.

Deux autres enfoncèrent d'un coup de pied la porte de la salle informatique. Van Pelt les suivait avec sa liste. « Par ici ! Contre le mur. »

Terrifiés, les scientifiques débraillés reculèrent contre la cloi-son en échangeant des regards incrédules.

Van Pelt compta les têtes. « Cinq ! brailla-t-il. Il en manque un. »

Des regards apeurés coulissèrent en direction d'un placard. Sur un signe de Van Pelt, un soldat tira une courte rafale qui déchiqueta la porte. Le navire tangua, un corps bascula et s'écroula sur le pont. Van Pelt hocha la tête une seconde fois. Ses hommes exécutèrent les cinq autres.

En entendant la rafale provenant des quartiers situés au-dessus, Van Pelt comprit que l'équipage philippin de l'*Amber Dawn* avait été éliminé. Onze de moins. Ne restait plus que le capitaine. Le mercenaire leva son pistolet et gravit l'escalier menant à la passerelle. La porte d'acier était fermée. D'un geste, il ordonna qu'on la fasse sauter. Un soldat posa une charge de C-4, la colla avec du ruban adhésif. Tout le monde recula et se boucha les oreilles. Le plastic explosa, la porte s'ouvrit avec fracas. Van Pelt entra d'un bond.

À sa grande surprise, le capitaine, une jolie blonde couverte de sang, n'était pas seul. Un homme agenouillé au-dessus d'elle lui administrait les premiers soins avec les gestes assurés d'un médecin militaire.

Van Pelt leva son pistolet. « Vous êtes docteur ? »

Terry Flannigan savait qu'elle n'en avait plus pour longtemps. En passant de la poitrine perforée de Janet au militaire planté sur le seuil, ses yeux exprimèrent une douloureuse certitude.

« Quel genre de docteur ? insista le mercenaire.

— Chirurgie traumatique, connard. Qu'est-ce que tu crois ?

— Suivez-moi.

— Je ne peux pas la laisser. Elle va mourir. »

Van Pelt s'approcha de Janet Hatfield et lui tira une balle en pleine tête. « C'est fait. On y va. »

2

221, 46ᵉ rue Ouest
New York

P AUL JANSON DESCENDIT L'ESCALIER raide qui menait au Sofia's Club Cache, dans le sous-sol de l'hôtel Edison. La ravissante brune aux cheveux bouclés, qui se saisit de ses quinze dollars en le gratifiant du sourire radieux qu'elle réservait aux nouveaux clients, tomba dans le panneau. Elle le prit sans doute pour un homme d'affaires en goguette, venu écouter Vince Giordano et les Nighthawks, le fameux groupe de hot jazz, dans l'espoir d'égayer sa soirée. Son costume bleu marine dont la coupe camouflait habilement sa carrure, avait l'air d'un article bon marché acheté chez Brooks Brothers. Sur sa demande, son tailleur avait renoncé aux manches boutonnées et aux boutonnières passepoilées. Les rides qui marquaient son front indiquaient qu'il frisait la quarantaine ; les fines cicatrices sur son visage pouvaient dater de son passé sportif, à l'université.

Janson empocha la monnaie, renvoya à la fille son sourire commercial et, comme la moitié des gens qui empruntaient cet escalier, s'exclama : « Ça déménage, ici ! »

Au fond de la vaste salle au plafond bas, onze musiciens – saxos, clarinettes, trompettes, trombone, banjo, piano, batterie et double basse en aluminium – se déchaînaient sur *Shake That Thing*. Autour des tables, une centaine de personnes mangeait, buvait.

Quelques couples dansaient sur la musique des années 1920, la plupart avec un certain talent. Les plus de trente ans portaient des robes charleston et des costumes croisés comme à l'époque. Les plus jeunes étaient en tee-shirts et pantalons à poches.

Dans le groupe des jeunes, il repéra une jolie fille au visage volontaire et bien dessiné. Pommettes saillantes, lèvres pleines, cheveux bruns artistiquement hérissés dans le style « saut du lit », elle exécutait un one-step ultra-rapide avec des gestes précis, comme découpés au laser. Janson dissimula un sourire appréciateur. Jessica Kincaid suivait la règle qu'elle s'était fixée une fois pour toutes : « Fonce jusqu'à ce que ça te fasse mal et après, accélère et fais encore mieux. »

Kincaid décocha à Janson un regard exprimant à la fois l'admiration et l'envie. Personne comme lui n'avait le talent de se fondre dans la foule. Il avait l'air de Monsieur Tout-le-monde, et ça la rendait dingue. Elle-même faisait de gros efforts pour modifier son apparence selon les circonstances. En travaillant sa tenue vestimentaire, sa coiffure, ses bijoux, son maquillage, elle pouvait faire vingt-cinq ans ou trente-cinq, passer pour une artiste vidéo new-yorkaise, une serveuse de bar glauque ou une banquière en tailleur cintré. Mais jamais elle ne ressemblait à Madame Tout-le-monde. Quand elle essayait, Janson lui disait en riant qu'elle confondait originalité et banalité.

Paul Janson se tenait devant elle. Et en même temps, il n'était pas là. Quand il le décidait, Janson pouvait attirer les regards, investir toute une pièce par sa seule présence, mais la plupart du temps, il choisissait d'arriver en douce – et de repartir de la même manière. Il avait même le chic pour paraître plus petit, rien qu'en rentrant ses épaules. Elle lui jeta un autre coup d'œil et cette fois, leurs regards se croisèrent. Janson obliqua vers l'escalier.

« Faut que j'y aille », dit-elle à son prof de danse. L'appel du devoir.

La Town Car ressemblait aux milliers de limousines noires qui circulaient dans les rues de Midtown. Mais le gamin qui tenait le volant avait fait ses classes en Irak, en conduisant des véhicules de sécurité blindés chargés d'escorter des convois de camions-citernes. Lorsque Kincaid ouvrit la portière, l'habitacle resta plongé dans l'obscurité.

« Où va-t-on ? demanda-t-elle à la silhouette de Janson.

— Première escale : Houston, Texas. Le siège d'American Synergy Corporation. »

La plus grosse compagnie pétrolière du pays. Le désastre causé par BP dans le golfe du Mexique avait bien servi ses intérêts. « Et après ?

— L'Afrique de l'Ouest, je suppose. Enfin, si on accepte le job. Sinon, retour à la maison. Solution la plus probable.

— Pourquoi y aller, dans ce cas ?

— Le président du département sécurité globale d'ASC est un vieux pote. »

Kincaid hocha la tête dans le noir. Janson avait des tas de vieux potes un peu partout et il accourait dès qu'ils l'appelaient. Il lui passa une épaisse serviette-éponge : « N'attrape pas froid. » Après avoir dansé sur un rythme effréné, l'air conditionné la faisait frissonner.

« Dis que je pue. » Bien qu'elle parlât plusieurs langues couramment et possédât un don inestimable pour imiter les accents, Jessica Kincaid ne s'était jamais vraiment débarrassée de l'élocution traînante du Kentucky, son pays natal, laquelle ressortait souvent quand elle était seule avec Janson.

« Voilà pourquoi nous avons installé une douche dans l'avion. »

La limousine enfila les feux verts sur Madison Avenue, continua vers la voie expresse Major Deegan puis tourna sur Hutchinson River Parkway. La nuit, la circulation en banlieue était fluide. Quarante minutes après avoir quitté l'hôtel Edison, ils atteignaient l'aéroport Westchester. Ils contournèrent le terminal des passagers et roulèrent jusqu'à une barrière grillagée. Une voix dans un interphone leur demanda de s'identifier.

« Suffixe huit-deux-deux-Roméo-Echo », répondit le chauffeur. Une impulsion électrique ouvrit la porte coulissante. Puis un employé leur fit passer une seconde barrière, dernier rempart avant le terrain d'aviation, un vaste périmètre obscur, percé de points lumineux bleus, jaunes et verts servant à délimiter les voies de circulation, les bordures des pistes et les seuils de décollage. La limousine se gara près d'un jet privé, un Embraer Legacy 650 couleur argent, avec deux énormes moteurs Rolls Royce AE 3007 en queue. Les pilotes terminaient leurs vérifications. Janson et Kincaid montèrent à bord, tirèrent derrière eux la passerelle pliable permettant de quitter rapidement l'appareil sans dépendre des équipements aéroportuaires. Puis ils fermèrent la porte.

L'avion long-courrier, conçu à l'origine pour transporter quatorze passagers, avait été modifié selon des critères de confort exceptionnels. Janson avait demandé à la société Embraer d'y ajouter tous les équipements nécessaires pour accueillir deux ou trois agents, pourvoir à leur repos, leur nourriture, leur tenue vestimentaire, et leur fournir toutes les informations nécessaires à la réalisation de leurs missions, n'importe où dans le monde. La cuisine située derrière le cockpit avait subi des améliorations conséquentes. Au fond, le petit cabinet de toilette était devenu une vraie salle de bains assortie d'un dressing. À l'avant, on trouvait un bureau, une salle à manger et, au milieu de l'appareil, des lits rabattables servant lors des voyages transocéaniques.

L'avion avait atteint les quarante et un mille pieds. Lorsque Kincaid sortit de la douche, drapée dans un peignoir en éponge, le pilote annonçait à la radio « Centre de New York, Embraer deux-deux-Roméo niveau à quatre-un-zéro. » Assis dans un fauteuil de cuir vert, Janson se laissa distraire du dossier « ASC – American Synergy Corporation » qu'il était en train de consulter. Sur la table près de lui, un ordinateur portable était ouvert. Il avait un verre d'eau à portée de main. Près du fauteuil rouge de Kincaid, attendaient un dossier et un ordinateur identiques, en plus d'une bouteille d'eau et d'une réserve de vitamines, électrolytes et sels minéraux.

Janson la regarda par-dessus ses lunettes de lecture cerclées de métal, ses binocles de vieux puceau comme elle les appelait. « Si on pouvait mettre en bouteille le parfum d'une femme qui sort de la douche, nous serions riches, dit-il.

— Mais nous le sommes déjà, enfin selon les critères communément admis. » Kincaid posa le doigt sur un lecteur d'empreintes digitales, la serrure du coffre à bagages placé en hauteur se déverrouilla, puis elle ouvrit le compartiment secret contenant son fusil de précision, un Knight's M110 semi-automatique. L'arme était comme neuve mais elle la démonta quand même, posa les pièces sur la table de la cuisine, les nettoya, les graissa et reconstitua le fusil. Quand il assistait à ce rituel, Janson avait l'impression de regarder une chatte occupée à lisser son poil déjà brillant rien que pour savourer d'avance le plaisir de la chasse.

Avant de replacer l'arme dans le coffre, Kincaid aurait aimé ouvrir la valise des accessoires et faire subir le même traitement aux lunettes de visée nocturne et diurne, au bipode et au viseur laser. Mais le dossier toujours posé près de son fauteuil réclamait son attention.

« Ça t'ennuie si je déballe une de tes chemises ?

— Bien sûr que non », répondit-il sans lever les yeux.

Dans une commode intégrée à la cloison, elle prit une chemise Burberry bleu pâle bien repassée, retira la bande de carton qui maintenait le col et remit le vêtement à sa place. Une fois installée dans son fauteuil en cuir, elle coiffa un casque antibruit pour mieux se concentrer sur le dossier American Synergy Corporation. Avant de s'y mettre, elle posa le carton du pressing en haut de la première page puis, au fur à et mesure de la lecture, le fit glisser d'une ligne à l'autre. Cette méthode lui évitait de lire plusieurs fois la même phrase. Sinon, elle se trompait tout le temps.

« Pas gravement dyslexique, avait-elle expliqué à Janson la première fois qu'ils avaient abordé le sujet. Juste dyslexique. À Red Creek, les profs n'ont jamais remarqué que j'avais un problème. Ils pensaient que j'étais un peu lente. Ce n'était pas un gros handicap vu que je savais me servir d'un fusil bien mieux que les garçons et réparer n'importe quel véhicule dans la station-service de papa. »

Elle avait inventé le truc du carton pendant qu'elle bûchait ses cours pour obtenir une équivalence et intégrer les rangs du FBI – dans son cas, le premier degré de l'échelle menant aux Ops Cons.

Elle lut le dossier ASC *in extenso*. Quand elle vérifiait un détail sur son ordinateur, elle plaçait le curseur au bas de l'écran et faisait défiler le texte avec la mollette de la souris, de manière à cacher ce qu'elle avait déjà lu. Quand une lettre *b* fit la culbute et devint un *p*, elle sut qu'il était temps pour elle de faire une pause.

Histoire de se délasser, elle décida de regarder un clip publicitaire intitulé *American Synergy Corporation – une nouvelle énergie pour un nouvel avenir.*

Paul avait incliné son dossier. Voyant qu'il dormait, elle appuya sur le bouton commandant la position de son propre fauteuil, s'allongea, retira son casque et écouta Kingsman Helms, le président de la Division Pétrole d'ASC, prononcer un discours devant les actionnaires. L'orateur était aussi beau et lisse que les prêcheurs évangéliques de son enfance, dans le sud des États-Unis.

« Il ne s'agit pas d'embellir notre histoire mais de faire en sorte qu'elle soit plus belle. Croissance à long terme rime avec survie à long terme. Le pétrole fait partie des sources d'énergie que nous exploitons, avec l'éolien, le solaire, la biomasse, le nucléaire et le charbon. Notre mission consiste à produire une énergie sûre, respectueuse de l'environnement et *à bas coût* – pas seulement pour aujourd'hui, mais pour les vingt prochaines années.

« Nous avons connu diverses déconvenues, ces derniers temps. » Là, Helms fit une pause et regarda la caméra avec une moue signifiant qu'il s'abstiendrait de revenir sur les erreurs du passé : les bévues de Wall Street, l'ingérence gouvernementale, les catastrophes causées par la mauvaise gestion de tel ou tel concurrent. « Les Américains comptent sur nous plus que jamais. ASC ne les laissera pas tomber, parce que chez ASC on n'oublie pas que pour mériter la première place sur le marché, on ne doit pas miser uniquement sur le présent mais sur l'avenir. »

Les analystes de CatsPaw avaient ajouté un commentaire en voix off. « Quand il parle d'éolien, du solaire, de biomasse et de charbon, il faut mettre un bémol. La compagnie se désintéresse de l'énergie tirée de la biomasse, qualifiée dans une note de service confidentielle de "grosse blague que les États fermiers ont jouée au Congrès". Ils investissent juste assez pour passer pour des écolos aux yeux des fabricants d'éoliennes et des diverses start-up spécialisées dans l'énergie solaire. Dernièrement, ils ont acquis des parts considérables dans les charbonneries des Appalaches. » Kincaid frissonna ; cela voulait dire forages à ciel ouvert et destruction des pics montagneux à grands coups de dynamite. Les analystes avaient mis l'accent sur le défi majeur auquel ASC était confrontée : la concurrence directe de la China National Off-shore Oil Corporation pour l'accès aux nouvelles « ressources souterraines ». « En langage clair la société ASC, aussi tentaculaire soit-elle, est mise en échec par la Chine sur les gisements à l'étranger. Si elle veut rester au sommet "pour les vingt prochaines années", ASC devra se montrer toujours plus agressive. »

*
* *

Il était trois heures du matin quand l'Embraer atterrit à l'aéroport Hobby de Houston. Il roula jusqu'au terminal privé Million Air et les pilotes attendirent six heures pour réveiller leurs patrons avec un délicieux petit déjeuner. « Tu sais ce que je redoute le plus, Mike, dit Janson en nouant sa cravate à carreaux, c'est qu'un de ces jours tu cesses de piloter pour ouvrir un restaurant.

— Voiture dans deux minutes », annonça Kincaid en sortant du dressing, vêtue d'un tailleur cintré. Sa coiffure « saut du lit » s'était transformée en une coupe stricte découvrant ses oreilles et son front haut. Elle avait pris son allure « jeune cadre dynamique ».

La voiture de Million Air les déposa devant l'hôtel Hilton Americas-Houston. Ils traversèrent la rotonde en marbre, le hall et rejoignirent les autres costumes croisés et tailleurs cintrés qui sortaient en masse de la salle à manger en direction du Palais des congrès George R. Brown. Janson et Kincaid les abandonnèrent à la sortie du couloir de connexion, évitèrent les comptoirs d'accueil et ressortirent pour prendre un taxi.

Placé en retrait de Sam Houston Tollway, le siège d'American Synergy Corporation occupait une tour ronde de trente étages rappelant un gigantesque silo de bronze. Des caméras de surveillance prenaient en enfilade l'allée réservée aux voitures, l'entrée principale et le hall. Les vigiles qui surveillaient les portillons de sécurité portaient des armes de poing. Ceux qui gardaient le comptoir de réception tenaient les leurs cachées sous leur veste.

« Paul Janson et Jessica Kincaid pour Douglas Case. »

Des badges visiteur les attendaient.

Un ascenseur privé les emmena au vingt-neuvième étage, celui de la direction. En sortant de la cabine, ils débouchèrent sur un vestibule vitré d'où l'on apercevait le brouillard de pollution planant sur la ville en contrebas. Le soleil torride lui donnait une teinte orangée. Un bourdonnement presque inaudible leur parvint, ponctué d'un cri de bienvenue. « Paul ! »

Janson intercepta le fauteuil électrique customisé à six roues et tendit la main. « Salut Doug. Comment ça va ?

— Très bien. Génial. Super. »

Ils restèrent à se dévisager un long moment. Deux quadragénaires blancs, tirés à quatre épingles, songea Jessica Kincaid. Doug Case avait l'air aussi robuste que Paul. Rasé de près, coupe de cheveux militaire mais réalisée par un coiffeur hors de prix, complet à quatre mille dollars, chemise blanche amidonnée, cravate jaune vif.

« Merci d'être venus si vite, fit Case en brisant le silence.

— Je t'en prie, c'est tout naturel. Voici mon associée, Jessica Kincaid. »

La poigne de Doug Case était à la fois puissante et souple. Il observa la jeune femme d'un œil perçant puis détourna la tête pour demander à Janson, « Que sait-elle exactement ?

— Sur nous ? répondit Janson en observant ostensiblement l'espace vide autour d'eux, comme s'il craignait les oreilles indiscrètes. Forces spéciales. Tu as pris une balle et pas moi.

— Et vous, Jessica ? D'où venez-vous ?

— D'où elle vient ne te regarde pas, intervint Janson sur un ton à la fois amical et péremptoire.

— Savez-vous, Jessica, que mon ancien – votre actuel – "associé" a été surnommé "la Machine" par ses collègues agents secrets ?

— On dirait un interrogatoire en règle », rétorqua Kincaid. Prenant exemple sur Janson, elle s'efforça de sourire.

« La Machine était le meilleur d'entre nous. Vous en avez eu des échos, non ?

— Laisse tomber, Doug. Il y a prescription, dit Janson.

— Certes, répliqua Doug. Depuis, nous avons fait du chemin, n'est-ce pas ? Aujourd'hui, mes exploits se résument à étudier les dysfonctionnements des systèmes SCADA. »

Il toisa Kincaid comme pour la provoquer. Elle conserva son sourire. « Supervisory Control And Data Acquisition. Ce système est de plus en plus vulnérable aux incidents de cybersécurité, étant donné que de nos jours, les sociétés ont tendance à renoncer aux réseaux privés sécurisés pour adopter des réseaux basés sur l'Internet, par souci d'économie, ajouta-t-il.

— Ce n'est pas pour nous parler de SCADA que tu nous as fait venir, Doug, l'interrompit Janson.

— Exact. Venez dans mon bureau. »

Ils suivirent le fauteuil roulant de Doug Case le long d'un large couloir bordé de portes, toutes fermées.

« Comment était votre vol ? demanda-t-il par-dessus son épaule.

— À l'heure. »

Dans la pièce servant d'antichambre au bureau de Doug Case, une dame élégante entre deux âges qu'il présenta sous le nom de Kate régnait sur deux assistants bon chic bon genre, pourvus de sourires assortis. Le bureau lui-même était orienté plein sud. « On peut voir le golfe du Mexique, par temps clair.

— Mais en ce moment, tu préférerais voir le golfe de Guinée, je présume, répliqua Janson.

— D'où te vient cette idée ?

— Comment se porte ASC ?

— Pour le mieux. Nos normes de sécurité sont au top niveau. On ne s'en sort pas trop mal sur le terrain et question contrôle des coûts, on est les meilleurs. Résultat, la vente d'un baril de pétrole nous rapporte plus qu'à n'importe lequel de nos concurrents. En plus, American Synergy a su garder la tête hors de l'eau alors que les autres s'escrimaient à chercher des solutions de remplacement qu'ils n'ont d'ailleurs pas trouvées.

— Mais vous non plus, vous n'avez pas trouvé grand-chose. L'Afrique de l'Ouest est le seul endroit au monde susceptible de renflouer vos réserves pétrolières. Cullen se débrouille très bien en Côte-d'Ivoire. Je suppose que vous espériez obtenir le même succès avant que les Chinois vous passent devant le nez. Donc votre problème, c'est le golfe de Guinée.

— Tu as bien révisé tes leçons, Paul. Je te reconnais bien là. Mais cette mission n'a rien à voir avec les réserves pétrolières.

— Quel est le problème, alors ?

— Tu as dû apprendre que nous avions perdu un navire de service off-shore, la semaine dernière.

— J'ai lu un rapport disant qu'un OSV avait coulé avec son équipage dans le golfe de Guinée. J'ignorais qu'il appartenait à American Synergy. Il naviguait sous pavillon néerlandais.

— Entre-temps, nous avons appris qu'il avait été arraisonné par des insurgés du Front de Libération foréen.

— Pourquoi ?

— Ils ont assassiné les membres d'équipage.

— Pourquoi ?

— J'en sais fichtrement rien. Par-dessus le marché, ces fous sanguinaires ont enlevé l'un de nos employés. Il faut qu'on le récupère. D'où votre présence ici.

— Si les insurgés ont emmené ton bonhomme sur leur base de Pico Clarence, ça ne sera pas du gâteau, dit Janson.

— C'est justement là qu'il se trouve, au sommet de cette montagne, dans l'intérieur de l'île.

— Je te repose la question… Pourquoi des insurgés du FLF auraient-ils assassiné l'équipage de votre navire ? Le FLF est sur le point de gagner la guerre. Le "Président à vie" Iboga fait l'unanimité contre lui.

— C'est vrai, un type qui mange les testicules et le cerveau de ses adversaires politiques ne s'attire pas l'affection de ses semblables, abonda Case. Même en Afrique.

— Iboga n'en a plus pour longtemps », insista Janson.

Ayant autrefois appartenu à la Guinée-Équatoriale, l'île de Forée avait pris son indépendance grâce au soutien de l'armée nigériane. Leader de l'opposition au Parlement foréen, vétéran des guerres angolaises, l'actuel président à vie Iboga avait accédé au pouvoir à la suite d'un coup d'État. Il avait choisi son nom de guerre en référence à la substance hallucinogène qui pousse dans la forêt équatoriale. Une fois installé à la tête du pays, il s'était employé à en piller les ressources. Il s'en était mis plein les poches et avait distribué les plantations de café et de cacao à ses amis. Quant à la petite infrastructure pétrolière foréenne devenue obsolète, il avait fait une croix dessus.

« J'ai cru comprendre que les rebelles se servaient auprès des trafiquants d'armes angolais et sud-africains. Ils ont déjà détruit tous les hélicoptères d'Iboga. Et ils viennent de libérer leur leader emprisonné dans la prison de Black Sand. Pourquoi iraient-ils massacrer vos employés ? Ferdinand Poe représente un espoir démocratique. Ses hommes n'ont aucun intérêt à fragiliser leur mouvement en s'en prenant à des innocents. Pourquoi Ferdinand Poe risquerait-il de mécontenter les nations dont il recherche le soutien et dont il espère qu'elles reconnaîtront la légitimité de son futur gouvernement ?

— Bonne question, admit Case. Mais je le répète, on ne sait jamais. Rien n'est vraiment logique en temps de guerre. Il a pu se produire un cafouillage dans les transmissions. Une vengeance, peut-être. Cette lutte de libération dure depuis longtemps, il y a eu beaucoup de violences des deux côtés.

— Ont-ils demandé une rançon ? intervint Jessica Kincaid.

— Non. Notre homme est médecin. J'ai l'impression qu'ils cherchaient quelqu'un pour soigner Ferdinand Poe. Vous imaginez ce que ses geôliers de Black Sand ont pu lui faire subir.

— Mais si le navire a coulé, dit Kincaid, que l'équipage a été assassiné et que les rebelles n'ont pas demandé de rançon, comment avez-vous su que le FLF avait enlevé l'un de vos employés ?

— Simple supposition, répliqua Douglas Case.

— Supposition ? » Elle regarda Janson avec l'air de dire « d'où il sort ce guignol ? ».

Ayant décelé l'animosité que Jessica et Doug éprouvaient l'un envers l'autre, Janson décida de calmer le jeu. « Comme ASC est présente dans diverses zones de développement en commun du golfe de Guinée, j'imagine sans peine que Doug a laissé de côté les systèmes SCADA le temps de contacter les marchands d'armes africains et leur demander ce qui se passait dans le camp des insurgés. Exact, Doug ? »

Douglas Case lui fit un clin d'œil. « Encore un point pour la Machine. » Il se tourna vers Kincaid et ajouta : « Les gars qui fournissent l'artillerie au FLF se sont dit qu'ils avaient tout intérêt à savoir ce qui se trame sur le Pico Clarence.

— Pourquoi ne pas avoir fait appel aux marchands d'armes pour sauver le docteur ? » répliqua Kincaid.

Case éclata de rire et refit un clin d'œil à Janson. « Ça c'est bien les gonzesses.

— Pardon ? s'écria Kincaid.

— Ces types sont des *contrebandiers*. Leur boulot c'est de faire entrer des armes en douce, pas d'exfiltrer des bonshommes. En plus, ils n'ont pas envie de se fâcher avec de gros clients potentiels. Si jamais le FLF remporte la partie, comme Paul le pense, ils vont devoir agir finement s'ils veulent grimper dans la chaîne alimentaire et passer du statut de trafiquants à celui d'honnêtes commerçants. Ce qui leur permettra de vendre leurs armes plus chères à leurs amis du nouveau gouvernement. »

Un portable vibra. Case le détacha de la console intégrée, parmi les boutons et les manettes qui parsemaient l'accoudoir de son fauteuil. « J'ai dit pas d'appels… D'accord, merci. » Il raccrocha et déclara, « Vous allez rencontrer Kingsman Helms, président de la Division Pétrole d'ASC.

— On a visionné la vidéo », dit Kincaid.

Case grimaça. « L'incarnation de l'arrogance version Entreprise multinationale, dit-il avant d'imiter le discours de Helms. "Il ne s'agit pas d'embellir notre histoire mais de faire en sorte qu'elle soit plus belle." Tu parles d'une histoire ! Le pétrole et le charbon ont écrasé la production de gaz naturel américain pendant vingt ans. J'ignore pourquoi mais les actionnaires le portent aux nues, ce salopard.

— Tu sembles en désaccord avec ton employeur. » Janson sourit.

« Helms est le serpent dominant dans le nid de vipères du Bouddha.

— Le Bouddha ? Qui est-ce ? demanda Kincaid.

— C'est comme ça qu'on appelle le grand patron.

— Le grand patron ? Je suppose que vous voulez parler du PDG d'American Synergy, Bruce Danforth ?

— Exact. Kingsman Helms fait partie d'un groupe de quatre hommes et deux femmes qui tueraient père et mère pour prendre la place du Bouddha.

— Faites-vous partie du nombre ? » demanda Kincaid.

Case lui renvoya un sourire glacial. « Quand on bosse dans la sécurité, on n'a pas droit à ce genre d'avancement.

— Justement, la sécurité vient juste d'appeler pour vous annoncer l'arrivée de Helms, rétorqua Kincaid. La compétition semble vous intéresser.

— Les chefs de la sécurité – et les consultants en sécurité – sont des larbins, Jessica. Vous finirez par le comprendre si vous restez dans ce métier. Nous protégeons, nous ne dirigeons pas. »

La porte s'ouvrit à la volée. Kingsman Helms, un homme de trente-huit ans, blond, bien bâti, venait d'entrer sans frapper. « Doug, on me dit que vous avez appelé les marines. »

Les yeux bleus perçants de Helms s'attardèrent sur Kincaid. « Salut les marines ! » Puis il avisa Janson. « Kingsman Helms, dit-il en se précipitant vers lui, la main tendue. À qui ai-je l'honneur ? »

Kincaid dissimula un sourire quand elle vit Janson s'avancer vers Helms, lequel fut bien obligé de s'arrêter net pour ne pas lui rentrer dedans. « Paul Janson. CatsPaw Associates.

— CatsPaw : Patte de chat… On peut l'entendre de deux façons. Êtes-vous le genre toutes griffes dehors ? Ou alors patte de velours, pour mieux surprendre l'adversaire ?

— Notre société propose des services adaptés à chacun de ses clients. »

Helms apprécia la réponse et répondit en souriant : « Parfait.

— Voici ma partenaire, Jessica Kincaid.

— Enchanté, Jessica, fit-il aimablement avant de revenir vers Janson. Dites-moi, avec qui vous travaillez, tous les deux ?

— CatsPaw Associates est indépendant.

— Indépendant veut dire petit.

— Les clients avec qui nous acceptons de travailler apprécient notre savoir-faire.

— Je me demande, répondit Helms en pesant ses mots, si une petite équipe est capable de réunir les ressources nécessaires pour la mission à laquelle nous pensons. »

À la surprise de Janson, Douglas Case s'immisça brusquement dans la conversation : « Laissez tomber, Kingsman. C'est mon affaire. »

Helms l'ignora. « Pourquoi engager deux individus – une femme et un homme entre deux âges, sans vouloir vous offenser ni l'un ni l'autre – pour mener à bien une opération de type militaire destinée à récupérer notre employé ? J'avoue que je ne saisis pas très bien le raisonnement. »

Le fauteuil roulant de Douglas Case décrivit un demi-cercle et vint se placer face à Kingsman Helms. Case pressa nerveusement sur un bouton de son accoudoir. Le système hydraulique souleva l'assise pendant que des tiges équipées de roues s'étiraient à la base du fauteuil pour équilibrer l'ensemble. Case était maintenant à la hauteur de Helms. Il accrocha son regard et articula d'une voix dégoulinante de sarcasme : « Je vous dresse le tableau : notre médecin est retenu prisonnier dans une zone de conflits située au centre d'une île perdue au bout du monde, par une armée rebelle assoiffée de sang, elle-même assiégée par des soldats aux ordres d'un dictateur sanguinaire. Le genre de "ressources" dont vous avez plein la bouche n'existe que dans vos fantasmes de civil. Avec vos méthodes, nous déclencherions une guerre sur trois fronts. Et par la même occasion, nous perdrions l'homme que nous espérons sauver.

— Je veux juste… »

Case l'arrêta. « L'île de Forée se trouve à quatre cents kilomètres des côtes africaines, bordel ! Et il n'existe aucune base de départ sur le continent, vu que ces pays se fichent éperdument de vos principes à la con. Ce n'est pas ça qui sauvera notre homme. Il nous faut de la rapidité, du doigté. Ce type est tombé dans un foutu guêpier et je ne connais personne de plus qualifié que Paul Janson pour l'en sortir. Si j'ai tort, je vous rends mon tablier.

— Quel magnifique compliment ! dit Helms. On dirait que vous êtes embauché, Paul. Combien ça va nous coûter ?

— Rien tant qu'on ne vous l'aura pas ramené, dit Janson. Nous avançons les frais. Doug connaît le tarif. Cinq millions de dollars.

— Ça fait beaucoup d'argent.

— Certes, dit Janson.

— Très bien ! Voici votre feuille de route : sauver le docteur à tout prix, sans regarder à la dépense. ASC tient à ses collaborateurs. Nous formons une famille.

— Nous n'avons pas encore dit oui, répliqua Janson.

— Quoi ? Qu'est-ce qui vous gêne ?

— Nous avons besoin d'en savoir davantage sur les circonstances de l'enlèvement. Qu'est-ce qu'il faisait là-bas, votre docteur ?

— Ce qu'il faisait ? Son boulot, bien sûr.

— Comment s'appelle-t-il ? » renchérit Kincaid.

D'un regard, Helms passa le relais à Doug Case.

« Flannigan. Le Dr Terrence Flannigan.

— Que faisait le Dr Flannigan sur un navire de service offshore ? Un équipage de six hommes seulement n'a pas besoin de médecin, d'habitude. Mais l'OSV n'était peut-être qu'un moyen de transport, pour lui. »

De nouveau, Helms laissa Doug Case répondre, comme si les fonctions exactes d'un médecin du travail lui passaient au-dessus de la tête.

« On suppose qu'il se rendait sur une installation pétrolière pour soigner un blessé.

— Pourquoi ne pas avoir transporté le blessé sur le continent par hélicoptère ? C'est la procédure standard, non ?

— Doug, veuillez vérifier ce détail, rebondit Helms. Nous devons savoir où se rendait le Dr Flannigan. » Il sourit ou plutôt découvrit ses dents de devant. « Mieux encore, Paul, si vous parvenez à le récupérer rapidement, vous pourrez lui demander vous-même. Enchanté de vous avoir rencontré. Et vous aussi, Jessica. Je dois y aller. Vraiment, j'espère que vous accepterez ce boulot », fit-il dans un souffle. Puis il s'en alla.

« Qu'en dis-tu, Paul ? » s'enquit Doug Case. Il avait soudain changé d'attitude et de ton. On sentait en lui une certaine déférence. Pour un peu, il l'aurait supplié d'accepter. Mais Janson n'était pas très chaud. Il y avait encore trop d'inconnues.

« Nous allons réfléchir à la faisabilité de l'opération, dit-il. Tu auras notre réponse d'ici douze heures. »

Jessica sortit la première et lui tint la porte.

« Paul, attends un instant, s'il te plaît. J'aimerais te parler seul à seul », lança Doug Case.

Janson fit demi-tour et referma la porte. « Qu'y a-t-il ?

— J'apprécie vraiment ce que tu fais.

— Je ferai ce que je peux.

— J'insiste, j'ai une dette envers toi.

— Je te l'ai déjà dit. Si tu te sens débiteur, tu n'as qu'à faire pour un autre ce que j'ai fait pour toi.

— Merci. Je m'en souviendrai. Maintenant, écoute, il faut résoudre cette histoire d'enlèvement, peu importe que Helms devienne ou pas notre prochain PDG. Le Bouddha ne lâchera pas son poste de sitôt. Donc, ne te soucie pas de Kingsman Helms.

— Je ne m'en soucie pas.

— Ce que je lui ai dit tout à l'heure, je le pensais vraiment. À part toi, personne n'est capable de mener à bien cette mission sans risquer de compromettre la société dans une putain de guerre civile. Tout ce que nous voulons, c'est récupérer notre homme. Et je n'ai pas besoin de te dire que cela consoliderait ma position dans cette boîte.

— Si j'estime que c'est faisable, j'accepterai ce boulot.

— Le fameux tireur d'élite dont tu m'as parlé, c'est cette Jessica Kincaid ?

— Cela ne te regarde pas.

— Si je te demande ça c'est parce que je m'inquiète un peu. Il faut réfléchir à deux fois avant de travailler avec une femme. J'espère que tu la connais assez bien pour lui faire confiance.

— Je lui fais confiance, répondit patiemment Janson. C'est la meilleure dans sa partie. Et elle a plusieurs cordes à son arc.

— Une Machinette ? »

Janson réfléchit un instant. La formation de Kincaid, sa maîtrise des « arts de la mort » et ses états de service ne concernaient personne. Mais il n'avait aucune raison de cacher son admiration pour elle. « C'est une perfectionniste. Elle est toujours à l'affût de nouvelles expériences – danse, sabre, télémark, natation, boxe. Elle prend des leçons avec un acteur pour apprendre à imiter le langage corporel ; elle étudie des langues étrangères dont la plupart des gens n'ont jamais entendu parler. Et elle aura bientôt son brevet de pilote.

— Tu n'en pincerais pas un peu pour ta protégée ?

— Terriblement, dit Janson. Autre chose ? Il faut que j'y aille. »

Il joignit le geste à la parole mais Case crut bon d'ajouter : « J'ai déjà bossé avec des femmes. Elles sont malignes. Bien plus malignes que nous.

— Je partage entièrement ton avis, comme tu peux le constater.

— Mais je n'en ai jamais côtoyé sur le terrain. Du moins pas au combat, sous le feu de l'ennemi. C'est comment ? »

Janson hésita. La question de Doug – même si elle pouvait passer pour anodine – le prit de court. Et cela le surprit. Il était homme à remettre constamment en cause ses modes de fonctionnement. Mais pour assurer sa survie, il avait l'habitude de compartimenter ses pensées, ses émotions, ses désirs. Et voilà que soudain, il s'apercevait qu'il avait fait l'impasse sur ses liens avec Jessica. Il n'avait jamais vraiment pris la mesure de sa présence auprès de lui, de la place centrale que la jeune femme occupait dans sa vie, en tant que protégée, associée et amie.

« Tu as un dictionnaire sur cet ordinateur ? »

Case traversa la pièce, abaissa son siège pour le mettre à la hauteur de son bureau, ouvrit une fenêtre sur l'écran et laissa en suspens au-dessus du clavier ses mains larges et puissantes.

Ayant recouvré ses esprits, Janson sourit et dit : « Voyons voir. Cherche "compagnon d'arme". »

Doug Case tapa l'expression un peu vieillotte dans le moteur de recherches, appuya sur entrée et lut à voix haute : « Individu lié à un autre par l'amitié, le travail, le destin.

— C'est tout à fait cela.

— Oui, mais il y a un revers à la médaille. Dans le feu de l'action, quand les balles sifflent autour de vous, je suppose que tu t'inquiètes pour elle, insista Case. C'est normal, puisqu'elle est ta protégée. Les bons élèves ont tendance à se faire tuer dans notre métier. J'en ai perdu quelques-uns, et toi aussi.

— Jessica est une prédatrice, pas une proie. »

*
* *

Doug Case saisit son téléphone dès l'instant où la porte se referma derrière Paul Janson.

Bill Pounds, ex-ranger et agent de sécurité pour ASC, montait la garde dans le hall. « Oui, monsieur ?

— Ils arrivent. Dis-moi où ils vont. Ne te fais pas remarquer.

— Personne ne remarque l'homme invisible. »

3

B ILL POUNDS SE HÂTA DE REJOINDRE la Taurus vert métallisé, garée sur une zone de stationnement interdit. Rob, son coéquipier, un type taciturne qui cumulait les emplois en travaillant en même temps comme inspecteur pour la police de Houston, était assis au volant. Ils virent un taxi Fiesta rouge et blanc s'arrêter devant l'entrée de l'immeuble. L'homme d'affaires et la fille en tailleur montèrent.

Comme le chauffeur de taxi avait reçu ordre de laisser son portable allumé, Pounds et Rob entendirent la femme annoncer : « Palais des congrès Brown. »

Rob les suivit sur l'autoroute Sam Houston, à bonne distance. « Il y a deux congrès cette semaine, là-bas, l'Association nationale des Comptables noirs et les Dépanneurs texans. Je ne vois vraiment pas le rapport.

— Dépasse-les, ordonna Pounds. Je les attendrai dans le hall d'entrée. »

*
* *

Jessica Kincaid se pencha pour murmurer « Qu'est-ce qu'il a dit ?

— Plus tard. »

Janson se rencogna dans son siège et regarda défiler le paysage. Derrière la vitre, la ville de Houston paraissait comme écrasée sous une chaleur sèche ; les êtres humains avaient disparu, remplacés par des voitures. Janson laissa errer son regard et ses pensées ; il revoyait Londres, ses trottoirs encombrés, ses vieux immeubles en pierre, la luxuriance de Regent Park le jour où Jessica Kincaid avait failli le tuer sur ordre des Ops Cons.

Pour une nouvelle recrue, elle était déjà bonne tireuse, à l'époque. Mais elle manquait de cet instinct qui s'acquiert avec l'expérience. Encore assez naïve pour avaler les bobards de ses superviseurs, elle fonçait sur l'ennemi bille en tête. Quand il l'avait délogée du perchoir d'où elle espérait le canarder, il avait commencé par lui confisquer ses armes puis il lui avait collé un pistolet sur la tempe. Mais elle, sans se démonter, lui avait ri au nez : « T'es dépassé, Janson. Cette fois, ils t'ont envoyé la crème, pas les bras cassés de l'ambassade. »

La « crème », c'était l'Unité Lambda, un groupe de tireurs d'élite que Jessica Kincaid venait d'intégrer. Elle leur servait d'expert ès-Janson, ayant étudié le personnage à la demande de ses instructeurs. Les snipers Lambda opéraient en solo – raison pour laquelle Janson était encore de ce monde – chacun étant censé repérer sa cible, au lieu de dépendre d'un guetteur. Ce jour-là, ils étaient cinq, postés sur les immeubles et dans les arbres. D'autres, armés de Glocks, faisaient le pied de grue aux sorties du parc.

Il avait fallu que Jessica tombe de son arbre et qu'il la plaque au sol pour que Janson s'aperçoive qu'elle était une femme. En plus de ses talents de sniper, elle savait se battre, elle était puissante, agile, vive, intelligente et douée pour jouer la comédie. Il avait suffi d'une seconde d'inattention pour qu'elle l'assomme avec le premier objet qui lui était tombé sous la main.

« Qu'y a-t-il ? demanda-t-elle.

— Je songeais à notre première rencontre à Londres », dit-il avec un sourire à l'intention du chauffeur dont les yeux restaient fixés sur le rétroviseur. Janson ne voyait pas ce qui se passait devant mais il supposait que le téléphone sur les genoux de l'homme était encore allumé.

Jesse lui renvoya son sourire. « Tu te rappelles quand tu t'es vautré dans l'herbe ? »

Janson posa un doigt sur sa tempe, à l'endroit où Jessica l'avait frappé avec une barre à mine. « Comme si c'était hier. »

Après, ils s'étaient revus à Amsterdam. Elle avait encore réussi à le coincer ; ce jour-là, il avait vu la mort de très près. Rien n'aurait pu la dissuader de l'abattre. Cette fille avait été dressée pour tuer. Janson était resté stoïque devant l'inévitable, et il en était fier.

Le taxi ralentit en s'approchant du Palais des congrès.

Jessica Kincaid vit Janson extraire deux billets de vingt dollars du rouleau qu'il transportait partout avec lui. Du liquide. Pas de reçus, pas de traces et toujours une porte de sortie. Janson suivit son regard. Il la connaissait suffisamment pour savoir que cette liasse lui évoquait une foule de souvenirs. Jessica s'était enfuie de chez elle à l'âge de seize ans, le jour du bac ; elle s'était payé un ticket Greyhound avec une liasse de dollars piquée dans la caisse de la station-service minable que tenait son père. Le père qui l'avait élevée seul à la mort de sa mère, qui lui avait appris à chasser, à pêcher, à réparer des bagnoles et à tirer. Le père qui lui interdisait de faire ce que faisaient les autres filles parce que la voir cuisiner, laver et tenir une maison aurait retourné le couteau dans la plaie ouverte par la mort de sa femme.

« Tu pourrais faire un tour du côté de Red Creek un de ces jours. Tu le rembourserais avec les intérêts.

— Tu crois peut-être que je n'y ai jamais pensé.

— Tu finiras par le faire.

— Je te trouve bien affirmatif, Janson. À combien estimes-tu ma trahison ?

— Tu as fait des choses plus difficiles.

— En apparence seulement.

— Tu y arriveras.

— Ouais. Un de ces jours. »

*
* *

Bill Pounds regarda Janson et Kincaid sortir du taxi, entrer dans le Palais des congrès et s'engager dans le passage qui assurait la connexion avec l'hôtel Hilton où ils logeaient peut-être. Ou bien devaient-ils y rencontrer quelqu'un. À moins qu'ils n'aient l'intention de changer de taxi. Il les suivit en se cachant parmi les gens qui circulaient à vive allure. Tout à coup, il les vit s'arrêter. Pause pipi. La femme entra dans les toilettes des dames. L'homme continua sa route. Pounds lui emboîta le pas. Au bout de dix mètres, le type s'immobilisa et fit demi-tour comme s'il était pris d'une soudaine envie de pisser, lui aussi.

L'agent d'ASC poursuivit son chemin tranquillement, comme l'aurait fait n'importe quel passant. Mais le type lui rentra dedans. Malgré ses cent kilos de muscles, l'ex-ranger eut l'impression de heurter un mur en béton.

« Dis à Doug Case de grandir un peu. »

Ses yeux gris ardoise le fixaient intensément.

Pounds essaya le bluff. « Pardon ?

— Je répète : dis à Doug Case de grandir un peu.

— On se connaît ? »

Pounds sentit une présence derrière lui. C'était la femme. Elle s'adressa à lui avec un accent du Sud profond : « Hé, mon chou, comment qu'tu vas ? » et aussitôt le saisit par le coude. Une douleur atroce lui traversa le bras. Elle venait de toucher un nerf dont il n'avait jamais soupçonné l'existence. L'espace d'une demi-seconde, il vit trouble. Quand il récupéra l'usage de ses yeux, il était appuyé contre un mur et les deux autres s'éloignaient en direction de l'hôtel Hilton, comme si de rien n'était.

*
* *

Pour faire ce boulot, ils devraient impérativement disposer des moyens nécessaires pour entrer et sortir du camp du FLF sur le Pico Clarence.

Dans le taxi qui les conduisait à l'aéroport Hobby, Paul Janson échangea des textos laconiques avec Neal Kruger, un marchand d'armes auquel il faisait aveuglément confiance, et Trevor Suzman, le commissaire national adjoint de la police sud-africaine. De son côté, Jessica Kincaid chargeait des cartes

Google sur son iPhone et les transférait sur son ordinateur, resté dans l'avion. Elle se mit également en relation avec le Français qui leur fournissait des hélicoptères quand ils travaillaient en Europe.

Ils ne passèrent aux conversations téléphoniques qu'au moment où l'Embraer prit son envol. Les téléphones satellites sécurisés Inmarsat qui équipaient l'appareil utilisaient des protocoles IP Tor sur un réseau privé. Kincaid fit défiler un diaporama de cartes et de plans sur leurs moniteurs Aquos 1080.

« Prêt. »

Janson voyait assez bien comment pénétrer sur les lieux – il fallait agir vite, voyager léger, suivre la route des contrebandiers – mais pour rester en vie, il leur restait à échafauder divers plans de secours, du plus évident jusqu'au moins probable. Il arrivait qu'une solution plus favorable se présente sans qu'on s'y attende. Parfois, la situation sur le terrain changeait, et l'on devait revoir la tactique. Dans ce genre de circonstances, l'essentiel était de continuer à avancer sans perdre de temps.

« Les hélicoptères ?

— Avec son réservoir à grande contenance, l'EC 135 nous permettra d'effectuer un aller-retour de 800 kilomètres, répondit Kincaid. C'est un engin puissant à deux moteurs, facile à se procurer en Europe et accessoirement en Afrique de l'Ouest. Pas commode à poser dans la jungle, mais c'est faisable. J'ai repéré trois terrains praticables au pied du Pico Clarence, mais les cartes topographiques sont à chier et les satellites ne voient pas à travers la canopée. »

Janson examina les cartes du Pico Clarence affichées sur l'écran. Ce qu'on savait de ces reliefs volcaniques était basé sur des relevés effectués par le gouvernement portugais dans les années 1920. Puis il passa en revue les cartes de la côte africaine. « Si nous optons pour l'hélicoptère, il faudra décider d'où partir. Un aller-retour de 800 kilomètres, tu dis ? Cela nous oblige à trouver une base située à moins de 400 kilomètres de Forée. On a le choix entre le Nigeria, le Cameroun, la Guinée-Équatoriale et le Gabon. Comme le Cameroun, la Guinée-Équatoriale et le Gabon attendent de savoir qui remportera la victoire, ils ne nous autoriseront certainement pas à décoller de leur territoire. Et si nous le faisons quand même, il faudra choisir un autre point de chute pour le retour. Le Nigeria semble s'être rangé du côté d'Iboga. Mais les Nigérians sont toujours susceptibles de tourner casaque.

— Tu ne connaîtrais pas une certaine dame de nationalité nigériane ?

— Elle est à Londres en ce moment. De plus, même avec le réservoir grand modèle, l'EC 135 n'offre pas assez de marge.

— Le Super Puma doublerait notre rayon d'action. Pareil pour le Sikorsky S-76. Il y en a des tas dans cette région pétrolière. Ton pote Doug pourrait facilement nous en dégotter un.

— Le S-76 nous permettrait de partir du Ghana, du Togo, du Bénin ou du Congo, mais les gouvernements de ces pays n'ont pas l'intention de se salir les mains tant qu'ils ne connaîtront pas l'issue de la révolution. Quant au Puma, il est prévu pour dix-huit passagers. Trop gros.

— Autre possibilité, faire décoller un EC 135 d'un navire croisant au large.

— Je préfère ça. Sauf que le FLF risque de l'abattre en croyant tirer sur un appareil d'Iboga. Ils en ont déjà descendu pas mal.

— Laisse tomber l'hélico. Si nous prenions un vol commercial ou privé jusqu'à Porto Clarence ? Après, on roule jusqu'au bout de la route bitumée, on pénètre dans la jungle, on chope le docteur et on retourne à Porto Clarence.

— Oui mais imagine que le président Iboga veuille interroger le docteur pour obtenir des infos sur les insurgés, ou l'état de santé de Ferdinand Poe ?

— On aurait le même problème avec un parachutage. Si nous atterrissons à l'intérieur, comment repartirons-nous ? Non, je ne vois plus que le bateau. On accoste. On s'enfonce dans les terres. On revient. On rembarque.

— Et si nous recrutions des contrebandiers ? Ils ont l'habitude de faire des allers-retours entre l'océan et l'île, entre le rivage et le camp des insurgés. Pour cela, ils doivent soudoyer les gardes-côtes d'Iboga.

— Mais ton pote Doug dit qu'ils ne veulent pas s'en mêler.

— J'ai discuté avec Neal Kruger. Le Suisse. Il prétend savoir comment obtenir des Starstreaks à peine sortis de l'usine. »

Kincaid écarquilla les yeux. « Cool.

— On pourrait les refiler aux contrebandiers en échange de leurs services. Le FLF serait ravi d'acheter des missiles haute vélocité surface-air à guidage laser. On embarque sur leur navire, on les quitte à l'approche de l'île, on s'infiltre et on repart, vite fait bien fait.

— Et si les contrebandiers rencontrent des problèmes ?

— Notre propre bateau nous attendra et nous emmènera au large jusqu'à un OSV.

— Fourni par Doug ?

— Non. Le client tient à rester discret.

— Autre souci, renchérit Kincaid. Le FLF ne va pas trop apprécier qu'on se tire avec le docteur. Les contrebandiers prendront-ils le risque de mécontenter leurs clients ?

— On trouvera le moyen de les persuader que le jeu en vaut la chandelle. »

Janson étudiait la carte topographique quand il surprit le regard insistant de Jessica.

« Qu'y a-t-il ?

— Pourquoi nous a-t-il fait suivre ? »

Janson haussa les épaules. « Les bonnes vieilles méthodes. Il essaie juste de garder la main.

— Pourquoi cette fixation sur moi ?

— Même chose. Les vieux réflexes. J'ai remarqué que tu l'avais dans le nez. Pourquoi ?

— C'est un sale con.

— Tu sais bien que les agents de haut niveau ont des personnalités de type A. Ils sont tous hyper exigeants, hyper actifs, du genre à foncer dans le tas sans se préoccuper du reste.

— Je ne suis pas comme ça, et toi non plus.

— Certains parviennent à le cacher mieux que d'autres. De la même façon que certains parviennent mieux que d'autres à cacher ce qu'ils ressentent au fond de leur fauteuil roulant.

— Plutôt sympa ce fauteuil. Tu as vu les roues qui sortent de chaque côté quand il monte le siège ?

— Du Doug tout craché. Il a dépensé une énergie folle à le concevoir pendant qu'il était en convalescence. Il disait : "Ça m'emmerderait de devoir rester assis quand tout le monde est debout." Il a réalisé ce projet comme s'il menait une mission.

— La fondation l'a soutenu ?

— Évidemment. Doug voudrait distribuer ce fauteuil à tous ceux qui en ont besoin mais à 140 000 dollars pièce, je crains que cela prenne du temps. Le mécanisme n'est pas encore parfait mais il ne cesse de l'améliorer. Que penses-tu de Kingsman Helms ?

— Beau gosse. Plein d'avenir. Je plains celui ou celle qui se mettra en travers de son chemin… Paul ?

— Quoi donc ?

— Doug Case est-il l'un des fameux "rescapés" ?

— Qu'entends-tu par là ?

— Doug Case fait-il partie des anciens agents que tu as sauvés en leur accordant des bourses ? précisa Jessica. La version clandestine du prix MacArthur.

— La version clandestine du prix MacArthur ? J'aime bien l'expression, fit Paul Janson ravi de cette trouvaille. Je note. »

Jessica le dévisagea, attendant toujours sa réponse.

Mais Janson n'avait pas envie de répondre. Parmi les règles qui lui – leur – avait permis de rester en vie, le filtrage des informations était la plus importante. « Pourquoi cette question ?

— Cette opération ne me dit rien qui vaille.

— Ça ne va pas être évident, répondit Janson. Mais dis-toi que Doug a fait exprès de noircir le tableau devant Helms. En fait, il s'agit simplement d'un aller-retour. Insertion, extraction.

— Un camp rebelle qui sait se défendre est un nid de frelons.

— On a connu pire.

— J'essaie juste de piger pourquoi tu tiens tant à ce boulot.

— Ce médecin mérite qu'on le sauve.

— Comme des tas d'autres gens. Sauf que lui a la chance d'avoir ASC derrière lui pour payer la note. Non, c'est autre chose qui te motive. Serait-ce parce que Kingsman Helms et Douglas Case mijotent un truc dont ils se sont bien gardés de nous parler ?

— J'ignore s'ils "mijotent" quoi que ce soit. Ils doivent juste nous cacher un ou deux trucs.

— Ils mentent, affirma-t-elle. Tu le sais et cela t'intrigue. »

Kincaid connaissait si bien Janson qu'elle décela sur son visage l'expression féroce du prédateur surveillant les déplacements de sa proie. Non, corrigea-elle dans son for intérieur, pas féroce. Janson n'est pas un fauve arpentant les sous-bois. Plutôt un genre de pirate. Quand il repérait un trésor caché, il filait toutes voiles dehors en se demandant si ce trésor valait d'être déterré.

Mais Janson se contenta de secouer la tête. « Je ne *sais* pas s'ils mentent. »

Il changea volontairement d'expression, donnant si bien le change que Kincaid n'arriva plus à lire dans ses pensées. « Mais c'est vrai, je suis intrigué. Pour les USA, la Chine, et tous les pays désireux de s'assurer un approvisionnement régulier en pétrole, le golfe de Guinée est de plus en plus l'alternative au foutoir moyen-oriental. Les enjeux potentiels sont énormes. »

Kincaid savait cela. C'était l'évidence même. Ce qui était moins évident – et la rendait dingue –, c'était ce que Janson avait derrière la tête. Que voulait-il vraiment ? Sous son apparente simplicité, il était aussi complexe que n'importe qui. En fait, sa simplicité était la partie émergée d'une personnalité farouchement déterminée. Comme elle, Janson pensait et agissait vite. Qualités essentielles pour qui voulait survivre. À ceci près que chez lui, la détermination cachait une mécanique hyper complexe.

« Mais il y a plus que cela, insista-t-elle. Je pense que ton intérêt pour Doug Case brouille ton jugement. C'est la vérité, n'est-ce pas ?

— La vérité ? rétorqua-t-il avec un sourire moqueur. Notre vieille amie.

— *Ta* vieille amie », conclut-elle en sachant que sa repartie le toucherait.

Pour continuer à guérir, Janson devait affronter sa vérité jour après jour. Il avait tué pour servir son pays, mais un crime reste un crime ; le meurtre du pire des salauds reste un meurtre, et son auteur ressemble fort à un tueur en série. Un individu normalement constitué ne pouvait sortir indemne de cette série d'assassinats.

Comme il l'avait expliqué à Doug Case quelques années auparavant, admettre la vérité ne servait à rien sans la volonté d'expier, de réparer. Il ne pouvait pas changer le passé mais il pouvait tenter de s'amender à condition d'y mettre toutes ses forces, toute son âme. C'était son objectif, l'idéal qu'il frottait chaque jour à la réalité, aux erreurs humaines, aux choix moraux ; il était confronté au paradoxe qui consistait à racheter la violence par la violence.

« Oui, admit-il. Doug fait partie des "rescapés".

— Je le savais ! dit-elle triomphalement. Le retour du Phœnix.

— Doug était le premier sur ma liste. À l'époque où je cherchais encore un moyen de m'en sortir tout seul. »

Doug Case avait eu raison sur un point : une telle croisade était perdue d'avance si on refusait toute assistance. Janson l'avait vite compris. Lui qui rejetait les institutions avait dû en créer une de toutes pièces, la Fondation Phœnix. Il avait recruté des experts pour l'aider à rechercher et à réhabiliter les agents secrets mis au rancart et souffrant de blessures psychologiques dues à leur ancien métier. Il avait géré avec intelligence les sommes déposées sur ses comptes à l'étranger, sans hésiter à déplacer ses capitaux lors des crises financières. À cela, s'était ajoutée une dose de chance peu commune, si bien qu'il avait fini par amasser les fonds nécessaires au versement des bourses Phœnix, destinées à offrir une deuxième chance à d'anciens collègues sur la touche, lesquels parvenaient ensuite à se recycler dans divers emplois des secteurs public ou privé. Mais pour alimenter la machine, payer le salaire des facilitateurs, des techniciens, des informaticiens et des hackers, il lui fallait désormais accepter des boulots comme celui que proposait Doug Case.

Personne ne connaissait l'ensemble de l'histoire. Jessica était une exception, encore ne savait-elle pas tout.

« Doug est un modèle de réussite. Chef de la sécurité globale de la plus grosse compagnie pétrolière au monde. À ses moments perdus, et il en a peu, il sert de grand frère, de père et d'oncle aux pensionnaires d'une maison de repos pour anciens gangsters mutilés lors d'échauffourées. À Noël, il leur offre un super fauteuil électrique.

— Qu'est-ce qu'il a fait ? De quoi l'as-tu sauvé ?

— Tu n'as pas besoin de le savoir.

— Je te l'accorde mais si je me retrouve un de ces quatre pendue par les chevilles, à regarder des mecs te torturer en attendant mon tour, j'aimerais pouvoir me dire que nous avons accepté ce boulot en toute connaissance de cause.

— C'est marrant que tu parles de torture.

— Qu'y a-t-il de marrant là-dedans ?

— Doug Case était radicalement opposé à l'usage de la torture. Il croyait que tout le monde – simple citoyen, soldat, agent secret – participait à la guerre contre la terreur. Dès lors, disait-il, le simple désir d'échapper à la mort ne justifie pas que nous détruisions ce qu'il y a de meilleur en nous – nos principes d'êtres civilisés, notre éthique. Il refusait d'arracher des informations sous la torture et prétendait que si des innocents mouraient à cause de ce refus, ce serait au nom d'un bien supérieur.

— À savoir ?

— L'humanité.

— Les mecs devaient l'adorer aux Ops Cons.

— Tu te rappelles peut-être que les Opérations consulaires n'avaient rien d'un salon littéraire, répliqua-t-il sèchement. Il n'en a parlé qu'après.

— Après quoi ?

— Après avoir abattu son coéquipier pour l'empêcher de torturer un otage qu'ils avaient capturé en Malaisie.

— Il a descendu un collègue ?

— Deux balles dans la tête.

— Il a tué un *Américain* ? Seigneur ! Pas étonnant qu'il soit dans un fauteuil roulant. Qui l'y a mis ? demanda-t-elle, les yeux écarquillés. Toi ?

— La vengeance n'est pas ma tasse de thé, Jesse. Tu sais quoi ? La vengeance n'existe pas. Pas sur cette terre.

— Ah ouais ? fit-elle en posant sur lui un regard inquisiteur. Alors qui ?

— Il s'y est mis lui-même.

— Comment cela ?

— Doug s'est jeté du toit de notre ambassade à Singapour.

— Un suicide ?

— C'était son intention. Mais le corps n'obéit pas toujours à l'esprit. Doug avait trop souvent sauté en parachute pour s'écraser banalement sur le sol. Son corps a réagi au dernier moment. Il a eu la vie sauve mais sa colonne vertébrale a morflé.

— Waouh… Mais tu disais qu'on lui avait tiré dessus.

— C'était une autre fois.

— Quand es-tu intervenu dans sa vie ?

— En le voyant faire la manche sur Washington Boulevard à Ogden, Utah.

— Comment l'as-tu retrouvé ? Via un hôpital de vétérans ?

— Il a passé son enfance à Ogden. Quand la vie devient un enfer, les gens ont tendance à rentrer au pays. »

Jessica Kincaid secoua la tête. « Parfois je me sens coupable.

— De quoi ?

— De ne pas faire le bien autour de moi, alors que toi… »

Janson éclata de rire. « Un don Quichotte dans une équipe, c'est largement suffisant – sérieusement, Jesse, tu es jeune. Tu évolues dans un autre contexte. Tu n'as pas fini d'apprendre ton métier. Bon, va dire à Mike que nous partons pour l'Afrique. »

Jessica Kincaid alla ouvrir la porte du cockpit. Quarante mille pieds sous le nez pointu de l'Embraer, des terres cultivées séparées par des barrières invisibles s'étiraient vers l'horizon. Les champs verdoyants luisaient sous le soleil. Des arbres suivaient le cours des ruisseaux et des rivières.

Elle posa une main sur l'épaule de Mike, l'autre sur celle d'Ed et dit : « Les gars, vous savez où se trouve l'Afrique ?

— Vaguement, lança Ed.

— Le patron veut y aller.

— Il a une préférence ? demanda Mike.

— Port Harcourt, Nigeria. »

Ed entra le changement de cap dans le système de navigation aérienne Honeywell. Jessica le regarda faire. Ce logiciel de nouvelle génération comprenait le GPS à système d'augmentation à grande échelle de l'Embraer, des données de point tournant et le Future Air Navigation System qui permettait de voler sous procédure de contrôle transocéanique. Ed étudia un cap susceptible de réduire la distance et la dépense en carburant.

« Vire à droite, dit-il à Mike en lui montrant l'itinéraire. On fera le plein à Caracas.

— Tu ferais bien de dormir un peu, répondit Mike.

— Dès que j'aurai entré le manifeste des passagers pour le service des Douanes et de Protection des frontières. »

Mike se retourna vers Kincaid et lui demanda avec un grand sourire : « Miss Jessica, si je devais me déplacer pendant qu'Ed roupille, voudriez-vous occuper quelques instants le siège de gauche ?

— Et comment ! » s'écria-t-elle, toujours prête à prendre les commandes. Elle écouta Mike discuter avec le Centre de contrôle atlantique dont ils traversaient l'espace aérien. Quand il reçut l'autorisation de changer de route, l'avion argenté s'inclina sur son aile de tribord.

« Je reviens de suite, dit Kincaid. Faut que j'aille voir le patron. »

Elle se précipita dans la cabine en se tenant pour ne pas tomber car l'appareil penchait encore. Assis sur le côté haut, Janson regardait le ciel par le hublot. À le voir ainsi plongé dans ses pensées, elle se dit qu'il y avait autre chose que Doug Case, autre chose que le médecin kidnappé. La Machine avait flairé un problème. Un instant, Kincaid fut tentée d'insister, de lui faire cracher le morceau. « Qu'est-ce qui se passe ? Dis-le-moi. » Mais elle se ravisa. Quand elle voyait ce front pensif, elle savait que Janson était incapable de mettre des mots sur ce qui le tracassait. Du moins pour l'instant.

4

Dans le camp du Front de Libération foréen, caché parmi les grottes trouant comme un gruyère les montagnes boisées du centre de l'île, sept hommes paralysés de peur attendaient de connaître leur sort. On les avait attachés à des arbres à feuilles persistantes, les bras ligotés aux troncs.

Des rayons de soleil perçaient la canopée qui plafonnait à plus de vingt mètres au-dessus d'eux, infestée de lianes si nombreuses qu'elles étouffaient les plus hauts feuillages. Le grondement de la rivière dévalant la montagne les empêchait d'entendre nettement ce qui se passait autour, ce qui ne faisait qu'aggraver leur angoisse. Ils ignoraient donc les cris qui résonnaient dans la grotte qui abritait l'hôpital de campagne.

« Qu'est-ce qu'ils ont fait à mon père ? » beuglait Douglas Poe. Le fils du leader du FLF était un homme de trente-cinq ans à la peau sombre, grand et musclé, avec une bouche cruelle et des cheveux tressés à l'africaine.

« À peu près tout ce qu'on peut faire subir à un homme sans le tuer », répondit le Dr Terry Flannigan. Il faisait l'impossible pour garder la tête froide. Quand on essayait de « rafistoler » un patient, il ne fallait pas trop réfléchir aux motivations de ceux qui l'avaient massacré.

Flannigan considéra Douglas Poe avec une certaine méfiance. La vision de son père torturé semblait lui avoir ôté la raison. Un seul faux mouvement, pensait-il, et lui aussi finirait attaché à un arbre avec les types qui attendaient leur exécution. Flannigan frémit. L'air était frais sur les pentes du Pico Clarence et encore plus dans cette grotte.

Le pauvre diable n'était qu'une plaie. Seul son visage avait été épargné. Il dormait – Flannigan ayant puisé dans la trousse de secours de l'*Amber Dawn* suffisamment de morphine pour qu'il reste inconscient le plus longtemps possible. Ferdinand Poe avait les traits d'un homme de soixante-huit ans autrefois vigoureux, une moustache et des sourcils poivre et sel, une épaisse chevelure crépue dont les racines blanches prouvaient qu'il la teignait, de grandes oreilles décollées, un nez délicat révélant une ascendance portugaise, une mâchoire solide, le double menton et les joues rebondies d'un amateur de bonne chère. Comment cet homme avait-il pu renoncer aux plaisirs de la vie pour prendre la tête d'une révolution ? se demandait Flannigan. Il n'arrivait pas à se faire à cette idée, tout comme il n'arrivait à pas se faire à l'idée qu'il était prisonnier de ces gens.

« S'il meurt, tu y passes ! gronda le fils.

— Je t'emmerde ! » cracha le médecin qui n'avait rien à perdre. Il pouvait dire tout ce qu'il voulait, personne ne toucherait à un seul de ses cheveux, à moins que le vieux ne casse sa pipe. Il y avait des douzaines de blessés en mal de soins dans le camp, mais Douglas n'en avait cure. Si son père mourait, il appuierait sur la détente sans hésiter. De la même façon qu'il descendrait bientôt ces pauvres types attachés aux arbres. Non pas qu'il les plaigne, loin de là, puisqu'il s'agissait des membres du commando qui avait attaqué l'*Amber Down* et tué tout le monde à bord. Ces salauds n'avaient que ce qu'ils méritaient.

Cela dit, le Dr Flannigan ne comprenait pas pourquoi Douglas, le fils de Ferdinand Poe, accusait de trahison ses propres troupes. Terry Flannigan ignorait ce qui se tramait. Il savait juste que le chef des commandos, le psychopathe sud-africain qui avait assassiné Janet, s'était fait la malle à temps pour ne pas se retrouver collé à un arbre. Poe avait envoyé une centaine d'hommes dans la jungle avec pour ordre de tirer à vue. Mais le docteur aurait été fort surpris qu'on le rattrape. Il l'avait vu à l'œuvre pendant leur long voyage en canot vers l'intérieur de l'île, à travers les marais et les forêts épaisses.

Douglas Poe prit la main de son père, lequel se crispa à son contact. « Je croyais que tu lui avais donné de la morphine ! hurla Douglas.

— Je vous ai dit de ne pas le toucher, répliqua le médecin. Si je lui en donne plus, il tombera dans le coma. Et votre grotte n'est pas équipée pour traiter un patient dans le coma.

— Mais quand… ? »

Terrence Flannigan lui sortit une réponse aussi vieille qu'Hippocrate et dont les sorciers faisaient sans doute encore usage. « Il lui faut du temps. »

Douglas Poe sortit un pistolet du holster sanglé à sa cuisse, tourna les talons et quitta précipitamment la caverne. Les soldats liés aux arbres tendirent le cou pour le voir arriver et tirèrent sur les cordes qui les plaquaient contre l'écorce rugueuse. L'un d'eux cria. Un autre gémit. Leur sergent s'adressa à Poe en termes mesurés : « Camarade Douglas, nous avons respecté tes ordres à la lettre.

— Je ne vous ai jamais dit de les tuer.

— Mais si, tu l'as fait. Tu as dit de tuer l'équipage du pétrolier et de couler le bateau.

— C'est faux.

— Douglas, mon frère, mon camarade. Je t'ai entendu prononcer ces mots dans la radio.

— Menteur. Je ne t'ai pas parlé.

— Je t'ai entendu dire au sergent-major Van Pelt : "Descends-les. Coule le bateau."

— Vous avez détruit tout ce que mon père a accompli. Tous autant que vous êtes ! brama Douglas. Mon père projetait de traiter avec la compagnie pétrolière pour libérer et reconstruire notre nation en ruines. Et qu'est-ce que vous avez fait ? Vous avez tué ces gens.

— Tu as donné la liste des membres d'équipage au sergent-major Van Pelt.

— Non.

— C'est lui qui me l'a dit. »

Douglas Poe arma son pistolet, colla le canon sur la tempe du sergent et appuya sur la détente. Puis il passa rapidement d'arbre en arbre pour abattre les autres. Tout fut terminé en l'espace de trente secondes. Écœuré, terrifié, Terry Flannigan le regardait faire depuis l'entrée de la grotte. Il se demanda s'il aurait la force de s'enfuir comme l'avait fait le Sud-Africain.

L'île de Forée faisait quarante-cinq kilomètres de long sur une trentaine de large. Mille quatre cents kilomètres carrés. Les insurgés tenaient les hauteurs de main ferme, à en juger d'après les nids de mitrailleuses lourdes que Flannigan avait vus juchés au sommet des arbres et les carcasses calcinées des hélicoptères d'Iboga. Le dictateur contrôlait les basses terres qui descendaient vers l'océan Atlantique. Au milieu, s'étendait une zone très chaude et très humide, où la forêt s'épaississait en une jungle inextricable.

Devait-il courir s'y cacher ?

Il était en mauvaise condition physique. Il n'avait pas fait de sport depuis des années et buvait trop. Ce n'était ni un soldat, ni un guérillero habitué à la jungle. Ils auraient tôt fait de le rattraper et de l'abattre. Mais de toute façon, si jamais le vieux mourait, ils le tueraient aussi. Il résolut donc de s'enfuir à la première occasion. L'un des deux gosses qui lui servaient d'infirmiers le tira par le bras. La seule chose que Flannigan appréciait avec le FLF c'était qu'ils n'employaient pas d'enfants soldats. Ces deux-là étaient des orphelins qu'ils hébergeaient dans le camp. Ils servaient de messagers et apportaient de la nourriture et de l'eau aux combattants. « Il se réveille.

— Quoi ?

— Le ministre Ferdinand se réveille. » Ferdinand Poe avait été ministre des Affaires étrangères avant qu'Iboga s'empare du pouvoir. Tout le monde l'appelait encore monsieur le ministre.

Flannigan se précipita vers le lit de camp où reposait le blessé.

Ferdinand Poe le dévisageait. Ses yeux perçaient le nuage de morphine comme ceux d'un vieux marin guettant la terre à travers le brouillard. Sa voix puissante lui parut en harmonie avec sa mâchoire volontaire, son double menton et ses joues charnues. C'était la voix d'un homme qui savait ce qu'il valait. « Qui êtes-vous ?

— Votre médecin », dit Flannigan le cœur serré. Finis les beaux rêves d'évasion. « Comment vous sentez-vous, monsieur ? »

5

LES INFORMATEURS DE JANSON découvrirent, parmi les trafiquants qui fournissaient en armes le Front de Libération foréen, une équipe étroitement soudée, composée d'Angolais et de Sud-Africains. Voilà qui expliquait pourquoi le blocus ne leur résistait guère. Les Angolais baignaient dans les guerres civiles depuis l'époque où les superpuissances se disputaient la terre d'Afrique. Les diamants des rebelles, le pétrole du gouvernement avaient servi à payer les tanks, les hélicoptères et les avions de chasse. Ils connaissaient les armes et les techniques de survie comme personne sur le continent, à part peut-être les Sud-Africains dont l'expérience de l'armement sophistiqué en faisait des mercenaires hors pair.

Deux jeunes hommes téméraires – Agostinho Kiluanji et Augustus Heinz – étaient chargés du convoyage. On ne savait presque rien sur eux, excepté qu'on les surnommait les Double A. Kiluanji était probablement un nom de guerre emprunté à un héros ayant combattu l'envahisseur portugais, au xvie siècle. Janson connaissait ce genre d'hommes. Pauvres mais ambitieux, ils risquaient leur vie dans l'espoir d'amasser assez de fric pour monter une affaire de vente d'armes prospère. L'argent et la respectabilité allaient souvent de pair.

Mais avant que l'Embraer atterrisse au Nigeria, la réponse arriva sur le téléphone satellite : les Double A ne souhaitaient pas transporter deux commandos jusqu'au camp rebelle.

« Proposez-leur davantage », ordonna Janson.

Son négociateur à Luanda s'exécuta mais rien n'y fit. « Ils croient à une arnaque.

— Offrez-leur des missiles Starstreaks. »

Quand son correspondant le rappela, il semblait anxieux. « Qu'est-ce qui cloche ? fit Janson.

— Ils refusent les Starstreaks.

— Et puis ?

— Ils disent qu'ils me tueront si j'insiste encore.

— Ces types me plaisent, dit Janson.

— Pourquoi ?

— Ils ne sont pas obsédés par le fric. Quittez l'Angola par le prochain avion. Je me charge des négos. »

Kruger à Zurich trouva le nom du marchand d'armes libanais, le Dr Hagopian, qui fournissait à Augustus Heinz et Agostinho Kiluanji les armes destinées au FLF. Janson n'en revenait pas. C'était un boulot sacrément ingrat. Vendre des armes de contrebande à des Africains en guerre pouvait rapporter gros mais comportait d'énormes risques. Hagopian occupait une place de premier plan dans ce commerce depuis l'époque où les États-Unis avaient armé Saddam Hussein dans sa guerre contre l'Iran. Peut-être le Dr Hagopian pariait-il sur une victoire du FLF, lequel une fois installé au gouvernement continuerait à se servir chez lui. Peut-être avait-il besoin d'argent. Janson se rappelait la splendide propriété que le Libanais possédait sur la côte méditerranéenne, son hôtel particulier à Paris, tous deux équipés de systèmes de sécurité dernier cri, et les goûts très dispendieux de son épouse.

Janson et Hagopian avaient fait affaire ensemble autrefois, et l'un comme l'autre n'avait eu qu'à s'en féliciter. Par téléphone, Janson demanda à ses contacts en Europe d'enquêter sur Hagopian, de rechercher une fissure jusqu'alors inconnue dans la cuirasse du négociant libanais. Comme l'homme entretenait d'excellentes relations avec les services de renseignements américains, il pouvait se permettre d'exercer à visage découvert ou presque ; aucun gouvernement légitime ne l'avait inscrit sur sa liste noire. Pourtant, le monde dans lequel il évoluait connaissait sans cesse des hauts et des bas. En outre, Hagopian avait un point faible, et pas des moindres : l'un de ses fils travaillait à ses côtés ; l'autre, Illyich, traînait une réputation de « fauteur de troubles ».

« Fauteur de troubles ? s'étonna Janson. Qu'est-ce que doit faire le fils d'un marchand d'armes pour être qualifié de fauteur de troubles : entrer dans les ordres ?

— Non, répondit son correspondant français sans relever son trait d'humour. Il s'est acoquiné à une bande de cambrioleurs. »

*
* *

Janson soutira quelques détails à son interlocuteur, qu'il compléta auprès d'autres correspondants à travers l'Europe. Puis il contacta un ancien boursier de la Fondation Phœnix pour lui demander son aide.

Tous les « diplômés » Phœnix possédaient des téléphones munis d'une puce de cryptage ; ainsi leurs conversations avec Janson demeuraient parfaitement intraçables. En revanche, ils ne savaient pas tous que c'était Janson le directeur de la Fondation, exception faite de Doug Case et Micky Ripster, qui étaient de vieux amis à lui.

« Pourquoi tu t'adresses à moi ?

— Parce que tu habites Londres et que j'ai besoin de quelqu'un sur place de toute urgence.

— Pas très flatteur pour moi. La géographie prime sur le talent.

— J'ai beaucoup de chance que tu sois disponible. Personne d'autre que toi n'est capable d'accomplir cette mission.

— Tu oublies que tu m'as donné de l'argent pour que je quitte le métier.

— J'ai payé ta reconversion, pas ta retraite.

— Et maintenant, tu me demandes de tuer pour « une bonne cause » ? C'est pourtant comme ça que les ennuis ont commencé pour nous, pas vrai ? Quelle différence entre ta cause et celles pour lesquelles on combattait autrefois ?

— Les règles ont changé. Aujourd'hui, on agit selon le code Janson.

— Qui consiste en quoi ?

— Pas de torture. Pas de victimes civiles. On ne tue que ceux qui veulent nous tuer.

— Pas de torture ? répéta Micky Ripster. Pas de victimes civiles ? On ne tue que ceux qui veulent nous tuer ? Ne t'inquiète pas, le bruit bizarre que tu viens d'entendre n'a rien à voir avec la puce de brouillage. C'est juste que je me marre doucement.

— Tu as une dette envers moi, rétorqua Janson d'une voix soudain glaciale. Le moment est venu de la rembourser. »

Il y eut une longue pause. « Donc, si je comprends bien, ce que Janson donne d'une main, il le reprend de l'autre.

— Ce que Phœnix accorde, Phœnix le récupère pour le transmettre à un autre. »

Ripster soupira. « Très bien, Paul. De qui veux-tu te débarrasser ?

— De personne.

— Je croyais…

— Je n'ai pas besoin d'un tueur mais d'un expert en manipulation. Et tu es le meilleur que je connaisse. Si je me rappelle bien, les renseignements syriens pensent encore que leurs réserves de plutonium de Deir ez-Zor ont été détruites par des bombes israéliennes.

— Enfin, c'est ce qu'ils ont bien voulu croire », objecta modestement Ripster.

Janson lui exposa sa demande.

« Et qu'est-ce que cela me rapportera ? s'enquit Ripster. En dehors évidemment du plaisir que je prendrai à relever ce passionnant défi.

— La satisfaction d'œuvrer pour le bien. Et cinq fois ton tarif journalier.

— Quelle générosité !

— Détrompe-toi. Tu disposes d'un jour, pas plus, et ça commence tout de suite. »

Illyich Hagopian, qui tenait son prénom russe de sa mère, s'amusait à faire le tour de Berkeley Square, juché sur un vélo Raleigh à l'ancienne, équipé de trois vitesses et d'un panier en osier. Le joli garçon affichait la moue boudeuse des enfants gâtés. Négligemment posé sur ses épaules, il portait un pull jaune en cachemire dont les manches nouées retombaient sur sa poitrine. Parmi les personnes assises sur les bancs du parc, celles qui remarquèrent son manège pensèrent qu'il posait pour des clichés publicitaires ou répétait en attendant l'arrivée du photographe.

C'était un après-midi idéal pour une séance photo. Le ciel était d'un bleu profond, les énormes platanes filtraient le soleil qui scintillait sur les immeubles de calcaire et l'herbe verte. On se serait cru transporté à l'époque de la reine Victoria, n'eût été le vacarme du centre-ville, entre taxis, camions de livraison et motos.

Non loin de là, sur New Bond Street, un vigile et un vendeur s'employaient à déverrouiller la porte de la bijouterie de luxe Graff. Leurs mains tremblaient un peu car ils venaient d'apercevoir un type descendre d'une BMW noire et se diriger vers leur boutique, avec une blonde endiamantée à son bras. Et ce type ressemblait fort à Mick Jagger. Ils firent entrer la rock star milliardaire et sa croqueuse de diamants. De près, la peau de Jagger semblait étrangement fripée, même pour un artiste ayant débuté sa carrière dans les années 60. Mais ils n'eurent pas l'occasion de s'y attarder car un pistolet apparut soudain dans sa main gantée. La blonde sortit une arme, elle aussi ; plus tard, le vendeur déclarerait qu'il s'agissait sans doute d'une drag queen.

D'abord, le vigile, un Royal Marine à la retraite, voulut résister mais quand Mick Jagger tira dans la moquette, il retrouva la raison. Ensuite tout se passa très vite. Les cambrioleurs entassèrent colliers, bracelets, bagues et montres dans des sacs en velours. Le vigile et le vendeur se retrouvèrent ligotés derrière le comptoir, les deux malfaiteurs repassèrent la porte et remontèrent dans la BMW, tout cela en deux temps trois mouvements.

La voiture noire démarra sur les chapeaux de roues, remonta New Bond Street, tourna à droite sur Bruton, et encore à droite sur Bruton Place vers Berkeley Square où ses occupants descendirent en laissant sur le sol masques de latex, armes et perruques. Dans leur hâte, ils heurtèrent un cycliste qui attendait pour traverser la rue, s'excusèrent poliment et sautèrent dans un taxi noir londonien. Pendant que le chauffeur s'engouffrait dans la circulation de Berkeley Street en direction de Piccadilly, le cycliste dénoua les manches de son pull en cachemire et le déposa en boule dans son panier.

Les sirènes de police hurlaient crescendo à travers les rues étroites. Le cycliste traversa Berkeley Street et poussant toujours son vélo, pénétra sur la place. Derrière lui, une Smart jaune et bleue de la police tourna sur les jantes au coin de Bruton Place et s'arrêta net, près de la BMW abandonnée.

Le jeune homme déterminé, imperturbable – malgré son visage de bellâtre et les déceptions qu'il avait infligées à son père –, lança un regard innocent par-dessus son épaule tout en continuant à marcher à côté de sa bécane. Toutes sirènes hurlantes, une grosse Volvo du Flying Squad descendait Berkeley Street à pleine vitesse. Des spécialistes des attaques à main armée en surgirent, pistolets en main, pour constater que la BMW était vide. Des piétons leur indiquèrent la direction de Piccadilly. Le Flying Squad repartit dans un vrombissement de moteur.

Après avoir traversé la petite place, Illyich Hagopian enfourchait sa Raleigh quand deux hommes, l'un vêtu d'un costume à rayures, l'autre en jean et coupe-vent, se levèrent de leur banc et l'attrapèrent par les bras.

« Pas un cri, lui dirent-ils, ou on appelle les flics.

— Et on leur montre ce que tu transportes dans ton panier. »

Une camionnette se gara le long du trottoir. Il y avait de la place pour son vélo. Ils le menottèrent au guidon pour lui ôter toute velléité de s'enfuir au prochain feu rouge. Puis ils transférèrent le contenu des sacs en velours dans plusieurs petites enveloppes matelassées. Quand Illyich Hagopian vit les étiquettes imprimées dessus, il crut qu'il était devenu fou.

Joaillerie Graff
New Bond Street
Londres W1
(objets trouvés)

La camionnette s'arrêta. L'homme au costume rayé descendit, glissa les enveloppes dans la fente d'une boîte aux lettres et s'éloigna à pied. Le véhicule poursuivit sa route. Le voleur vit défiler plusieurs pancartes indiquant l'autoroute M4, l'aéroport d'Heathrow, puis des plus petites, signalant les comptoirs de fret aérien.

« Où m'emmenez-vous ?

— Tu rentres chez maman. »

*
*   *

L'Embraer de Paul Janson venait de parcourir les mille huit cents kilomètres séparant Port Harcourt au Nigeria de Luanda, capitale de l'Angola. Quand il atterrit sur l'aéroport Quatro de Fevereiro, Kincaid, remplaçant Ed sur le siège du copilote, découvrit fascinée les derricks qui s'élançaient vers le ciel. Ils dépassèrent un grand nombre d'avions cargos 747 et autres charters qui servaient au transport des personnes travaillant pour les compagnies pétrolières.

L'agent angolais du Dr Hagopian accueillit Janson dans le terminal en se faisant passer pour un interprète. Il le conduisit rapidement vers un comptoir où l'on contrôla son passeport. Moitié Portugais, moitié Angolais de la tribu Fang, c'était un bel homme entre deux âges, à l'allure élancée, aux manières courtoises. Dans la voiture, il s'avoua fort étonné de la haute considération que son patron témoignait à Paul Janson : « Le docteur a déclaré que je devais vous traiter comme si c'était lui. Franchement, cher monsieur, c'est la première fois que je l'entends dire une chose pareille.

— Pas d'inquiétude. Je ne fais que passer. »

Ils roulèrent vingt minutes jusqu'à un restaurant de la Vieille Ville, O Cantinho dos Comandos, situé au rez-de-chaussée d'un immeuble de stuc rose abritant un club fréquenté par l'armée angolaise.

Les trafiquants d'armes ne s'étaient pas déplacés en personne, préférant se faire représenter par un jeune type vêtu d'une veste de cuir bon marché. Janson lui trouva l'allure d'un gérant de boîte de nuit ou d'un vendeur de voitures. L'homme lui fit maintes politesses. « Je vous suis très reconnaissant, monsieur. Un très important fournisseur qui possède à la fois des clients de première classe et de classe économique m'informe qu'à partir de ce jour, je volerai en première.

— Ne me remerciez pas, dit Janson. Vous savez ce que je veux. Je vous donne ma parole que nous ne vous causerons pas de soucis. Contentez-vous de nous conduire dans l'île. Après, on se débrouillera seuls. Nous ne marcherons pas sur vos plates-bandes et personne ne saura jamais que vous nous avez aidés. »

Le jeune homme afficha une mine effarée en écartant les mains en signe d'impuissance. « Si seulement je pouvais vous aider, je le ferais, s'excusa-t-il. Mais le navire a déjà appareillé.

— Quand ?

— Hier. Il approche de l'île de Forée à l'heure qu'il est.

— Pourquoi n'a-t-il pas attendu ?

— Le capitaine a décidé… » L'homme s'interrompit pendant que Janson échangeait un regard avec l'émissaire d'Hagopian, lequel faisait une tête de six pieds de long. Visiblement il ne savait qu'en penser. S'agissait-il d'une bévue ou d'un coup fourré ?

Le trafiquant reprit : « C'est d'ailleurs préférable, mon ami – la situation a changé sur cette île. Iboga s'est offert un grand nombre de tanks.

— Quel genre de tanks ?

— Des T-72 amphibies avec snorkels. »

Un assaut de blindés sur la place forte du FLF n'arrangerait pas les affaires du Dr Flannigan, pensa Janson. Il n'y avait pas de temps à perdre s'ils voulaient le tirer de là. « Où s'est-il procuré ces T-72 ? Les Nigérians ? »

L'agent d'Hagopian acquiesça. « Les renseignements militaires nigérians ont mis la main à la pâte, dirons-nous.

— Il vaut mieux que vous ne soyez pas sur place quand les tanks attaqueront, reprit le contrebandier.

— Je veux y être.

— Vous le savez bien, je ferais n'importe quoi pour vous aider, mon ami. » De nouveau, il écarta les mains mais cette fois, son geste s'adressait à l'émissaire d'Hagopian. « N'importe quoi. Vous n'avez qu'à demander. Mais le navire a appareillé. » Il se retourna vers Janson. « N'importe quoi.

— Alors, je vous prends au mot, répliqua Janson avant que l'autre se rétracte. Contactez votre capitaine par radio, dites-lui que nous allons le rattraper. Qu'il nous attende à cinquante miles des côtes. » C'est-à-dire bien au-delà des eaux territoriales de Forée et de la zone contiguë.

« J'ignore combien de temps il peut attendre. Il y a des horaires à respecter, des rendez-vous.

— Il peut bien attendre huit heures », décida Janson, aussitôt approuvé d'un signe de tête par l'agent d'Hagopian.

En regagnant l'aéroport, Janson attendit que l'émissaire se décide à briser le silence. « Les tanks ?

— Dans quel état sont-ils, à votre avis ? demanda Janson.

— Ils fonctionnent, dit l'homme. En plus, comme chacun sait, les Foréens sont d'excellents mécaniciens. »

Janson hocha la tête. Tous les insulaires s'y connaissaient en mécanique. « Qui les pilotera ?

— La garde présidentielle se compose de vétérans angolais. Les tanks russes leur sont familiers. »

Janson tourna le problème dans sa tête. Il ne souhaitait pas affronter les troupes du dictateur mais il devait se tenir prêt à toute éventualité.

« Puis-je vous soumettre une idée ? dit l'agent.

— Faites donc.

— Je crois savoir que le Dr Hagopian connaît une personne respectable et digne de confiance dans l'aéroport, une personne qui aurait accès à des RPG-22.

— Je préférerais que cette personne ait accès à des AT-4. » L'excellent AT-4, puissant canon antichar sans recul fabriqué par Saab, était capable d'arrêter des T-72 russes. Six roquettes avec leurs lanceurs pesaient dans les cinquante kilos, la charge limite qu'ils pouvaient transporter, en plus de leur équipement habituel.

« Je doute fort de pouvoir vous trouver des AT-4 pour votre rendez-vous prévu dans huit heures.

— Il n'y en aurait pas sur le navire, des fois ?

— Malheureusement non. Ce bâtiment ne transporte que des marchandises autorisées. »

Les Russes fabriquaient aussi des RPG-26, moins puissants, et il n'y avait pas pénurie d'armes russes et soviétiques, en Angola. « Les contrebandiers en ont-ils ?

— Pas en ce moment. Ils n'ont que des pistolets-mitrailleurs, des munitions et des médicaments contre la malaria et les infections.

— Le Dr Hagopian connaîtrait-il quelqu'un susceptible de me fournir six RPG-26 ? »

L'agent haussa les épaules. « Il pourra peut-être en trouver un ou deux.

— Avec des obus HEAT ? » Une munition conçue pour percer le blindage des tanks.

« Oui. Mais son associé sera sans doute obligé de compléter avec des RPG-22. »

Une version plus ancienne, dont on avait arrêté la fabrication à l'époque où Jessica fréquentait l'école primaire. Janson fronça les sourcils. L'émissaire d'Hagopian renchérit : « En parfait état. À peine sortis des caisses et parfaitement vérifiés.

— Je n'en attendais pas moins de la part d'un associé du Dr Hagopian », répondit Janson d'une voix atone.

Vingt-cinq minutes plus tard, de retour à l'aéroport, Janson ordonna : « On file sur Port-Gentil dès que le chargement sera terminé. » Étant donné sa proximité avec l'île de Forée, ce port situé sur la côte gabonaise, au nord du Congo, serait leur point de départ. Mike et Ed avaient déjà entré le plan de vol.

Une heure plus tard, un camion dont le système de réfrigération produisait un bruit entêtant se présenta à reculons devant la soute de l'Embraer et déchargea six caisses mouillées sur le tarmac, dans l'ombre de l'avion. Ed et Mike les hissèrent à bord.

— Ça fait pas mal de langoustes, patron.

— L'Angola est réputé pour ses fruits de mer », répliqua Janson.

Une fois les caisses embarquées, les pilotes firent décoller l'avion. « Comment ça s'est passé de ton côté ? demanda Janson à Jessica.

— J'ai trouvé un hélico. Et toi ?

— J'ai trouvé quelque chose moi aussi : Iboga possède des tanks. »

6

L E Sikorski S-76 avait derrière lui une longue et laborieuse carrière dans l'industrie pétrolière.

À peine sorti de l'usine, l'appareil à double turbine avait servi à transporter les dirigeants de ChevronTexaco sur les navires sismiques qui exploraient les eaux profondes au large de l'Angola. Quand la compagnie avait commencé les forages, on avait remplacé ses jolis sièges en cuir par d'autres en aluminium. Dès lors, le S-76 avait convoyé des équipes techniques jusqu'aux installations flottantes. Il avait accumulé les heures de vol, reçu des hectolitres d'eau salée, réussi nombre d'atterrissages risqués sur des héliports inclinés, glissants. Finalement la compagnie, estimant qu'il avait fait son temps, l'avait relégué à des tâches moins nobles. Après qu'il eut été reconverti en transporteur de fret, elle avait jugé bon de le vendre à une société indépendante italienne qui elle-même s'en était débarrassée, au bout de plusieurs années d'utilisation insentive, pour éponger une dette auprès d'un fournisseur d'équipement, AngolLease, lequel l'avait exploité jusqu'à ce qu'une manœuvre plus que téméraire fausse son train d'atterrissage. L'un des patins ayant défoncé le sol de la cabine, on dut rafistoler le mécanisme d'escamotage du train. AngolLease lui fit remonter la côte vers Port-Gentil au Gabon, où il échoua chez LibreLift, une boîte de prestations de services créée par deux pilotes : un Français anorexique au visage brûlé par le soleil, affublé d'une moustache de morse jaunie par la nicotine, et un Angolais corpulent arborant une tenue éclectique empruntée à diverses armées, qui faisait également office de mécanicien.

Janson n'avait aucune envie de fouiner sous les plaques de la carcasse pour vérifier la vétusté de ses boyaux. Il ne se faisait pas d'illusions. Après avoir constaté le relâchement des rivets, les traînées d'huile le long de la queue, les craquelures du Plexiglas, il conclut qu'il avait connu bien pire au cours de sa carrière. Ce n'était pas le cas de Jessica Kincaid ; dès qu'ils eurent coiffé leurs casques, elle renifla une fuite de carburant et crut bon de le signaler.

« Pas de problème, dit le pilote.

— Cette odeur provient des réservoirs d'appoint dans la soute de chargement », expliqua Janson. Aussitôt le copilote mécanicien intervint, en pensant aux nouveaux réservoirs composites avec cellules de carburant résistant au crash dont LibreLift était censé hériter après ce boulot. « Pas auxiliaire, dit-il à Kincaid sur un ton péremptoire. Fuite réservoir principal. Pas de problème. »

Elle regarda Janson. « C'est censé me rassurer ? »

Janson désigna le tableau de bord. « Tu n'as rien à craindre, à moins qu'un senseur d'ébréchure ne s'allume.

— Ébréchure de quoi ?

— Des éclats peuvent se détacher du palier principal et se mettre à flotter dans le carter. Dans ce cas, le manuel recommande : "Posez l'appareil avant qu'il soit trop tard".

— Me voilà soulagée. » Kincaid vérifia le canot rigide gonflable, les RPG qu'ils avaient sortis des caisses de langoustes, ses armes personnelles, puis elle boucla son harnais et ferma les yeux. Le S-76 reçut l'autorisation de décoller. Quand il s'arracha du sol, les pièces de moteurs mal ajustées se mirent à cliqueter. Malgré cet inquiétant vacarme, Janson et Kincaid échangèrent des regards approbateurs. Le pilote avait une excellente maîtrise de son appareil. Lorsque, dans une symphonie de gémissements et autres échos métalliques, l'hélico vira à l'ouest et marqua 130 nœuds à quatre mille pieds au-dessus de l'océan Atlantique, les deux agents s'étaient endormis. Ils se réveillèrent en même temps une heure plus tard.

« Bateau délesteur », dit le Français en désignant un petit navire gris qui se détachait à peine des flots sombres. Il progressait à une allure d'escargot. Janson l'examina. C'était un ancien OSV de deux cents pieds, maculé de rouille, qui naviguait en surcharge. Recyclé dans le transport de marchandises le long de la côte africaine, son pont principal était encombré de véhicules d'occasion, de palettes contenant des bouteilles d'eau et des trucs indéfinissables cachés sous des bâches bleues. Entre sa superstructure s'élevant sur trois étages à l'avant et sa grue de chargement à l'arrière, aucune surface n'était susceptible d'accueillir un hélico.

« La corde ! », cria Janson en tendant les jumelles à Kincaid. Il faudrait stabiliser l'hélico en vol stationnaire et descendre le long de la corde. Pas moyen de faire autrement. Le toit de la cabine de pilotage, point culminant du bateau, était l'unique point de chute envisageable, encore qu'il fût très étroit et encombré d'une parabole de plus d'un mètre de diamètre.

Janson contacta le capitaine du navire sur le canal à ondes courtes VHF que l'Angolais leur avait conseillé pour éviter celui de la marine ouvert à tout le monde. Le capitaine ne parlait que français. Janson passa le micro à Kincaid.

« *Démontez l'antenne radar, s'il vous plaît.* * !*[1] »

L'antenne cessa de tourner. Pendant que des marins grimpaient sur le toit pour l'enlever, Janson et Kincaid attachèrent le crochet de chargement de l'hélico au harnais du canot gonflable. Puis ils enfilèrent leurs gants d'escalade, assurèrent leurs armes et leurs sacs à dos et accrochèrent avec un mousqueton l'autre bout de la corde à un anneau fixé dans le plancher de l'hélico. Janson ordonna au pilote de faire du surplace à vingt mètres au-dessus de la cabine de pilotage.

L'appareil approchait à l'oblique ; il aborda le navire de flanc. La virtuosité du pilote français se révéla pleinement à sa manière d'effleurer les pédales, d'accélérer et de ralentir en douceur. Mais contrairement au capitaine d'un navire, responsable de ses passa-

---

1. Les mots en italique suivis d'un astérisque sont en français dans le texte (NdT).

gers avant tout, un pilote d'hélico devait d'abord veiller à préserver son appareil et son équipage ; les clients venaient en second. Le Français ferait l'impossible pour éviter le crash, y compris s'éloigner brusquement du navire pendant que Janson ou Kincaid étaient encore suspendus au câble.

Kincaid se pencha dehors et balança la corde dont le bout était lesté par une bûche. Le câble tressé se déroula en ondulant fortement à cause des rotors. Janson le saisit de ses mains gantées, l'enroula autour de son mollet droit et se laissa glisser, son fusil d'assaut sanglé à son épaule, canon vers le bas. Il contrôla sa descente en pressant entre ses poings le câble qui se tendit sous son poids. Dix-huit mètres plus bas, il toucha le toit du navire.

Kincaid plaça le lourd colis contenant le canot gonflable en équilibre à la porte de l'hélico et l'abaissa au moyen du treuil électrique. Quand il arriva à son niveau, Janson le guida vers le pont, fit signe à Jessica de remonter le câble puis assura la corde pour qu'elle descende à son tour, ce qu'elle fit en trois secondes, atterrissant comme une fleur à côté de lui. D'un geste, Janson ordonna au pilote de s'en aller. Le câble fila entre ses mains.

Ils empruntèrent l'échelle située derrière la timonerie où ils s'engouffrèrent pour rencontrer l'équipage.

*
*   *

Le capitaine était si nerveux que le peu d'anglais qu'il possédait avait disparu. Son second, un Congolais, ne le parlait pas du tout. Et comme le français de Janson n'était pas à la hauteur de la tâche, Kincaid prit le relais, ce qui eut pour effet de calmer le jeu dans la seconde.

« Belle performance, dit Janson. Comment as-tu réussi à lui décrocher ce sourire ?

— Il aime mon accent français. Il me prend pour une Parisienne. Il veut m'inviter à dîner lors de son prochain passage en France. Mais nous avons un problème. Une vedette des gardes-côtes américains patrouille entre nous et l'île de Forée.

— J'étais en train de la regarder sur le radar », répondit Janson. L'écran placé à côté du barreur silencieux indiquait la présence d'un grand navire à douze miles à l'ouest. Ils ne l'avaient pas vu depuis l'hélico à cause du brouillard.

« Qu'est-ce qu'il fabrique à dix mille kilomètres de son port d'attache ?

— Il doit faire partie de la station maritime du Partenariat africain qui maintient une "présence continue" dans le golfe de Guinée, comme ils disent. Autrement dit, chasse gardée, touche pas à mon pétrole.

— Ouais, eh bien, le capitaine craint qu'ils nous abordent. Surtout s'ils ont repéré notre hélico sur leur radar. Il veut nous planquer dans la salle des machines.

— Demande-lui où sont les trafiquants d'armes.

— Déjà cachés. »

Janson hocha la tête à l'intention du capitaine et dit à Jessica : « Dis-lui que nous ne sommes pas très chauds à l'idée de justifier notre présence auprès des gardes-côtes des États-Unis. Nous irons nous cacher si la vedette fait mine d'approcher. En attendant, mettons le canot en lieu sûr. »

Le capitaine ordonna à ses hommes de les aider. Ensemble, ils traînèrent la caisse du RIB sur le pont principal et la dissimulèrent sous une bâche bleue. La cible lumineuse se rapprochait sur le radar. La vedette n'était plus qu'à huit miles. On apercevait un petit point à l'horizon. En franchissant la limite des cinq miles, le signal s'étira en une forme oblongue, comme un couteau. À quatre miles, un hélicoptère décolla de la vedette, décrivit des cercles à la verticale de l'OSV et repartit.

Puis ils reçurent un appel radio : un avis d'abordage lancé par la vedette américaine *Dallas*, agissant sous l'autorité de la station maritime du Partenariat africain.

Janson entendit un genre de brouhaha sur la passerelle du navire à l'approche. On aurait dit qu'un tas de gens se pressaient autour du poste radio. Le capitaine de l'OSV marmonna quelque chose à l'oreille de Kincaid. « D'après lui, c'est juste un exercice – ils reçoivent des marins locaux », traduisit-elle.

Le *Dallas* annonça son intention d'aborder et demanda au capitaine de virer de bord.

« Merde ! pesta ce dernier.

— Je suis bien d'accord, dit Janson. Bon, allons voir cette fameuse cachette. »

Ils enfilèrent leurs sacs à dos. Le capitaine en second les précéda, descendit trois volées de marches et arrivé au fond, ouvrit une lourde porte donnant sur la chambre des machines où deux moteurs diesels Electro-Motive 16 cylindres déployaient une puissance de trois mille chevaux. Ils traversèrent le local au milieu d'un vacarme assourdissant et débouchèrent à l'arrière, sur l'entrepont, dans un espace plus calme et mal éclairé. L'homme frappa sur une cloison peinte en gris, attendit trente secondes, et frappa de nouveau. La cloison, qu'ils avaient prise pour une plaque d'acier fixe, coulissa dans un grondement sourd. Janson fut soulagé de constater que les trafiquants connaissaient leur métier. Deux hommes s'avancèrent dans la lumière, un Angolais et un mulâtre sud-africain.

« C'est quoi ça ? » demanda le Sud-Africain dans un anglais aux inflexions nasales. Quand il vit Kincaid, il écarquilla les yeux. La jeune femme avait reculé d'un pas et braquait un pistolet sur lui.

« Resterait-il de la place pour deux personnes ? demanda Janson.

— C'est vous les foutus mercenaires américains ?

— En effet, nous sommes les foutus mercenaires américains, répondit Janson. Et vous êtes nos foutus guides grassement payés, Agostinho Kiluanji et Augustus Heinz. Je vous signale que des foutus gardes-côtes sont en train de monter à bord. Pourquoi ne pas poursuivre notre conversation à l'intérieur ? Ce serait plus discret. »

Le capitaine en second, qui soi-disant ne parlait pas anglais, hocha vigoureusement la tête.

Le Sud-Africain demanda : « Pas moyen que la gonzesse range son artillerie ?

— Dès que nous serons entrés. » Janson les dépassa et pénétra dans un espace cylindrique de deux mètres de diamètre sur dix de long. Les cloisons en acier inoxydable indiquaient qu'il s'agissait d'un réservoir ayant servi à stocker de la boue de forage.

« Dégagé ! » lança-t-il à Kincaid. À part les deux hommes, le local ne contenait que des pièces d'équipement placées en tas. Dès qu'elle entra, la porte coulissa dans l'autre sens et se referma bruyamment. Une lanterne électrique fournissait de la lumière.

*
* *

L'OSV recyclé s'arrêta à dix miles au large, juste le temps de hisser par-dessus bord le canot pneumatique à coque rigide appartenant aux trafiquants d'armes, et son lourd chargement. Ils firent de même pour l'embarcation plus légère de Janson et Kincaid. Puis le navire mit le cap sur Porto Clarence. Pendant qu'il s'éloignait, Janson, Kincaid, Agostinho Kiluanji et Augustus Heinz tendirent une corde entre leurs canots respectifs pour éviter de se perdre dans l'obscurité. Puis ils allumèrent les moteurs et cinglèrent en direction de la côte invisible. Comme aucune balise n'indiquait les chenaux, ils devaient se contenter de leurs GPS portatifs. Janson et Kincaid s'en remirent aux deux trafiquants pour les guider à travers la zone marécageuse qui s'étendait à l'embouchure du fleuve.

Aucune lumière ne brillait sur le rivage, ce qui n'avait rien d'étonnant quand on savait que 90 % de la population insulaire vivait dans la capitale. Les moteurs hors-bord étaient relativement silencieux à faible vitesse. La brise de terre venant des montagnes dissipait leur ronronnement vers le large mais il aurait fallu le silence total pour discerner le bruissement des vagues se brisant sur la plage. Ils comprirent qu'ils s'en approchaient lorsque l'eau du ressac se mit à fouetter le flanc des canots. Janson laissa la barre à Kincaid et tira sur le filin pour réduire la distance qui les séparait de la première embarcation. Bientôt, il aperçut la silhouette de leurs guides et vit qu'ils se dirigeaient vers l'embouchure du fleuve.

Soudain, ils perçurent le grondement du ressac. Le canot pneumatique se mit à danser furieusement dans les vagues puis, tout à coup, le grondement s'éloigna. Ils étaient dans l'embouchure. Les trafiquants rétrogradèrent pour étouffer le bruit du moteur. Kincaid les imita en jurant entre ses dents puis s'efforça de les suivre en louvoyant. Ils passèrent sous des arbres formant une barrière contre le vent. La température montait peu à peu. L'air collait à la peau comme une pellicule savonneuse. Puis les moustiques attaquèrent, heureusement tenus à distance par le répulsif dont ils s'étaient enduits le cou et le visage.

Des lumières pâles vacillèrent entre les arbres – des lampes à pétrole, supposa Janson d'après leur halo jaunâtre. Leurs propriétaires les entendirent peut-être passer mais personne ne se manifesta. Son GPS indiquait quinze cents mètres à parcourir vers l'intérieur des terres. Le canot devant eux s'arrêta. Son moteur se tut. Kincaid se dépêcha de faire de même. Dans le silence retrouvé, ils entendirent le chant des insectes puis le raclement du caoutchouc sur le gravier. Ils accostaient.

Avec des gestes rapides, ils tirèrent les canots à l'intérieur d'un abri aménagé par les contrebandiers sous les racines de la mangrove. On n'y voyait goutte. Devinant une présence humaine, Janson crut l'espace d'une seconde qu'on les avait découverts. Mais non. Ceux qui les attendaient là connaissaient leurs guides. Ils les saluèrent dans un murmure puis entreprirent de décharger leur canot.

Janson tapota l'épaule de Kincaid et mit ses mains en coupe pour l'aider à grimper. Elle monta sur ses épaules, se hissa entre les racines, resta dans cette position une minute puis, ne voyant rien d'alarmant, lui fit signe avec le pied de lui passer les deux sacs. Cela étant fait, il grimpa à son tour. Kiluanji, Heinz et leurs aides ayant fini de remplir les sacs à dos, tout le monde s'engagea sur un sentier courant vers l'intérieur des terres. Janson regarda sa montre. Encore trois heures avant l'aube.

Au début, le sentier ressemblait à une digue de terre étroite traversant les marécages. Au bout de quinze cents mètres, le sol se mit à grimper, et à s'assécher par la même occasion. Ils croisèrent une route en terre qu'ils franchirent d'un bond après avoir vérifié que la voie était libre. Peu après, une autre se présenta,

celle-ci nappée d'une couche de pétrole. Ils la franchirent également. Sous leurs pieds, le sol n'en finissait pas de grimper. Le
soleil se leva d'un coup, révélant des alignements de buissons
verdoyants, ponctués de cabanes en bois. Un arôme familier leur
indiqua qu'ils avaient atteint les terres cultivables où poussaient
les caféiers.

Le soleil toujours plus brillant les exposait à la vue de tous. Ils
pressèrent le pas et contournèrent plusieurs bâtiments misérables.
Parvenus sur une route en ciment qui suivait la pente de la colline,
les trafiquants firent stopper la colonne. Ils dressèrent l'oreille au
cas où des véhicules approcheraient. Heinz fit demi-tour et quand
il arriva à la hauteur de Janson, lui dit : « Vous devrez continuer
seuls à partir de maintenant. Vous irez plus vite que nous avec
notre chargement. »

Janson estima la distance qu'il leur restait à franchir. La pente
paraissait de plus en plus raide, une fois passé les derniers caféiers.
Il fit un signe de tête. Jessica sortit de son sac trente mille euros
par liasses de cent qu'elle remit au Sud-Africain. Cette somme
dépassait la valeur des armes et de la drogue que Heinz et Kiluanji
transportaient.

Janson leur serra la main. « Merci.

— C'est bizarre.

— Quoi ?

— Pas de patrouilles. Pas de garde présidentielle. Pas même
les gars à qui on a graissé la patte. Il n'y a pas âme qui vive.

— Qu'est-ce que cela signifie ?

— Ils ont d'autres chats à fouetter. Ils montent une attaque.

— Avec les tanks ?

— J'en sais rien mais après la livraison, je me tire vite fait. Et
je vous conseille de faire pareil.

— En d'autres termes, faut se grouiller », dit Kincaid.

Ils bondirent sur l'accotement, traversèrent la route et
s'éloignèrent à petites foulées.

*
* *

Au-dessus des terres cultivées, la jungle épaisse s'étirait sous la chaleur humide. Kincaid portait trente-cinq kilos, Janson quarante-cinq. Ruisselants de sueur, ils alternaient course et marche. La piste grimpait toujours. La première heure, ils couvrirent une distance de cinq kilomètres, la deuxième seulement trois. Ils ne couraient plus, ils escaladaient. L'altitude avait au moins l'avantage de faire baisser légèrement la température et le degré d'hygrométrie. La jungle s'éclaircissait. Bientôt, passant dans une forêt pluviale plantée de grands arbres, ils firent halte sous les feuillages, hors de portée des troupes du dictateur dont le FLF avait stoppé l'avancée à cet endroit précis. Un no man's land assez réduit, débouchant sur une zone étroitement surveillée par les rebelles tenant les hauteurs du Pico Clarence.

Pour reprendre leur progression, il valait mieux attendre la nuit. Grâce à leur équipement de combat nocturne, ils verraient sans être vus. Mais avaient-ils vraiment le temps d'attendre ? Le dictateur pouvait lancer l'offensive d'une minute à l'autre. Jusqu'à présent, tout s'était passé comme sur des roulettes. Maintenant, débutait une phase d'incertitude. Ils devraient compter sur leur bonne étoile.

Huit cents mètres plus loin, Kincaid qui ouvrait la marche s'arrêta net. Pas besoin de faire signe à Janson, pas besoin de l'avertir en sifflant entre ses dents dans son micro sans fil. Sa posture parlait pour elle : sentinelles en embuscade. Janson se pétrifia.

7

DEBOUT DANS UNE TACHE D'OMBRE, Jessica Kincaid ne remuait pas un cil.

De là où il se tenait, Janson ne voyait pas ce qu'elle regardait. Il ne savait donc pas s'il se trouvait lui aussi dans le champ de vision de la sentinelle. Sans bouger la tête, il inspecta les alentours entre ses paupières plissées et conclut que le gros tronc d'un arbre de fer lui servait de paravent.

Kincaid gardait toujours la pose. Un rayon de soleil eut le temps de glisser sur l'écorce rugueuse d'un arbre, d'éclairer la toile kaki de son sac à dos et de ramper sur son épaule pour finir sur son visage enduit de peinture camouflage non réfléchissante. Les premières vingt minutes durèrent au moins deux heures. Puis il s'en écoula vingt de plus. Janson sentait ses membres se raidir. La pesanteur alourdissait son sac à dos. Ses genoux lui faisaient mal. Ses chevilles s'engourdissaient. Son sang circulait difficilement, se massant au niveau des pieds.

Il visionna l'extérieur de son corps. Sa peau, ses vêtements ressemblaient à une coque rigide. Il relâcha ses muscles, ses tendons puis les contracta de nouveau, à plusieurs reprises, seule manière de combattre la paralysie. Il entendit un léger frottement. Qu'est-ce que c'était ? Il tendit l'oreille. Le frottement recommença. Un mécanisme ? Puis il y eut un faible déclic. Une arme qu'on chargeait ? Pas celle de Jessica, en tout cas. Elle n'avait pas bougé. Le marteau d'un vieux revolver, peut-être ? Dans son esprit, des images se formaient, des scénarios défilaient. Il imagina un habitant de la forêt pluviale, un rebelle coupé du monde moderne. Une arme rouillée. Le cadeau d'un grand-père. Une balle transperçant le corps de Jessica. Encore une fois, le frottement, le déclic. Un briquet? Un briquet jetable? Une bouffée de fumée dériva vers Janson et passa dans la lumière du soleil en suivant une trajectoire descendante.

C'était à Jessica que revenait de prendre l'initiative. Elle seule voyait l'ennemi. Une autre traînée de fumée blanche. La sentinelle rêvassait en tirant sur sa cigarette. Il fallait en profiter.

Tsk! entendit Janson dans son écouteur.

Kincaid donnait le signal mais ne bougeait toujours pas, ce qui signifiait : *il peut me voir mais toi non. Je ne peux pas bouger. Toi si. Suis la fumée.*

Janson calcula l'enchaînement de ses mouvements. Un pas en arrière, un autre pour se rapprocher de l'arbre, un autre encore pour le contourner, se cacher derrière. Et ensuite? L'immobilité de Jessica laissait supposer un danger plus grand. La sentinelle fumait une cigarette. Une main occupée, un regard qui suivait la fumée, les yeux mi-clos pendant qu'elle tirait une autre bouffée. La nicotine, les gaz méthane engourdissaient ses sens. Kincaid aurait pu saisir sa chance et attaquer – il lui aurait suffi d'une fraction de seconde pour ajuster la cible dans le prolongement du canon court de son MP5K avec silencieux – mais elle n'attaquait pas. Y avait-il plusieurs gardes? Craignait-elle que ses coéquipiers ne se lancent à sa recherche quand ils constateraient qu'il ne répondait pas à leurs appels? Soupçonnait-elle l'existence d'un dispositif de surveillance particulier? La présence d'autres hommes postés comme lui dans les arbres, trop éloignés pour la voir mais assez proches pour entendre la détonation?

Janson fit un pas en arrière et planta son pied en terre au cas où sa cheville, son genou engourdis se bloqueraient ou se déroberaient sous lui. Il se tenait près de l'arbre, maintenant. Prenant appui sur son écorce rugueuse, il le contourna. Quand son champ de vision s'élargit, il cibla la branche basse ou la plate-forme de tir d'où émanait la fumée.

Quelque chose bougea. Une botte militaire rapiécée avec du ruban adhésif remuait dans les hauteurs. Un mouvement involontaire. La sentinelle s'ennuyait. Et pour tuer le temps, elle fumait en balançant son pied dans le vide comme un pendule. Janson se glissa sur le tronc pour mieux voir la botte qui pendait, recouvrant le bas du pantalon en tissu camouflage. Son regard passa du tibia au mollet, du genou au gros pistolet automatique enfoncé dans un étui improvisé, taillé dans une toile goudronnée de couleur noire, le tout sanglé sur sa cuisse, puis se fixa enfin sur le canon de la mitraillette russe, surplus de la Seconde Guerre mondiale, posée en travers de ses genoux.

Janson sortit un couteau.

Le cou et le visage du garde étaient cachés par le feuillage. Des gouttes de sueur luisaient sur ses bras nus. Il portait un gilet de combat élimé. Pas assez solide pour le protéger des balles mais suffisant contre une lame. Janson observa les alentours. L'homme était seul, c'était quasiment sûr. Un type assez stupide pour fumer pendant le service ne se serait pas gêné pour discuter avec son camarade, si camarade il y avait eu. L'homme tira encore une bouffée. Le rond de fumée descendit vers Jessica.

Quelle était la meilleure méthode ? Courir vers lui – quatre enjambées –, s'élancer en brandissant son couteau, frapper sous le menton, à l'endroit où se terminait le gilet ? Mais pourquoi le tuer ? Sauf s'il repérait Jessica, bien entendu. Pour réussir leur mission, mieux valait rester discret. Pénétrer dans le camp, trouver le docteur, l'emmener. Tout cela sans éveiller l'attention. Tuer une sentinelle ne servirait à rien, à moins d'un danger imminent.

Soudain, le soldat sauta de sa branche. Janson découvrit le visage d'un adolescent accablé d'ennui. Il serra son couteau dans son poing, attendant le coup de feu de Jessica. Mais elle ne bougeait toujours pas. Un instant plus tard, il comprit pourquoi. Le gamin ne les avait pas vus. Il passa la sangle de sa mitraillette sur son épaule, défit sa braguette et urina sur le tronc de l'arbre qui lui avait servi de perchoir. Quand il se fut soulagé, il remonta la fermeture Éclair, tourna les talons et s'éloigna sur le sentier sans produire le moindre bruit.

Quand Janson la rejoignit, Jessica appuyée contre un arbre buvait avidement au goulot d'une bouteille. Lorsqu'il lui lança un : « Pas mal », elle ne réagit même pas.

Puis ses yeux s'éclairèrent. « Je n'ai jamais été aussi heureuse de sentir la fumée d'une cigarette. Je croyais que ce connard ne s'en irait jamais. »

Ils passèrent le reste de l'après-midi sur place, dormant à tour de rôle pendant que l'autre montait la garde.

*
*   *

La nuit, Janson et Kincaid étaient dans leur élément grâce à leurs grosses lunettes panoramiques de vision nocturne à 26 000 dollars. L'armée de l'air avait grandement amélioré cette technologie. Avec les JF-Gen3 PSFENVG-D qui utilisaient des tubes multiples intensificateurs d'image, ils voyaient comme en plein jour ou presque dans l'obscurité la plus totale, tout en bénéficiant d'un champ de soixante degrés de chaque côté.

Le système infrarouge amélioré rendait les cibles de chair et de sang plus lumineuses que les objets inanimés. La sentinelle du FLF que Janson venait de repérer allongée sur une branche brillait plus que l'arbre et le fusil d'assaut qui reposait entre ses bras. Derrière elle, parmi les masses sombres des rochers, les soldats en faction luisaient comme des flammes.

Leurs lunettes panoramiques étaient reliées par radio. Kincaid qui marchait en tête regardait ses pieds en prenant garde à ne rien heurter sur le sol inégal. Janson partageait avec elle les images vertes qu'il visionnait ; il lui suffisait d'appuyer sur une touche pour ouvrir un écran horizontal dans les lunettes de Kincaid, sur lequel s'affichaient les obstacles devant elle.

Ils s'arrêtèrent à bonne distance et décrivirent un large cercle afin d'éviter les sentinelles.

La température était descendue jusqu'à quinze degrés, un luxe qui les encouragea à presser le pas. Un peu plus haut, ils tombèrent sur une carcasse d'hélicoptère. Elle était là depuis un bout de temps. Des lianes avaient pris possession du rotor de queue qui avait miraculeusement échappé à l'incendie. L'odeur de caoutchouc brûlé planait encore dans l'air humide.

Janson ordonna une pause et balaya du regard la cime des arbres.

Son écran se divisa. Jessica partageait avec lui ce qu'elle avait devant les yeux : une plate-forme de mitrailleuse perchée à trente mètres du sol, juste sous la canopée. Aucun point ne brillait à côté. L'arme lourde était pourtant en position de tir. C'était un vieux modèle soviétique assez puissant pour descendre un hélicoptère dépourvu de senseurs high-tech. Ils dépassèrent deux autres carcasses et deux autres mitrailleuses juchées comme la première au sommet d'un arbre. Visiblement, aucun insurgé du FLF ne traînait dans le coin.

Tsk! entendit Janson dans son écouteur, puis un murmure : « C'est quoi ce bruit ? »

Janson l'avait remarqué lui aussi. Un léger bourdonnement perdu dans le ciel. Le genre de bruit qu'on n'oubliait jamais une fois qu'on l'avait entendu. Leurs visages verts se tournèrent l'un vers l'autre, éberlués. « C'est pas possible », chuchota-t-elle.

Et pourtant si. Ils l'avaient entendu l'un comme l'autre. Et ils en tiraient la même conclusion. Très haut dans le ciel, un Reaper, drone de surveillance et de combat sans pilote, équipé de missiles antiblindage Hellfire et de bombes de cinq cents livres à guidage laser, volait en cercle à la verticale du camp des insurgés, sur le Pico Clarence. Le président à vie Iboga avait-il mis la main sur l'arme la plus mortelle de l'arsenal américain ?

« Regarde ! » souffla Kincaid.

À travers leurs lunettes panoramiques, se découpait une colline formée de roches volcaniques et percée de plusieurs cavernes peu profondes où des sentinelles du FLF couraient se mettre à l'abri. Les soldats avaient reconnu le Reaper, eux aussi.

Janson tapota l'épaule de Jessica. C'était bizarre certes, mais cela ne les concernait pas – pour l'instant du moins. Leur mission consistait à s'introduire dans le camp rebelle sans se faire repérer. Il fallait saisir l'occasion et profiter de la disparition des sentinelles pour passer à l'action. Le bourdonnement dans le ciel se dissipa peu à peu. Lorsque Janson et Kincaid arrivèrent au niveau des sentinelles, il avait cessé.

Dix minutes plus tard, un autre bruit insolite leur parvint, différent du premier, bien que produit lui aussi par un engin mécanique. Ils s'immobilisèrent et tendirent l'oreille. C'était plutôt une vibration lointaine arrivant par le sud, comme le grondement produit par un train de marchandises ou un convoi de camions sur une autoroute. Or il n'y avait pas de train sur l'île de Forée, hormis les wagonnets servant à transporter les récoltes de café ; et la rouille sur les rails qu'ils avaient croisés en chemin indiquait qu'ils ne servaient guère. La seule autoroute du pays, un court tronçon de trente kilomètres traversant l'île de part en part entre Porto Clarence et l'aéroport international Président à vie Iboga, était bien trop éloignée pour qu'on l'entende.

Un vent tiède se leva sur la canopée. Le grondement cessa, peut-être à cause du bruissement des feuilles. Janson et Kincaid poursuivirent leur chemin en évitant les postes de garde. Ils rencontrèrent d'autres plates-formes de mitrailleuses anti-hélicos. Puis leurs lunettes panoramiques enregistrèrent une vive lumière droit devant, qui gagna en intensité jusqu'à exploser en une multitude de points brillants : des feux de cuisine, des lanternes, par centaines. Ils étaient entrés dans le camp des insurgés.

La clarté des feux de camp empêchait les soldats de voir ce qui se passait dans la pénombre tout autour. En revanche, le logiciel équipant les lunettes de Janson et Kincaid ajustait instantanément la luminosité en fonction des émissions sur le terrain. Ils avancèrent sans crainte en direction du bourdonnement assourdi, produit par un générateur portable à essence. L'électricité étant chose rare dans un tel campement, on pouvait parier que le générateur se trouvait non loin du quartier général et de l'installation rudimentaire qui leur servait d'infirmerie.

Tsk.

Janson s'arrêta net.

Kincaid avait trouvé. Une lumière blanche émanait d'une caverne. Pour en avoir discuté auparavant, ils étaient persuadés que le docteur dormait dans l'infirmerie auprès de ses malades et à la portée de ses ravisseurs. Janson et Kincaid s'abritèrent sous un bouquet d'arbres. Des petits points vert brillant rampaient sur les écorces – des fourmis se nourrissant de sève.

Depuis cet angle, on discernait une deuxième grotte pareillement éclairée. Quartier général ou infirmerie ? Dans laquelle des deux le docteur se trouvait-il ? Dans laquelle des deux les chefs du FLF, probablement armés jusqu'aux dents, étaient-ils cantonnés ?

Janson et Kincaid avaient atteint un point critique. Ils devaient à tout prix éviter d'échanger des coups de feu avec les ravisseurs du docteur Flannigan. Une fusillade ferait courir un risque inutile à l'homme qu'ils étaient venus sauver. De même, si jamais le chef des insurgés périssait dans la bataille, c'en serait fini de la révolution, et cela Janson ne le voulait pas. Tout en se gardant de prendre parti entre le dictateur Iboga et les insurgés qui avaient massacré l'équipage de l'*Amber Dawn*, il estimait légitime la lutte du FLF et ne désirait pas se faire l'instrument de son échec. Il fallait donc agir vite et dans le plus grand silence.

Heureusement, le vent jouait en leur faveur, agitant continuellement des millions de feuilles sur la tête des soldats assoupis. Ils attendirent, alternant veille et repos. Une heure avant l'aube, l'une des cavernes s'éteignit.

« Les grands chefs rappliquent, murmura Janson. Donnons-leur quelques minutes pour s'endormir. »

Dix minutes passèrent.

« C'est bon. On y va. »

*
* *

Ce n'était pas la première fois que Terry Flannigan s'éveillait d'un sommeil lourd en sentant plaquée sur sa bouche la main d'une femme qui lui murmurait à l'oreille : « Silence. » Les maris en voyage d'affaires avaient la mauvaise habitude de rentrer chez eux plus tôt que prévu.

« Il faut sortir d'ici », souffla-t-elle.

Ça aussi, il l'avait déjà entendu. Par la fenêtre de la salle de bains. Ou celle de la chambre d'amis. Une fois, il s'était caché au fond d'un placard, comme dans les dessins satiriques du *New Yorker*.

« Si vous me comprenez, ouvrez les yeux », dit-elle.

Son rêve nauséeux s'interrompit brusquement quand il vit le plafond bas de la caverne où le FLF le retenait captif. Une femme en tenue de commando était agenouillée au-dessus de lui, le visage maculé de peinture sombre. Ses yeux le regardaient avec intensité.

« Qui êtes-vous ? marmonna-t-il dans sa paume.

— Amis », répondit-elle. Flannigan fut pris de peur. Aucun « ami » ne le savait ici. Seuls les assassins de Janet étaient au courant de sa capture après l'arraisonnement de l'*Amber Dawn*.

« Quels amis ?

— L'ASC, chuchota-t-elle, votre employeur. On vous ramène chez vous – vous êtes bien réveillé ? *On se tire d'ici !* »

L'ASC ? Mais c'était impossible ! Comment diable les gens d'American Synergy avaient appris sa présence sur ce navire ? Il avait collaboré assez longtemps avec des compagnies pétrolières pour connaître et redouter le pouvoir immense qu'elles exerçaient en Afrique de l'Ouest. Il avait vu ce dont elles étaient capables. Elles faisaient la pluie et le beau temps, dans ces contrées isolées. Pas question de leur faire confiance.

Craignant que la femme ne remarque son désarroi, Flannigan tourna la tête. Son regard tomba sur une sentinelle étendue sur le sol. La femme retira sa main pour lui permettre de parler. « Vous l'avez tué ? Ce n'était qu'un gosse, murmura-t-il.

— Une fléchette de tranquillisant pour bestiaux, lâcha-t-elle. Deux CC de citrate de carfentanile. *Debout !* »

Les yeux de Terry Flannigan glissèrent jusqu'au halo de lumière dispensé par une ampoule suspendue au-dessus du lit de camp où reposait Ferdinand Poe. « Je ne peux pas l'abandonner, fit-il en secouant la tête.

— Quoi ?

— Il est au plus mal. Je suis le seul médecin ici. »

Elle recula et s'assit sur les talons. Flannigan la vit plus nettement. Un peu trop maigre à son goût, mais elle avait des traits agréables, une bouche à se damner et des yeux comme il n'en avait jamais vus, perçants, aussi brillants que des billes d'acier. Elle leva la tête. Un type en tenue de commando, à la fois puissant et agile, se matérialisa près d'elle.

« Il ne veut pas partir, murmura-t-elle. À cause de son patient. »

Au grand étonnement de Flannigan, un sourire traversa le visage austère du type en treillis. « J'y crois pas, fit-il en lui tendant une main musculeuse. Heureux de faire votre connaissance, docteur.

— Peut-on l'emmener avec nous ? demanda Flannigan.

— Pas question, dit la femme.

— Ils ont des brancards légers, par ici, insista Flannigan. Combien d'hommes avez-vous ?

— Ils sont tous devant vous, dit la femme.

— Juste vous deux ? »

Soudain, les deux en question se tournèrent en même temps vers l'entrée de la caverne, la tête inclinée comme des bêtes aux aguets. Un instant plus tard, le battement sourd des pales d'hélicoptère lui parvint. Ensuite, ils entendirent des hommes crier dans le camp, des pas marteler le sol. Les insurgés rejoignaient leurs postes de combat, derrière les mitrailleuses juchées dans les arbres.

« Trois appareils, peut-être quatre », dit l'homme en treillis.

Janson et Kincaid échangèrent des regards stupéfaits, se précipitèrent et passèrent le nez dehors.

« Il se prépare un truc malsain, dit Janson.

— C'est du suicide. »

Déjà les mitrailleuses crachaient – par rafales rapides, bien ajustées. Janson et Kincaid imaginèrent une grêle de projectiles lourds perçant la fine carlingue de l'hélicoptère. Une roquette siffla. Aussitôt les rotors produisirent un autre genre de battement. Les hélicoptères peu maniables répliquaient tout en essayant de s'extraire du piège.

« Du suicide, admit Janson. À moins que...

— C'est une ruse ! Iboga attaque au sol. »

Une formidable déflagration retentit, suivie d'une boule de feu qui s'écrasa sur la canopée. Un hélicoptère venait d'exploser. Une colonne de fumée blanche s'éleva de la forêt. Le bruit des pales se fit plus insistant. Les armes tiraient des rafales plus longues. Une deuxième explosion envoya une onde de choc à travers la jungle. Puis un silence surnaturel s'abattit sur le champ de bataille, vite brisé par un grondement émanant de plusieurs moteurs puissants et le cliquetis des chenilles d'acier.

« Les tanks ! dit Janson. Les T-72. »

8

ANNONCÉS PAR LE RUGISSEMENT de leurs canons de 125 mm, les tanks grimpaient la montagne en tirant quatre coups à la minute. Les projectiles explosifs à fragmentation ouvraient de larges brèches à travers la forêt. Les arbres qui s'écrasaient découpaient d'énormes balafres dans la canopée et détruisaient les abris de fortune des insurgés.

La surprise était totale, la lente reptation de ces monstres de quarante tonnes avait été couverte par le bruit des rotors et les tirs défensifs du FLF. Les mitrailleuses des tanks pivotèrent sur leurs coques d'acier et balayèrent les troupes insurgées qui tentaient d'échapper à la mort en se réfugiant sous les arbres.

D'après les éclairs fusant des canons, Janson estima leur portée à moins de cinq cents mètres. « Nous nous étions promis de pas déclencher le combat. Mais c'est le combat qui vient à nous.

— On se sauve ou on s'en mêle ? demanda Kincaid. On a genre dix secondes pour se décider. »

L'un comme l'autre avait l'habitude de s'extraire de situations impossibles. S'ils fuyaient seuls, ils s'en sortiraient certainement. S'ils emmenaient le docteur, leurs chances diminueraient. Et s'ils s'encombraient de son patient, ce serait la mort assurée.

Flannigan se dressa d'un bond. « Donnez-moi une arme.

— Vous savez vous en servir ?

— Bien sûr que non. C'est pour le ministre. Il ne peut pas retomber entre leurs mains. Il veut se battre avant de mourir et la dernière balle sera pour lui. »

Janson et Kincaid échangèrent un regard sinistre. « Les Russes gardent leurs tanks les plus pourris pour l'exportation, dit Janson. On les appelle des "monkey models". Des engins avec un blindage léger, des viseurs défectueux, pas d'infrarouge, pas de lasers. Leurs minutions sont stockées dans le compartiment de l'équipage. Si on les touche au bon endroit, la tourelle explose comme un diable dans une boîte.

— Mais ce sont quand même des tanks, non ?

— Malheureusement.

— C'est toi qui décides », le pressa Kincaid.

Janson se tourna vers Flannigan. « Dites à votre patient qu'il ne sera pas capturé. »

Sans ajouter un mot, ils ouvrirent leurs sacs et assemblèrent les lance-roquettes russes préchargés à un coup. Cinq RPG-22 et un RPG-26 plus perfectionné.

« Prends le 26, dit Janson à Kincaid. Tu en feras meilleur usage que moi. »

Guidés par le fracas des tirs, ils dévalèrent le versant de la colline. En chemin, ils croisèrent des hommes qui couraient dans l'autre sens, les yeux hagards. Les tourbillons de fumée étaient si épais qu'ils cachaient le soleil levant. Le sol était jonché de fusils, de casques, de chaussures abandonnées par les soldats dans leur fuite.

À deux cents mètres de la canonnade, Jessica Kincaid repéra un grand arbre avec des lamelles de bois croisées clouées sur son tronc, comme des échelons de fortune menant à une plate-forme de mitrailleuse. Les trois tubes lance-roquettes de trente pouces qu'elle portait en travers du dos ajoutaient une quinzaine de kilos à son équipement de base : une mitraillette MP5, un pistolet M1911, des chargeurs de rechange, un couteau, un casque en kevlar, un gilet en céramique, un GPS, des batteries de rechange, une trousse médicale et de l'eau.

Arrivée sur la plate-forme, elle reprenait son souffle quand un obus faucha un bouquet d'arbres devant elle. À présent, elle disposait d'une perspective de sept cents mètres. Elle voyait nettement les tanks, et la nuée des fantassins qui marchaient derrière. Une tache jaune vif attira son regard. Elle le repéra dans ses jumelles et se maudit de ne pas avoir emporté un fusil de sniper digne de ce nom. La tache jaune n'était autre que le foulard enveloppant la tête et le cou du président à vie Iboga. L'homme était un géant. Si elle avait eu son Knight's M110, le dictateur serait déjà mort et l'attaque blindée un mauvais souvenir.

Pendant ce temps, Paul Janson cherchait une position de flanc. Il pivota sur lui-même et fila droit à travers les arbres. Parvenu à deux cents mètres des tanks, il vit que les blindés vert bouteille s'étaient embourbés en tentant de traverser un fossé. De ce côté-ci, le camp du FLF n'était donc pas aussi vulnérable que les troupes d'Iboga l'avaient cru.

Ragaillardis par ce spectacle, les insurgés qui n'avaient pas fui se rallièrent pour tirer profit du recul temporaire de leurs assaillants. Tapis derrière des rochers, ils les arrosèrent avec leurs fusils d'assaut tout en balançant des grenades à main. Une pluie de balles pénétra dans un tank par la fente de vision. L'engin s'immobilisa mais le reste de la division escaladait toujours la pente sous les tirs inutiles et les grenades mal lancées.

Un insurgé posa un vieux RPG-7 en équilibre sur son épaule. La lourde ogive dépassait de son tube peu maniable. Il tentait de viser quand la mitrailleuse d'un tank le coupa en deux. La roquette partit quand même, passa au-dessus des blindés, suivie d'une longue traînée blanche, et explosa dans un arbre. Le choc en retour projeta en l'air l'insurgé qui se tenait derrière. Lorsqu'il retomba, de la fumée sortait de son corps inerte.

Jessica Kincaid posa deux lanceurs, l'un des RPG-22 et le RPG-26, sur la plate-forme où elle était juchée puis elle épaula l'autre RPG-22. Elle réservait le 26 pour son deuxième tir, dès que l'ennemi aurait repéré sa position. Sans quitter des yeux le tank qui franchissait en grinçant une arête rocheuse, elle déploya au maximum l'extension pour obtenir un tube de trente-trois pouces et demi, puis elle ouvrit les obturateurs avant et arrière, arma en relevant le viseur, plaça le tank dans sa ligne de mire, visa le dispositif de fermeture de la tourelle et fit feu.

Le moteur à carburant solide de la roquette s'enflamma et se consuma en une fraction de seconde. La fusée jaillit du canon lisse, emportant avec elle l'ogive antitank de deux livres et demie hautement explosive.

« En plein dans le mille », marmonna-t-elle entre ses dents.

Ce fut une double déflagration, la première sur le bord inférieur de la tourelle, la deuxième un instant plus tard, quand les munitions à l'intérieur du tank explosèrent en arrachant la tourelle. Des tourbillons de fumée sortirent de la carcasse blindée comme la vapeur d'une marmite bouillonnante.

Sans attendre, elle s'empara du RPG-26. Le retour de flammes avait mis le feu aux feuillages derrière elle, signalant sa position. Les canons principaux des tanks coincés dans le fossé s'élevèrent dans sa direction. Mais la déclivité les empêchait de manœuvrer. Elle arma le 26 – pas besoin de déployer de tube sur ce modèle amélioré, merci messieurs les Russes –, choisit pour cible un blindé en équilibre sur une pente escarpée et tira. Elle entendit un drôle de craquement. Au lieu de percuter le tank, la roquette était retombée trois mètres plus loin, sur le sol de la forêt.

« Merde ! »

Le tank dirigeait vers elle son canon principal. Elle saisit le deuxième RPG-22 et, d'une secousse, ouvrit l'extension. Quelque chose explosa. Soudain, de la fumée surgit du tank. Sa trappe s'ouvrit, ses trois occupants se précipitèrent dehors et se roulèrent par terre pour étouffer les flammes qui léchaient leurs vêtements. C'était l'œuvre de Janson. Mais elle n'était pas sauvée pour autant car les arbres en feu avaient attiré l'attention d'un autre blindé.

« Descends de là », hurla la voix de Janson dans son écouteur. Elle releva le viseur et pria pour ne pas rater son coup, cette fois-ci.

*
* *

Les trois petits soldats qui occupaient le T-72 – pour tenir dans cet habitacle, on ne devait pas mesurer plus d'un mètre soixante – étaient bien déterminés à abattre l'insurgé qui faisait des ravages avec son RPG du haut de son arbre. Pendant que le pilote maniait ses leviers de direction et de vitesse pour extraire l'engin du ravin, le commandant guidait l'artilleur manœuvrant le canon principal. Il ordonna le tir. D'abord, le pilote appuya à fond sur l'embrayage pour stabiliser la bête. Puis, l'artilleur fit feu. Au même instant, le commandant vit un éclair sortir du lance-roquette ennemi. Une lumière l'aveugla. Un projectile HEAT venait de pénétrer le blindage en émettant un jet de gaz brûlant. Les fragments d'obus surchauffés ricochèrent à l'intérieur de l'espace confiné comme des rasoirs volants.

*
* *

L'obus de 125 mm passa en hurlant si près de Jessica Kincaid que l'onde de choc la renversa. Puis le tank explosa. Sans attendre un deuxième tir, elle bascula par-dessus la plate-forme et descendit à toute vitesse les échelons improvisés.

Quand elle toucha terre, la voix sévère de Janson retentit dans son écouteur. « Je croyais t'avoir ordonné de descendre de cet arbre.

— Oui, chef, bredouilla-t-elle comme un troufion de base sermonné par son colonel.

— Refais-moi un coup comme ça et tu iras pointer au chômage.

— Je croyais qu'on était associés.

— Alors, tu iras t'en chercher un autre, d'associé, répliqua Janson avant de hurler. Bordel de merde, Jesse ! Tu vas finir par te faire descendre, à force de jouer au cow-boy. » Elle ne l'avait jamais entendu crier comme ça.

« Ça ne se reproduira pas, chef.

— Retourne dans la grotte. Il faut qu'on se tire de là. »

Ils empruntèrent des chemins convergents et se retrouvèrent dans l'infirmerie. Janson semblait plus calme que sa voix à la radio ne l'avait laissé supposer, pensa Kincaid. Il avait retrouvé sa lucidité et sa légendaire concentration. « Iboga a planqué sa garde présidentielle derrière les tanks. Ils ne vont pas tarder à débarquer.

— Je l'ai vu. Un mec effrayant avec un foulard jaune. »

Les insurgés du FLF se repliaient.

À l'intérieur de la caverne, Kincaid et Janson trouvèrent une douzaine de jeunes gens massés autour du lit de Ferdinand Poe.

Paul Janson haussa la voix pour capter l'attention de tous ceux qui comprenaient l'anglais. « Voilà ce que nous allons faire. Nous allons placer le ministre sur une civière et le porter à tour de rôle, quatre par quatre. Le docteur se chargera des médicaments. Vous deux – toi et toi –, vous prendrez la réserve d'eau. Cette dame ouvrira la marche », ajouta-t-il en désignant Jessica Kincaid qui portait son MP5 dans ses bras comme un bébé. « Suivez-la. Je couvrirai vos arrières. Si vous restez groupés, on vous sortira d'ici. Maintenant, on se dépêche ! »

Flannigan supervisa le transfert du blessé du lit de camp à la civière dont quatre des jeunes gens les plus costauds saisirent les montants. L'étrange caravane sortit de la grotte et s'engagea sur un sentier étroit. Quelques secondes plus tard, un tank pénétrait en cliquetant dans la clairière. Son canon principal tira sur l'infirmerie puis sur le quartier général. Derrière lui, les pelotons de la garde présidentielle ratissaient la zone à l'arme automatique.

Janson qui fermait la marche se retourna vers le camp et vit deux combattants du FLF braquer leurs pitoyables RPG-7 sur les tanks. À peine eurent-ils appuyé sur la détente qu'ils tombèrent sous une grêle de balles. Par miracle, une roquette atteignit la fente de vision d'un char qui obliqua et percuta un énorme rocher. Ses chenilles moulinaient dans le vide en crachant de la fumée.

Des centaines de soldats envahirent la clairière. Iboga venait de prendre possession du camp rebelle. Janson vit apparaître le dictateur en personne, un colosse de cent cinquante kilos coiffé d'un foulard jaune vif enveloppant sa tête brune à la manière d'un keffieh. Au milieu de sa garde prétorienne identifiable à ses foulards jaunes, il semblait incarner l'archétype du tyran omnipotent, comme l'Afrique en avait tant produits au cours des années, pour son propre malheur. Une balle bien ajustée et la victoire aurait changé de camp. Mais l'homme était trop loin – cent cinquante mètres – même pour son MP5 ; des gardes du corps aussi grands que lui le protégeaient ; et un tir raté aurait

des conséquences désastreuses puisqu'il attirerait l'attention sur
le petit groupe qui s'enfuyait dans la jungle. Trop risqué.

Il renonça donc et se dépêcha de rejoindre les autres.

Sur l'ordre de Jessica, les hommes s'étaient couchés à plat
ventre pour franchir une crête exposée aux regards de l'ennemi.
Ils rampaient en traînant la civière de Poe. Janson attendit qu'ils
aient franchi l'obstacle pour leur emboîter le pas, au ras du sol.
Il venait de se mettre à couvert quand une fervente acclamation
s'éleva du chaos qui régnait en contrebas. C'était une clameur de
victoire. Janson vit que la garde présidentielle avait capturé un
homme grand et mince. L'allégresse des soldats laissait penser
qu'il s'agissait de quelqu'un d'important, sans doute le propre fils
de Ferdinand Poe, Douglas.

La clameur gagna en intensité. Le président à vie Iboga se pava-
nait devant le prisonnier. Il le gifla. L'homme vacilla. Des soldats
le redressèrent sans ménagement. Iboga le gifla de nouveau puis
fit signe à ses troupes. Deux tanks sortirent du demi-cercle formé
par la division blindée en bordure de clairière, et traversèrent le
terrain dévasté en contournant le dernier blindé détruit. Iboga les
guidait avec des gestes impatients. Ils pivotèrent sur leurs chenilles et se firent face, séparés de six mètres environ.

Des soldats nouèrent des cordes autour de chacun des poignets
de Douglas Poe, le traînèrent entre les deux tanks et attachèrent les
cordes aux canons de manière à le maintenir debout, bras écartés,
comme crucifié entre les coques blindées, sous les ricanements
des soldats. Iboga fit avancer les tanks. L'espace vital du prisonnier se réduisit. Ils progressèrent jusqu'à le toucher. Les hommes
riaient de plus en plus fort. Iboga arracha son foulard et le brandit au-dessus de sa tête comme pour annoncer le départ d'une
course.

Soudain, il leva les yeux vers le ciel.

Son sourire railleur avait disparu.

9

COMME LA NUIT PRÉCÉDENTE, Paul Janson reconnut le bourdonnement familier du Reaper. Immobile, le foulard levé, Iboga n'en finissait pas de scruter le ciel. Le drone de surveillance et de combat était revenu.

Les soldats, les membres de la garde présidentielle regardaient le ciel en hurlant : « Reaper ! Reaper ! »

Iboga tourna les talons et prit ses jambes à son cou sans hésiter à bousculer les hommes qui se trouvaient sur son chemin. Il passa entre les tanks placés en demi-cercle et disparut. Stupéfait, Janson vit les soldats du dictateur s'agiter comme des diables pour faire reculer les blindés qui coinçaient Douglas Poe. Ils le soulevèrent et le portèrent à la manière d'un bouclier, comme pour dissuader le Reaper de larguer ses missiles. Peine perdue.

La terre trembla. La foudre s'abattit sur le camp. Les tanks d'Iboga explosèrent l'un après l'autre. Les corps des soldats qui ne l'avaient pas suivi dans sa fuite furent projetés dans les airs. L'attaque par l'avion fantôme dura moins de trente secondes. Et quand la fumée se dissipa, tout le monde était mort dans la clairière, y compris Douglas Poe.

Paul Janson n'en croyait pas ses yeux. À part le Pentagone et le Département d'État américain, il ne voyait personne susceptible de disposer de ce type d'engin. En théorie, le pétrole d'Afrique de l'Ouest aurait pu motiver une telle intervention. Mais en pratique, c'était tout le contraire. Les raffineries, les pipelines, les puits de pétrole du gouvernement foréen corrompu étaient plus que vétustes et ses réserves presque taries, tout comme celles du Nigeria. Les nouveaux gisements potentiels se trouvaient au large de l'Angola, quinze cents kilomètres vers le sud. L'Amérique n'avait strictement aucun intérêt à se mêler des inextricables conflits tribaux de la région. À moins, bien sûr, que Doug Case ait menti en prétendant que leur mission de sauvetage n'avait rien à voir avec d'éventuelles réserves pétrolières.

Si le Reaper n'appartenait pas au gouvernement américain, se pourrait-il qu'une entité privée ait eu accès à cette technologie ? C'était totalement impossible. Ce drone de surveillance lourdement armé, bénéficiant d'un système de guidage à distance via des satellites placés en orbite, était l'aboutissement d'un programme de recherche hyper sophistiqué. On était à des années-lumière des capacités du Nigeria ou de l'Angola. Il était même inconcevable que la Chine – et *a fortiori* une société privée – puisse en posséder.

En tout cas, quelque chose lui échappait, une chose très grave et qui dépassait largement le cadre de sa mission. Paul Janson se promit de résoudre le mystère car un Reaper accordait à son propriétaire une puissance surhumaine en termes d'observation et de destruction.

*
* *

En bas, dans la clairière où fumaient les carcasses des blindés présidentiels, les premiers combattants FLF émergeaient peu à peu de la forêt, éberlués par cet hallucinant retournement de situation. Ils erraient parmi les cadavres des soldats qui avaient bien failli les exterminer, quelques instants plus tôt, et regardaient incrédules ce qu'il restait des tanks. Des plaques d'acier broyées. Un homme ramassa un fusil d'assaut puis le lâcha dans un cri ; le métal était brûlant. Un autre se mit à rire, déclenchant autour de lui une allégresse contagieuse.

Plus haut, dans la forêt, Janson entendit une seconde vague de cris et de vivats poussés par des voix d'adolescents. Puis les jeunes gens dévalèrent le sentier en portant la civière de Ferdinand Poe.

Le chef rebelle était conscient. Appuyé sur un coude, il regardait autour de lui avec des yeux fiévreux.

Terrence Flannigan courait à ses côtés, essayant en vain d'obtenir que son patient se recouche. Ils dépassèrent Janson et se ruèrent dans le camp qu'ils avaient fui quelques instants plus tôt. En queue de peloton, Janson vit enfin apparaître Jessica Kincaid, son MP5 en travers du torse.

« C'est encore pire à regarder qu'à entendre, dit-elle dans un souffle en contemplant les décombres en dessous. Sale temps pour les sales types.

— Iboga s'est enfui.

— Le ministre Poe a ordonné à ses troupes de donner l'assaut sur Porto Clarence.

— Il a raison. Il faut prendre la capitale avant qu'Iboga regroupe ses forces.

— Et nous, on fait quoi ? demanda-t-elle.

— On ne lâche pas Flannigan d'une semelle, dit Janson. Ce serait dommage qu'ASC économise cinq millions de dollars à cause d'une balle perdue. »

*

* *

« Vous mourrez avant d'arriver à Porto Clarence, monsieur le ministre, dit le Dr Flannigan. Je vous en prie, écoutez la voix de la raison.

— Personne n'entrera avant moi dans la capitale, dit Ferdinand Poe.

— Vous saignez de partout. Vous avez des lésions internes. Vous ne survivrez pas à un trajet de trente kilomètres sur une civière. Attendez que vos troupes s'emparent de la ville et de l'aéroport. Ils vous enverront un hélicoptère qui vous transportera à l'hôpital.

— *Personne n'entrera avant moi dans la capitale !* » Revigoré par l'espoir de la victoire prochaine, Poe se dressa sur le brancard et voulut repousser le médecin mais retomba aussitôt, épuisé. Ses joues rondes étaient comme aspirées de l'intérieur. Ses oreilles paraissaient encore plus immenses, son nez plus pointu. Ils dépassaient de sa tête comme des protubérances grotesques sur une caricature. Ses cheveux teints avaient perdu leur volume, plaqués par la sueur.

Flannigan se pencha pour éponger le sang qui perlait aux commissures de sa bouche. « La gloire vous tuera, monsieur.

— Je ne cherche pas la gloire, rétorqua Ferdinand Poe, mais l'ordre.

— Dites-lui qu'il commet une folie ! » supplia-t-il Janson et Kincaid. Il leur avait trouvé des surnoms à tous les deux. Pour avoir détruit les tanks d'Iboga, la femme s'appellerait désormais Calamity. Son impénétrable et flegmatique partenaire serait le Mur. Flannigan n'était pas encore rassuré, d'autant qu'il ne comprenait toujours pas pourquoi ASC les avait payés pour le ramener « chez lui ». Mais il ne les détestait pas. Du Mur émanaient une assurance, un bon sens qui viendraient peut-être à bout de l'obstination de son patient.

Janson contredit ses attentes. « Vous ne saisissez pas les propos du ministre, docteur Flannigan. Il sait pertinemment que s'il n'est pas là pour faire régner l'ordre, ses troupes exaspérées par cette interminable guerre civile risquent de détruire la capitale. »

Calamity en rajouta une couche. « Docteur, ces soldats ont vécu dans les bois pendant trois ans. Le ministre ne peut attendre d'eux qu'ils se comportent comme des boy-scouts. Il faut qu'il soit présent pour édicter des règles anti-émeute.

— Exactement. Je suis le seul à pouvoir éviter qu'ils fassent justice eux-mêmes. Ils m'écouteront parce qu'ils ont vu cela, ajouta Ferdinand Poe en désignant d'une main tremblante la clairière ravagée où dix hommes joignaient leurs forces pour soulever la tourelle du tank sous laquelle gisait le cadavre de son fils. Cette horreur me donne l'autorité nécessaire pour exiger d'eux la clémence envers leurs concitoyens. Cette guerre doit se terminer aujourd'hui, sinon la nation sombrera dans le chaos. »

Il prit le temps de regarder ses hommes dégager le corps de son fils Douglas. Puis il reprit sur un ton apaisé : « Docteur, j'apprécie votre sollicitude, votre professionnalisme. Mais dans le cas présent, des soldats professionnels – il désigna Janson et

Kincaid –, même s'ils ont débarqué sur notre île pour une raison peu crédible, sont mieux qualifiés que vous pour diagnostiquer une situation d'ordre militaire.

— Le seul diagnostic qui m'importe c'est le mien. Et je vous dis que vous courez au suicide.

— Vous vous trompez de patient, docteur. Ce n'est pas moi qui suis malade mais l'île de Forée. Elle est même dans un état critique – écartez-vous, monsieur. Je dois parler à mes lieutenants. » Il fit signe à Janson et Kincaid de rester avec lui dans la caverne-infirmerie.

Janson observa les hommes groupés autour de la civière de Poe. Il y avait là une douzaine de gradés, certains très jeunes, d'autres très vieux, des soldats aguerris qui vénéraient Poe et avaient montré leurs capacités en regroupant magistralement les troupes éparpillées après l'attaque. Mais aucun d'entre eux n'avait le charisme d'un chef.

Poe s'adressa à eux en portugais. Le visage ravagé par les larmes, il les harangua en montrant du poing le cadavre de son fils. Puis, quand les troupes rassérénées s'engagèrent sur la piste, Poe demanda à Janson de suivre sa civière.

« J'ai ordonné à mes lieutenants de protéger la ville contre une destruction inutile pendant la prise du palais présidentiel. Mais si je me dépêche d'arriver dans la capitale, ce n'est pas seulement pour maintenir l'ordre. Nous devons arrêter Iboga. Il a pillé le Trésor, il a envoyé des millions à l'étranger. Si nous ne récupérons pas cet argent, notre nouvelle nation ne prendra jamais son essor. Il ne faut pas qu'il s'échappe. Le Dr Flannigan m'a dit que vous et votre associée étiez des mercenaires. On vous aurait payés pour le libérer après son enlèvement par des membres factieux de mon mouvement. Est-ce exact ?

— On peut le résumer comme cela, monsieur le ministre », répondit Janson. Mercenaires et consultants en sécurité exerçaient deux métiers bien différents. Mais ce n'était pas le moment de pinailler.

« J'ai vu avec quel talent vous avez infiltré nos lignes et celles de l'ennemi. J'en conclus que vous êtes des experts en la matière.

— Nous *planifions* nos opérations dans les moindres détails, répondit Janson, en appuyant sur le verbe planifier car quelque chose lui disait que Poe allait leur proposer de travailler pour lui, et il ne le souhaitait pas. Il avait pour principe de refuser toute mission impromptue, entreprise au pied levé, dans l'urgence et l'improvisation. C'était l'une des règles fondamentales de la survie. En outre, Jessica et lui étaient proches de l'épuisement. À supposer même qu'ils soient au mieux de leur forme, ce genre de mission casse-cou était bonne pour des gars plus jeunes et plus stupides ; il avait passé l'âge. Mais avant tout, il n'était pas question d'abandonner le docteur Flannigan dans cette île dévastée par la guerre civile. Il avait donné sa parole de le ramener sain et sauf, et il remplirait sa mission jusqu'au bout.

Il insista donc. « Nous les planifions bien à l'avance, de manière à présenter une cible à la fois petite, inattendue et mouvante.

— Des cibles petites, inattendues et mouvantes qui détruisent des tanks, répliqua sèchement le ministre Poe.

— Nous envisageons toujours plusieurs scénarios, reprit Janson sur le même ton. Écoutez, monsieur, j'ignore ce que vous voulez exactement mais je ne peux rien pour vous. Vos hommes connaissent leur ville, le palais, et sont tout à fait capables de capturer Iboga.

— Hélas, c'est plus facile à dire qu'à faire. Iboga est un homme dangereux, doublé d'un combattant expérimenté. Il a sévi en Angola. Dans les deux camps.

— Vous vivez sur une île, monsieur. Je suppose que vous avez ordonné à vos troupes d'investir l'aéroport et la baie. Si vous empêchez les avions et les bateaux de quitter le territoire, Iboga n'ira nulle part.

— C'est ce que j'ai fait, bien sûr. Pendant que nous parlons, mes meilleurs hommes s'en occupent et j'ai demandé aux espions qui me restent de surveiller les abords de la ville. Mais je connais Iboga. Il trouvera le moyen de nous fausser compagnie s'il voit que la situation lui échappe. J'ai besoin de votre aide. Travaillez pour moi. Votre prix sera le mien. »

Janson refusa d'un hochement de tête. « Vous êtes un homme courageux, monsieur le ministre. Je respecte cela. J'ai une proposition à vous faire. Nous pouvons remplacer une douzaine de vos gardes – vos troupes d'élite, je suppose. Exact ?

— Oui.

— Envoyez-les aux trousses d'Iboga. De notre côté, nous assurerons votre protection. Promis. » Il jeta un coup d'œil à Jessica qui renchérit : « Promis !

— Ma personne ne compte pas, protesta Poe. Je n'ai pas besoin qu'on me protège.

— La bataille qui fait rage sur l'île de Forée ressemble à une partie d'échecs, répondit Janson. Si on perd le roi, tout est fichu.

— Je n'ai pas envie d'être roi. Je suis un démocrate.

— Cela revient au même dans une guerre comme la vôtre, répéta patiemment Janson. Vous êtes le garant de la victoire. Pas de fausse modestie, monsieur. Personne ne peut sauver l'île de Forée à part vous. Nous pouvons vous aider – et cela ne vous coûtera rien – en vous protégeant jusqu'à ce que vos hommes investissent la ville et arrêtent Iboga.

— Pourquoi feriez-vous cela ?

— Parce que je pense que vous êtes du bon côté, répondit sincèrement Janson.

— Et vous protégerez le Dr Flannigan par la même occasion, répliqua Poe.

— J'ai toujours été clair sur ce point. Nous nous sommes engagés à assurer sa sauvegarde. Nous avons promis de le ramener sain et sauf. »

*
* *

La chance resta du côté de Ferdinand Poe, du moins au début. Les hommes qu'il avait envoyés à l'aéroport Iboga, situé à une douzaine de kilomètres de Porto Clarence, rencontrèrent peu de résistance. Les quelques soldats qui le défendaient encore n'avaient plus le cœur à se battre ; ils se rendirent aux premiers coups de feu. La tour de contrôle, les hangars ne subirent aucun dommage et dans le terminal international, on ne déplora que quelques vitres brisées par des tirs.

L'un des derniers hélicoptères encore en état de marche – commandé par le formidable Patrice da Costa, un fidèle que Poe avait placé comme espion dans l'entourage d'Iboga – atterrit au pied du Pico Clarence. On embarqua le blessé ; Janson, Kincaid et Flannigan l'accompagnèrent jusqu'à l'hôpital Iboga, une bâtisse délabrée dont une aile admirablement restaurée et équipée servait exclusivement au dictateur et à ses amis.

Construit en hauteur, l'hôpital donnait sur la mer. Le palais présidentiel se dressait de l'autre côté de la baie embrumée. C'était un bâtiment en stuc de deux étages avec un toit rouge et de nombreux balcons sur lesquels on avait récemment installé des climatiseurs. Couronnant le tout, un grand clocher carré dominait ses pelouses plantées de palmiers. Plus loin, une longue jetée s'avançait dans la mer.

Poe informa ses médecins qu'il ne se soumettrait à aucune opération ni traitement susceptible de lui faire perdre conscience. Pas avant que la bataille soit gagnée. Sa seule marque de faiblesse consista à supplier Terrence Flannigan de rester à ses côtés.

« Je ne suis guère qualifié en médecine interne, monsieur.

— Mais vous êtes le seul médecin ici à ne pas devoir votre poste à Iboga.

— Bien vu, dit Jessica Kincaid. Il a raison. Vous êtes le seul toubib de confiance, ici. »

Terry Flannigan vit qu'il n'avait pas le choix. De toute manière, les deux commandos engagés par ASC ne le lâcheraient pas d'une semelle. Prenant son mal en patience, il resta au chevet du vieux guerrier. Ce dernier demanda qu'on relève son lit en position assise pour ne rien manquer des événements qui se déroulaient du côté du palais, au bord de l'eau.

La présence de Poe à Porto Clarence semblait produire l'effet escompté. Seules quelques fines colonnes de fumée s'élevaient de la ville et les coups de feu qu'on entendait parfois provenaient essentiellement d'armes de poing. Une heure après le coucher du soleil, alors que le ciel rougeoyait encore, on amena le drapeau personnel d'Iboga, une bannière jaune ornée d'un serpent rouge qui jusqu'alors flottait en haut du clocher du palais.

Quelqu'un appela Poe sur un portable. On vit le visage du libérateur s'éclairer de joie. « Ils ont piégé Iboga, annonça-t-il à la cantonade, il est seul. Ne le tuez pas, ordonna-t-il au téléphone. Il faut qu'il nous dise où il a mis l'argent. Prenez-le vivant. » Puis il regarda la jetée par la fenêtre et annonça aux deux commandos américains : « Vous qui refusiez de poursuivre Iboga, vous voilà aux premières loges pour assister à la bataille finale. Regardez du côté de la jetée. Vous n'allez pas tarder à le voir courir. »

Janson dit tranquillement à Jessica : « On se croirait dans une tragédie shakespearienne, avec les principaux protagonistes rassemblés dans la même pièce. »

Comme prédit, Iboga battit en retraite sur la jetée. On le reconnaissait à sa corpulence. Il courait comme un homme habitué à son poids et assez fort pour le porter. Mais il n'était pas seul. De chaque côté de lui, deux hommes armés de mitraillettes aspergeaient leurs poursuivants. Pendant que l'un tirait, l'autre rechargeait son fusil en piochant dans une réserve apparemment inépuisable, répartie dans leurs sacs à dos.

« Tactique parfaite », reconnut Jessica.

Soudain l'un des hommes tomba, fauché par une balle. Iboga n'avait plus qu'un garde du corps, lequel, sans se démonter, continuait à tirer tout en reculant avec Iboga vers l'extrémité de la jetée. Janson prit ses jumelles pour surveiller la baie. Il ne vit dans les parages aucun bateau susceptible de leur porter secours. Les piétons avaient évacué le bord de mer, depuis le déclenchement de la fusillade. La baie elle-même était presque déserte, ainsi que le port de pêche et le quai de déchargement des marchandises. Le seul navire à n'avoir pas levé l'ancre était un paquebot bulgare rouillé, ancré au terminal des navires de croisière. C'est du moins ce que Janson supposa, étant donné l'absence de remorqueurs.

« Puis-je emprunter vos jumelles ? » demanda Flannigan.

Janson les lui donna. Le médecin les braqua maladroitement sur les hommes qui couraient.

« Vous reconnaissez quelqu'un ?

— Non », répondit hâtivement Flannigan, avant de rendre les jumelles.

Kincaid poussa Janson du coude. « Avion. »

C'était un point à l'horizon.

« Si c'est un hélicoptère, ils vont le hacher menu. »

Mais le point grossissait trop vite pour être un hélicoptère. Quelques secondes plus tard, ils virent un avion de chasse approcher à une vitesse formidable. « La Station du Partenariat africain possède-t-elle un porte-avions dans le coin ?

— Pas à ma connaissance. Il vient peut-être du Nigeria.

— Ils vont se faire recevoir à l'aéroport. »

Comme le chasseur volait à neuf cents kilomètres-heure, il ne lui fallut que quelques secondes pour arriver à portée de regard. Janson et Kincaid l'identifièrent à ses ailes tombantes. Un Harrier à décollage/atterrissage vertical. L'appareil ralentit d'un coup et descendit vers la jetée en suivant une trajectoire d'abord oblique puis verticale.

« On dirait que le taxi d'Iboga est avancé. »

On avait l'habitude de voir des hélicoptères descendre à la verticale avant de se poser mais le spectacle offert par cet avion-là avait quelque chose d'hallucinant. Le chasseur qui tout à l'heure fendait le ciel à une vitesse inconcevable, planait à présent au-dessus de la jetée, suspendu dans l'air comme une boule de Noël, porté par les gaz d'échappement marron qui jaillissaient de son ventre.

« Mais cet engin ne possède qu'un seul siège. Iboga ne pourra pas embarquer, articula Kincaid.

— Les avions-école en ont deux, rectifia Janson. Regarde la taille de cette verrière. »

De grosses roues surgirent à l'avant et à l'arrière du fuselage. Des tiges sortirent de sous les ailes. On aurait dit des cannes. Le vacarme du moteur qui défiait la pesanteur leur parvint comme un grondement titanesque malgré le double vitrage de l'hôpital.

Ferdinand Poe s'empara de son portable. « Arrêtez-le. Qu'on l'abatte ! Ne le laissez pas atterrir. »

Un peloton de soldats se précipita hors du palais et se mit à tirer des rafales en direction de l'intrus.

« Heureusement pour eux, les avions-école ne sont pas équipés pour le combat, dit Kincaid.

— Celui-ci l'est, intervint Janson en lui passant les jumelles. Mitrailleuse Gatling, à bâbord. »

Comme pour illustrer ses dires, le canon de l'Harrier se mit à cracher. Au même moment, on entendit les réacteurs baisser de régime. Les soldats de Poe furent tous fauchés par les obus de vingt-cinq millimètres. L'avion toucha terre, rebondit, sa queue s'abaissa puis remonta. La partie avant de la grande verrière s'ouvrit d'un coup. Une échelle de corde se déroula et tomba sur la jetée.

« On va avoir du spectacle. Deux passagers pour une seule place. »

Iboga grimpa les six échelons avec une étonnante agilité et encastra sa grande carcasse à l'avant du cockpit. La verrière se referma. Dans un bruit de tonnerre, l'avion remonta en s'appuyant sur une autre colonne de gaz marron. Ce faisant, il pivota sur lui-même et se plaça face au large. La colonne de fumée s'inclina, le nez s'éleva et le chasseur transportant le dictateur déchu repartit aussi vite qu'il était arrivé. Quinze secondes plus tard, il avait disparu dans le ciel.

Jessica baissa les jumelles. « Où est le type qui l'accompagnait ?

— Il a sauté de la jetée.

— Tu as vu des inscriptions sur la carlingue ? Moi non.

— Juste de la peinture camouflage.

— Qui a envoyé ce taxi pour Iboga ?

— Celui qui a envoyé le Reaper.

— Mais le Reaper a failli le tuer.

— Non, pas du tout, s'écria Janson. Iboga a battu en retraite derrière ses tanks mais il faisait une belle cible avec son turban jaune. Le senseur du Reaper pouvait le repérer facilement sur ses moniteurs vidéo. L'opérateur à distance l'aurait tué si telle avait été sa mission. Regarde le pauvre Poe. »

Bouche bée, Ferdinand Poe contemplait le ciel vide, comme s'il voyait encore l'avion à décollage vertical. On aurait dit que tout l'espoir, toute l'énergie suscités par sa victoire étaient en train de s'écouler de son vieux corps.

Terry Flannigan posa la main sur l'épaule de son patient. « Il est temps de vous reposer, monsieur le ministre. Vous avez fait tout ce qui était en votre pouvoir. Vos troupes ont la situation bien en main. La ville est sauvée. »

Impossible de savoir si le vieil homme l'entendait. Soudain, il leva la main et serra fermement celle de Flannigan. Ses yeux se fermèrent. Sa tête tomba sur sa poitrine. Flannigan fit signe aux infirmières qui attendaient à la porte, dans leurs uniformes blancs bien repassés. Elles se glissèrent dans la chambre, allongèrent délicatement le ministre sur le dos et remontèrent les draps sous son menton.

Flannigan se tourna vers Janson. « Je resterai avec lui jusqu'à l'arrivée des spécialistes.

— Qui viennent d'où ?

— Lisbonne sans doute. C'est leur seul contact avec la méde- cine européenne. Écoutez, je sais que vous êtes censés me livrer à ASC, mais cela devra attendre. Vous pouvez leur donner de mes nouvelles, leur dire que je les remercie. Bien entendu, je vous suis très reconnaissant de m'avoir sauvé. »

*
* *

Terry Flannigan leur tendit la main en s'efforçant de donner le change. Il ignorait toujours s'il pouvait leur faire confiance et n'avait pas l'intention de creuser la question. Pour lui, la seule solution envisageable était la fuite.

Calamity et le Mur échangèrent un regard puis acceptèrent sa poignée de main sans broncher. Quand ils sortirent de la chambre, Janson composa un numéro sur un téléphone satellite miniature.

10

VÊTU D'UN COSTUME CRAVATE, Mario Margarido, le chef d'état-major de Ferdinand Poe, attendait dans le hall. Le matin même, Janson l'avait vu dans une veste d'aviateur bourrée de chargeurs d'AK-47. « Nous vous sommes reconnaissants de ce que vous avez fait pour le ministre Poe.

— Ce n'est rien, répondit Janson. Mon avion est à Libreville. Je me demandais si vous l'autoriseriez à se poser ici ? Nous avons très envie de rentrer chez nous.

— Vous êtes nos invités à Porto Clarence.

— Merci. Vous êtes très aimable mais après cette longue expédition, nous aimerions dormir dans nos lits. »

Janson regarda Mario Margarido mûrir sa réponse. L'homme venait de s'apercevoir que son brusque passage du côté du pouvoir officiel lui conférait un certain nombre de prérogatives. En tant que chef d'état-major du président, il pouvait permettre à un avion d'atterrir ou bien fermer l'espace aérien. Accorder aux gens le droit d'aller et venir avait quelque chose de grisant.

« Je me demande si votre avion pourrait emmener nos agents en poste à Libreville. J'aimerais qu'ils nous rejoignent et participent à la victoire.

— Mais avec plaisir, dit Janson dans un sourire.

— Bien sûr, il sera le bienvenu sur notre territoire. »

Janson joignit Mike et Ed par le téléphone satellite. Trois heures plus tard, l'Embraer atterrissait sur l'aéroport fraîchement rebaptisé aéroport international de l'île de Forée, où la foule en liesse venait de détacher les lettres énormes proclamant : « Président à vie Iboga ».

« Laissez tourner les réacteurs, dit Janson. On arrive. »

Ils montèrent à bord et fermèrent la porte. Janson dit, « Go !

— Attachez vos ceintures, messieurs dames.

— Ouais, ouais, ouais. Qu'y a-t-il à dîner ?

— À votre avis ? Langoustes.

— Et ?... »

Ed eut un grand sourire d'orgueil. « Chateaubriand à la Texane, laitue angolaise, tomates du Gabon, pain français et pâtisseries italiennes. À Libreville, nous avons troqué tout cela contre des langoustes. Des pilotes de charters nous ont même trouvé du champagne.

— On mangera dès qu'on sera douchés. Je passe en premier, Jesse. Je me dépêche. » Il fallait qu'il bouge, sinon il piquerait du nez. Très vite, il se rasa, s'accorda quelques minutes de relaxation sous le jet brûlant, se sécha et enfila une tenue décontractée. « À toi. »

En arpentant l'espace restreint de la cabine, Janson passa plusieurs appels – Zurich, Le Cap, Tel-Aviv – et laissa à chaque fois un message laconique : « Comment dois-je faire pour me procurer un avion à décollage/atterrissage vertical ? »

Trevor Suzman rappela aussitôt du Cap : « Un avion-école à deux places, peut-être ? lui demanda-t-il avec un gloussement satisfait.

— Je constate que tu es déjà au courant. Mais cela ne m'étonne pas », répondit Janson, histoire de caresser Suzman dans le sens du poil. Ses fonctions de commissaire national adjoint de la police sud-africaine débordaient assez largement sur les renseignements extérieurs et il n'en était pas peu fier. « Saurais-tu d'où il venait ?

— Juste des rumeurs.

— Tu veux bien m'en dire plus ?

— Non. Pour la simple et bonne raison que ce sont des conneries. Mais je me permets de te rappeler que les Harrier ont un rayon d'action très réduit. Il ne pouvait pas venir de très loin.

— On a le choix entre neuf nations côtières et un petit bateau. Tous compris dans ce fameux rayon d'action, dit Janson. Parle-moi des rumeurs.

— J'en saurai davantage demain, dit Suzman.

— Alors, je te rappelle demain. »

Bien éveillé cette fois, Janson continuait à faire les cent pas dans la cabine en tournant dans sa tête la question centrale : qui avait envoyé le Reaper ? Mais il ignorait totalement à qui s'adresser pour savoir à coup sûr comment s'en procurer un. Ou plutôt, il savait à qui s'adresser mais sa question ne manquerait pas de susciter une curiosité peu souhaitable.

L'US Air Force possédait des drones de combat. La CIA aussi, de même que l'armée de terre et la Navy. L'une de ces institutions avait-elle décidé d'intervenir secrètement dans le conflit foréen ? C'est alors qu'une idée lui vint. Il frémit. Se pourrait-il que les Ops Cons soient mêlées à cette affaire ? Des maîtres-espions possédant une arme aussi redoutable ne manqueraient pas de se prendre pour des dieux.

Il en conclut que trouver une solution à l'énigme du Reaper réclamerait du temps et beaucoup de réflexion. L'entité qui s'était offert un tel engin de mort ne pouvait pas ne plus l'utiliser.

*
* *

Jesse le rejoignit à table au moment où Ed amenait le premier plat. Langouste mayonnaise. « Merci, Ed. Je m'occupe du vin. » Janson déboucha la bouteille et remplit les verres.

« Avant de boire à notre réussite, un bref *mea culpa*. »

C'était un rituel dans leur métier. Au retour d'une mission, on prenait le temps de mettre à plat les bons et les mauvais aspects de l'opération. Leurs amis de la Force Delta appelaient cela une douche brûlante, d'autres tout simplement un débriefing, mais quel que soit son nom, ce passage en revue était nécessaire car il leur évitait de reproduire les erreurs commises sur le terrain.

Comme à l'accoutumée, Kincaid se lança la première : « Nous savons déjà que je suis restée trop longtemps dans l'arbre. J'aurais dû obéir aux ordres parce que tu occupais une position qui te permettait de voir ce que je ne voyais pas. »

Janson n'avait pas encore digéré l'incident. Il attaqua bille en tête. « Tu m'as fait une promesse quand nous avons décidé de nous associer. Tu t'en souviens ?

— Je m'en souviens.

— Qu'est-ce que c'était ? »

Kincaid soutint son regard et répondit entre ses dents. « Je cite : "Apprends-moi le métier. Je serai ta meilleure étudiante."

— Et qu'ai-je répondu ?

— Tu as dit : "Les protégés de Paul Janson ont la regrettable habitude de se faire tuer."

— C'est un travail dangereux. Quand je te dis de bouger, tu dois obéir, et dans la seconde.

— Oui, chef.

— Autre chose ? demanda Janson.

— C'est tout pour l'instant – attends ! » Elle écarquilla les yeux. « Mon Dieu, Paul, le garde du corps d'Iboga, celui qui a sauté de la jetée… Je ne l'ai pas remarqué sur l'instant – mais il ne portait pas de foulard jaune, comme les autres membres de la garde présidentielle. »

Janson se remémora les deux hommes qui rechargeaient leurs armes et tiraient à tour de rôle. « Je n'ai pas fait attention, moi non plus. D'où sortait ce type ? On aurait dit qu'il était chargé d'escorter Iboga jusqu'à l'Harrier. Quand il s'est jeté à l'eau, c'était comme s'il disait : "C'est bon, mission accomplie."

— Plonger dans une baie ennemie ! Sacrément téméraire.

— Je te parie qu'un mec en combinaison de plongée l'attendait en dessous.

— Et toi, chef ? La Machine aurait-elle commis des erreurs ? »

Janson la regarda dans les yeux. « Oui et une grosse. J'ai eu tort de nous faire marcher sur le camp du FLF en plein jour. Cette décision aurait pu nous être fatale. Nous aurions mieux fait d'attendre la nuit et profiter de notre équipement de vision nocturne. Si la sentinelle ne nous a pas tiré dessus c'est que tu l'as repérée à temps sans te faire repérer toi-même.

— Autre chose ?

— Je suis sûr que des tas de choses me reviendront dans la nuit – pour l'instant, fêtons la victoire. Le Dr Flannigan est hors de danger et, par-dessus le marché, nous avons aidé au triomphe d'une juste cause. »

Jessica Kincaid leva son verre et plongea ses yeux dans ceux de Janson. « Je bois à la liberté, celle des médecins et celle des Foréens ! »

Ils choquèrent leurs verres et sirotèrent une petite gorgée de champagne.

« Délicieux. Qu'est-ce que c'est ? »

Janson enleva la serviette qui entourait la bouteille et lui montra l'étiquette. « Mumm.

— Excellent. »

Ils mangèrent un peu de langouste, quelques feuilles de salade, du pain, une lichette de steak, le tout accompagné d'un verre de Malbec argentin et nettoyèrent l'assiette de gâteaux. Après avoir débarrassé, Ed ferma la porte de communication.

« Fatigué ? demanda Jessica.

— Mon corps oui. Mon cerveau non. Et toi ?

— Pas pour l'instant. Demain, je vais sans doute m'écrouler et dormir pendant deux jours… Des bleus ?

— Quelques-uns, dit Janson. Et toi ?

— Tu veux les voir ?

— Oh oui. »

11

L E QUARTIER CHAUD DE PORTO CLARENCE se trouvait près de
l'embarcadère, le long d'une allée bien éclairée gardée
par des policiers débonnaires.

Terry Flannigan remarqua que le seul navire amarré était un
vieux paquebot rouillé battant pavillon bulgare. Une grosse
enseigne au néon annonçait pompeusement *Varna Fantasy*. Varna
étant le port sur la mer Noire auquel il était rattaché, Fantasy
le nom de la compagnie de croisières bulgare qui l'avait affrété.
Installés aux premières loges, les touristes bulgares avaient donc
assisté au dénouement d'une guerre civile africaine. À présent, ils
devaient encombrer les salons de massage. Flannigan s'était ren-
seigné auprès du nouveau chef de la sécurité du ministre Poe pour
savoir où un monsieur seul pouvait se rendre pour « s'amuser un
peu ». Patrice da Costa, qui avait passé son temps à espionner tout
ce qui se déroulait en ville pendant la guerre, l'avait chaudement
recommandé auprès d'une tenancière de bordel qui pratiquait des
tarifs trop élevés pour les touristes bulgares.

Flannigan fut accueilli royalement. Puisqu'il était l'invité du
« chef da Costa », on le régala d'un verre de vin pendant qu'il
regardait une vidéo de présentation du personnel. Cette méthode
était une nouveauté pour lui mais elle avait l'avantage de facili-
ter les premières démarches. Il avait horreur de choisir une fille
en face à face, car cela signifiait qu'il snobait toutes les autres. Il
sélectionna une Ukrainienne blonde et bien en chair qui lui rappelait un peu Janet Hatfield.

De visage, il fallait avouer que les deux femmes ne se ressemblaient guère, mais il n'était pas venu regarder son visage, après tout. En fait, il prévoyait de fermer les yeux, ou d'éteindre la lumière. Il fit les deux. Puis, catastrophe, il s'aperçut qu'il ne bandait pas.

« C'est la première fois que ça m'arrive », dit-il à la fille qui ne parlait pas anglais. Heureusement, elle était très gentille, si bien qu'il se sentit un peu moins ridicule. Sachant qu'elle ne comprenait pas, il se mit à lui parler dans le noir. « J'avais une amie mais elle s'est fait tuer. C'était une femme bien. Trop bien pour moi. Elle avait de l'humour, de l'assurance. Elle était très très forte. Le genre de fille qu'on pourrait suivre au bout du monde ; dans le pays d'où je viens c'est ce qu'on dit pour parler d'une femme admirable. C'est marrant, mais cette expression lui allait comme un gant, vu qu'elle commandait un navire. »

Il sentait les larmes ruisseler sur son visage. Ça aussi, c'était marrant.

On frappa à la porte.

« On a payé pour la nuit, dit-il d'une voix cassée. Allez-vous-en. »

Mais la fille alluma la lumière, colla l'oreille contre la porte puis lui fit signe de venir. La vieille femme qui dirigeait l'établissement et avait regardé la vidéo avec lui, se tenait de l'autre côté. Il l'entendit murmurer d'une voix angoissée. Flannigan lui ouvrit.

« Homme dangereux. Homme dangereux. Il vous cherche. J'ai dit que vous pas là. Mais lui pas croire moi. Il faut partir. »

Flannigan ne prit pas le temps de lui demander qui était l'homme dangereux. Il le savait déjà. Le soldat qui avait couru sur la jetée avec Iboga n'était autre que ce psychopathe de Van Pelt, le Sud-Africain qui avait massacré l'équipage de l'*Amber Dawn*.

Flannigan s'habilla, fourra quelques billets dans la main de la fille et laissa la tenancière le guider vers une porte de service, donnant sur une ruelle nauséabonde. « Où allez-vous ? murmura-t-elle.

— Là où je serai accueilli à bras ouverts. »

Il jeta un coup d'œil dans la ruelle, vit que la voie était libre et fila en direction du port. Il tourna au coin et s'engagea sur le quai où était amarré le navire de croisière. Le *Varna Fantasy* avait levé l'ancre et s'apprêtait à partir. Ses derniers cordages pendaient mollement. Un remorqueur le pressait contre la jetée et les dockers attendaient l'ordre de détacher les cordages.

Un officier de marine arrêta Flannigan au sommet de la passerelle de service.

« Allez chercher le commissaire de bord, lui ordonna Flannigan.

— Il dort.

— Je vous garantis qu'il vous remerciera de l'avoir réveillé. En revanche, si vous ne le faites pas, il vous fera passer un mauvais quart d'heure. »

Le commissaire apparut. L'homme hirsute, embué de sommeil, avait enfilé une vareuse blanche sur son pyjama.

« Bonsoir, monsieur, dit Flannigan. Si votre médecin de bord n'a pas encore abandonné son poste, je suppose qu'il le fera à la prochaine escale, ou à celle d'après. Exact ?

— Qu'est-ce que ça peut vous faire ? demanda le commissaire méfiant.

— Je suis médecin. Chirurgie des traumatismes. Mais j'ai d'autres spécialités : je chouchoute les touristes en croisière, je soigne les MST contractées par l'équipage, je vérifie que les salles de restaurant ne sont pas infectées par la dysenterie. J'ai servi sur des navires comme le vôtre pendant des années. » Il ouvrit le portefeuille étanche qui ne le quittait jamais – dans ce monde où la paperasse régentait tout – et fouilla dedans d'un air inspiré. « Voici mon passeport, mes diplômes et mon permis d'exercer. Montrez-moi ma cabine. »

Terry Flannigan savait que le commissaire n'inscrirait pas son nom sur le manifeste, du moins pas avant que le navire ait quitté les eaux territoriales de l'île de Forée. L'homme dont les fonctions consistaient entre autres à garantir la sécurité de deux mille passagers, rassemblés dans un espace réduit, n'allait pas négliger la chance qui s'offrait à lui en alertant les autorités locales qu'un membre d'équipage nouvellement recruté souhaitait quitter le pays en toute discrétion. Quoi que cet étranger ait fait à terre, un médecin qualifié à bord d'un navire était un trésor inestimable.

DEUXIÈME PARTIE

Un bien pour un mal

Nuit

3°11'S, 14°13'O
Quarante mille pieds au-dessus de l'océan Atlantique

12

« POURQUOI ON NE LE FAIT pas plus souvent ? » murmura Jessica Kincaid.

Ils commençaient toujours lentement, comme des nageurs progressant vers le large sous la lumière des étoiles. Ils respectaient des rituels : inspection des ecchymoses, soin des mains, baisers qui apaisent. Allongée sur Paul Janson, ses seins pressés contre son torse musclé, Jessica effleurait sa bouche du bout des lèvres, les jambes entremêlées, le souffle toujours plus court, le cœur battant.

L'Embraer grondait dans le ciel nocturne. Elle crut que Janson ne l'avait pas entendue à cause du ronronnement des moteurs. « Pourquoi…

— Parce que c'est trop bon. Ma vieille carcasse risquerait d'exploser.

— Pas de mensonges.

— Quelle est la punition pour un mensonge ?

— Ne te défile pas. Réponds à ma question, Paul. Pourquoi on ne le fait pas plus souvent ?

— Parce qu'on a peur », murmura Janson. Il posa une main en coupe derrière la tête de la jeune femme et laissa l'autre s'égarer le long de son dos.

— Peur de quoi ? demanda-t-elle en éloignant ses lèvres d'un petit coup de langue avant de déposer un chapelet de baisers sur son cou.

— On a peur de rentrer seul d'une mission, un jour. »

Sans qu'elle s'y attende, il retira la main qui maintenait sa tête et la glissa entre ses cuisses. « Je n'ai pas peur, souffla-t-elle.

— Tant mieux. J'aimerais pouvoir en dire de même. »

Elle se mit à califourchon sur lui. Il la pénétra.

« Donne-moi tes mains », dit-elle.

Il les lui offrit. Paumes contre paumes, elle cala ses pieds sur le matelas et se mit à bouger. « Je n'arrive pas à imaginer que l'un de nous deux se retrouvera seul un jour.

— En ce moment, j'ai tendance à penser comme toi », haleta Janson.

La voix du pilote retentit dans l'interphone. « *Chef ?* Franchement désolé de vous déranger.

— Quoi ? » Les micros de la cabine étaient activés.

« Quintisha appelle sur le téléphone satellite. Elle dit que c'est important. »

*
* *

Quintisha Upchurch était directrice générale des opérations. Elle travaillait à la fois pour CatsPaw Associates et la Fondation Phœnix. C'était la seule personne au monde à pouvoir joindre Janson où qu'il fût, de jour comme de nuit.

« Passe-la-moi, Mike, et coupe le son de ton côté. »

Le souffle court, le regard vague, Jessica pencha la tête vers Janson. « Bon Dieu, c'est pas une heure pour appeler. Cette femme ne dort jamais ?

— Allô, Quintisha, fit Janson.

— Vous ne répondiez pas sur votre téléphone, Mr Janson. » Quelque chose chez elle le surprenait depuis toujours. Quintisha possédait une voix suave et sensuelle et pourtant elle était aussi guindée qu'une fille de diacre dotée d'un tempérament de juge de paix.

— Oui.

— Jessica ne répondait pas non plus.

— J'ai l'impression que Miss Kincaid a pris sa soirée. Que se passe-t-il ?

— Douglas Case d'American Synergy m'a appelée. Il était aux cent coups. Il m'a dit de vous dire, je cite : "Le docteur s'est fait la malle."

— Comment ?

— Mr Case a utilisé un vocabulaire peu châtié pour me demander vos numéros privés. Je lui ai raccroché au nez, bien sûr, mais comme ASC doit nous verser cinq millions de dollars, j'ai pensé qu'il valait mieux vous joindre aussitôt. »

Janson se creusa la tête.

Quintisha Upchurch reprit : « Ces cinq millions nous seront utiles, Mr Janson. Cet avion coûte cher.

— Dites à Mr Case que je m'occupe de lui. » Il appela Mike. Le système de reconnaissance vocale ouvrit la communication avec le cockpit. « Mike, avez-vous dépassé votre point de non-retour ? »

Le point de non-retour n'était pas le milieu de l'océan. Soit l'Embraer pouvait revenir en Afrique soit il devait continuer vers l'Amérique du Sud, tout dépendait du poids transporté, de la résistance des vents et de la distance déjà parcourue. L'appareil avait brûlé du carburant, donc il pesait moins lourd et requérait moins de puissance pour maintenir sa vitesse. S'il changeait de cap, les vents contraires soufflant de l'ouest laisseraient place à des vents arrière, ainsi Mike pourrait baisser les gaz. C'était un calcul complexe. Les pilotes expérimentés comme Mike l'effectuaient de tête, minute par minute, sans même y penser.

« Vingt-neuf minutes jusqu'au point de non-retour.

— On fait demi-tour. Direction Porto Clarence.

— Demi-tour. Cap sur Porto Clarence – dès que j'obtiendrai l'autorisation.

— Mike ? intervint Jessica. Quand vous obtiendrez l'autorisation, allez-y doucement.

— Répétez ?

— Allez-y mollo en virant sur l'aile, précisa Janson. J'aimerais éviter tout incident de décompression dans la cabine – fin de transmission. »

Ils se tenaient toujours paumes contre paumes. Quand l'Embraer changea de direction, ils gardèrent l'équilibre en s'accrochant l'un à l'autre.

« Tu ne veux pas appeler ton copain Doug ?

— Pas avant qu'on sache ce qui s'est passé.

— Nous ne le saurons qu'une fois arrivés à Porto Clarence.

— Alors, nous avons trois heures devant nous.

— Le temps d'atteindre un point de non-retour ?

— Le temps d'en atteindre plusieurs. »

13

J ’AI PEUR D’AVOIR ÉTÉ UN PEU cavalier avec ta Mrs Upchurch,
« s’excusa Doug Case sur le téléphone satellite.

— Elle a compris que tu étais sous pression », répondit
Janson.

Par les fenêtres de la chambre d’hôpital où se reposait Ferdinand
Poe, il apercevait le palais présidentiel, de l’autre côté de la baie de
Porto Clarence. À l’est et au nord, les eaux grises de l’océan Atlantique. À la place de la bannière jaune d’Iboga, on avait hissé le
drapeau de l’île de Forée – trois bandes horizontales, or-bleu-noir,
traversées d’une diagonale rouge. La brise le soulevait par intermittence.

Cette même brise avait débarrassé le rivage des traînées de
brume marine si fréquentes sous ces latitudes.

La vue était dégagée sur plusieurs kilomètres. Un vaisseau
grossissait à vue d’œil sur l’horizon septentrional. Janson l’avait
surveillé pendant une heure, en attendant l’appel de Doug Case.
Ce navire était trop lent pour être un paquebot ou un tanker.

« J’ai eu le temps de me calmer, dit Case. Ce n’est pas ta faute
si le Dr Flannigan nous a faussé compagnie. Ton chèque est signé.
On te l’envoie de suite.

« Non.

— Non quoi ?

— Attends un peu.

— Que veux-tu dire ?

— Tu enverras le chèque quand nous t’enverrons Flannigan.

— Il s'agit de cinq millions de dollars, Paul.

— Que nous n'avons pas encore gagnés. Pas d'inquiétude, on va le retrouver. »

Il avait commencé son enquête tout de suite après avoir atterri à Porto Clarence. L'ex-espion de Poe, Patrice da Costa – qui se considérait en plaisantant « chef de la sécurité par intérim de la garde par intérim du président par intérim » –, l'avait conduit dans le bordel où Flannigan avait passé une partie de la nuit précédente. La patronne effrayée reconnut que le docteur était venu chez elle mais ne sut dire l'heure de son départ ni sa destination. Janson parvint à la conclusion que le Dr Flannigan s'était méfié de lui depuis le départ et avait saisi la première occasion pour s'enfuir.

« Et quand ce sera fait, je le traînerai jusqu'à ton bureau par la peau du cou, promit Janson à Doug Case.

— Ne t'en fais pas pour ça. ASC a tout mis en œuvre pour l'aider. Vous l'avez sorti des griffes de ses geôliers. Si maintenant il décide de faire ce qu'il veut, c'est son problème. Je veux dire, nous n'avons rien à nous reprocher.

— Pourquoi s'est-il enfui ? »

Doug Case répondit dans un gloussement. « Il s'avère que ce cher docteur se prend pour un don Juan. Il a probablement voulu échapper à un mari jaloux.

— À Porto Clarence ou à Houston ?

— L'un ou l'autre, ou bien les deux. Enfin c'est ce que dit la rumeur. Écoute, un toubib qui se comporte comme un dragueur de bas étage, ce n'est pas une grosse perte. De toute façon, il n'a jamais su garder un boulot.

— Pourtant, je l'ai vu à l'œuvre avec Ferdinand Poe. Il avait une attitude très professionnelle. Il s'est parfaitement bien occupé de lui.

— Je ne l'accuse pas de se shooter ou de picoler. Je n'ai pas dit qu'il était rayé du corps médical. Je dis simplement qu'on s'en sortira sans lui. Laisse tomber, Paul. Nous t'enverrons le chèque. Faxe-nous une facture quand tu auras cinq minutes.

— Tu recevras ma facture avec le Dr Flannigan », rétorqua Janson. Sa parole, sa crédibilité, sa réputation étaient en jeu. Mais il y avait une autre raison à sa décision : il n'en avait pas fini avec ASC.

« Si tu insistes, fit Case d'une voix dubitative. Mais ne t'éternise pas.

— J'insiste, en effet. Au fait, pourrais-tu me filer un petit renseignement ?

— Annonce.

— J'ai l'impression qu'une organisation secrète aide le Front de Libération foréen. Donne-moi tout ce que tu possèdes sur la question. »

14

J E NE VOIS PAS DE QUOI tu veux parler, répondit Doug Case.
« — Tu étais en contact avec les trafiquants qui les fournissaient en armes.

— Disons plutôt avec des gens qui connaissaient leurs fournisseurs.

— Tu as pris tes renseignements, insista Paul Janson. Tu as
forcément entendu parler de quelque chose.

— Tu veux des rumeurs ?

— Comme je n'ai rien, je prends tout.

— Pourquoi tu fais ça ?

— Cinq millions de dollars c'est une sacrée somme. J'ai
l'intention de la mériter.

— Justement, ta mission consistait à retrouver Flannigan. Je
ne vois pas le rapport avec une prétendue organisation clandestine en cheville avec le FLF.

— On tourne en rond, Doug. Parle-moi de ces rumeurs. »

Janson éprouvait une méfiance viscérale envers ses anciens
patrons des services secrets américains. Il n'aurait pas été surpris
que l'un d'entre eux ait aidé les rebelles dans l'espoir de mettre
ensuite la main sur d'éventuelles réserves pétrolières. Peut-être
même avaient-ils eu vent de certaines découvertes tenues secrètes.
Ce n'était pas difficile à imaginer. Les Américains auraient très
bien pu envoyer des hommes sur place, chargés de donner un
petit coup de main au FLF, juste pour renforcer leurs relations
avec les vainqueurs potentiels.

Mais cela n'expliquait pas l'évasion spectaculaire d'Iboga. Voilà pourquoi Paul Janson comptait faire jouer toutes ses relations pour tirer l'affaire au clair. Les avions à décollage/atterrissage vertical n'étaient pas si nombreux. Il en existait moins d'une centaine. Ces appareils hypersophistiqués étaient tous censés appartenir à des nations souveraines ayant les moyens techniques et financiers d'assurer leur maintenance.

Parmi les nations qui convoitaient les champs pétroliers d'Afrique occidentale, la Chine était en mesure de posséder un Harrier – basé sur un navire cargo, peut-être. Le Nigeria aussi. L'Angola, à la rigueur. Et bien sûr, les États-Unis.

Le vaisseau qui grossissait à l'horizon semblait suivre un cap contournant l'île. À cette distance, on voyait nettement qu'il s'agissait d'un navire de forage pétrolier. Il le compara au supertanker qui croisait son sillage. À vue de nez, ce vaisseau mesurait trois cents mètres de long. La tour de forage qui se dressait au centre était aussi haute qu'un immeuble de quinze étages. Sa présence dans les eaux territoriales de l'île de Forée était-elle une coïncidence ? Janson pensait que non. Si ses soupçons se révélaient fondés, il ferait tout pour déjouer les manœuvres déloyales d'ASC. Pourtant, il s'accrochait encore à l'espoir que Doug Case était de bonne foi.

« Tu m'as bien dit que cela n'avait rien à voir avec le pétrole ? » lui demanda-t-il au téléphone.

Case eut un rire étouffé. « Eh bien, disons que la direction m'a clairement signifié que certaines choses devaient rester secrètes. Mais je suppose que tu l'avais déjà compris.

— ASC étant une compagnie pétrolière, j'avoue que cette idée m'a traversé l'esprit. » Janson choisit d'adopter un humour froid tout en cherchant l'intonation du mensonge dans la voix de Case.

« Paul, tu fréquentes des milieux très variés, y compris celui de l'entreprise. Tu sais foutrement bien que le chef de la sécurité n'est pas dans le secret des dieux. Comme je l'ai dit à ta jeune collaboratrice, les chefs de la sécurité sont des larbins. Nous protégeons, nous ne dirigeons rien.

— Que se passe-t-il vraiment, Doug ?

— Je suppose que ton téléphone est aussi sécurisé que le mien ?

— C'est mon téléphone privé. Que se passe-t-il ?

— Franchement, je préférerais discuter de cela en face à face dans une pièce insonorisée.

— Je n'ai pas le temps de me rendre au Texas, répondit Janson.

— OK. Voilà l'affaire. Pendant plusieurs années – des décennies – American Synergy a aidé des petites nations et leurs compagnies pétrolières à étendre leurs réserves. Je sais ce que tu penses : c'est ainsi que les compagnies procèdent pour s'emparer des réserves pétrolières à l'étranger. Eh bien, cela ne marche plus ainsi. Aujourd'hui, les nations productrices tiennent la barre. Je te parle d'autre chose. Nous intervenons çà et là sur des explorations menées en toute transparence au bénéfice des pays qui font appel à nous. Ainsi, nous redorons notre image et nous nous faisons des amis dans certaines régions où n'étions pas en odeur de sainteté. Tu comprends ce que je suis en train de te dire ?

— Une initiative fort louable. Vous m'avez l'air d'agir correctement.

— Nous agissons correctement, en effet.

— Ce qui m'étonne c'est le manque de publicité. Une telle grandeur d'âme devrait donner lieu à des annonces sur Internet, vantant les mérites d'ASC.

— Le cynisme ne te va pas.

— Pourquoi vous n'en parlez pas ?

— Nous faisons profil bas. Si jamais nos concurrents l'apprenaient, ils auraient tôt fait de débarquer en masse. Nous travaillons avec des sous-traitants spécialisés dans l'exploration pétrolière. Des gars tellement discrets que tu n'en as jamais entendu parler. Des petites structures indépendantes comme Tullow – du moins comme l'était Tullow autrefois, puisque cette société a bien grossi depuis. »

Janson interrompit la digression. « Avec qui travaillez-vous en ce moment ?

— Je ne peux pas te le dire. C'est confidentiel. En fait, je l'ignore moi-même. Dans la structure hiérarchique d'ASC, personne n'est au courant, à part Kingsman Helms et ses supérieurs. Il y a une "muraille de Chine" entre eux et nous. De cette manière, personne ne peut nous accuser d'exploiter éhontément les nations pauvres qui bénéficient de nos largesses.

— Que se passera-t-il si vous trouvez du pétrole ?

— ASC sera en première ligne. Nous les aiderons à tirer profit de cette découverte. Ce n'est que justice – n'oublie pas qu'aujourd'hui les gouvernements locaux ont le droit de réclamer d'énormes royalties. Nos marges sont bien plus étroites qu'à la grande époque.

— Quand tu dis "première ligne", cela signifie-t-il qu'ASC réclame des droits de développement exclusifs ?

— D'accord, nous y trouvons notre intérêt – mais nous ne sommes pas les seuls. Enfin, Paul, réfléchis un peu. Nous sommes une société américaine. Nous avons le devoir de fournir à notre pays des sources d'énergie fiables. D'après moi, il n'y a rien dont nous puissions avoir honte. Quel que soit l'avenir de l'énergie à long terme, notre pays ne peut prendre de bonnes décisions si nous avons déjà du mal à nous éclairer.

— Avez-vous trouvé votre intérêt sur l'île de Forée ? demanda Janson. C'est-à-dire un intérêt assez important pour persuader quelque organisation clandestine au sein du gouvernement américain de mettre des Reapers au service d'une compagnie pétrolière ?

— Je vais te dire une chose : ASC vient de lancer le *Vulcan Queen*, un navire d'exploration et de forage de septième génération, capable de percer des puits de douze mille mètres de profondeur à cinq mille mètres sous la surface, tout en conservant une position stationnaire avec un vent qui souffle à 60 nœuds et des creux de douze mètres. C'est le premier navire de forage à 1 milliard de dollars et nous l'avons envoyé sur l'île de Forée.

— Bonne réponse, Doug.

— Que veux-tu dire ?

— Je craignais que tu ne me fasses marcher.

— Je ne te suis pas, Paul.

— Je l'ai vu à l'horizon.

— Le navire ? Déjà ? Tu es sûr que c'est bien lui ?

— On croirait voir la version maritime de la station spatiale de *La Guerre des étoiles*.

— C'est bien le *Vulcan Queen*.

— Je me demandais qui l'avait envoyé ici, dès le lendemain du cessez-le-feu.

— Maintenant tu sais.

— Mais j'ignore encore quel service clandestin a soutenu le FLF.

— Pourquoi un seul service ?

— Je ne comprends pas.

— Ce pourrait être n'importe qui. Les Américains, les Chinois, les Nigérians, les Sud-Africains. N'importe quelle nation en quête de pétrole.

— Mais personne ne sait s'il y a du pétrole au large de l'île de Forée, sauf ASC et vos fameux sous-traitants.

— ASC ne *sait* rien. Nous *espérons* seulement. Alors pourquoi les autres n'en feraient-ils pas autant ? Soyons sérieux. Combien diable cela peut-il coûter de financer une misérable armée rebelle ? Rien si cet investissement permet de se faire des amis. Si tu creuses assez profond, tu découvriras que Ferdinand Poe recevait de l'argent d'une demi-douzaine de généreux bienfaiteurs, lesquels arrosaient Iboga par la même occasion. C'est bien peu comparé aux profits escomptés. ASC a eu l'intelligence de placer son fric dans l'exploration pétrolière. Maintenant que Poe a gagné, vers qui se porteront ses faveurs, à ton avis ? Les gars qui lui ont offert des mitrailleuses – quand ça chauffait pour lui, il était bien content de les avoir, évidemment – ou ceux qui permettront à son pays de se placer sur la route de la prospérité ?

— Je lui poserai la question, dit Paul Janson.

— Je te demande pardon ?

— Nous avons rendez-vous.

— À quel sujet ? »

Janson décida de lui répondre honnêtement. Le chef de la sécurité d'American Synergy aurait ainsi matière à réflexion. « C'est pour un boulot. »

*
* *

« Vous avez meilleure mine, monsieur le président, dit Janson.

— Président par intérim », corrigea Ferdinand Poe. Le vieil homme semblait encore fragile mais ses joues avaient repris des couleurs. On lui avait coupé les cheveux et la barbe, il portait un pyjama de coton bleu. À son bras pendait une perfusion. Son regard était un peu voilé – à cause des antalgiques qui brouillaient aussi son élocution, même si sa voix demeurait ferme, se dit Janson. Poe ajouta dans un demi-sourire : « Après tant d'années dans la brousse, les effets bénéfiques de deux nuits de sommeil passées dans un vrai lit ne doivent pas être surestimés.

— J'imagine que gagner une révolution a aussi des vertus curatives », répondit Janson.

Poe le refroidit aussitôt. « Il y a trente-cinq ans, nous avons fait la révolution contre le Portugal. Aujourd'hui, c'est différent. La guerre qui nous a opposés à Iboga n'était pas une révolution mais une lutte pour la défense de la démocratie contre une dictature mise en place par un coup d'État.

— Au temps pour moi », se reprit Janson. L'agacement de Poe était compréhensible. Il s'inquiétait pour l'avenir, probablement. La longue guerre dont ils venaient de sortir aurait de graves répercussions sur la nation et ses habitants.

Poe désigna par la fenêtre le palais qui se dressait de l'autre côté de la baie. « Cette nuance a son importance. Vous voyez cette grande place à côté du palais présidentiel ? La lutte pour l'indépendance de l'île de Forée a commencé là, voilà cinquante ans, le jour où les propriétaires terriens portugais ont demandé à l'armée de tirer sur les manifestants qui protestaient contre les conditions de travail dans les plantations. Vous n'avez sans doute jamais entendu parler du massacre qui s'est ensuivi. Votre guerre du Viêtnam faisait les gros titres, à l'époque, et le Portugal n'en était pas à son coup d'essai. Il avait déjà commis de semblables atrocités au Mozambique. Cette nouvelle n'avait donc rien d'exceptionnel pour vous. Mais ici sur notre île, il s'agit d'un événement fondateur. Le massacre de Porto Clarence a fait naître en nous un sentiment d'appartenance à une seule et même nation, la nôtre. »

Son regard s'assombrit à cette évocation. « Les soldats ont pris les hommes, les femmes et les enfants, les ont séparés et répartis en trois files. J'étais professeur, à l'époque. Les petits garçons de mon école regardaient fascinés les avions qui passaient au-dessus de nous, les hélicoptères qui se déplaçaient avec une telle aisance. Jusqu'à ce qu'ils commencent à nous mitrailler.

« Les gens se sont mis à courir. Les soldats les ont pourchassés dans des Jeep et des véhicules blindés. Ils les ont repoussés jusqu'à la digue et là, ils les ont obligés à sauter. Je n'oublierai jamais ce que mon père a dit au moment de mourir : "Ce crime profitera aux riches, ceux qui ont déjà les mains pleines." Ferdinand Poe eut un frisson de dégoût. « Ils ont massacré 500 d'entre nous. Leurs cadavres qui flottaient dans le port ont attiré les requins. Ce fut un ignoble carnage. De quoi vouliez-vous me parler ?

— D'un homme aux mains pleines.

— Qu'est-ce à dire ?

— Votre chef d'état-major m'a appris qu'Iboga avait largement puisé dans le Trésor national.

— Oui. Il semble qu'au cours de ces deux dernières années, il ait volé plusieurs millions dans nos caisses. Un butin dont nous avons désespérément besoin.

— Sauf erreur de ma part, dit Janson, l'île de Forée bénéficiera bientôt d'un apport en devises grâce à son pétrole en eau profonde.

— À la seule condition que nous en ayons suffisamment. Et même si c'est le cas, il faudra du temps pour la mise en place du projet, le forage, la construction d'infrastructures… En attendant ce jour, et à supposer que les compagnies pétrolières nous versent des royalties, nous devrons nous contenter des sommes versées à titre d'avances. »

Janson acquiesça d'un hochement de tête. Même si l'on découvrait du pétrole en eau profonde dans des quantités économiquement rentables, les royalties ne tomberaient pas avant plusieurs années. « Pour reconstruire le pays, il vous faut de l'argent tout de suite.

— J'en suis tout à fait conscient, répondit Poe d'une voix morne. Les banquiers proposent des prêts garantis sur la future rente pétrolière.

— Mais vous savez bien qu'emprunter lorsqu'on est pauvre revient à tendre la main comme un mendiant, dit Janson.

— Nous sommes conscients de cela aussi. De même, nous connaissons parfaitement la théorie de la "malédiction des ressources". La manne pétrolière peut faire couler une démocratie à moins qu'on la dote de règles très strictes. Chose impossible si nous prenons l'habitude d'emprunter sur son dos. Mais comment faire pour remplacer l'argent qu'Iboga nous a volé ?

— Voulez-vous que je le récupère ? »

Sous son masque imperturbable, Paul Janson cachait une vive excitation. Rechercher Iboga reviendrait à enquêter sur celui qui avait envoyé l'Harrier à la rescousse du dictateur. Il pourrait même tomber en chemin sur le commanditaire de l'attaque du drone. Ferdinand Poe le foudroya du regard. « J'avais demandé votre aide pour la capture d'Iboga et vous avez refusé. Tout cela aurait pu être évité si seulement vous étiez intervenu à temps.

— J'ai refusé à cause des circonstances, et si c'était à refaire je le referais, répondit Janson. Seulement voilà, les circonstances ont changé. À présent, j'ai le temps de planifier une opération, de tout préparer dans les moindres détails.

— Mais combien d'années cela prendra-t-il ? Le Liberia n'a toujours pas récupéré le magot de Charles Taylor. Cela fait dix ans maintenant.

— Taylor est resté longtemps au pouvoir. Il s'en est mis plein les poches sur le dos des habitants, il a touché des pots-de-vin, des dessous-de-table. Il a systématiquement saigné son pays pendant six longues années. Votre Iboga n'a régné que deux ans. Et les investissements étrangers n'étaient pas aussi importants qu'au Liberia. Il avait donc moins à voler. Ma société travaille avec des experts financiers spécialisés dans ce genre de recouvrement. »

Ferdinand Poe réagit avec enthousiasme. « Je veux bien vous reverser 5 % de ce que vous récupérerez des sommes dérobées par Iboga. »

Le cœur de Paul Janson se mit à battre plus fort. Cette histoire avait commencé par le sauvetage du Dr Flannigan et voilà qu'à présent, elle débouchait sur une perspective proprement hallucinante. Toucher 5 % du Trésor d'une nation, même pauvre, remplirait les coffres de la Fondation Phœnix et accroîtrait considérablement son rayon d'action. Et désormais, il pourrait mieux sélectionner les missions CatsPaw. Il hésita juste assez longtemps pour que Poe se demande s'il comptait exiger davantage. Puis il décida de conclure l'affaire. « Plus les frais, lesquels risquent de grever lourdement la facture. Nous demandons un remboursement sur une base hebdomadaire.

— Accepté.

— Pas si vite. Il y a une autre condition. »

Le visage de Paul Janson se referma soudain. Ferdinand Poe vit l'aimable négociateur se transformer en guerrier inflexible. « Laquelle ? fit Poe d'un air méfiant.

— Je me suis rendu à la prison de Black Sand, ce matin, dit Janson.

— Dans quel but ?

— Mario Margarido a bien voulu que j'interroge les épouses qu'Iboga a abandonnées en s'enfuyant. Je leur ai demandé comment il avait organisé son évasion.

— Vous aviez prévu ma proposition ?

— Simple curiosité professionnelle, répondit Janson. Les méthodes des gens comme Iboga sont toujours pleines d'enseignements.

— Ses épouses vous ont-elles appris des choses intéressantes ?

— Plus ou moins, se contenta-t-il de répondre.

— Alors, quelle est la condition dont vous parliez ?

— Je ne vous le rendrai pas. » Plus jamais cela, ajouta-t-il dans son for intérieur.

« Je ne comprends pas, Mr Janson.

— Je ne ramènerai pas Iboga sur l'île de Forée. Je ne veux pas qu'il soit torturé. »

Ferdinand Poe se redressa sur son séant. « La torture est abolie dans ce pays, dit-il fermement. Quand vous étiez à la prison de Black Sand, vous avez dû voir cette règle placardée. C'est la première disposition que j'ai prise en accédant au pouvoir. Nous sommes une démocratie, désormais. J'imagine que dans leurs cellules, les officiers d'Iboga doivent se moquer de ma "faiblesse" – tout en complotant pour me renverser. Mais s'ils veulent rester libres, un pays doit s'abstenir de massacrer ses citoyens, même s'ils constituent une menace contre cette liberté.

— En effet, j'ai vu votre décret scotché sur la porte de la prison, dit Janson. Et les proches d'Iboga avec qui j'ai discuté sont traités humainement.

— Alors, pourquoi ne pas nous laisser le juger ? Il aura un procès équitable, je vous l'assure.

— Malheureusement, vos ordres n'ont pas encore été diffusés dans tous les cachots.

— Que voulez-vous dire ?

— J'ai trouvé la première épouse d'Iboga étendue sur le sol de pierre, nue, les membres écartés. On lui avait menotté les mains et les pieds.

— C'est ce qu'elle faisait à nos femmes.

— Quand j'ai parlé de votre décret à son geôlier, il m'a répondu : "Le président par intérim a interdit les coups. Mais elle ne le sait pas et elle se souvient de ce qu'elle a fait subir à nos femmes. Je veux qu'elle meure de trouille à l'idée de ce qui va lui arriver." Puis il a désigné les fouets qui pendaient au mur et il m'a demandé : "D'où pensez-vous qu'ils viennent ? De la Croix-Rouge ?"

— On ne peut pas tout contrôler, dit Poe. Quand vous me ramènerez Iboga, j'aurai redressé les choses dans cette prison.

— Mes experts financiers vont suivre la filière de l'argent. Mais c'est moi qui m'occuperai d'Iboga. Je compte le remettre à la Cour pénale internationale, à La Haye.

— Vous ne me croyez pas ?

— Je crois en vos bonnes intentions, répondit Janson avec un sourire à rendre jaloux le plus rusé des diplomates. Mais vous avez une nation entière à remettre en ordre et il faudra du temps avant que vous puissiez "tout contrôler".

— Non, dit Poe. Iboga fera traîner le procès pendant des années.

— Pendant que je travaillais au sauvetage du Dr Flannigan, j'ai appris pas mal de choses sur vous, monsieur. Je vous admire. Vous êtes un homme pragmatique. Vous avez fréquenté la London School of Economics pour acquérir la maîtrise de l'anglais car vous saviez que parler correctement cette langue vous aiderait à défendre la cause de votre pays dans un monde où les anglophones exercent le pouvoir. Vous êtes un homme courageux. De la trempe de ceux qui servent et protègent leur nation. Mais il y a des limites à ce que le courage peut accomplir au milieu du chaos. Vous aurez assez de pain sur la planche sans devoir en plus résister aux pressions exercées par ceux qui réclameront vengeance. Je sais, vous allez me dire de m'occuper de mes affaires. Alors, je vous réponds d'avance : la capture d'Iboga, c'est mon affaire.

— Très bien ! dit Ferdinand Poe. Je vois que vous ne changerez pas d'avis. Traduisez-le devant la cour pénale internationale, si vous le devez.

— Je le dois.

— Maintenant, à moi de poser une condition. Si jamais Iboga réussit à fausser compagnie à ses gardiens, promettez-moi que vous le rattraperez avant qu'il revienne ici pour reprendre le pouvoir.

— Je vous le promets », dit Janson.

15

« V OUS DÉPOSEREZ JESSE, les gars, dit Janson à ses pilotes. Elle doit choper Flannigan à sa descente du bateau, à Carthagène. »

Ils contemplaient le *Varna Fantasy* depuis une altitude de 6 000 pieds. Le paquebot étincelait de blancheur dans le soleil du matin. Son long sillage dessinait un V sur les eaux calmes de la Méditerranée.

Janson et Kincaid se tenaient derrière les pilotes. L'Embraer 650 de CatsPaw Associates vira sur l'aile, décrivit un large cercle autour du *Varna Fantasy* et se dirigea vers la côte. Ayant atteint les rochers dominant la mer turquoise, ils survolèrent Carthagène, prochaine escale du navire bulgare.

Contrairement à son habitude, Janson était de moins en moins bavard. Kincaid le connaissait assez pour deviner qu'il lui cachait quelque chose. Il lui parla de Carthagène, une ville portuaire nichée dans une profonde échancrure de la côte espagnole. Cette caractéristique géographique en avait fait un lieu privilégié, servant d'abri aux navigateurs depuis plus de trois mille ans. Les marchands phéniciens avaient jeté l'ancre dans ses eaux transparentes, puis ce fut au tour des colons venus de Carthage, des conquérants romains et de l'armada espagnole.

« Les Romains ont laissé derrière eux des routes pavées, des théâtres, des mines d'argent épuisées. Les Espagnols ont érigé des forteresses sur ses promontoires et des digues le long de ses rivages ; ils ont bâti des quais pour le déchargement des marchandises, des chantiers navals, des usines. Avec l'avènement de la paix et du progrès, ils ont construit ce long môle destiné à l'ancrage des paquebots.

« Cela t'ennuie de me dire où tu comptes aller ? demanda-t-elle.

— Je n'en suis pas encore sûr », fut sa seule réponse. Il avait tendance à disparaître de temps à autre, mais moins qu'autrefois.

Comme ils descendaient vers l'aéroport le plus proche, un terrain endormi aux abords de la ville de Murcie, Jessica Kincaid demanda si Mike voyait un inconvénient à ce qu'elle l'assiste pour l'atterrissage.

« Négatif. Désolé, Jesse, mais la piste est courte et on a un mauvais vent de travers. J'aurai peut-être besoin des réflexes d'Ed.

— J'ai de meilleurs réflexes que cette vieille branche, dit-elle en poussant du coude le copilote.

— Ouais, mais Ed a trente ans d'expérience. La prochaine fois. Ne t'inquiète pas, tu auras d'autres occasions. »

Une Audi rouge de location l'attendait sur le petit parking de l'aéroport.

« Bonne chance avec le toubib, lui dit Janson. S'il te cause des soucis, n'oublie pas que Freddy Ramirez est à Madrid. »

Freddy Ramirez était un ancien agent de renseignements du CSID espagnol. Il avait appris son métier en combattant les services secrets cubains qui faisaient dans la contrebande de cocaïne et s'efforçaient d'infiltrer le CSID. Comme Janson, Freddy était ensuite passé dans le secteur privé. À l'époque où il pistait la coke cubaine, il s'était constitué un impressionnant réseau de correspondants, aussi bien en Amérique centrale qu'à Miami, en Espagne, en France ou en Italie. Janson faisait souvent appel à eux.

« Je pense pouvoir m'en sortir seule. À condition qu'il soit à bord, évidemment. » Le *Varna Fantasy* avait appareillé la nuit même où le médecin avait disparu de Porto Clarence mais on ne trouvait son nom sur aucune liste officielle. Les services d'immi-gration de l'île de Forée ne l'avaient enregistré ni comme passa-ger ni comme membre d'équipage.

*

* *

Kincaid n'avait pas encore quitté l'aéroport que déjà, l'Embraer s'élevait dans le ciel. Pour décoller, il s'était servi du vent d'ouest avant de virer au nord et peut-être à l'est, supposa-t-elle. En tout cas, il avait fait vite.

Le pied au plancher, elle atteignit Carthagène au moment pré-cis où le *Varna Fantasy*, guidé par des remorqueurs, franchissait le môle à l'entrée du port. Kincaid s'extirpa tant bien que mal des rues étroites encombrées de touristes de la vieille ville fortifiée et s'arrêta sur le quai de débarquement. Le paquebot venait de s'y amarrer. À terre, des navettes attendaient. Au sommet de la pas-serelle, les touristes faisaient la queue, impatients de descendre à terre après deux étapes de trois jours en tout, la première de Porto Clarence à Dakar, la seconde de Dakar à Carthagène.

Jessica Kincaid contourna les bus et trouva une place de parking près du port de plaisance, à l'abri derrière la jetée. Il était temps. Déjà, les chauffeurs de bus écrasaient leurs cigarettes et mettaient le contact. Là-haut, sur le pont du paquebot, des passagers pen-chés par-dessus la rambarde contemplaient hébétés la ville qui s'étendait devant eux. Les grands immeubles clairs du front de mer donnaient sur une promenade ponctuée de palmiers.

Kincaid entendit siffler. Elle jeta un coup d'œil par le toit ouvrant. En arrivant, elle avait remarqué ce marin perché en haut d'un mât, occupé à réparer les cordages d'un grand voilier. Le genre de mécanicien naval hypermusclé, vêtu d'un short et d'un tee-shirt blancs, le visage protégé du soleil torride par une visière et des lunettes polarisantes bleu iridium. Il travaillait seul et sans filin, ce qui signifiait qu'au lieu de monter là-haut au moyen d'un treuil actionné par un équipier, il avait grimpé le long de la drisse en s'aidant avec des étriers attachés à des bloqueurs de cordages. Debout sur ses étriers, il se trouvait au même niveau que les passagers agglutinés sur le pont du *Varna Fantasy*. Incapables de résister à son sourire ravageur, les dames avaient sorti leurs téléphones portables pour le photographier.

Les premières personnes s'engagèrent sur la passerelle.

Kincaid observa tous les visages. Ce n'était pas difficile. Il y avait moins d'hommes que de femmes, et la plupart d'entre eux étaient plus âgés que Flannigan. L'équipage débarquerait en dernier, se dit-elle. Quand tout le monde fut monté dans les navettes, elle dut se résoudre à l'évidence. Flannigan était ailleurs. Elle avait repéré une autre passerelle à l'arrière, de l'autre côté d'une barrière grillagée. Ce passage reliant le navire au terminal était sans doute réservé au personnel.

Quand elle descendit de voiture, le marin en haut de son mât la siffla. Le short en lin qu'elle portait exposait largement ses jambes. Comme l'aurait fait une touriste insouciante, elle lui adressa un signe pour le remercier du compliment. Puis elle entra dans le terminal, s'approcha du comptoir marqué Fantasy Lines et engagea la conversation avec l'hôtesse dans un mélange d'anglais, de français et d'espagnol.

*
* *

Perché depuis des heures à trente mètres au-dessus du pont de ce voilier de course, Hadrian Van Pelt continuait à faire semblant de lubrifier les poulies et de remplacer un feu de mouillage grillé. De là-haut, il avait une vue imprenable sur le paquebot, les falaises entourant le port espagnol et la mer bleu turquoise qui s'étirait jusqu'à l'horizon. En dessous, près du Real Club Nautico de Regattas, les navettes transportant les passagers du *Varna Fantasy* s'apprêtaient à partir pour la Vieille Ville.

Il savait que pour descendre à terre, l'équipage attendrait le débarquement du tout dernier passager mais il ne voulait courir aucun risque. Van Pelt n'arrivait toujours pas à comprendre comment Flannigan avait pu lui échapper, à l'escale de Dakar. C'était sa seconde chance de le coincer et il n'avait pas l'intention de la laisser filer.

Quelques secondes plus tôt, quelque chose avait attiré son attention, tout en bas sur le parking, entre les voitures. Une femme mince était descendue d'une Audi rouge. Elle portait des lunettes papillon à la mode des années 50. La visière qui protégeait son visage laissait découverts ses cheveux châtain, coupés en brosse. Quand il l'avait sifflée, elle lui avait fait un vague signe de la main puis elle avait verrouillé les portières et s'était précipitée vers le terminal.

Van Pelt serra la corde du mât entre ses mains gantées et d'un coup de pied, se débarrassa des bloqueurs. Il s'élança, glissa magistralement le long du cordage incliné et atterrit avec une légèreté surprenante pour un homme aussi grand et fort. Puis il sauta sur le quai en ciment et fonça droit sur l'Audi.

Cette femme lui disait quelque chose. Il l'avait vue à Porto Clarence, sur l'île de Forée. Une Américaine, à en juger d'après son allure : bien droite, le menton dressé, comme si le monde lui appartenait. Ce jour-là, elle était assise dans un café et parlait avec animation à la vieille femme qui tenait le bordel le plus cher de l'île.

C'était trop énorme pour une simple coïncidence. Cette femme était venue chercher quelque chose de précis. Mais quoi ? Avait-elle, comme lui, suivi le Dr Terry Flannigan jusqu'à Carthagène ? Mais pourquoi rester dans le doute alors qu'il serait si facile de lui poser la question ?

Il s'agenouilla près de l'Audi comme pour nouer son lacet, ouvrit sa trousse à outils, activa un scanner électronique lisant les codes d'ouverture des véhicules – un ustensile de fabrication tchèque qui coûtait plus cher que la voiture –, déverrouilla les portières, monta dans l'Audi comme s'il en était le propriétaire et, après s'être assuré que personne ne regardait, se blottit entre la banquette et le dossier des sièges avant.

Bien entendu, une professionnelle de son acabit ne se laisserait pas surprendre. Elle le verrait immédiatement mais elle verrait aussi le museau retroussé de son fusil d'assaut Micro TAR-21 à canon raccourci dépasser de sa trousse à outils. Elle comprendrait aussitôt qu'elle n'avait pas le choix. Soit elle obéissait à ses ordres, montait et démarrait, soit il lui tirait une balle dans la tête.

*

*   *

Après s'être efforcées de répondre aux questions de Jessica Kincaid et avoir accepté de sa part une somme modeste mais suffisante pour s'offrir un bon petit repas – d'après Janson, la somme en question permettait d'obtenir pas mal d'informations –, les hôtesses de Fantasy Lines commencèrent à surveiller la pendule. C'était l'heure du déjeuner.

Kincaid les remercia de leur accueil et ressortit sur le débarcadère écrasé de soleil.

« Fais chier ! » marmonna-t-elle.

Terrence Flannigan n'avait pas voyagé sur ce bateau. Les hôtesses le lui avaient confirmé après avoir téléphoné à bord devant elle. Le médecin du *Varna Fantasy* était un Sénégalais qui profitait d'une croisière gratuite. Le Dr Flannigan s'était donc éclipsé pendant l'escale de Dakar. Ou bien il n'avait jamais mis les pieds sur ce paquebot.

Et maintenant, que faire ?

Personne sur le quai, les bus étaient partis. C'était la mi-journée, en pleine semaine. Personne non plus sur les voiliers alignés dans la marina. Rien ne bougeait sauf les girouettes au sommet des grands mâts et les turbines des générateurs qu'on entendait bourdonner paresseusement. La brise matinale qui commençait à s'essouffler formait encore quelques rides sur l'eau turquoise. De l'autre côté du port, la fumée d'une cheminée s'élevait droit dans le ciel. Sur les promontoires rocheux, les forteresses qui gardaient l'étroit chenal cuisaient au soleil.

On ne voyait personne travailler, à part les serveurs qui s'activaient entre les tables des restaurants. Même le beau gosse qui réparait les gréements, tout à l'heure, avait quitté son perchoir.

Elle n'avait plus qu'à se trouver un endroit pour déjeuner, elle aussi. Puis elle s'en irait.

Elle se dirigea vers sa voiture.

16

Jessica Kincaid s'arrêta à deux mètres de l'Audi, sortit un paquet de Marlboro de son sac à main, l'ouvrit, fit la grimace et le froissa dans son poing. Puis elle tourna les talons et repartit vers le terminal, après avoir jeté le paquet écrasé dans une poubelle placée devant la porte.

Il faisait si bon dans cet espace climatisé qu'on était tenté de s'y réfugier pour musarder devant les vitrines des nombreuses boutiques, la plupart fermées pendant la pause de midi. Dans les rares qui étaient encore ouvertes, on apercevait un ou deux clients et des vendeurs accablés d'ennui.

Kincaid se dirigea vers les toilettes. La soufflerie d'un sèche-mains l'avertit qu'elles étaient occupées. Bon. Inutile d'entrer. Elle repartit dans l'autre sens. Ses pas résonnaient dans le hall désert. Elle entra dans un drugstore, acheta un paquet de Marlboro, un briquet puis demanda à la caissière de lui indiquer les compresses isothermes. Elle les trouva parmi les bandes Velpeau et les attelles pour entorses du poignet. En plus des compresses, elle s'acheta le journal local. Puis elle se rendit aux toilettes. La femme avait fini de se sécher les mains. Elle la croisa sur le seuil.

« *Perdón.*

— *No hay problema.* »

Kincaid vérifia que toutes les cabines étaient vides, boucha le siphon du lavabo avec du papier journal, le remplit à moitié et déchira la compresse isotherme sans se soucier des instructions imprimées sur l'emballage. Une fois les cristaux de nitrate d'ammonium dissous, elle trempa une feuille de journal, l'égoutta et la plaça devant le sèche-mains. Le papier mouillé ne résista pas à l'air chaud. Il se déchira. Elle renouvela l'opération en éloignant la feuille du souffle. Quand elle fut sèche, Kincaid s'aperçut que le papier menaçait de s'effriter entre ses mains. Pour éviter cela, elle le déposa sur une feuille de journal intacte. Puis elle les replia ensemble de manière à obtenir une bande de trente centimètres de long, trois de largeur et un d'épaisseur.

Elle glissa le tout dans son sac, sortit des toilettes, traversa le hall et repassa sur le quai. Tout en marchant à pas lents vers sa voiture, elle lançait des coups d'œil autour d'elle comme le ferait une touriste. Elle ouvrit son paquet de Marlboro, glissa dans sa poche le bracelet de cellophane, déchira le papier métallisé, le mit également dans sa poche et tapota pour libérer une cigarette.

Personne ne la regardait depuis les bateaux amarrés. Les voitures sur le parking étaient toutes vides. Sur le paquebot, personne ne semblait l'observer, encore que ce fût impossible à confirmer.

Du regard, elle quadrilla l'espace autour d'elle comme lors d'une opération lambda. Où aurait-elle placé ses tireurs d'élite ? Dans les palmiers les plus proches du centre, sur les toits des immeubles en arrière-plan, dans un camion de livraison garé en hauteur. Pour elle-même, elle aurait choisi le phare au bout du môle, à l'entrée du port. À cette distance, les reflets du soleil sur l'eau, la brise marine ne lui auraient pas facilité la tâche mais elle aurait quand même mis dans le mille.

Conclusion, s'il y avait eu des tireurs embusqués, elle serait déjà morte et ce type ne se cacherait pas dans sa voiture. Il devait être costaud, sinon elle n'aurait pas remarqué ce léger affaissement des amortisseurs.

Elle avait pensé à un violeur. Mais en général, les violeurs ne s'introduisaient pas par effraction dans une Audi verrouillée sans déclencher l'alarme. Et si s'était un voleur, il aurait déjà disparu avec la voiture.

Tout à l'heure, en sortant du terminal, une anomalie s'était inscrite dans son inconscient, renforçant malgré elle sa vigilance : le marin qui avait réparé les cordages du voilier était parti en laissant ses bloqueurs attachés à la drisse. Oubli fort regrettable car pour remonter là-haut, il devrait se munir d'un autre jeu. À moins qu'il ne s'agisse pas d'un oubli. Peut-être était-il pressé de descendre sur le quai. Pour forcer sa voiture, par exemple.

Cette situation avait certainement un rapport avec le Dr Flannigan. Sans lui, elle n'aurait jamais mis les pieds à Carthagène. Le type caché dans l'Audi devait être un agent venu attendre le médecin à la descente du *Varna Fantasy*, et pour la même raison qu'elle.

Elle écarta l'idée de recourir à la police. Code Janson : ne pas exposer les innocents. Le type était sûrement un professionnel. Les pauvres flics ne comprendraient même pas ce qu'il leur arriverait.

Elle se rapprocha de la voiture, glissa une cigarette entre ses lèvres, protégea la flamme du briquet en tournant le dos à la brise. Encore une fois, son regard balaya les alentours. Où étaient les équipiers de l'agent ? S'il en avait, ils étaient invisibles. Les bateaux ne manquaient pas dans la marina ; ces types pouvaient se planquer dans n'importe quelle cabine.

Elle contempla le port de plaisance d'un air vague comme une visiteuse hésitant à quitter un endroit charmant. Sans lâcher le briquet, elle tira quelques bouffées en marchant le long du quai. À ses pieds, les voiliers défilaient. Elle fit semblant d'admirer le brillant de leurs chromes, le luxe de leurs lambris. Comme elle n'avait pas fumé depuis l'âge de seize ans, elle avait du mal à ne pas tousser.

Parvenue à la hauteur du grand voilier, elle chercha du regard les instruments qui pourraient lui servir dans l'habitacle. Puis elle fit demi-tour et retourna vers l'Audi. D'un mouvement parfaitement calculé, elle s'accroupit, glissa le rectangle de papier journal imprégné de nitrate d'ammonium sous la voiture, alluma le briquet, enflamma le journal et se releva aussitôt.

Elle recula de trois mètres, le temps que la bombe fumigène produise son effet.

Soudain, l'Audi disparut sous une épaisse fumée blanche. Kincaid sauta dans le cockpit du voilier et remonta sur le quai, armée d'un extincteur Halotron et d'une gaffe de deux mètres de long.

L'homme était grand. Il lui fallut un moment pour s'extraire de sa cachette. Il ouvrit la portière côté passager à toute volée et roula dehors en crachant ses poumons.

Kincaid lâcha la gaffe.

Elle hurla : « Au feu ! Au feu ! » – à l'intention des éventuels témoins de la scène – et braqua l'extincteur sur le visage de l'homme. Il avait enlevé ses lunettes de soleil si bien qu'une fraction de seconde avant de l'arroser de liquide pressurisé, elle reconnut le commando qui avait brillamment permis au président à vie Iboga d'échapper à ses ennemis, sur l'île de Forée.

Il était tout aussi impressionnant que ce jour-là, parfaitement entraîné, vif comme l'éclair malgré la fumée et le jet d'Halotron qui lui brûlaient les yeux. Il sortit de sa poche à outils un fusil d'assaut Tavor Micro TAR-21 et d'un coup de pouce, régla le sélecteur sur le mode automatique.

Kincaid comprit ce qu'il s'apprêtait à faire. Pris par surprise, incapable de voir ses assaillants et combien ils étaient, il allait tout arroser d'une seule rafale de trente cartouches sur un rayon de 180° et, une fois son chargeur vide, il en prendrait un autre, l'enfoncerait dans l'arme et tirerait sur tout ce qui bougerait, ennemis ou passants innocents.

Kincaid laissa choir l'extincteur pour ramasser la gaffe sur le sol en ciment. À son extrémité, deux clous arrondis servaient à repousser les voiles sans risquer de les déchirer ; le grappin pour accrocher les filins était arrondi lui aussi et recourbé vers la poignée, avec un manche en aluminium recouvert de vinyle. Cet ustensile lui parut trop léger pour assommer un homme de cette taille, et pas assez solide pour lui arracher le fusil des mains.

Kincaid le lança comme un javelot.

Elle visa les yeux.

L'homme était incroyablement rapide, avec les réflexes d'un cobra et la combativité d'un taureau. De sa grande main, il écarta la gaffe mais pas assez pour éviter le choc. Le crochet épargna ses yeux et l'atteignit à la tempe. N'importe qui d'autre aurait été assommé. Il ne broncha presque pas. Mais Kincaid avait quand même réussi à éloigner son index de la détente.

Il se jeta sur elle.

L'homme pesait facilement cinquante kilos de plus qu'elle. Il étira ses longs bras comme pour la coincer entre ses deux mains, la libre et celle qui tenait l'arme. Il espérait l'étouffer sous son poids, erreur de débutant au football américain. Kincaid l'esquiva et sortit de la gaine cachée sous son sac en bandoulière un scalpel en fibre de carbone.

Elle frappa. La lame se planta au creux de son coude. Elle força. Le scalpel lui déchira les chairs sur toute la longueur de l'avant-bras. Comme il ne reculait pas, elle continuait de trancher, avançant vers le poignet, le talon de la main. Malgré lui, l'homme lâcha son fusil mais Kincaid n'avait pas l'intention de s'en tenir là. Elle lui déchira la paume jusqu'aux doigts.

En tombant sur le bitume, le Micro TAR-21 produisit un bruit de plastique. Kincaid le saisit au rebond et se jeta en arrière avant que l'homme se reprenne. Puis elle retourna l'arme de manière à la tenir dans le bon sens, la coinça contre elle, régla le sélecteur sur semi-automatique et demanda : « Mais qui tu es, bon Dieu ? »

Il leva son bras ensanglanté. Le visage blême de douleur, déformé par la rage, il la désigna d'un doigt dégoulinant. « Tu vas crever.

— Tu rigoles ? De nous deux c'est toi qui saignes comme un porc et c'est moi qui tiens le fusil. » Elle visa les genoux. « Qui es-tu ?

— Je t'emmerde », cracha-t-il. Ni le traitement de choc qu'elle venait de lui faire subir, ni la menace de perdre l'usage de ses jambes ne le rendirent plus loquace. Alors, Kincaid s'en prit à son ego, avec la même férocité.

« Quoi ? Mais c'est moi qui t'emmerde. Où est-ce que t'as appris à te battre ? Au jardin d'enfants ? Personne t'a jamais expliqué comme te servir de tes bras ? Tu aurais dû me bloquer avec le radius. Tu m'as présenté le côté mou. »

La manœuvre porta ses fruits. Accroupi sur le bitume à pisser le sang, il devait prouver à cette petite bonne femme de soixante kilos qu'il n'était pas n'importe qui. Il émit un grognement qui ressemblait à « Ser ».

« Ser ? lui renvoya-t-elle. C'est quoi, ser ?

— Je suis ser et toi tu vas crever.

— Ouais, d'accord, c'est bon, tu l'as déjà dit. C'est quoi ser ? »
Elle braqua de nouveau l'arme.

Le regard de l'homme glissa derrière elle et se posa sur le
terminal. Son visage trahit un intense soulagement. « Des gens
viennent par ici. Vas-y, tire. »

Kincaid les avait déjà repérés dans sa vision périphérique. Plusieurs couples d'âge moyen accouraient vers eux. Ils étaient trop
loin pour percevoir la détonation du Tavor muni d'un silencieux,
mais assez près pour entendre le type crier. La voyant distraite, il
pivota sur lui-même et dans un enchaînement de gestes souples
et rapides, plongea dans le port comme il l'avait fait à Porto
Clarence. Son corps parfaitement droit perça la surface sans écla-
boussures ou presque. Un vrai dauphin.

Kincaid voulut le poursuivre. Cette fois-ci, aucun complice
caché sous l'eau ne l'aiderait à s'échapper. Elle resta en équilibre au bord du quai, prête à s'élancer à son tour dès qu'elle
aurait repéré des bulles d'air. Le Tavor était étanche. Elle pourrait l'avoir à condition de s'approcher suffisamment de lui. Là ! Il
était là ! Elle planta ses pieds dans le sol, prit son élan mais soudain, la voix de Paul Janson résonna dans sa tête. Une voix aussi
sonore que si le patron était derrière son dos.

Ne prends pas de risques inconsidérés.

En fait, elle était sur le point de faire une grosse bêtise. Poursuivre dans l'eau un homme aussi puissant, un nageur hors pair
qui venait encore une fois de prouver ses talents, aurait été stupide de sa part. Avec son poids et sa force nettement supérieurs,
il aurait eu tôt fait de l'entraîner au fond jusqu'à ce que mort
s'ensuive.

Les témoins de la scène arrivaient en poussant des cris effa-
rés. Avaient-ils assisté au plongeon ? Avaient-ils vu la fumée ?
S'apercevant qu'elle tenait encore le TAR-21 serré contre elle,
Kincaid le glissa sous la voiture la plus proche, ramassa son sac à
main et rengaina le scalpel. Puis s'emparant de l'extincteur, elle
aspergea ostensiblement les derniers filets de fumée sortant de
son Audi.

Les gens couraient aussi vite que le permettaient leurs tongues et leurs sandales, hurlant en espagnol, gesticulant comme des fous. Kincaid leur répondit de la même manière. Elle leur fit comprendre qu'elle ne parlait pas leur langue. Puis elle sortit ses clés, se glissa derrière le volant en répétant, tout sourires, « *Gracias, gracias.* »

Elle mit le contact et baissa sa vitre pour serrer la main d'une femme. « *Gracias.* Merci. Je vais bien. » Kincaid la regarda dans les yeux, serra plus fort sa main moite et grassouillette, puis dans un grand geste d'adieu destiné au reste de la troupe, partit en direction du Paseo de Alfonso XIII. Ensuite, elle suivit les pancartes indiquant l'AP-7 et quitta la ville en espérant que les braves gens ne préviennent pas la police.

Sur l'autoroute à péage, elle croisa un million d'agents de la circulation et une tonne de radars. Mais comme elle ne dépassait pas les 120 kilomètres/heure, personne ne s'intéressa à elle. La voie était libre. Ils n'avaient pas averti les flics.

À mi-chemin de Valence, elle s'arrêta dans un restoroute bondé. Affamée, comme toujours après un combat, elle entassa sur son plateau asperges, artichauts, champignons et sardines qu'elle engouffra tout en envoyant un texto à Janson.

Doc desc bateau Dakar pttre.

Une fois rassasiée, elle s'accorda une minute de réflexion. Le fusil d'assaut M-TAR-21, soi-disant « Micro », ne brillait pas par sa discrétion. Il y avait deux raisons pour qu'un professionnel choisisse de s'en encombrer : en position automatique, sa haute cadence de tir en faisait une arme défensive redoutablement efficace pour qui voulait s'extraire d'une situation embarrassante ; elle était également précise et silencieuse. L'arme idéale pour abattre Flannigan d'une seule balle depuis le mât d'un voilier, à sa descente du paquebot.

Elle envoya un autre texto à Janson.

Plongeur Porto C recherche doc pour exécution.

Elle retourna au buffet se choisir un dessert, prit deux parts de flan et un double espresso, se rassit et rédigea un troisième message.

Plongeur PC a replongé. Ag nommé? ser? Ami Iboga – ennemi doc.

Elle finit le flan, sucra son café, reprit son téléphone et composa :

? Je fé koi?

17

« O Ù VA-T-ON MAINTENANT, patron ? » demanda Mike.

Le gémissement des moteurs Rolls-Royce perdait en intensité. Ed gara l'Embraer à l'extérieur du terminal réservé aux avions d'affaires de Jet Aviation à Zurich.

« Laissez l'appareil au service de maintenance. Vous les gars, vous rentrez au pays par un vol commercial. Vous avez du sommeil à rattraper.

— On rentre à la maison ? J'avoue que ça ne me déplaît pas. Tondre la pelouse…

— Arroser les fleurs, renchérit Ed. Caresser le chat – quand voulez-vous qu'on revienne ?

— Quintisha vous le fera savoir. »

Ses pilotes ne lui demandaient jamais où il allait.

Paul Janson avait passé la semaine à tirer les sonnettes. Parmi les amis, les collègues qu'il avait côtoyés durant sa longue carrière aux Opérations consulaires, nombreux étaient ses obligés. Sans parler des espions, banquiers, ministres, criminels et autres représentants de la loi qui lui devaient des faveurs, voire la vie. Chose curieuse – mais fort pratique –, l'agence de sécurité CatsPaw Associates et la Fondation Phœnix étaient des vases communicants.

La famille d'experts que Janson avait réunie servait les deux organismes, souvent sans le savoir.

Les fins limiers qui lui ramenaient des nouvelles de tel ou tel agent déchu, lui signalaient aussi les missions susceptibles de lui convenir et fournissaient ensuite les informations nécessaires à leur accomplissement. Les gestionnaires financiers qui détournaient l'attention des services fiscaux tout en maintenant la solvabilité de son association à but non lucratif, étaient habilités à déplacer des sommes et effectuer des paiements quand c'était nécessaire. Négociateurs, agents spécialisés, as de l'informatique, hackers faisaient feu de tout bois pour retrouver la trace d'Iboga, de ses sauveteurs et de l'insaisissable Dr Flannigan – comme Janson le surnommait désormais, non sans dépit.

Mais hélas, la machine CatsPaw Associates avait beau tourner à plein régime, les résultats se faisaient attendre. Les experts comptables ne s'en sortaient pas trop mal ; ils remontaient peu à peu la piste des millions détournés. En revanche, après une semaine d'enquête acharnée, les limiers de Janson n'avaient rien obtenu de tangible sur l'avion à décollage vertical et la planque du dictateur.

Les détectives indépendants coordonnés par la maison mère ne lui avaient rien appris qu'il ne sût déjà : parmi les plus grandes fortunes mondiales, à savoir les cent mille individus possédant plus de trente millions de dollars, plusieurs avaient les moyens d'acheter un Harrier d'occasion. Aucun système complexe de maintenance n'était requis, à condition que l'avion n'effectue qu'une seule sortie avant d'être coulé en pleine mer.

Un détail toutefois avait retenu leur attention. La banque de données de la Sécurité maritime du golfe de Guinée possédait la trace d'un échange radio enregistré la nuit ayant précédé la défaite d'Iboga sur le Pico Clarence. Les officiers de vigie de deux supertankers qui se croisaient à une centaine de miles du Gabon avaient dû interrompre leur conversation à cause d'un bruit assourdissant. L'un de ces officiers, un ancien de la Royal Navy, avait identifié le vacarme reconnaissable que produit un Harrier à l'atterrissage. Sur leurs écrans radar, ils avaient repéré un navire, cargo ou tanker, assez grand pour recevoir ce type d'appareil. Mais le navire qui voguait tous feux éteints n'avait pas répondu à leurs appels radio.

Janson en avait conclu que, grâce à son équipement de combat nocturne, le Harrier avait pu rejoindre le cargo à partir du Gabon.

Le lendemain après-midi, jour de la fuite d'Iboga, le cargo était arrivé en vue de l'île de Forée, assez près pour que le Harrier puisse effectuer un aller-retour compris dans son rayon d'action. Janson ordonna à CatsPaw de s'informer auprès des fonctionnaires de l'aviation gabonaise. Mais force était de constater qu'un Harrier en provenance d'Angola ou du Congo aurait très bien pu se poser sur l'une des nombreuses pistes d'atterrissage isolées dans l'arrière-pays, et ce dans la plus grande discrétion.

Tous ses collaborateurs étaient sur le pied de guerre. Jessica pourchassait le Dr Flannigan. Janson décida qu'il était temps pour lui de disparaître. Le « patron » continuerait en solo.

La limousine de Jet Aviation le déposa devant le terminal des passagers qu'il arpenta assez longtemps pour s'assurer qu'on ne le suivait pas. Puis il monta dans le train de Zurich, erra de boutique en boutique au sous-sol de la gare Hauptbahnhof et quand il fut absolument sûr que personne ne le surveillait, sortit sur le parvis, emprunta l'escalator débouchant sur la Bahnofstrasse et se perdit dans des rues étroites bordées d'arbres.

Il franchit le pont Gessner qui enjambait un bras de la Limmat et suivit la Lagerstrasse. Cette rue longeait l'énorme nœud ferroviaire où circulaient les trains à destination du centre-ville. Au bout de deux kilomètres, il pénétra dans le hall d'un entrepôt en bordure des voies, grimpa jusqu'au deuxième étage et frappa à la porte d'une société de transport de marchandises.

Il donna son nom à la réception, ce qui lui permit d'accéder à un deuxième hall d'accueil.

Un scanner d'iris confirma qu'il était attendu.

Le réceptionniste le conduisit dans une arrière-salle dont le sol vibrait au passage des trains.

Un employé lui tendit une enveloppe en polyéthylène et le laissa seul. Janson verrouilla la porte.

Il versa le contenu de l'enveloppe sur une table pour en examiner le contenu : des papiers, des documents plastifiés appartenant à un expert en sécurité nommé « Adam Kurzweil », pseudonyme qui n'avait pas servi depuis de longues années. Ils avaient pensé à tout. À côté du passeport canadien flambant neuf, Janson reconnut le précédent, périmé mais chargé de souvenirs. Il l'avait utilisé autrefois pour passer la frontière hongroise. Le nouveau était équipé d'une puce d'identification à fréquence radio encodée, portant les coordonnées de Kurzweil et son profil biométrique. Depuis le 11 septembre 2001, la sécurité des transports requérait l'emploi d'une technologie numérique toujours plus sophistiquée. Pour rester dans la course, les gens comme lui devaient avoir accès aux meilleurs faussaires. Heureusement pour lui, ceux qui travaillaient dans l'entrepôt anonyme de la Lagerstrasse avaient suivi l'évolution des techniques.

Il vida son portefeuille dans l'enveloppe prétimbrée fournie avec le reste et inscrivit dessus l'adresse d'une boutique de téléphones portables sur l'Uetlibergstrasse, non loin de là. Une société écran appartenant à CatsPaw Associates possédait des intérêts non-participants dans plusieurs de ces boutiques en Europe et en Asie. Par conséquent, Janson disposait à son gré de leurs codes d'entrée, de leurs boîtes aux lettres et d'un accès exclusif aux coffres aménagés en sous-sol.

Dans son portefeuille, il glissa le nouveau passeport et ce qui allait avec : permis de conduire, cartes d'assurance maladie, de crédit, photos de famille cornées, cartes de visite – celles d'Adam Kurzweil et celles que Kurzweil avait reçues de certains clients, dans le cadre de son métier de commercial.

En quittant l'entrepôt, il revint sur ses pas et regagna la gare où il posta l'enveloppe. Dans la galerie marchande, il s'acheta une luxueuse sacoche à bandoulière, deux tenues de rechange, un coupe-vent et un imperméable ocre qu'il enfila. Puis il sauta dans un tram, descendit à la station Stampenbachplotz et marcha jusqu'à l'hôtel InterContinental où il se débarrassa de son imper dans les toilettes messieurs. Il ressortit, arpenta les rues un certain temps avant de héler un taxi qui le conduisit dans un quartier résidentiel, marcha encore un peu, enleva sa cravate, la rangea avec son veston dans la sacoche, enfila le coupe-vent et monta dans un autre tram vers la zone industrielle d'Oerlikon.

À la station Oerlikon, il descendit et, laissant derrière lui les commerces et les restaurants, pénétra dans un quartier abritant des usines anciennes ou récentes. Au bout d'une allée pavée, il frappa à une porte d'acier, recula d'un pas, descendit la fermeture Éclair de son coupe-vent et se présenta devant les caméras de surveillance. À sa grande surprise, l'homme qu'il était venu voir ouvrit lui-même la porte.

Neal Kruger était grand, bronzé, avec d'épais cheveux grisonnants, coupés en brosse, et l'expression légèrement railleuse d'un maître nageur ou d'un moniteur de ski qui ne se serait pas vu vieillir.

« Salut, Neal. »

Le marchand d'armes serra la main que lui tendait Janson, l'attira à l'intérieur et lui donna l'accolade. « Ça fait si longtemps, mon ami. Comment vas-tu ?

— Très très bien, dit Janson. Les affaires ont l'air de marcher pour toi.

— Tant que les Nations unies n'imposeront pas la paix dans le monde, les humains continueront à remplir leurs arsenaux. C'est vrai, les affaires marchent bien.

— C'est toi qui ouvres la porte, maintenant ?

— Je me sens tellement en sécurité que je n'ai pas besoin d'hommes armés pour accueillir mes vieux amis. Quel luxe, n'est-ce pas ?

— Tu t'exposes bêtement, dit Janson.

— Le luxe est mon péché mignon.

— Tu vas te faire tuer. Ou enlever.

— Il y a quatre caméras cachées dans l'allée.

— Je les ai vues. Je ne dis pas que ce serait chose facile mais un type plus malin que la moyenne pourrait bien t'avoir.

— Je vous dois combien, monsieur le consultant en sécurité ? »

Janson ne lui rendit pas son sourire. « Tu devrais te protéger davantage. Si ce n'est pas pour toi, fais-le pour ta femme et ton fils.

— Elle m'a quitté. Elle a emmené le gosse.

— Désolé, je ne savais pas. » Ceci expliquait cela. « Dans ce cas, je te fais grâce de la facture. Impossible de protéger un type qui s'en fiche. »

Kruger le fit entrer dans son bureau, un vrai capharnaüm. Sur sa table de travail, reposait un plateau garni de pain et de fromage, près d'une bouteille de côtes-du-Rhône. N'ayant rien avalé depuis le petit matin, Janson trempa à peine ses lèvres mais se resservit plusieurs fois de fromage. Après avoir évoqué le bon vieux temps, Janson passa au sujet qui l'amenait. « Des nouvelles de l'avion à décollage vertical ? »

Kruger acquiesça. « Douze Harrier T.10 à deux places datant des années 1990 ont été reconvertis en capacité T.12 pour l'entraînement des pilotes de GR.9 britanniques. Un avion formidable. Parfaitement équipé pour le combat. Même de nuit. Aujourd'hui, on lui préfère le F-35B Lightning II Joint Strike Fighter. Ce qui signifie que pendant un temps, une douzaine de vieux Harrier à deux places se sont retrouvés sur le marché. Neuf d'entre eux ont été récupérés par les armées espagnole et turque. Les Nigérians ont réussi à en détruire deux, après quoi ils ont revendu le troisième.

— Qui l'a acheté ?

— Un type de ma connaissance qui traite avec des mercenaires.

— Des mercenaires français ? »

Kruger lui jeta un regard admiratif. « Pourquoi t'adresser à moi si tu connais déjà les réponses ?

— Détrompe-toi, dit Janson. C'est juste que…

— C'est juste que quoi ? »

Janson n'hésita pas longtemps. Son instinct lui dictait d'en révéler le moins possible mais il savait comment fonctionnait son vieil ami. Si Janson lui fournissait des infos, Kruger lui renverrait l'ascenseur, mais sans garantie d'exclusivité. « J'ai interrogé deux des épouses d'Iboga, dit Janson.

— Combien en a-t-il ?

— Dieu seul le sait. Ils en ont capturé trois. Mais d'autres ont pu s'enfuir dans la jungle. Des paysannes illettrées, à peine sorties de l'enfance. Quoi qu'il en soit, elles m'ont dit toutes les deux la même chose quand je les ai questionnées sur la fuite d'Iboga : "Les Français, les Français." C'était comme un chant.

Une prière. Je doute qu'elles sachent où est la France mais elles répétaient comme des perroquets ce qu'Iboga n'arrêtait pas de rabâcher, vers la fin : "Les Français me sauveront. Les Français me sauveront." De toute évidence, il avait passé un accord avec eux. Et maintenant, tu me dis qu'un Harrier a fini entre les mains d'un marchand d'armes qui fricote avec les Français.

— Je doute qu'il s'agisse du gouvernement français. Ils gardent encore des liens avec certaines de leurs anciennes colonies, comme la Côte-d'Ivoire ou le Sénégal. Mais l'île de Forée était portugaise. »

Janson acquiesça. « As-tu entendu parler d'une équipe free lance appelée Ser ?

— Ser ? Non. De quoi s'agit-il exactement ?

— Je les soupçonne d'avoir envoyé le Harrier. À moins qu'ils aient seulement fourni l'assistance sur le terrain. En tout cas, ça m'a l'air d'être une bande de tueurs professionnels.

— J'en connais un paquet. »

Janson fit tourner le vin dans son verre, apprécia en transparence sa couleur rubis. Il était content d'être venu en personne au lieu de se contenter d'un coup de fil. Il n'aurait pas pu constater à quel point son ami se laissait aller, il n'aurait pas vu ce bureau en désordre, cette ambiance morose. Kruger commençait à décrocher. À moins que Janson ne l'aide à rebondir, il ne tarderait pas à lâcher la rampe.

« Pourquoi est-elle partie ? » Janson se souvenait d'une jeune femme athlétique, au sourire affable, au regard sensuel presque toujours rivé sur le visage de Kruger.

« Elle a dit que je ne m'occupais pas d'elle.

— Aucune chance qu'elle revienne ? »

Kruger secoua la tête. « Quand on perd l'estime d'une femme, c'est fichu, je le sais bien… Elle avait raison. Enfin, je n'ai jamais eu l'intention de la négliger. Mais je n'arrêtais pas de travailler, les derniers temps. Je voyageais sans arrêt. J'avais l'esprit ailleurs.

— Où ça ?

— Les drones. Tout le monde en veut. Peu en ont.

— Tu veux parler des Predators ? Des Reapers ?

— Non, des trucs plus petits. Les Israéliens fabriquent des engins incroyables. Les Chinois essaient. Les Russes aussi, bien sûr.

— Avec les capacités du Reaper ?

— Il lance des petites fusées. Pas la grosse artillerie.

— Capables de détruire des tanks ?

— Non, non, non. Rien de si puissant. Mais assez quand même pour régler son compte à un terroriste dans un 4 × 4. Ou à un rival politique dans une Mercedes. Le guidage reste le gros problème. Si on ne possède pas son propre réseau de satellites, comme les USA, on doit faire des pieds et des mains pour louer un espace satellite, avec tous les cafouillages que cela peut engendrer. En plus, question sécurité, on a vu mieux. Quand un hacker ennemi renvoie un drone sur son expéditeur, ça peut faire très mal.

— As-tu entendu parler d'un privé qui posséderait un Reaper ou un Predator ?

— Jamais de la vie.

— Seul un gouvernement peut s'en offrir, n'est-ce pas ? demanda Janson.

— Pas *un* gouvernement. *Le* gouvernement des États-Unis. »

*
* *

Janson sauta dans le tram à la station Oerlikon pour regagner Hauptbahnhof où il prit un train de nuit à destination de Belgrade. À l'arrivée, il partagea son petit déjeuner avec un sous-traitant de la milice serbe, un ancien officier de l'armée qui avait monté une boîte fournissant des gardes du corps parfaitement entraînés pour les actions offensives.

Mais le Serbe n'était au courant de rien. Ce voyage à Belgrade était une perte de temps. Jusqu'à nouvel ordre, il devrait se contenter des suppositions de Neal Kruger au sujet d'une « French Connection ». Iboga, le Harrier, autant de mystères que Janson n'était pas près d'élucider.

Il prit un taxi pour l'aéroport sans savoir quelle serait sa prochaine étape. Peut-être Paris. En chemin, il consulta les pages du *New York Times* sur son portable. Une nouvelle le fit sourciller. C'était l'occasion idéale de se faire rembourser une dette importante. Au lieu de s'envoler pour Paris, il monta à bord d'un appareil de Turkish Airlines à destination de Bagdad.

18

Devant le Club Electric, des vigiles discutaient avec un cheik à l'allure arrogante. L'interprète expliqua à Janson que l'homme refusait de laisser ses armes à l'entrée.

— Et maintenant, qu'est-ce qu'il raconte ? »

Puisqu'il ne pouvait pas garder ses armes, le cheik insistait pour que ses gardes du corps conservent les leurs.

Il en fallait davantage pour impressionner les vigiles du Club Electric. La règle était la même pour tous : les clients du plus gros night-club de Bagdad laissaient leurs flingues à la porte. Tous sans exception.

La chaleur était accablante. Longtemps après le coucher du soleil, il faisait encore 45 degrés. L'interprète de Janson ne cessait de surveiller la rue longeant le Tigre, comme s'il se demandait lequel des véhicules – Hummer, Land Rover, Cadillac Escalade – qui faisaient la queue devant les voituriers, transportait une bombe. Les clients qui attendaient derrière eux semblaient tout aussi impatients de trouver refuge derrière les murs antidéflagration.

Le cheik finit par jeter l'éponge.

Janson échangea contre un jeton en plastique le pistolet automatique qu'il avait acheté sur la route, après avoir quitté l'aéroport. Tout en marmonnant dans leurs talkies-walkies, les vigiles lui firent franchir les portes renforcées au kevlar. En haut de l'escalier, il attendit qu'un groupe d'Irakiens les rejoigne et se glissa discrètement parmi eux. Ils descendirent plusieurs volées de marches en plexiglas nimbées d'une lumière verte et pénétrèrent dans une grande salle sans fenêtres où résonnaient les pulsations d'une musique orientale. Des centaines d'hommes en bras de chemise buvaient du Pepsi, fumaient des narguilés, regardaient un match de foot sur des télés à écran plat.

« Ça déménage ici, dit-il à l'étudiant qui lui servait d'interprète. Ne connaissant pas l'expression, le jeune homme ne sut que répondre. Les murs blindés, les escaliers en zigzag conçus pour réduire l'impact des explosions et l'absence de fenêtres contribuaient à détendre l'atmosphère.

Janson lui dit de l'attendre dans l'espace réservé aux gardes du corps, situé en retrait et délimité par une corde.

« Comment ferez-vous pour comprendre, monsieur ? »

Voyageant sous l'identité d'Adam Kurzweil, Paul Janson avait troqué son habituelle réserve contre une attitude de cadre en goguette, sûr de lui, sociable et entreprenant jusqu'à la vantardise. « Le propriétaire du Club Electric parle anglais », expliqua-t-il.

L'interprète le regarda bouche bée. Le nouveau Club Electric était la boîte la plus branchée entre Vienne et Bombay. C'était comme si Janson lui avait dit qu'il était le cousin du Premier ministre irakien – lequel dînait en ce moment même avec le maire de Bagdad dans un coin, au fond de la salle. « Vous *connaissez* Michel Sarkis ? fit l'étudiant.

— Quand j'ai connu "Michel", il s'appelait "Mike". Attendez-moi là, s'il vous plaît. Je vous appellerai quand j'aurai besoin de vous. »

Sarkis, un Libanais trapu aux cheveux de jais, passait de table en table. Janson traversa prestement la salle et le rejoignit alors qu'il discutait avec des hommes d'affaires irakiens et des banquiers allemands, assis non loin du maire et du Premier ministre. Le patron du club semblait au mieux de sa forme, il sautillait d'un pied sur l'autre en blaguant avec ses clients dans un anglais mâtiné d'un fort accent français.

« D'où je suis ? dit-il au banquier allemand qui l'avait interrogé. La réponse est aussi complexe qu'une société multinationale. Conçu à Beyrouth en 1975, la nuit où la guerre civile a éclaté. Né en pleine mer sur un navire à destination des États-

Unis. Quel navire ? Le *France*, bien entendu. Le dernier paquebot vraiment digne de ce nom. Le summum de l'élégance. D'où mon goût pour la beauté et les plaisirs. »

En réalité, le *France* avait effectué sa dernière traversée de l'Atlantique en 1974. Mais c'était un détail si négligeable que Janson laissa filer.

« Ensuite, Greenwich, Beverly Hills, Manhattan et Paris. *Toujours* Paris. »

Janson passa derrière lui et murmura de telle sorte que seul Sarkis put l'entendre, « Tu oublies la Floride. »

Sarkis fit un demi-tour sur place. « *Bonjour !** » s'écria-t-il. Son visage s'éclaira d'un sourire de bienvenue. Il ouvrit les bras mais Janson lut de la panique dans ses yeux. Sarkis ne l'avait pas reconnu. Rien d'étonnant à cela.

« Sarasota, Floride. Quand tu auras une minute, Mike, rejoins-moi dehors sur la terrasse.

— Je suis très occupé, monsieur. Laissez-moi vous offrir un verre et...

— La Lamborghini roule toujours ? »

Le sourire de Sarkis se figea. « Je vous rejoins dehors, sur la terrasse. »

Janson suivit les flèches au néon en forme de palmiers et déboucha sur un espace ouvert, surplombant le Tigre et les lumières de la ville. Quelques clients y défiaient la chaleur. Les serveurs n'en pouvaient plus. Le fleuve était à son plus bas niveau. Janson renifla un mélange de plastique brûlé, de pétrole et d'égouts.

Il marcha jusqu'aux halos rouges, blancs et bleus des distributeurs de Pepsi, et s'accouda à la rambarde en tournant le dos au fleuve. Sarkis le fit poireauter dix minutes, histoire de lui signifier qu'un survivant comme lui ne craignait pas les fantômes du passé.

« La Lamborghini roule toujours ? répéta Janson.

— Je l'ai vendue à un Russe, répliqua Sarkis un peu trop brusquement. Alors, quoi de neuf ? » Loin de sa clientèle irakienne huppée, Sarkis ressemblait à ce qu'il était vraiment. Un Américain natif de Danbury, Connecticut, un petit gars qui après s'être fait virer de la fac, s'était servi de sa bonne mine pour vendre des résidences secondaires en Floride à des veuves pleines aux as.

« Rien à part que j'ai besoin de me procurer un Harrier et que, te voyant si prospère et bien entouré, j'ai pensé que tu pourrais m'y aider », répondit Janson.

Curieusement, au lieu de se récrier, Sarkis se contenta de dire, « Pourquoi je vous aiderais ? »

— Pour me remercier de t'avoir sauvé la vie. Ou parce que tu as les jetons, vu que j'en sais assez sur ton compte pour anéantir tout ce que tu possèdes.

— Je ne vous connais pas. Je ne vois pas pourquoi vous me parlez de Sarasota. Je n'y ai jamais mis les pieds.

— Il est vrai que ça fait une paie, dit Janson. Depuis, j'ai suivi ta carrière avec admiration.

— Vous voulez me faire chanter ?

— Juste te rafraîchir la mémoire.

— Combien ?

— Je ne veux pas d'argent mais des infos. Ou plutôt non, je me suis mal exprimé. Je veux des infos fiables. »

Sarkis claqua les doigts. Deux videurs accoururent.

« Imagine une nuit torride sur la "Suncoast" en Floride, reprit Janson. Imagine un beau gosse de vingt et quelques années qui vient de se faire virer de la fac. Il porte sur lui les deux choses les plus chères qu'il possède : un costume en lin blanc offert par une copine et une montre hors de prix venant de la bijouterie de ses parents, des réfugiés libanais établis à Danbury, Connecticut. Comme maman et papa parlaient français, à l'époque où ils vivaient au Liban, il est capable de prendre l'accent ou pas, selon le contexte.

« Ce charmant jeune homme se sert de sa belle gueule pour inciter des vieilles dames à acheter des appartements à Sarasota. Il touche un pourcentage de misère et son patron le fait bosser comme un esclave. Il évolue parmi les riches, mais lui il tire le diable par la queue. Alors, il cherche le moyen de s'en sortir. Et voilà ce que j'admire le plus chez ce gosse : il est prêt à sauter sur la première occasion. Et un beau soir, elle se présente. »

Sarkis regarda Janson, comme fasciné, ses traits réguliers déformés par une expression malsaine. « Continuez !

— Renvoie tes gorilles. »

D'un geste, Sarkis congédia les videurs. « Continuez ! »

Avant que Janson n'ouvre la bouche, les lumières s'éteignirent. Toute la ville sombra dans l'obscurité. Les reflets sur l'eau disparurent. Il y avait trop de nuages pour qu'on profite de la lueur des étoiles. Le réseau électrique avait encore sauté.

« Dix secondes, fit Sarkis. *Continuez*. »

La terrasse trembla. Les générateurs diesel s'allumèrent dans un vrombissement et le Club Electric retrouva son éclat. Tout autour, la ville était encore plongée dans les ténèbres. « Les meilleurs générateurs qu'on puisse s'offrir sur le dos des contribuables américains, dit Sarkis. Haliburton les a abandonnés à l'aéroport. Même pas déballés. Continuez.

— Sarasota. Le festival du film. Un millier de personnes se rendent en voiture à une fête organisée par un promoteur désireux de leur vendre des apparts à un million de dollars construits sur un terrain marécageux à des kilomètres de la plage. L'étudiant raté en costume de lin blanc espère toucher une bonne commission, mais comme il fait un flop, il quitte la fête plus tôt que prévu en se disant qu'il vaut mieux sortir du marécage avant les embouteillages. Sauf que quand il veut reprendre sa bagnole, il s'aperçoit qu'il y a un gros problème sur le parking.

« Les voituriers sont bourrés. Le patron s'est tiré. Les clés non étiquetées s'entassent pêle-mêle. Mille personnes vont bientôt arriver pour récupérer leurs véhicules. Il y a déjà une centaine d'automobilistes furieux. Ça gueule de partout : « Où sont mes clés ? » Les gens du coin s'inquiètent pour leurs Mercedes, leurs Range Rover, leurs Aston Martin, et les touristes essaient de se rappeler la couleur de la caisse qu'ils ont louée à l'aéroport.

« L'étudiant raté réfléchit vite. Il attrape au collet le seul employé que ne soit pas ivre – en fait, le type crève de trouille, ce qui ne vaut guère mieux – et lui met ses derniers deux cents dollars sous le nez en disant : « Tu trouves les clés de ma Lamborghini jaune et ce fric est à toi.

« L'employé trouve les clés, et le jeune homme au costume blanc, à la montre hors de prix et à l'accent français s'en va au volant d'une merveille valant deux cent mille dollars, avec la ferme intention de rouler droit devant lui – sans même faire un crochet pour voir sa copine, sans regarder en arrière – jusqu'à Beverly Hills, Californie, où tout le monde sait que les femmes riches sont très gentilles avec les jeunes gens en Lamborghini. »

Sarkis dévisagea Janson. « Après, que s'est-il passé ?

— Le genre de rebondissement qu'il ne pouvait pas prévoir, sauf que dans la vie les choses se passent ainsi, parfois. Il s'avère que le propriétaire de la Lamborghini est un mec franchement pas commode.

— Et il lui court après ?

— Le type qui t'a chopé était-il le propriétaire de la voiture ? » demanda Janson.

Les yeux de Sarkis s'agrandirent encore un peu. « Attends une minute ! C'était toi ?

— C'était moi et tu ne l'as jamais su jusqu'à aujourd'hui, mais je t'ai sauvé la vie. »

Sarkis tourna son regard de l'autre côté du fleuve. D'autres lumières produites par des générateurs s'allumaient à travers la ville, tels des feux de Bengale. Il parlait comme s'il racontait un souvenir presque oublié : « Tu m'as dépassé à bord d'une espèce de Honda ridicule et tu m'as coupé la route.

— La Honda était customisée. Je savais conduire vite. Pas toi.

— Tu m'as braqué une torche dans les yeux. Tu as voulu voir mon permis. D'abord, je t'ai pris pour un flic. Mais tu ne m'as pas demandé ma carte grise. Puis tu as pris mes clés et tu m'as dit de ne pas bouger. Il faisait sombre. Je n'y voyais pas grand-chose mais j'ai deviné que tu étais couché sous la bagnole.

— J'enlevais un engin explosif radiocommandé fixé au niveau du train avant. Il était réglé pour exploser et t'envoyer dans le marais à cent trente kilomètres à l'heure. »

Sarkis comprenait vite. « Un engin explosif installé par toi-même ?

— Exact.

— Pourquoi ?

— Le propriétaire de la bagnole était un salopard et toi un jeune homme innocent. Du moins comparé à lui.

— Comment savais-tu que c'était moi, et pas lui, qui conduisais ?

— Je l'ignorais. J'ai repéré la Lamborghini sur une route secondaire et je l'ai suivie en attendant le bon moment pour faire exploser l'engin. Il fallait qu'elle aille vite, sur une route isolée, près de l'eau ou d'un ravin, pour que le conducteur n'ait aucune chance de s'en sortir. Quand on est arrivé à l'endroit idéal, j'étais sur le point d'appuyer sur le bouton quand j'ai réalisé que quelque chose clochait. La Lamborghini n'arrêtait pas de faire des embardées. Or, je savais que son propriétaire n'était pas si maladroit. J'en ai déduit que le conducteur n'était probablement pas la personne que j'étais censé… tuer.

— Tu m'as rendu mon permis. Tu m'as donné les clés et tu as dit : "Disparais. Quitte cet État et n'y remets plus jamais les pieds." Tu m'as demandé si j'avais besoin d'argent. J'ai dit : "Ouais". Tu m'as remis une liasse de billets de vingt et de cent – comment as-tu su pour Danbury et mes parents ?

— J'ai relevé ton nom sur le permis de conduire. Comme tu m'avais l'air d'un petit gars plein d'avenir, je me suis dit qu'un jour ou l'autre, tu pourrais me rendre un service. Depuis, je t'ai vu évoluer et, tout à coup ce matin, je suis tombé sur ta photo dans un article sur le Club Electric.

— Et l'occasion que tu attendais est arrivée ?

— Eh oui, c'est aujourd'hui que tu me rembourses, Mike.

— Je peux te demander…

— Fini les questions. Écoute. J'ai besoin de ton aide. Tu connais tout le monde à Bagdad, même chose pour Beyrouth et Dubaï. Et tu en connais un peu trop à Kaboul.

— Je tiens un night-club. Ces gens sont mes clients, c'est tout. »

Janson sourit froidement. « Ne me fais pas perdre mon temps, Mike. Je sais qui tu es et ce que tu as fait.

— La Lamborghini ça fait des années. J'étais un gamin.

— La Lamborghini n'était qu'un début. Tu veux qu'on parle de Téhéran ? Non ? De Kandahar ? Tu es toujours citoyen américain. Ils te pourchasseront jusqu'au bout du monde.

— À Kandahar, j'ai fait comme les autres. Rien de plus.

— Je m'en fiche, Mike. Je ne suis pas là pour te juger. Mais j'ai bien l'intention d'obtenir ce que je suis venu chercher. Et je ne quitterai pas Bagdad avant que tu m'aies trouvé un groupe de francs-tireurs, de préférence français, capables de se procurer un Harrier. »

19

D EUX JOURS PLUS TARD, Janson envoyait un message d'avertissement à Jessica Kincaid.

Pas ser. SR. Sécurité Referral. Équipe sauvetage. Gaffe à toi. SR mortel.

Il quitta Bagdad pour Vienne sur Austrian Airlines.

Enfin une info. Il venait de faire un grand pas en avant. La société Sécurité Refferal pouvait exister ou pas. Être française ou pas. Mais si elle existait, elle était visiblement spécialisée dans les dictateurs en passe d'être renversés. Michel Sarkis prétendait ignorer qui ils étaient et n'avoir pas les moyens de le savoir. Il ignorait aussi d'où ils sortaient et comment ils géraient leur affaire. Janson le croyait.

Inutile de dire que Sécurité Referral ne tenait pas un site web destiné aux dictateurs. Janson supposait qu'ils faisaient tourner leur petit commerce en contactant directement leurs clients avant qu'ils aient besoin de leurs services. Convaincre un autocrate qu'il va se faire destituer est un boulot dangereux, car ces gens-là réagissent violemment quand on met leur puissance en doute. Seuls les plus intelligents et les plus prévoyants étaient susceptibles de se ménager une porte de sortie. Ils plaçaient leurs fortunes sur des comptes à l'étranger, ce qui faisait d'eux des clients potentiels très attractifs. Personne n'a jamais fait faillite en présidant à l'effondrement d'un empire.

À présent qu'il tenait un nom, Janson n'avait plus qu'à sortir l'artillerie lourde.

Alors qu'il marchait dans les couloirs du terminal Skylink pour effectuer la correspondance avec un autre vol Austrian Airlines, celui-ci en direction de Tel-Aviv, il reçut un texto urgent de Jessica. C'était le premier qu'elle lui envoyait depuis qu'elle l'avait appelé sur son téléphone satellite pour lui narrer sa rencontre avec le « plongeur » et lui faire part de ses conclusions : aussi étrange que cela parût, ils n'étaient pas les seuls à courir derrière Flannigan sans réussir à l'attraper.

Doc pttre Le Cap. Peux-tu prév sécurité SA ?

Janson passa un appel à Trevor Suzman, le commissaire national adjoint des services de police sud-africains, pour préparer la venue de Jessica.

« Que puis-je attendre en retour ? demanda Suzman.

— Une compagnie intéressante. »

Il transféra à Jessica le numéro de Suzman.

*

* *

À l'aéroport Ben Gourion, Janson se présenta devant un agent d'immigration dont le visage poupin contrastait avec les manières brusques. Sa coupe de cheveux laissait deviner qu'il venait d'achever son service militaire. Il examina le passeport canadien de Janson pendant que ce dernier patientait calmement. Adam Kurzweil, directeur d'une agence de sécurité, figurait déjà dans leurs registres informatiques pour être entré plusieurs fois en Israël. À moins que le nouveau passeport de Kurzweil ne comporte un défaut catastrophique, ce pays l'accueillerait à bras ouverts. Après tout, il fournissait en équipement les services de sécurité des entreprises et les milices privées qui contribuaient à faire tourner l'énorme complexe militaro-industriel israélien.

L'agent lui demanda le talon de sa carte d'embarquement.

Janson le lui remit.

L'homme tapa sur son clavier, scruta l'écran et s'éloigna subitement en emportant le passeport de Janson ainsi que la carte d'embarquement. C'était un comportement très courant dans l'aéroport Ben Gourion. Janson pouvait s'attendre à rester planté là un certain temps et/ou passer dans une salle d'interrogatoire où on le questionnerait sur ses antécédents et ses contacts en Israël.

Tout irait bien jusqu'à ce que ses papiers passent dans le laboratoire de duplication que le Mossad, les services secrets israéliens, occupait au sous-sol de l'aéroport. Le Mossad était non seulement outillé pour vérifier l'authenticité d'un document mais aussi pour le cloner. Ce qui signifiait qu'un espion israélien pourrait très bien un jour entrer dans tel ou tel pays, porteur d'un faux passeport fabriqué à partir du faux passeport de Janson. Mauvaise blague, s'il en était. Mais il y avait pire, et encore moins drôle. Les techniciens du Mossad chargés de le dupliquer pourraient y découvrir des défauts.

Les caméras de sécurité disséminées dans le plafond étaient braquées sur les files de voyageurs qui attendaient leur admission sur le territoire, et sur chaque poste de contrôle. Janson afficha une expression contrariée. Il regarda autour de lui et, après un certain temps, se mit à pianoter sur le comptoir. L'image même de l'homme d'affaires qui, tout en comprenant la nécessité de ces formalités, commençait à en avoir ras le bol. Dix minutes passèrent. Les files s'allongeaient. Finalement, l'agent revint avec sa supérieure, une femme d'une trentaine d'années qui ordonna à Janson de la suivre dans une salle d'interrogatoire. Et toujours pas de passeport en vue.

Elle s'assit derrière un bureau surmonté d'un ordinateur dont il ne voyait pas l'écran. Pas de chaise pour lui. Elle tapa quelque chose sur son clavier. Janson étudia son visage : jolies oreilles, joli nez, front haut, bronzé, cheveux tirés en arrière, bouche sévère, regard froid. Le type même de la fonctionnaire revêche.

« Votre dernière visite en Israël remonte à loin, Mr Kurzweil, dit-elle sans détacher ses yeux du moniteur.

— Je devais revenir plus tôt mais j'ai le dos en compote et mon chirurgien m'a ordonné de ne rien porter de plus lourd qu'un verre de vin. Il m'a fallu je ne sais combien de séances de kiné juste pour soulever mon sac. » Lequel, suspendu à son épaule, avait été fouillé plusieurs fois.

« C'est votre seul bagage ? » fit-elle, étonnée. Kurzweil portait une luxueuse sacoche ultralégère en toile de parachute et veau.

« Je voyage léger », répondit Janson. Puis il ajouta dans un sourire : « Les employés qui vérifient les bagages n'ont pas beaucoup de boulot avec moi. »

Le sourire ne produisit aucun effet sur elle. « Qu'est-ce qui vous amène ?

— J'ai des achats à faire.

— Quel genre ?

— Avant de répondre, je souhaite vous informer, avec tout mon respect, que le gouvernement canadien, suivant l'exemple du Foreign Office britannique, a demandé à ses concitoyens de ne pas confier leurs passeports aux agents des aéroports israéliens, sauf en cas d'absolue nécessité.

— Il s'agit d'une absolue nécessité, répliqua-t-elle. Vous êtes là pour quel genre d'affaires ? »

Janson répondit sans s'énerver. Hurler n'aurait servi à rien. À ce jeu-là, un Israélien gagne toujours, *a fortiori* un officier de l'aéroport Ben Gourion. Toutefois, il ajouta dans sa voix une nuance d'autorité. « Je n'ai pas envie d'apprendre un jour qu'un commando ayant vaguement ma tête et se trimbalant avec un passeport identique au mien, cavale après un leader du Hamas.

— Si vous faites allusion à l'incident de Dubaï, sachez que les médias ont raconté n'importe quoi. »

Les services de renseignements israéliens étaient capables du meilleur comme du pire. La plupart du temps, le Mossad remportait des victoires discrètes mais de temps à autre, commettait des erreurs grotesques, comme la fois où il avait envoyé vingt agents assassiner un terroriste ; la scène avait été filmée par des caméras de sécurité et les images s'étaient aussitôt retrouvées sur YouTube.

« Rendez-moi mon passeport, je vous prie. »

Au grand soulagement de Janson, la femme l'avait simplement caché sous son clavier. Elle le reprit et le posa devant elle. Ils n'étaient donc pas en train de le dupliquer. C'était déjà bien.

Pourtant, elle ne semblait pas pressée de le lui rendre. « Que comptez-vous acheter ?

— Des mitrailleuses légères, des mitraillettes, des pistolets.

— Pour votre gouvernement ?

— Pour mes clients.

— Qui sont ? »

Janson se souvint d'une règle du métier : *Reste dans la peau de ton personnage*. En tant que Paul Janson, il aurait arrondi les angles. Mais Adam Kurzweil n'était pas ce bois-là. Janson restait imperturbable en toutes circonstances. Kurzweil piquait des colères pour un rien. Il inversa l'exercice consistant à ralentir son rythme cardiaque. Aussitôt son visage s'empourpra.

« Vous dépassez les bornes, madame. Vous savez qui je suis. Vous savez que je suis déjà venu ici pour affaires. Vous me faites marcher, ou quoi ?

— Vous "faire marcher" ! Mr Kurzweil, j'ai le pouvoir de rendre votre existence bien plus pénible que cela. »

Janson passa au registre supérieur. « Comme si les temps n'étaient déjà pas assez durs comme ça. Israël Weapon Industries doit affronter la concurrence du chinois Norinco. Norinco louche sur ma société, sans parler des start-up serbes, turques et brésiliennes, qui n'ont rien à vous envier en matière de pots-de-vin. Si IWI apprend ce qui se passe ici, c'est *votre* existence qui risque de devenir pénible. Sans parler de votre carrière. »

Elle se leva d'un bond, son regard froid se fixa sur le front de Janson. « Bienvenue en Israël, Mr Kurzweil. » Elle tamponna un permis d'entrée, au lieu du passeport – pratique de routine qui permettait de contourner l'interdiction de séjour édictée par les nations arabes pour les voyageurs ayant passé du temps en Israël.

Une fois que Janson eut récupéré le passeport de Kurzweil, il lui décocha un sourire de sa composition qu'il assortit d'un mensonge assez désarmant pour éteindre les pires incendies : « Merci. Si j'osais et si mon emploi du temps n'était pas si serré, je vous inviterais bien à dîner. »

Le sourire qu'elle lui renvoya embellit sa bouche sévère. « Si je n'étais pas mariée, j'accepterais peut-être. »

Ils échangèrent une poignée de main. Janson loua une voiture et quelques minutes plus tard, s'arrêta devant une luxueuse maison de retraite, à Nordiya dans la banlieue de Tel-Aviv. Sous la magnifique clarté de juin, l'endroit faisait plutôt cossu. Des jardins luxuriants, des bouquets de palmiers entouraient des bâtiments de stuc crème avec des toits de tuiles rouges, le tout agrémenté de cascades au murmure apaisant. Un superbe club-house aux fenêtres fleuries dominait une grande piscine découverte.

D'habitude, les anciens agents du Mossad n'avaient pas les moyens de finir leurs jours avec des médecins, des avocats et autres hommes d'affaires richissimes et expatriés. Mais les revenus de Miles Donner ne se résumaient pas à sa pension de retraite. Tout en travaillant pour les services secrets israéliens, il avait exercé à Londres le métier de photographe documentariste, couverture idéale et très lucrative.

Paul Janson l'avait surnommé « le Titan ».

« Dans ce métier, il est préférable d'être connu pour ses échecs que pour ses succès, lui avait confié Donner, à l'époque où Janson avait une vingtaine d'années et le vieil espion soixante-cinq. Mais le mieux c'est de n'être pas connu du tout. »

Il avait beaucoup appris à son contact. Miles Donner connaissait tous les secrets ; on aurait dit qu'ils les attiraient et qu'ils restaient collés à lui comme les chardons s'accrochent à la laine des moutons qui s'écartent de leurs pâturages. Encore que l'image du mouton fût mal choisie car l'homme était un loup et il avait passé sa longue carrière à servir l'État d'Israël.

Donner n'avait pas vraiment l'air d'un « titan ». Janson revoyait le visage expressif, les lèvres charnues, le regard amical et l'allure à la fois décontractée et distante de ce parfait gentleman. « Mieux vaut être sous-estimé que craint. Efforce-toi d'être aimable, ta dureté surprendra d'autant plus. »

Ce jour-là, Janson découvrit un Donner fragilisé par l'âge ; lorsqu'il vint à sa rencontre, il marchait avec difficulté. Janson n'aurait jamais imaginé que la vieillesse eût un tel effet sur un homme aussi remarquable. Curieusement, sa douceur légendaire semblait l'avoir quitté, comme s'il n'avait plus la force de cacher sa vraie nature. Il avait quatre-vingt-cinq ans, un crâne dégarni où subsistaient quelques mèches blanches, de grandes oreilles et le nez proéminent d'un vieillard. Il portait à présent des lunettes à monture noire. Seul son regard n'avait pas changé ; on aurait dit qu'il avait deux paires d'yeux, l'une souriante tandis que l'autre, braquée sur son interlocuteur, scrutait son âme à la recherche de ses pensées les plus intimes.

« J'ai une surprise pour toi, dit-il avec son accent distingué. Viens par ici. » Dédaignant l'ascenseur, il se dirigea en boitant vers l'escalier. Instinctivement, Janson le rattrapa pour le soutenir au cas où il trébucherait. Donner remarqua son geste mais ne releva pas. Ils progressèrent ainsi à petits pas jusqu'à l'immense piscine. Autour d'une table placée à l'ombre des palmiers, Janson reconnut deux autres personnages issus de son passé. Grandig était plus jeune d'une dizaine d'années et plus vigoureux que Miles. En revanche, Zwi Weintraum, avec ses joues hâves et les tuyaux d'oxygène qui lui sortaient des narines, accusait ses quatre-vingt-quinze ans.

« Jeune Saül, dit-il à Janson en manière de bienvenue. Tu m'as l'air en forme pour ton grand âge.

— Et vous, d'après ce que je vois, vous espérez damner le pion à Mathusalem. » Janson prit la petite main de Weintraum dans la sienne. « Comment allez-vous, monsieur ?

— J'ai cessé d'acheter des bouteilles d'oxygène en gros. »

Grandig lui présenta une poigne encore ferme. « Et ma santé à moi, tu t'en fiches ? Sache que j'aimerais bien changer de squelette. Ou alors garder le mien mais sans les douleurs.

— Ne commence pas avec tes rhumatismes, on les connaît par cœur, fit Miles avec un sourire indulgent. Paul, quand tu m'as dit au téléphone que tu avais des questions, j'ai pensé que le gang Stern était le mieux placé pour y répondre.

— J'ignorais qu'il était encore en activité.

— Tu nous croyais morts, coassa Weintraum. Eh ben, contrairement aux apparences, on est encore de ce monde. » Grandig renchérit en désignant les magnifiques jardins d'un geste ample, « Quand il s'agit de passer ne serait-ce qu'une heure dans la splendide résidence de Miles, personne ne résiste. »

Janson les avait rencontrés à l'époque où il faisait ses débuts aux Opérations consulaires. On l'avait placé à l'essai dans l'ambassade américaine de Jérusalem, pour assurer la liaison avec le Mossad. Mais la CIA, toujours jalouse de l'influence du Département d'État dont dépendaient les Ops Cons, s'était arrangée pour discréditer Janson en chuchotant à l'oreille de certains dignitaires israéliens qu'il avait pour mission d'espionner le Mossad. Ce dernier l'avait mis sur la touche en l'assignant auprès d'une unité de vétérans déclassés à la suite d'une guerre intestine au sein des renseignements israéliens.

Ils l'avaient surnommé « le Kid ». La chose lui avait paru d'autant plus amusante qu'on ne l'avait jamais appelé ainsi, sans doute à cause de ce physique impressionnant qui était le sien depuis l'âge de quatorze ans. Mais devant ces vétérans sionistes ayant combattu les Britanniques et les Arabes les armes à la main avant de passer dans la clandestinité et de pourchasser impitoyablement les terroristes du Fatah et de Septembre noir, Janson avait eu l'impression de sortir de la maternelle. Alors il avait accepté ce surnom. Il n'existait pas d'équivalent à cette expression américaine, ni en hébreu ni en yiddish. Mais les sabras, Israéliens nés en Israël, et même Miles l'Anglais, avaient grandi en regardant des films américains. D'où cette tendance à saupoudrer leur discours d'argot cinématographique.

Janson avait vite compris qu'on cherchait à le mettre sur la touche. Le commandant Weintraub, leur chef, avait soixante-quinze ans à l'époque. Parmi leurs soi-disant agents de terrain, Donner allait sur ses soixante-cinq ans et Grandig, le plus jeune, avait la cinquantaine bien tassée. Ils n'étaient plus dans la course, et ils le savaient parfaitement.

Ils l'avaient accueilli avec un « Bienvenue au gang Stern » puis lui avaient expliqué que cette appellation faisait référence à la branche radicale de l'Irgoun, créée durant la Seconde Guerre mondiale. Ses membres avaient fait de fréquents séjours dans les prisons britanniques et leurs camarades sionistes les fuyaient comme la peste, à cause de leur extrémisme. Son fondateur, Avraham Stern, avait fini par être abattu.

« Tu marches sur les plates-bandes de quelqu'un, c'est sûr, mon petit Janson, avait dit Weintraub.

— Ou alors tu leur fous les jetons, avait ajouté Miles. D'un côté comme de l'autre, fais-toi une raison. Ils t'ont mis au placard avec nous. »

Janson avait fait jouer ses relations pour essayer de s'en sortir, mais sans succès. Il assurerait donc la liaison avec le Gang Stern et resterait en Israël aussi longtemps que la CIA aurait le pouvoir de l'y laisser. Et ce pouvoir, elle n'était pas près de le perdre.

Donner, le vieux Weintraub et Grandig l'avaient pris en affection. Le jeune homme était coincé en Israël et cette situation le rendait fou. Pour lui changer les idées, ils l'invitèrent à des séances d'entraînement au tir. Janson possédait une formation d'Army Ranger complétée par une instruction militaire poussée, fournie par les Ops Cons. Mais il avait certaines lacunes dans le domaine du meurtre sur commande. Les vieux messieurs l'adressèrent à des instructeurs spécialistes du close combat ; c'est ainsi qu'il découvrit la méthode d'autodéfense appelée krav maga, et le très large éventail offert par cette discipline d'invention israélienne. Voir ses aînés à l'œuvre lui avait fait l'effet d'une révélation. Ces techniques lui servaient encore.

Ensuite, ils l'introduisirent dans l'école des artificiers du Mossad et l'y accompagnèrent plusieurs fois, toujours accueillis à bras ouverts par les jeunes officiers dont ils avaient assuré la formation. On lui fit visiter la « cuisine » où les chercheurs du Mossad élaboraient des antidotes aux poisons les plus exotiques. Il entra dans le bureau des « écritures » où se fabriquaient les passeports, les visas et les cartes de crédit.

Janson les avait grandement remerciés. Il serait devenu dingue sans ces dérivatifs. Puis, peu à peu, il avait saisi leurs intentions cachées. Il était là pour apprendre mais surtout pour se faire évaluer.

Il s'en ouvrit à eux.

Donner resta de marbre. « Tu as passé les épreuves haut la main, répondit-il. Ça te dirait de participer à une opération illégale ?

— De quel genre ?

— Le genre gros coup fumant.

— Sans en aviser mes chefs du Département d'État ?
— Sans en aviser aucun chef.
— Pas même le Mossad ?
— Surtout pas le Mossad.
— Vous serez bientôt à la retraite, les gars. Moi je débute. Pourquoi je risquerais mon avenir sur une opération illégale ?
— Si nous faisions une petite balade ? »

Donner et Weintraub l'emmenèrent au fin fond du Néguev, dans un coin absolument désert. Sans un mot d'excuse, l'espion d'origine britannique et le vieux commando sabra le fouillèrent à tour de rôle.

Janson eut alors l'impression que ces deux-là se méfiaient de leur ami Grandig. « Que se passe-t-il ? demanda-t-il.
— Nous avons un problème. Tu peux nous aider.
— Quel genre de problème ?
— Un problème sud-africain. »

À l'époque, l'Afrique du Sud ségrégationniste avait été mise à l'index par le Congrès national africain et l'opinion mondiale. Après avoir opprimé la majorité noire pendant plusieurs générations, la dictature blanche était sur le point de s'écrouler. Janson avait fixé son mentor – ce que Miles était devenu, au fil du temps – d'un regard soupçonneux et lui avait fait comprendre qu'il connaissait les rumeurs sur la collaboration entre Israël et le régime de l'Apartheid. Rumeurs qu'il estimait exagérées, pour sa part.

Donner avait répondu, « L'industrie militaire d'Israël ne pourrait pas exister sans l'Afrique du Sud, son principal client.
— Comment une nation juive créée par les survivants de l'holocauste nazi peut-elle traiter avec un État policier pratiquant la ségrégation raciale ?
— Les Sud-Africains nous ont sauvés.
— Le président Vorster était un nazi. Botha ne valait guère mieux. »

Miles fit un geste d'indécision. « Si on met de côté l'opinion que tu as sur ces messieurs – et je crois que le monde découvrira que de Klerk est fait d'un autre bois –, Israël a indirectement bénéficié de l'or et des diamants produits par l'Afrique du Sud.

Sans eux, nous n'aurions jamais pu développer notre industrie d'armement comme nous l'avons fait. Nous avions les scientifiques. Ils avaient les ressources.

— Mais les Noirs... »

Miles le coupa sèchement. « Mon jeune ami, seule la survie compte.

— Et pour s'améliorer que doit-on faire ?

— Voilà le paradoxe, avait répliqué le Titan dans un rire. Pour toi, on doit d'abord s'améliorer. C'est typiquement américain, très beau, très moral. Mais si nous ne commençons pas par survivre, nous n'aurons rien à améliorer. »

L'argument n'était pas neuf. Janson l'avait déjà entendu, au Département d'État. Ses réactions – et les réponses des autres à ses réactions – lui avaient laissé une impression désagréable. Il se sentait comme un prêcheur au milieu d'une orgie. Les années l'avaient rendu plus conciliant, mais aujourd'hui encore quelque chose au fond de lui l'empêchait de céder au compromis. Il était toujours chatouilleux sur ce genre de sujet.

« Qu'est-ce que j'ai à voir là-dedans ?

— Parmi les armes développées par Israël, il y a la bombe atomique.

— Je le sais. Je suis jeune, pas idiot.

— Jeune et agressif.

— L'agressivité est une qualité chez un agent, avait dit Weintraub.

— Pas quand on la brandit comme un drapeau », avait répliqué Donner sur un ton passionné que Janson ne lui connaissait pas. À cet instant, il vit ce que le Titan avait derrière la tête : il estimait que Paul Janson possédait l'intelligence, la personnalité, les qualités physiques nécessaires à une carrière prestigieuse au sein des services secrets. Et il avait l'intention de lui enseigner la méthode pour y accéder.

Les supérieurs de Janson au Département d'État se doutaient qu'Israël possédait la bombe atomique mais n'en avaient pas la preuve. Cette incertitude faisait partie du jeu mis en place par les Israéliens. Il s'agissait pour eux d'utiliser la bombe comme une menace envers leurs ennemis tout en évitant de froisser leurs amis favorables à la non-prolifération nucléaire.

« La dissuasion nucléaire par insinuation, dit Janson. Mais je ne comprends toujours pas le rôle de l'Afrique du Sud.

— Dans les années 1970, nous avons échangé quelques livres de tritium rare contre des tonnes d'uranium yellowcake sud-africain. »

L'uranium servait à fabriquer le matériau fissile, le tritium à augmenter son impact.

« Très bien. Israël avait besoin de yellowcake pour fabriquer sa bombe. Mais pourquoi l'Afrique du Sud avait-elle besoin de tritium ?

— Pour fabriquer la sienne. »

Cette déclaration avait déstabilisé Janson. « L'Afrique du Sud possède une bombe nucléaire ?

— Pas une, six.

— Mais ils sont fous.

— Pas vraiment puisqu'ils ont décidé de détruire leur arsenal nucléaire.

— C'est un grand soulagement, enfin si c'est vrai. Vous en êtes sûrs ?

— Ils ont choisi la voie de la raison. Ils voient l'avenir se profiler. Dans pas longtemps, ils perdront le pouvoir. Donc ils préfèrent détruire leur arsenal plutôt que de l'abandonner aux mains des Noirs qu'ils estiment irresponsables.

— Voilà le résultat de la bigoterie et de la haine.

— Malheureusement, tout le monde n'est pas d'accord dans le pays. Leur général le plus radical veut garder la bombe pour l'utiliser contre les Noirs.

— C'est le genre de folie que je redoute de leur part.

— Le général Klopper est isolé mais puissant. Il est apprécié de l'aile droite du parti national, le noyau dur des partisans de l'apartheid, et de l'Afrikaner Broderbon. Il peut compter sur ses commandos d'élite. Sa position politique ne s'appuie sur aucun raisonnement. Il est seulement obsédé par la peur et la haine envers l'Afrique noire.

— Si Israël a donné la bombe à l'Afrique du Sud, alors c'est au Mossad d'intervenir.

— Le Mossad ne veut pas en entendre parler, avait rétorqué Donner.

— Ils doivent l'arrêter. C'est leur boulot.

— C'est le Mossad qui a instauré des relations avec l'Afrique du Sud, avait expliqué Weintraub en réprimant un soupir de lassitude. De sa propre initiative. Sans le Mossad, il n'y aurait pas de relations du tout. Il y trouve son intérêt. Il a tissé un réseau avec eux. Maintenant, il choisit la politique de l'autruche. Il se contente d'espérer que la raison l'emportera et que les six bombes nucléaires disparaîtront comme par magie. »

Donner était intervenu. « Malheureusement, ça ne sera pas aussi simple. À moins que cet officier soit mis hors d'état de nuire. » Il avait regardé Janson droit dans les yeux. « Voilà ce que nous envisageons de faire. Tu nous aideras ?

— Comment ? avait demandé Janson.

— En tuant ce salopard. Nous ne pouvons pas l'approcher. Nous sommes trop connus, autant par le Mossad que par nos homologues d'Afrique du Sud. Mais toi, tu es un étranger. »

Ils lui avaient donné un nom de code, « Saül ».

Quant à l'opération en elle-même, son nom était également tiré de la Bible, selon la tradition du Mossad. « Opération Sword Fall ». Janson avait protesté. Il avait lu l'Ancien Testament avant de prendre son poste à Jérusalem, si bien qu'il connaissait le destin de Saül. Plutôt que d'être capturé par les Philistins, Saül se transperce avec sa propre épée.

Le Stern Gang s'était moqué de lui. Mais non, pas ce Saül-là ! Ils voulaient parler de l'autre, celui qui s'était converti au christianisme, le Père de l'Église catholique. « Celui qui s'est fait appeler Paul après sa conversion », avait insisté Donner.

Quoi qu'il en fût, la mission qu'ils avaient envisagée confinait au suicide.

Seul point positif, personne n'en saurait jamais rien. Ni le Département d'État américain, ni les Opérations consulaires, ni la CIA, ni le ministère de la Sécurité sud-africain, ni même le Mossad. Grâce à leur réseau encore bien implanté au sein du

Mossad, les membres du Gang Stern rempliraient les blancs dans le rapport d'activité de Janson en y insérant des allusions fantaisistes mais crédibles à une prétendue opération top secret en Irak. Cette mise en scène avait résisté au temps si bien qu'aujourd'hui encore, personne ne savait quelle avait été la cible du premier contrat de Paul Janson. Pas même Jessica.

*
* *

Janson exposa la situation aux espions retraités qui sirotaient leur thé près de la piscine. Donner et Grandig le buvaient glacé, agrémenté de feuilles de menthe. Celui du vieux Weintraub était chaud et il le prenait par le biais d'un sucre.

Janson leur décrivit dans le détail le sauvetage par le Harrier du président à vie Iboga. Puis il leur expliqua comment il avait appris que le commando chargé d'escorter le dictateur à bord de l'avion à décollage vertical prétendait appartenir à une organisation nommée Sécurité Refferal. Ils l'écoutèrent attentivement, intrigués par l'audace de l'opération et son exécution impeccable. « Un homme courageux, ce plongeur, dit Grandig à propos du commando.

— Il se débrouille bien, admit Janson.

— Ça lui fait deux qualités redoutables. Quelles sont tes chances de le faire passer de ton côté ?

— Elles étaient minces quand il essayait de tuer l'homme que je suis censé sauver. Mais elles sont devenues totalement inexistantes depuis qu'il s'est embrouillé avec ma collaboratrice.

— Fascinant.

— Il y a plus fascinant encore. » Il leur raconta l'intervention cruciale du Reaper dans la bataille du Pico Clarence. Quand il eut terminé son récit, les vieillards, assis sur leur chaise, échangeaient des regards incrédules.

— Tu mènes une vie intéressante, Saül. »

Mais quand Janson demanda à Donner, Weintraub et Grandig de faire jouer leurs contacts à travers le monde pour identifier Sécurité Referral, il les sentit réticents et cela ne le surprit qu'à moitié. Il savait qu'il s'adressait à des vieillards prudents, englués dans leur manie du secret. Avant d'aider quiconque, ces vieux patriotes se posaient toujours la même question : est-ce bon pour Israël ?

Pour appuyer leur refus, ils prétendirent d'abord qu'ils n'étaient pas en mesure de l'aider.

« On ne connaît plus personne à notre âge, fit Grandig, le plus jeune.

— À ton âge peut-être, fit écho Weintraub. Au mien, tous ceux que je connaissais sont morts.

— Je ne pensais pas à vos compagnons de promo, mais plutôt à vos élèves, dit Janson. Vos protégés occupent des positions clés un peu partout dans le monde. Ils ont accès à des renseignements ultrasecrets.

— Nos protégés ne rajeunissent pas non plus.

— Alors, *leurs* protégés, insista Janson avec douceur. Messieurs, je sais parfaitement que vous avez des contacts dans tous les services de renseignements de la planète. Je vous en prie, interrogez vos correspondants. Le nom de Sécurité Referral pourrait bien leur évoquer quelque chose. »

Ils contemplèrent leurs verres vides.

Miles n'avait toujours rien dit. Janson se tourna vers lui. Miles lui avait autrefois conseillé : « Si tu as quelque chose à dire, attends de savoir quel effet tu veux que tes paroles produisent. » Le vieil homme prit enfin la parole.

« Mon ami, voici deux mots que tu n'entendras pas souvent prononcer en Israël : "Pardon" et "Merci". »

Janson redressa les épaules. « Je ne veux pas de remerciements mais je crois avoir gagné le droit de vous demander ce petit service.

— Peut-être que oui, peut-être que non, grommela Weintraub. Sword Fall n'était pas une opération individuelle à proprement parler.

— Il a bien fallu qu'un individu fasse le boulot et cet individu c'était moi, dit Janson d'un air sombre. Je suis venu vous rappeler votre dette. »

Weintraub haussa ses épaules décharnées. « Aucun débiteur n'aime voir son créancier lui présenter la note. »

Janson avait réussi à les placer devant leurs responsabilités. Leur malaise était tangible.

Grandig souleva une nouvelle objection. « Un créancier n'a pas tous les droits. Pourquoi exigerait-il que nous mettions nos amis en danger en leur posant des questions qui risquent de griller leur couverture ? »

De nouveau, Janson regarda Miles Donner. Le Juif anglais cligna de l'œil. Il comprenait que Grandig avait donné à Janson l'ouverture qu'il attendait. Janson retira un sac en plastique de son bagage et le renversa sur la table. Son contenu se répandit bruyamment. « Des portables à cartes SIM prépayées. Personne ne saura jamais qui a téléphoné à qui.

— Qui t'a vendu ces minutes prépayées intraçables ? demanda Grandig. La boutique de téléphonie de l'aéroport Ben Gourion, connue sous le nom de Mossad-point-com ?

— Avec des cartes SIM programmées par le Shin Bet, intervint Weintraub, pour qu'ils puissent espionner les gens que nous appellerons ?

— Eh non. Je les ai payés cash à Sadr City. Dès que vos protégés m'auront dit où l'avion d'Iboga est allé et qui dirige Sécurité Referral, je vous conseille d'avaler les cartes SIM, et vos amis n'auront rien à craindre. »

20

Trois jours plus tard, Janson était toujours en Israël. Les vieux messieurs travaillaient lentement. Weintraub faisait une petite sieste entre chaque appel et insistait pour qu'on le reconduise tous les soirs dans son modeste appartement, à l'autre bout de Tel-Aviv. Grandig campait sur le canapé de Donner. Durant les quelques rares heures où Donner dormait, Janson sommeillait dans un fauteuil. Ils étaient certes lents, mais persévérants. Au départ, ils avaient seulement cherché à rembourser leur dette envers Janson. Puis, au fur et à mesure, ils s'étaient pris au jeu, passant des dizaines d'appels à l'étranger, contactant un grand nombre d'hommes et de femmes encore en activité. Un soir, après avoir déposé Weintraub chez lui, Donner dit à Janson, « La retraite est un sport de spectateur. Mais agir est nettement plus gratifiant que le simple fait de regarder. Ils ne te remercieront pas mais ils sont contents que tu leur aies donné du boulot.

— Et vous, êtes-vous content que je vous aie donné du boulot ?

— C'est toujours un plaisir de regarder un vieux copain en pleine action. »

Comme une photo dont les pixels s'affinent petit à petit sur un écran, l'image de Sécurité Refferal se forma progressivement, à partir des bribes d'information glanées çà et là. Le résultat correspondait au tableau que Janson avait entrevu sur la jetée, devant le palais présidentiel de Porto Clarence. Sécurité Referral existait bel et bien. Apparemment, cette organisation avait été créée par un groupe très soudé d'agents secrets déserteurs, au profit exclusif des dictateurs déchus et des criminels de guerre désireux de s'enfuir avec leurs fortunes mal acquises. Ils assuraient leur exfiltration et leur fournissaient un refuge dans des pays eux-mêmes mis au ban des nations.

L'organisation semblait récente, ce qui expliquait pourquoi personne ou presque n'en avait entendu parler. D'après les nombreux amis des vieux messieurs, on comptait seulement deux opérations similaires avant le sauvetage d'Iboga : l'exfiltration sous le nez de la DEA d'un narcotrafiquant colombien, en passe d'être extradé aux USA, et le sauvetage d'un général kirghize ayant régné sur l'ancienne République soviétique juste assez longtemps pour se mettre dix milliards de dollars dans la poche. La niche commerciale de Sécurité Referral consistait donc à sauver les « personnes politiquement exposées » comme les appelaient les procureurs internationaux.

« Un peu comme la Fondation Phœnix mais dans l'autre sens, marmonna Kincaid lorsqu'il la mit au courant par téléphone. Ils offrent une seconde chance aux salauds.

— J'avoue, ça fait un peu caricatural.

— Quand même, ce qu'ils ont fait à Porto Clarence c'était carrément gonflé, répliqua Jessica.

— Songe à ce qui arriverait si le général kirghize revenait au pouvoir. Imagine qu'ils sauvent un seigneur de guerre des Balkans et que ce type se retrouve à la tête d'un pays comme la Croatie. Du jour au lendemain, Sécurité Referral obtiendrait la protection d'une nation souveraine. »

Les noms de quelques agents firent surface. Des spécialistes peu scrupuleux que Janson aurait bien vus dans une équipe de francs-tireurs désireux de s'affranchir de tout contrôle : Émile Bloch, un mercenaire français très aguerri qu'il ne connaissait que de réputation ; Dimon, un Serbe expert en informatique ; Viorets, un officier de renseignements russe qui, entre deux opérations officielles, acceptait des missions privées pour le compte de Gazprom et de LUKOIL. Il y avait encore d'autres Français, dont un Corse particulièrement redoutable – Andria

Giudicelli. Grandig avait croisé Giudicelli en France, vingt ans auparavant, et l'avait empêché d'incendier les bureaux parisiens d'El Al. L'homme ne faisait pas de politique, avait dit Grandig. Il se vendait au plus offrant.

Quant au dirigeant de Sécurité Referral, rien ne permettait de l'identifier jusqu'à ce qu'un protégé de Miles rapporte certaines rumeurs au sujet d'un mercenaire sud-africain qui avait prémédité avec Émile Bloch l'assassinat d'un exilé russe caché en Suisse. Janson appela Kruger à Zurich. Ce dernier avait eu vent de cette exécution. Le nom d'Émile Bloch ne lui disait rien. En revanche, certaines rumeurs parlaient d'un Sud-Africain.

À en juger d'après son accent, Jessica Kincaid était sûre que son agresseur de Carthagène était sud-africain. Janson, pour sa part, se rappelait que le camp de Ferdinand Poe avait subi une attaque par des mercenaires sud-africains.

Janson téléphona au chef de la sécurité de Poe, Patrice da Costa.

« Il s'agit de Hadrian Van Pelt, répondit da Costa. Un salopard de première.

— Que savez-vous de lui ?

— Je ne l'ai jamais vu. J'étais à Porto Clarence au moment de l'attaque. Mais je sais qu'il cherchait à entrer dans les bonnes grâces de Douglas Poe quand le président Poe était à Black Sand – puis-je dire au président par intérim que votre enquête avance ?

— Jusqu'à présent, selon nos sources, Iboga a été vu en Russie, en Roumanie, en Ukraine, en Croatie et en Corse. Alors soit il voyage beaucoup, soit, et c'est plus probable, il s'agit simplement de rumeurs.

— Iboga possède un physique très particulier. Il est très grand, très noir de peau, il fait peur à voir avec ses cicatrices rituelles sur le visage et son regard de malade mental, répondit da Costa. Difficile de le rater, même s'il ne porte plus son turban jaune.

— C'est aussi ce que je me dis », abonda Janson. Il appréciait da Costa mais n'avait pas envie d'expliquer à un subordonné de son client qu'une planète peuplée de cinq milliards de personnes offrait de multiples cachettes pour un riche fugitif protégé par des professionnels ayant tout intérêt à ce qu'il ait un avenir – l'avenir de Sécurité Referral consisterait à prendre le contrôle de l'île de Forée et de son pétrole, à la condition qu'Iboga reste en vie assez longtemps pour lancer la contre-offensive que redoutait Ferdinand Poe.

Janson transmit le nom de Hadrian Van Pelt à Freddy Ramirez, à Madrid.

Freddy lui répondit une heure après, très embarrassé.

« Désolé, on a merdé. La police catalane a trouvé un type évanoui à Barcelone. Ils l'ont conduit à l'hôpital mais on l'a raté. La route est longue entre Carthagène et Barcelone. Son passeport était établi au nom de Hadrian Van Pelt.

— Pourquoi était-il évanoui ?

— Hémorragie. Il a fallu quatre-vingt-dix points de suture pour lui recoudre le bras. »

Du Jesse tout craché, pensa Janson. « Où est-il ?

— Il s'est enfui de l'hôpital. Il a volé une Mercedes qu'on a retrouvée à Madrid. Mon pote du service d'immigration m'a dit qu'un type de sa taille avec un bras en écharpe s'est envolé pour Londres sous le nom de Vealon, Brud Vealon, avant de prendre un avion à destination du Cap, Afrique du Sud. »

Où Jesse se trouvait-elle, en ce moment ? s'interrogea Janson, mal à l'aise.

« A-t-on quelque chose sur Van Pelt ou sur Vealon ?

— Rien sur Vealon. Van Pelt est le nom d'un nageur olympique sud-africain. C'est un patronyme très courant là-bas, mais cela correspondrait bien à ta description. Il a été disqualifié pour dopage aux jeux d'Athènes. On l'a complètement perdu de vue depuis 2004. »

Janson écrivit un texto à Jessica pour l'avertir que « le plongeur », circulant sous le nom de Hadrian Van Pelt ou de Brud Vealon, était sur ses traces. Il téléphona à Suzman au Cap et lui demanda de filer Hadrian Van Pelt. Suzman connaissait l'individu sous ses deux avatars : l'athlète en disgrâce et le mercenaire. « Il a disparu de mon radar voilà plusieurs années.

— Quand tu as constaté sa disparition, qu'as-tu pensé ? »

Dans le ton de Suzman, Janson devina un haussement d'épaules. « Je n'y ai pas prêté attention. Je me suis dit qu'il s'était fait trouer la peau au Congo ou ailleurs. »

Exactement la conclusion que Van Pelt avait dû espérer de la part des super flics du gouvernement sud-africain. Quoi de mieux qu'une mort présumée pour renaître dans la peau du patron d'une organisation aussi ambitieuse que Sécurité Referral ?

*
* *

Ce soir-là, sur la banquette arrière de la voiture de Miles, Zwi Weintraub sommeillait en inhalant de l'oxygène quand soudain il se réveilla et dit : « Tu vois le schéma ? »

— Quel schéma ?

— Les agents de Referral sont tous des décideurs. Les travailleurs sont les patrons ; les patrons sont les travailleurs.

— Tu veux dire qu'il n'y a pas de chef.

— N'importe lequel d'entre eux est capable d'être le chef.

— Mais comment font-ils pour ne pas s'entretuer ? demanda Donner.

— Bonne question, dit Weintraub en refermant les yeux. Peut-être qu'ils ont trouvé une méthode pour modifier la nature humaine.

— Un pacte, lança Paul Janson. Ils ont juré de s'allier contre celui qui voudrait prendre le contrôle.

— Une alliance de mousquetaires, sourit Miles Donner. Tous pour un, un pour tous. »

*
* *

Jesse lui téléphona depuis Le Cap. « J'ai eu ton message. J'ai peur de rater le plongeur. Je suis dans un taxi pour l'aéroport. » Elle espérait prendre un avion pour Johannesburg où elle sauterait dans un vol long-courrier de Quantas pour Sydney. « C'est là où se trouve Flannigan, je pense.

— Comment a-t-il fait pour atterrir là-bas ?

— Il s'est tiré avec la femme du commissaire de bord du *Varna Fantasy*. Il l'a larguée au Cap pour se rabattre sur une hôtesse de l'air de Quantas, une nommée Mildred, laquelle lui a offert un vol pour Sydney. C'est soit le plus fieffé salaud de la planète soit un froussard de première. La femme du commissaire de bord penche pour la première solution. Bien sûr, la pauvre chérie est bien obligée de chercher des raisons pour expliquer la merde où elle se trouve.

— Bon boulot.

— J'ai l'impression d'enquêter pour un avocat spécialiste des divorces. »

Une heure plus tard, Miles Donner interrompit la sieste de Janson. « Ils nous bloquent, fit-il d'un air sinistre.

— Qui ?

— Le Shin Bet. »

L'agence de sécurité israélienne s'inquiétait d'une recrudescence d'appels téléphoniques entre Nordiya et l'étranger, rapporta Miles. « Un vieil ami a cru bon de m'avertir.

— Juste pour quelques coups de fil de trop ? Avec les milliers d'expatriés qui vivent dans le coin et ne cessent de joindre Londres ou New York, ne me dis pas que nos malheureux appels ont pu éveiller la curiosité du Shin Bet.

— Bien sûr que non.

— Alors, que s'est-il passé ? demanda Janson qui sentait venir la réponse tout en parlant.

— Je soupçonne que le Shin Bet a subi des pressions. Sécurité Referral doit avoir des amis haut placés en Europe.

— Mais pourquoi le Shin Bet irait-il...

— Ils font leur boulot. On les a alertés. Ils doivent agir. La sécurité du territoire est sous leur responsabilité. Sécurité Referral en profite.

— Sécurité Referral contre-attaque. Détruisez les téléphones.

— Je l'ai déjà fait, dit Miles. L'opération est terminée. Quitte Israël tant que c'est encore possible. J'ai trouvé un type qui va t'emmener à l'aéroport. Dépêche-toi, mon ami. La voiture t'attend à l'entrée de service. »

Janson émergea des rangées de sacs-poubelle qui s'entassaient devant les cuisines de l'établissement.

« Restez caché jusqu'à ce que j'atteigne l'autoroute, lui conseilla le chauffeur.

— Pas très glorieux comme retraite », dit Janson en serrant la main de Donner.

Le vieil homme lui fit un clin d'œil. « Mieux vaut être connu pour ses échecs. »

*
* *

À l'aéroport Ben Gourion, Janson faisait la queue pour acheter un billet pour Paris quand Guzman le rappela du Cap. « Ton gars est arrivé et reparti aussitôt. Sans quitter l'aéroport. Il a continué sur Sydney, là où se dirige ton « intéressante compagnie », si je ne m'abuse.

— Y a-t-il un moyen de l'arrêter ? demanda Janson.

— Non, à moins de détruire en vol l'avion où il se trouve. Il a fait un transfert à Johannesburg sur un vol de la SAA à destination de Perth.

— Tu disais Sydney.

— Il a raté le vol de Sydney. Il devra changer à Perth pour traverser l'Australie. »

Janson n'arrivait pas à joindre Kincaid. Il laissait des messages auxquels elle ne répondait pas. Dans un texto, il l'informa que Van Pelt arriverait probablement à Sydney quelques heures après elle. De nouveau, il n'eut pas de retour.

Tout en regrettant amèrement de ne pas avoir l'Embraer à sa disposition, il se mit en quête du vol le plus rapide pour l'Australie. Sydney était à quinze mille kilomètres d'Israël. Il lui faudrait changer d'avion à Bangkok. Escale comprise, le voyage durerait presque vingt-quatre heures. Kincaid atterrirait à Sydney dix heures avant qu'il ne puisse la rejoindre. Et Van Pelt la suivait de très près.

Pour calmer son angoisse, il se répétait comme une incantation. *C'est une prédatrice, pas une proie.*

TROISIÈME PARTIE

Angle mort

35°18'29" S, 149°07'28" E
Canberra, Australie

21

D'APRÈS SES PROPRES ESTIMATIONS, le Dr Terry Flannigan ne disposait plus que de vingt-quatre heures avant que les tueurs ne le rattrapent à Canberra. Ils l'avaient pisté depuis Dakar jusqu'en Afrique du Sud et très probablement ensuite, sur le vol de Qantas pour Sydney. Mildred, l'hôtesse de l'air, lui avait trouvé un séjour tout compris dans la capitale australienne, avec hôtel et visite guidée du Parlement. Ils n'auraient aucune peine à remonter jusqu'à elle et lui faire cracher le morceau.

Il devait agir vite mais ne savait que faire.

Quand il descendit du bus avec les autres touristes, une gentille petite blonde lui décocha un regard timide. Elle était fraîche comme une institutrice de campagne. Flannigan se dit qu'elle venait de rompre avec son petit ami et qu'elle s'était payé un voyage pour s'en remettre. Son récent célibat la rendait audacieuse. Mais comment cette fille pourrait-elle l'aider ? Même si elle l'emmenait discrètement chez elle, dans un trou perdu peuplé de kangourous, combien de temps leur faudrait-il pour le retrouver ?

Il resta collé au groupe qui pénétrait dans le Parlement. À la vue des flics baraqués préposés à la sécurité des élus, il éprouva un certain soulagement. Cela faisait deux semaines qu'il ne s'était pas senti aussi bien. Ces types n'étaient pas des super commandos du genre Calamity ou le Mur mais ils avaient quand même le soutien de la Police fédérale et de l'Armée australienne.

Dès qu'on les fit entrer dans la chambre sénatoriale, il se détendit et profita de la visite. Le groupe se massait sur la galerie surélevée réservée au public quand une sénatrice des Verts, une superbe brune, croisa son regard. Elle était célibataire. Pas d'alliance. Les femmes politiques mariées n'ont pas l'habitude de draguer les étrangers dans les lieux publics. En revanche, madame la sénatrice lui adressait des signes qui en disaient long.

La session s'acheva sur un discours qu'elle prononça avec intelligence et conviction : « L'Australie doit montrer qu'elle n'est pas qu'une mine de charbon à la disposition des Chinois. » Tout de suite après, elle grimpa jusqu'à la galerie et déclara au guide qu'elle prenait le relais. Les autres touristes s'avouèrent bluffés par ce beau geste démocratique. Quant à Terry Flannigan, il remercia le destin de lui fournir une si belle occasion de sauver sa peau.

Les agents de sécurité qui répondaient de l'intégrité physique de la jolie parlementaire assureraient sans doute la sienne également, du moins tant qu'il serait avec elle.

Les politiciennes étaient des femmes compliquées – toujours à mi-chemin entre exhibitionnisme et narcissisme – mais fort heureusement, Flannigan savait s'y prendre depuis la longue liaison mouvementée qu'il avait entretenue avec une députée du Texas. Il suffisait de ne jamais leur montrer qu'on les aimait. À la seconde où une politicienne était certaine de votre amour, elle vous cherchait un successeur. *Regarde-moi. Ne suis-je pas merveilleuse ? Oui, vraiment ? Alors adieu.*

Donc, après avoir établi un contact visuel, il faisait en sorte de détourner le regard dès que l'avenante sénatrice lui souriait. Elle lui souriait d'autant plus. Ce petit jeu revenait à exciter un poisson dans un bocal. Mais pourquoi faire dans la dentelle ? Des gens cherchaient à le tuer, après tout.

La sénatrice invita le groupe à une visite privée qui débuta par le bureau du Premier ministre. Puis, l'heure du déjeuner approchant, elle se glissa discrètement près de Flannigan et lui proposa de la rejoindre au restaurant des parlementaires. Ses collaborateurs le dissocièrent adroitement du groupe qui partait se restaurer à la cafétéria. Ayant compris son manège, la jolie petite blonde eut le temps de lui glisser dans la poche un bout de papier avec un numéro de téléphone portable et un mot disant qu'elle serait à Canberra toute la semaine.

Terry Flannigan eut tout loisir d'admirer les courbes de la sénatrice sous sa jupe moulante alors qu'elle rejoignait ses assistants pour leur dire qu'elle serait prise tout l'après-midi. Cette vision lui remit en mémoire la fameuse question de Sigmund Freud : « Que veulent-elles au juste ? »

Cher Dr Freud, veuillez noter ceci : *J'ai huit kilos de trop, je perds mes cheveux et je commence à avoir des bas-joues ; mon regard lascif, voire prédateur, devrait avertir toutes les femmes possédant un cerveau de se tenir à distance, mais pour une raison inconnue, qu'elles en soient bénies, elles en ont toutes après moi. Je ne prétends pas le mériter mais cela me réjouit.*

*
* *

Daniel avait été officier de renseignement auprès de l'US Navy. Après trois séjours en Irak, il avait démissionné pour intégrer une société de sécurité qui lui offrait quatre fois son ancien salaire. Depuis, l'armée régulière l'avait rejeté, lui reprochant son statut de tueur surpayé. De Bagdad, il gardait un seul souvenir : il roulait à toute allure à travers des rues étroites, devant un convoi du Département d'État.

Il s'était réveillé un mois plus tard avec une plaque de titane vissée dans le crâne, dans une maison de repos méthodiste située sur la côte de Cornouailles, dont la Fondation Phœnix louait une aile. Phœnix avait payé la note de l'hôpital, celle du psy, et quand Daniel s'était senti capable de réintégrer le monde des vivants, il était parti s'installer en Corse où il avait ouvert une boutique de plongée pour touristes.

Ce jour-là, il revenait en Cornouailles rendre visite à un copain qui avait eu moins de chance que lui : Rafe, ex-officier de l'armée britannique, qui n'avait pas terminé sa rééducation. Daniel était tombé sur un autre pote, Ian le Brit, un de ses anciens collègues. Ce type était une vraie armoire à glace. Il vivait en Angleterre et faisait souvent le déplacement. Daniel, Rafe et Ian étaient liés « par le même grand boum », comme disait Ian.

L'établissement dans lequel la fondation Phœnix s'était installée s'occupait de ces personnes que les Anglais appelaient des « déments en bonne santé ». Les uns souffraient de troubles mentaux, les autres de la maladie d'Alzheimer, certains avaient subi un AVC, mais tous pouvaient encore se déplacer seuls. C'était un endroit agréable, bâti à la manière des villas romaines avec des dispositifs architecturaux qui captent la lumière. Même quand la brise marine interdisait les promenades, le soleil entrait à flot dans les salles communes, qui donnaient sur une cour tournée vers le sud.

Des vieilles dames en tenue d'excursion étaient groupées devant le réfectoire. Elles se plaignaient de l'agitation qui régnait ce jour-là dans le restaurant et voulaient savoir dans combien de temps le bus partirait pour Exeter. Le bus n'existait que dans leur imagination, de même que le restaurant, mais pour un observateur extérieur, la scène était très banale. Daniel ne comprit sa méprise qu'en voyant le personnel ouvrir les portes du réfectoire et inviter les résidents à rejoindre leurs places habituelles pour le déjeuner.

« C'est marrant, le nombre de vieilles dames qu'il y a ici, dit Ian.

— Les hommes meurent plus jeunes », répondit Daniel.

S'ils se tenaient sur le seuil de la salle, à regarder manger les pensionnaires, c'est parce que Rafe s'était mis à pleurer et qu'un psychologue était intervenu pour tenter de le calmer. Daniel et Ian jetèrent un regard vers la chambre de Rafe ; le vent salé faisait claquer les rideaux blancs dans la clarté du soleil. Leurs regards se croisèrent avant de s'égarer dans le vague. Rafe était dans un piteux état. Tout à l'heure, ils étaient en train de dessiner le plan du lieu où la fusillade avait éclaté, histoire de comprendre comme les insurgés avaient pu les repousser à coups de mitrailleuse vers cette bombe artisanale de malheur, quand Rafe avait fondu en larmes.

C'était la première visite de Daniel et il se disait justement qu'il ferait mieux de dégager dare-dare et de rentrer chez lui. Il savait que, sur de nombreux plans, son traumatisme l'avait changé. Il se sentait parfois si détaché de tout qu'il avait l'impression de vivre sur une autre planète. Mais au moins, il s'en était sorti. Ian avait repris du poil de la bête, lui aussi. Depuis qu'il était « diplômé » de Phœnix, il conduisait un bus interurbain entre Birmingham et Londres en espérant rencontrer la femme de sa vie.

Daniel entendit sa propre voix surgir de nulle part, « Nous avons protégé des fonctionnaires de la Coalition pendant que leurs homologues irakiens se faisaient descendre comme au tir au pigeon.

— La Coalition payait mieux, répondit Ian mélancolique.

— J'ai lu quelque part que l'explosion d'une bombe artisanale peut modifier le fonctionnement du cerveau, dit Daniel, pour peu qu'on se trouve près de l'engin. Comme Rafe.

— On n'était pas très loin non plus.

— Mais Rafe était plus près que nous. » Perché sur le marchepied de leur véhicule qui roulait à 140 kilomètres-heure, Rafe tirait des rafales d'avertissement à l'intention des voitures civiles qui arrivaient en face, quand l'explosion avait retenti. « Ça te bousille le cortex préfrontal. C'est la partie qui fait de toi ce que tu es. Rafe était un type joyeux, avant. »

Ian grimaça. Cette histoire de cortex préfrontal l'insupportait. Ce foutu cortex aurait pu être le sien. Il changea de sujet.

« Tu sais comment le patron nous appelle ?

— Non. Comment ? » demanda Daniel, soudain curieux. Le « patron » de la Fondation Phœnix s'était rendu une fois dans la maison de repos, à l'époque où Daniel était encore en rééducation. Si ce type lui avait ordonné de prendre la tête d'un convoi pour l'enfer, Daniel lui aurait juste demandé s'il avait le temps de s'habiller ou s'il devait y aller à poil.

« Je l'ai entendu parler au médecin-chef.

— Comment il nous a appelés ?

— Les enfants déchus de Mammon.

— Sans blague ?

— Je ne vois pas ce qu'il voulait dire, dit Ian qui n'avait pas lu la Bible.

— Ça veut dire que des sous-traitants comme toi, moi et le pauvre Rafe n'ont pas droit aux hôpitaux pour vétérans, aux pensions, aux soins de santé.

— Ça je sais. Et je sais aussi ce que signifie "déchus". Mais Mammon ?

— L'argent, mon pote. On a fait ça pour l'argent et maintenant on n'a plus rien. »

Ian hocha la tête. « Ouais, OK, l'argent, mais encore ?

— Disons que Mammon est le dieu de la richesse.

— Donc si je comprends bien, on a prié cet enculé et c'est lui qui nous a baisés. »

Daniel fut surpris de sentir un sourire s'afficher sur son visage. « Exactement… Tu sais des trucs sur le patron ? demanda-t-il.

— Il tâtait le terrain, l'autre jour. Il recherche Iboga.

— Qui c'est ?

— Tu regardes pas les nouvelles ?

— Je ne regarde pas les nouvelles, répliqua Daniel. Je ne lis pas les journaux. Je ne surfe pas sur Internet. Si je passe devant une télé dans un aéroport, je détourne les yeux. Quoi qu'il se passe là-bas, je m'en fous. Qui est Iboga ? Pourquoi le patron le cherche ?

— C'est un dictateur africain qui s'est tiré avec la caisse quand les insurgés l'ont foutu à la porte. Le patron a dû être embauché pour récupérer le fric.

— Un Africain ? De quoi il a l'air ?

— D'un gros enfoiré de Noir qui doit bien peser vingt-cinq stones[1].

— Ça fait combien en livres ?

— Trois cents.

— Est-ce qu'il se lime les dents ? »

Ian considéra Daniel d'un air interloqué. « Pourquoi tu demandes ça ?

---

1. Unité de mesure britannique égale à 6,35 kg.

— Je l'ai vu.

— Raconte !

— Je l'ai vu. Pas très nettement, mais les gros Noirs de trois cents livres avec des dents pointues, ça ne court pas les rues.

— Où ça ?

— En Corse. Là où j'habite.

— Ne me dis pas qu'il se balade en Corse.

— Non, il est planqué avec ses hommes au Cap Corse. Dans le Nord. Je l'ai vu la semaine dernière à Bastia, au terminal des ferries qui font la liaison avec Nice et Marseille.

— Si tu ne l'as pas bien vu, comment sais-tu que ses dents sont pointues ?

— Un type qui se tenait plus près de lui me l'a dit. Ils sont descendus d'un yacht, se sont entassés dans un gros 4 × 4 et sont partis vers le nord.

— Pourquoi tu dis qu'ils sont venus pour se planquer ?

— Les gens du coin disaient qu'ils avaient l'air louches. Comme s'ils étaient là pour comploter. Les Corses ne sont pas des enfants de chœur et ils se méfient de la concurrence.

— Redis-moi ce que tu fais là-bas.

— Je vis à Porto Vecchio, dans le sud. À l'autre bout de l'île.

— Ça t'ennuie de me dire ce que tu traficotes ?

— Rien du tout. Je tiens une boutique de plongée pour les touristes.

— Vraiment ? s'étonna Ian. Ça coûte cher de monter une boutique de plongée ?

— Pas trop. J'avais mis du fric de côté au cas où ils me vireraient comme un malpropre. Tu devrais passer me voir un de ces quatre. Il y a de la place à la maison. L'eau est magnifique, les poissons aussi et les filles, je te raconte pas. En plus, les Corses sont sympas, tant que tu les emmerdes pas. Si tu les fais pas chier, ils te donneront leur chemise.

— Excusez-moi, jeune homme », dit une petite voix.

Les deux colosses baissèrent les yeux. Une vieille dame minuscule se tenait devant eux, son sac à main sur le bras.

« Oui, m'dame ?

— C'est là qu'on attend le bus pour Exeter ? »

— Non, m'dame, dit Daniel. C'est derrière vous, dans le restaurant. »

*
* *

Quintisha Upchurch répondit sur la ligne spéciale réservée aux brebis rescapées dont le nombre ne cessait de croître. Les ouailles de Janson appelaient ce numéro pour recevoir de l'aide ou pour en donner. Dès les premiers mots, Quintisha savait à quelle catégorie appartenait son interlocuteur. D'après l'accent, cet appel venait d'un Britannique nommé Ian. Elle le classa dans les « donneurs d'aide ».

« Miss Upchurch, si vous êtes en contact avec Mr Janson, dites-lui qu'un certain ex-président à vie a été vu en Corse. Dans le Nord, du côté du Cap Corse. »

Quintisha Upchurch promit de passer l'info.

Parmi les qualités professionnelles ayant convaincu Paul Janson qu'elle était la personne idéale pour administrer CatsPaw et Phœnix, la discrétion était la plus importante. Il ne lui serait jamais venu à l'esprit de dire à Ian que Daniel, l'Américain avec lequel il avait parlé d'Iboga dans une maison de repos en Cornouailles, lui avait téléphoné quelques minutes plus tôt pour lui transmettre le même message. Ni que des informations similaires étaient en train de lui parvenir des quatre coins du monde, si nombreuses qu'elle les transférait d'abord à l'enquêteur chargé de les comparer et de les analyser avant de les envoyer au patron.

*
* *

Depuis son siège-couchette de la cabine de première classe, Paul Janson utilisait la ligne téléphonique aérienne pour tenter de résoudre son problème numéro un : la durée de son voyage pour Sydney. Son correspondant, un général de l'Aviation Royale thaïlandaise, lui avait réservé un accueil plutôt froid.

« Vous étiez contre moi, autrefois, si je me rappelle bien », dit le général. L'homme, un ancien pilote de chasse moyennement doué, avait grimpé les échelons grâce à ses relations et sa bravoure.

« Alors vous devez vous rappeler aussi que de deux maux, j'ai choisi le moindre, répondit Janson sans prendre de gants. C'est-à-dire vous.

— Qu'est-ce que vous voulez ?

— Un retour de votre part.

— Pourquoi ?

— Vous avez bien profité depuis. Vous êtes devenu général d'aviation. L'autre type est mort. »

Les Chinois de Thaïlande, comme tous les Chinois installés à l'étranger, n'accordaient pas une importance primordiale aux questions d'honneur et de dignité, contrairement aux Pakistanais ou aux Afghans, portant haut leurs traditions de « crimes d'honneur », ou à la mafia italienne basée sur la clandestinité et l'*omertà*. Pourtant, ces enfants de la diaspora chinoise qui vivaient essentiellement du commerce en Asie du Sud-Est, suivaient des règles de vie tout aussi précises. Étrangers en terres étrangères, ils divisaient le monde en deux catégories : les ennemis, à savoir les inconnus ; et les amis, autrement dit les gens qu'ils connaissaient. Janson avait toujours admiré cette simplicité dans leurs relations sociales. Dès qu'on faisait des affaires avec eux, qu'on leur rendait des services ou prenait leur parti, on devenait leur ami.

Après un long silence, le général demanda : « De quoi avez-vous besoin ?

— Je veux disposer d'un avion assez rapide pour parcourir sept mille cinq cent kilomètres jusqu'à Sydney. Et je veux qu'il soit en mesure de décoller dès mon arrivée à Bangkok.

— C'est tout ? »

Janson ne savait comment interpréter cette réponse ambiguë. Mais le général n'ignorait pas que Janson aurait pu se montrer beaucoup plus gourmand. Janson le remercia chaleureusement et déclara qu'ils étaient quittes, la valeur d'un service rendu s'évaluant à l'aune du besoin exprimé par le demandeur.

Ensuite, Janson laissa plusieurs messages urgents à l'un de ses contacts à Sydney, un homme qui travaillait sous couverture avec la Commission criminelle australienne. Il lui demanda d'aller chercher Jessica à l'aéroport. En attendant sa réponse, il éplucha la liste des membres de SR. Bloch, le mercenaire français, était censé croupir dans une prison congolaise. Aux dernières nouvelles, Dimon, l'informaticien serbe, sévissait en Ukraine. Viorets, le Russe, avait quitté le SVR, le service des renseignements extérieurs, et le Corse Andria Giudicelli avait été aperçu à Rome, quelques jours auparavant. Enfin Van Pelt, Janson ne le savait que trop, se dirigeait vers Sydney.

Quant à Iboga, prétendument repéré en Russie, en Ukraine, en Roumanie et en Croatie, on l'aurait localisé au même moment en Corse et à Harare, la capitale du Zimbabwe, deux lieux séparés de neuf mille kilomètres.

Janson ferma les yeux, espérant dormir un peu. Mais le Dr Flannigan revint hanter ses pensées. Quels éclaircissements pourrait-il leur fournir sur les projets d'ASC et de Kingsman Helms pour l'île de Forée ? Janson n'avait guère avancé depuis qu'il avait accepté la mission de Ferdinand Poe. Il avait appris l'existence de SR et sa probable implication dans l'affaire du Harrier, mais n'en savait guère plus. Il ignorait toujours qui avait lancé l'attaque du Reaper. Et s'il ne mettait pas la main sur Iboga et son trésor, rien ne tomberait dans l'escarcelle de la Fondation Phœnix. Cinq pour cent de zéro faisaient toujours zéro.

Trop énervé pour s'assoupir, il reprit le téléphone et appela l'experte financière chargée de suivre la piste de l'argent volé. Son équipe d'enquêteurs avait rencontré quelques succès ; ils soupçonnaient l'existence de comptes secrets en Suisse et en Croatie. « Zagreb est devenue une place encore plus stratégique que Zurich, dit la femme.

— Peut-on accéder à l'argent ?

— Pas encore. Nous n'avons pas réussi à le localiser précisément », répondit-elle.

Quand l'avion amorça sa descente sur Bangkok, Janson composa le numéro de Quintisha Upchurch. « Avez-vous des nouvelles de Miss Kincaid ?

— Non, Mr Janson. J'ai laissé des messages. »

Au bout de la ligne, Janson entendit un bruit de fond et, malgré son inquiétude, sourit en reconnaissant le système de freinage à relâchement de compression d'un 379EXHD Peterbuilt de quarante tonnes. Quintisha était donc installée dans la semi-remorque blindée de la Brinks conduite par son mari, le « bureau » roulant de CatsPaw.

Jessica avait surnommé le mari de Quintisha « le type le plus flippant que j'aie jamais rencontré ». Ancien officier de marine, Rick Rice avait subi de profonds traumatismes en combattant dans la Force Recon. Puis il avait épousé Quintisha et depuis, il sillonnait les routes au volant de son monstre à dix-huit roues, livrant tantôt des cartes de crédit, tantôt des métaux précieux ou des jetons de casino pour la Brinks. Lourdement blindée, la cabine du camion était percée de meurtrières, mais comme disait Jessica, « quand un chauffeur a l'air d'attendre les voleurs en frémissant d'impatience, ces derniers préférèrent se rabattre sur d'autres proies. »

Sous la bonne garde de son époux, Quintisha passait sa vie à sillonner les États-Unis, tout en administrant à distance la société CatsPaw et la Fondation Phœnix, à partir des téléphones et ordinateurs qui équipaient la cabine couchette du Peterbuilt. Le dimanche, ils garaient le camion sur le parking d'une association d'anciens combattants, Rick buvait des bières avec les vétérans pendant que Quintisha se rendait dans l'église épiscopale méthodiste africaine la plus proche. Elle chantait dans les chœurs, enseignait les évangiles, prononçait des sermons. Ils partageaient le dîner dominical avec tel ou tel chef de la police locale ou autre patrouilleur d'autoroute ayant servi sous les ordres de Rick pendant la guerre du Golfe, en Irak ou en Afghanistan.

« J'allais vous appeler, Mr Janson. Deux de vos jeunes protégés prétendent avoir vu Iboga en Corse.

— Qui cela ? Daniel ?

— Daniel et Ian en Angleterre. »

Janson appela le QG du Protocolo de Seguridad à Madrid. « Freddy, as-tu des contacts corses ?

— C'est grave s'ils sont en cavale ?

— Il faut qu'ils soient en mesure de pénétrer sur le territoire.

— Ce qui élimine la plupart d'entre eux. » Freddy réfléchit un moment. « Je crois pouvoir en trouver deux.

— Il y a une chance pour qu'Iboga se cache au Cap Corse. Essaie de fouiner de ce côté-là. »

*

* *

« Vous vous rendez compte que vous saignez ? » demanda l'homme assis à côté de Hadrian Van Pelt sur le vol de South African Airways. Un crétin de civil qui aurait mieux fait de s'occuper de ses affaires.

Du sang perlait des sutures sur l'avant-bras de Van Pelt. Les quatre-vingt-dix points rouges grossissaient, imbibaient le bandage et commençaient à percer la manche de sa chemise. Il aurait dû mettre un pull rouge. Ou du moins s'abstenir de serrer cette balle de caoutchouc au rythme de ses battements de cœur. Mais une peur étrange le tenait ; il craignait que les muscles de son bras droit se dessèchent comme un morceau de bœuf boucané. Alors, il pompait. Cette salope l'avait salement amoché. À force d'y penser, il en devenait dingue. Il avait déjà reçu des blessures dans sa vie. Les risques du métier. Mais celle-là le révulsait plus que les autres. Il avait l'impression que cette fille lui avait entaillé le bras comme on coupe un steak.

« Monsieur. Vous vous rendez compte que vous saignez ?

— Oui, je m'en rends compte, répondit-il d'une voix mesurée pour éviter que le crétin n'alerte les hôtesses, lesquelles préviendraient aussitôt l'agent de sécurité aérienne. J'ai eu un accident de la route. »

Le crétin leva la main comme pour appuyer sur le bouton d'appel. « Dois-je demander de l'aide ?

— Non, merci, dit Van Pelt en ajoutant un sourire assez réfrigérant pour immobiliser l'importun. Ce n'est pas aussi grave que ça en a l'air. Mon médecin a changé le pansement juste avant que je monte dans l'avion. »

Il saisit son téléphone sur l'accoudoir et revérifia ses messages. Enfin !

Tout est arrangé. Elle vous attendra à Sydney.

Génial. Un sourire d'anticipation décrispa la bouche sévère de Van Pelt. Le deuxième message le ravit beaucoup moins. L'Américain engagé par Ferdinand Poe pour retrouver Iboga se trouvait à Bangkok. Il venait de monter dans un avion rapide fourni par la Royal Thaï Air Force.

Van Pelt transmit un message vocal urgent à son *camarade** de SR, travaillant comme facilitateur sur le projet île de Forée. L'*animateur de groupe**, comme disaient les Français, se faisait passer pour un administrateur d'ONG supervisant un transport de riz vers des Pakistanais menacés de famine. Pendant ce temps, son téléphone recherchait les écoutes éventuelles. Quand l'opération de détection fut terminée, il annonça, « RAS.

— Envoie à Perth le jet le plus rapide que tu trouveras…, ordonna Van Pelt. Pourquoi ? Parce que si tu ne le fais pas, il va arriver à Sydney avant moi. »

22

Lorsque Jessica Kincaid changea d'avion à Johannesburg, elle constata que Janson ne lui avait laissé aucun message en réponse aux textos et aux appels qu'elle lui avait passés. Elle lui écrivit encore plusieurs fois, puis elle prit un Ambien et dormit pendant huit heures d'affilée tout en survolant l'océan Indien. Quand elle se réveilla, elle alluma son téléphone juste le temps de consulter ses messages. Toujours rien. Étrange. Elle glissa une carte de crédit dans le combiné téléphonique de l'avion, et rédigea un autre texto à son intention.

Le doigt en suspens au-dessus du bouton, elle s'apprêtait à appuyer sur Envoi quand une alerte se déclencha dans sa tête. À Carthagène, le plongeur avait réussi à pénétrer dans son Audi sans déclencher l'alarme. « Hadrian Van Pelt » ou « Brud Vealon » avait probablement des compétences en électronique. Elle raccrocha le téléphone aérien, reprit son Iridium 9555G et le contempla d'un air pensif.

Envisage le pire.

Son téléphone satellite avait été piraté.

Pour l'instant, inutile de se demander comment.

Envisage le pire. Si son téléphone avait effectivement été hacké, elle avait dû envoyer un virus ou autre chose vers celui de Janson, au moment où elle avait cherché à le contacter. Sécurité Referral avait peut-être intercepté ses messages. Dès lors, de deux choses l'une : soit Sécurité Referral était incapable de percer le cryptage, soit…

Elle reprit le combiné téléphonique de Qantas et composa un numéro de détresse qu'elle connaissait par cœur. Quand elle travaillait pour les Opérations consulaires, elle disposait d'une procédure d'urgence en cas de soupçon de piratage ou de mise sur écoutes ; il lui suffisait de contacter des techniciens basés dans un sous-sol sécurisé de l'immeuble Truman, lequel appartenait au Département d'État. Avec Janson, la procédure était similaire, à ceci près qu'elle ignorait où se trouvait l'informaticien qui décrocherait.

CatsPaw, la Fondation Phœnix et l'éponyme Janson Associates étaient des organisations quasiment immatérielles. Janson estimait qu'un siège social comportait plusieurs inconvénients, à la fois en termes de coûts et de vulnérabilité. Le personnel pouvait faire l'objet d'une surveillance, se faire attaquer sur le chemin du travail ou même à son domicile. Au lieu de se ruiner à entretenir – voire défendre – une forteresse, Janson comptait sur Internet pour relier un réseau de sous-traitants à son organisation centrale sans existence physique.

Kincaid n'avait jamais rencontré l'expert auquel elle téléphonait. Elle ne connaissait que son numéro. Une seule chose le distinguait de son homologue du Département d'État : son indépendance. Il ne portait probablement pas de badge de sécurité et ne faisait pas des pieds et des mains pour obtenir une meilleure place de parking, au boulot. En écoutant retentir la sonnerie, elle essaya d'imaginer son correspondant. Un homme grand et maigre aux cheveux longs, confiné toute la sainte journée dans un local sans fenêtres aux murs tapissés d'écrans rétroéclairés, sous le bourdonnement incessant des ventilateurs. Il pouvait travailler seul ou avec d'autres geeks du même genre. Il pouvait être basé dans une zone industrielle de la Silicon Valley ou bien à Beverly, dans le Massachusetts, ou encore en République tchèque.

*
* *

Le bar des Sportifs, alias chez Jerry, se trouvait dans un centre commercial du New Jersey, sur la route 17, à quinze minutes en voiture des cités-dortoirs de Saddle River, Ho-Ho-Kus et Wyckoff.

Sur les douze clients qui regardaient des rediffusions de courses de chevaux et de matchs de foot en plein après-midi, ce jour de semaine, il y avait quatre chômeurs et trois retraités. Les cinq autres vivaient de la cambriole – parmi eux, trois voleurs, un receleur de bijoux et un genre d'indic doté d'un talent infaillible pour orienter ses petits camarades vers les villas inoccupées.

Les cambrioleurs le connaissaient sous le nom de Morton. C'était un Blanc légèrement bedonnant, pâle comme s'il ne voyait jamais le soleil, un type tout ce qu'il y avait de banal sauf qu'il portait une veste de cuir hors de prix et une sorte de canotier en feutre gris. On ne le voyait pas souvent chez Jerry, pas plus d'une ou deux fois par mois, mais ses informations valaient de l'or. Ce jour-là, il était assis au coin du bar, d'où il pouvait voir toute la salle. Un petit sourire se dessinait sur son visage blafard.

Morton souriait parce qu'il appréciait ce qu'il entendait dans les écouteurs de son Ipod connecté à un amplificateur satellite miniature. De l'autre côté du bar, un voleur qui avait déjà bénéficié de ses lumières était en train de faire l'article à un nouveau venu dans le métier.

« Si Morton te dit que le proprio est parti à Saint Barts et que la gouvernante est de congé le lundi, alors tu peux être sûr que le gars est à Saint Barts et que la gouvernante n'est jamais là le lundi.

— Comment il fait pour le savoir ?

— J'en sais foutre rien. Mais il le sait.

— Peut-être qu'il est voyant.

— J'en sais rien, mais ce mec est un génie. T'as qu'à aller le voir. »

Le nouveau longea le comptoir en direction du fameux Morton, lequel fit semblant d'éteindre son Ipod. « Salut mec. Ça roule ?

— On m'a dit comme quoi qu't'aurais des tuyaux.

— Possible, dit Morton qui avait déjà vérifié que le type n'était pas un flic en piratant son portable et en interceptant une conversation avec sa femme au sujet d'un marmot à aller chercher à un entraînement de foot.

— Il paraît qu'ils valent de l'or.

— En effet, répliqua Morton. Et l'or c'est cher. Vingt-cinq pour cent.

— Tu pourrais pas juste me dire comment tu t'y prends ? »

Morton le regarda fixement. Cet abruti n'imaginait quand même pas qu'il allait lui révéler ses méthodes et lui expliquer que, grâce aux géolocalisateurs implantés dans les smartphones des riches bobos qui postaient des clichés sur Twitter, il obtenait des adresses et des dates de vacances, sans parler d'une galerie de photos assez explicite pour lui permettre d'estimer par avance le butin mis à disposition. Ce pauvre naze était loin de se douter que Morton, le meilleur hacker du monde, était un idéaliste, un pirate « white-hat » protégeant les entreprises contre les méfaits des hackers « black-hat » et « grey-hat », et qu'il ne transgressait ses impératifs moraux que de temps en temps, lorsqu'il faisait une virée au bar des Sportifs, histoire de ramasser un peu plus de fric aux dépens d'un gros richard, même si cela impliquait de frayer avec des fripouilles que les gentils geeks ne sont pas censés fréquenter.

« Non, dit Morton. Je ne peux pas partager ce genre de choses avec toi. »

Le type n'était pas assez stupide pour s'en étonner. Il changea de tactique et rembraya : « C'est vrai qu'ça m'coûtera rien jusqu'à ce que j'fourgue la came ? »

Morton le regarda en face. « Tu me paieras quand tu auras vendu tout ce que tu t'es fait grâce à mes tuyaux.

— Ah ouais ? fit l'autre, l'air de dire "c'est quoi c't'embrouille ?". Comment qu'tu peux être sûr que j'te paierai ?

— C'est dans ton intérêt, répondit Morton. Tu me paieras parce que tu voudras que je te rencarde à nouveau – excuse-moi une seconde. »

L'un des cinq téléphones cellulaires et satellites qu'il transportait sur lui, dans une série de poches spécialement aménagées dans la doublure de sa veste, s'était mis à vibrer. Il regarda l'écran. SITA SATELLITE AIRCOM. Quelqu'un l'appelait d'un avion. Rien d'autre. Impossible de savoir qui, ni depuis quel avion, ni quelle était sa destination. Il savait simplement qu'un voyageur avait ouvert le couvercle du téléphone intégré à son siège, glissé sa carte de crédit et composé le numéro de Morton, que le service OnAir de SITA avait transféré l'appel par satellite et qu'au final, son portable s'était mis à vibrer. Il ne tenait pas absolument à savoir qui était cet individu, mais une chose était sûre : il possédait son numéro.

« Attends un peu, faut que je réponde », dit-il au voleur, avant de sortir en toute hâte sur le parking rempli d'Audi et de BMW d'occasion, assez usagées pour qu'on puisse les conduire dans une cité-dortoir sans attirer l'attention de la police.

« Donnez-moi une raison de ne pas raccrocher.

— CatsPaw, articula une voix de femme.

— Allez-y », répondit-il en s'efforçant de modérer son impatience. CatsPaw signifiait argent. Beaucoup d'argent. Rien à voir avec les quelques sous qu'il se faisait en jouant au devin avec des cambrioleurs minables.

« Est-ce que mon téléphone satellite a été piraté ?

— Donnez-moi le numéro. »

Ce qu'elle fit. « Allumez votre appareil en coupant la sonnerie, lui conseilla-t-il. Rappelez-moi depuis le téléphone de l'avion dans cinq minutes. »

Le voleur était sorti fumer une cigarette. « Hé, qu'est-ce qu'on…

— Plus tard. »

Morton monta dans sa modeste Honda, verrouilla les portières, se connecta par wi-fi au gros ordinateur placé sous la banquette, et entra le numéro de Jessica. Quand elle appela cinq minutes plus tard, il lui dit : « Ils vous ont eue dans les grandes largeurs, ma belle. »

Elle marmonna quelque chose qui ressemblait à un juron.

Morton attendit la réaction classique de l'utilisateur indigné : « Mais qu'est-ce qu'ils ont trafiqué sur mon téléphone ? », pour lui expliquer que, n'étant pas présent au moment du piratage, il supposait qu'ils l'avaient suivie de près dans le terminal de l'aéroport, avec un transmetteur puissant déguisé en ordi portable. Autre solution : ils s'étaient assis à côté d'elle dans la salle d'embarquement ou bien encore dans l'avion. À moins qu'ils n'aient simplement « emprunté » son téléphone l'espace d'une minute, profitant d'une inattention de sa part. Mais cette dernière option était bien sûr exclue, puisqu'un agent CatsPaw ne commettait pas ce type de bêtise. Seulement voilà, au lieu d'une question stupide, la femme posa la seule qui fût pertinente : « Quand cela s'est-il passé ?

— Il y a douze heures, répondit-il. Vous vous rappelez comment télétransmettre les données de votre carte SIM ?

— Oui, fit-elle d'une voix excédée qui transformait chaque syllabe en "Oui connard, tu me prends pour une brêle ?"

— Faites-le immédiatement à ce numéro. » Il le lui donna. « OK, éteignez votre téléphone satellite. Rallumez-le dans dix minutes. Attendez cinq minutes, puis appelez-moi depuis le combiné AIRCOM. »

Il obtint un autre oui tout aussi sec. Enfin, ce n'était quand même pas de sa faute si on l'avait piratée !

Il repéra le drone de routage glissé dans la carte SIM. C'était un système sophistiqué conçu en Europe de l'Est qui redirigeait la voix et les textos vers un certain numéro à Bucarest. Chose étrange, ce truc bloquait également les communications alors que d'habitude, les pirates laissaient passer les messages de leurs victimes, de telle sorte qu'elles continuaient à leur fournir du contenu à espionner. Il effaça le drone et replaça les données sur la carte SIM nettoyée.

Dès qu'il lui annonça le succès de l'opération, Kincaid lui demanda : « Le téléphone de mon correspondant a-t-il été infecté ?

— Non. Il est propre comme un sou neuf.

— Comment pouvez-vous en être sûr ?

— Parce qu'il m'a appelé il y a une heure pour le même problème que vous et que je l'ai dépanné.

— *Il a appelé avant moi ?* » Voilà qu'à présent, elle semblait irritée d'être passée en second.

« Ouais. Il était au courant du problème.

— Merde ! Est-ce que les hackers ont pu obtenir son numéro au moment où je l'ai appelé ?

— Hélas, oui. Enfin, si nous parlons bien du même type. Celui dont j'ignore tout, comme j'ignore tout de votre existence.

— Avez-vous modifié son numéro ?

— Ben ouais ! Et je vais modifier le vôtre.

— Comment vais-je faire pour l'appeler ?

— L'ancien numéro active la sonnerie. S'il veut vous répondre, il le fera.

— OK. J'ai pigé. Et ces types qui m'ont piratée ? Pouvaient-ils savoir où il se trouvait ?

— Seulement s'il a été assez stupide pour ne pas débrancher son GPS avant de décrocher.

— Il n'est pas stupide.

— Je n'en ai jamais douté, répliqua Morton, mais permettez-moi de vous donner un conseil.

— Lequel ? »

Pourquoi je fais ça ? se demanda-t-il. La réponse était simple : c'était plus fort que lui. Qu'il le veuille ou non, il était un *white-hat*.

« Quel conseil ?

— Ne l'appelez pas de là où vous êtes en ce moment. On ne sait jamais, celui qui vous a piraté il y a douze heures peut très bien se trouver encore près de vous.

— Merci pour votre aide.

— Travailler avec vous est toujours un plaisir. »

Morton glissa son téléphone dans la poche prévue à cet effet, en prit un autre et appela sa mère. Heureusement, l'enregistreur se déclencha. Il laissa un message disant qu'il ne serait pas là pour le dîner. Puis il roula en direction de New York où il comptait s'offrir une poule de luxe pour fêter dignement la manne qui allait se déverser sur lui. En deux consultations de vingt minutes chacune, il venait de gagner davantage que les plus grands ingénieurs des télécoms en un mois.

Quelques heures plus tard, alors qu'il regardait son reflet dans le miroir placé au-dessus d'un lit king size, Morton repensa au drone de routage. Décidément, il n'arrivait pas à comprendre pourquoi ce système bloquait les appels de sa cliente en les détournant vers Bucarest. Il aurait peut-être dû lui en parler. Mais elle finirait bien par s'en apercevoir, supposa-t-il.

*
* *

À peine le portail des arrivées franchi, Kincaid se mit à chercher un coin tranquille d'où appeler Janson sans se faire arrêter pour usage d'un téléphone portable dans une zone sécurisée, menace clairement énoncée sur d'énormes écriteaux. Elle prit le temps de scruter la foule de passagers qui s'écoulait hors des avions. L'un d'entre eux l'avait-il piégée dans l'aéroport de Johannesburg ?

Elle passa l'immigration, puis la douane.

Finalement, elle s'engagea dans un couloir de sortie et décida qu'il était temps d'appeler Janson. Chose incroyable, ce foutu téléphone ne marchait pas. Pendant qu'elle recomposait le numéro, elle remarqua qu'autour d'elle plusieurs personnes contemplaient leur portable avec perplexité. Eux aussi pianotaient nerveusement comme s'ils n'avaient plus accès au réseau. Elle vérifia son écran.

« Pas de service. »

Elle sentit des picotements sur sa nuque.

Qui parmi tous ces gens, pouvait bien s'amuser à bloquer le signal ? Des passagers visiblement fatigués passaient près d'elle, chargés de bagages assez volumineux pour contenir des engins de blocage de réseaux. Elle ralentit le pas et scruta leurs visages. Des hommes et des femmes d'affaires, des touristes, des Australiens qui rentraient au pays avec leurs sacs à dos, des familles. Deux blondes bien charpentées, des sœurs sans doute, traînaient chacune un gamin aux cheveux d'or.

Devant elle, le couloir débouchait sur la zone d'accueil. Des personnes alignées derrière des cordes tendaient le cou pour apercevoir leurs proches. Elle ralentit encore et se laissa dépasser. L'une des deux blondes la doubla avec les deux gosses. L'autre la bouscula et tout en se répandant en excuses, lui colla un pistolet dans les côtes. Kincaid l'entendit murmurer dans un anglais nasillard : « J'y ai mis un bouchon, poupée. Personne n'entendra. »

Kincaid aperçut le silencieux visé sur le canon d'un Beretta.

« Pointes creuses. Comme ça, y aura pas de sang non plus. La balle restera coincée dans ton foie. »

23

JESSICA KINCAID SERRA les mâchoires. Elle n'avait rien vu venir.

Elle s'était fait avoir comme une débutante.

Bon, laisse tomber et réfléchis.

Comment cette femme avait-elle pu introduire une arme dans la zone de sécurité ? Elle devait avoir un complice parmi les vigiles. Pas question de contre-attaquer. Il y avait trop de gens, trop de caméras. L'Australienne tenait le Beretta comme une pro mais elle semblait tendue, assez nerveuse pour faire une bêtise. Si Kincaid commettait la moindre erreur, les voyageurs ensommeillés qui passaient près d'elles risquaient fort de recevoir une balle à pointe creuse en pleine poitrine.

« Avance ! »

Pour estimer la réaction de la femme, Kincaid fit exprès de ralentir. Très nerveuse, en effet. Un flic pourri, pensa-t-elle. La blonde avait fait partie de la police. Ou peut-être en faisait-elle toujours partie. Dans ce cas, elle arrondissait ses fins de mois avec ce genre de petits boulots. Ce qui expliquerait pourquoi elle avait pu introduire une arme. Et pourquoi elle était à cran. On pouvait la reconnaître sur les écrans de surveillance et, si jamais elle tombait sur un collègue, elle devrait justifier sa présence dans l'aéroport. Situation fort délicate.

Kincaid accéléra l'allure, mais pas trop. « Tu m'as eue, dit-elle. Maintenant, on se calme. Dis-moi juste ce que tu veux.

— Marche devant moi. Suis les pancartes jusqu'au parking. »

Elles arrivèrent près d'une camionnette sans vitres à l'arrière. Deux autres femmes attendaient à l'intérieur. À vue de nez, elles avaient bu du vin. La portière de chargement était équipée de verrous d'acier et le van n'avait pas de portières latérales. Le toit translucide laissait entrer la lumière des réverbères, mais ne s'ouvrait pas.

La femme assise au volant – l'autre « sœur » qui, entre-temps, avait dû rendre les gosses à un tiers – démarra dès la ferme-ture des portières. Le dernier membre du trio était un genre de camionneuse visiblement perturbée, avec un regard saupoudré de cocaïne, une bouche cruelle et un pistolet à la ceinture.

Elles lui mirent les mains dans le dos, refermèrent sur ses poi-gnets des menottes en nylon à double verrouillage – encore un truc de flic –, prirent son téléphone et son sac et la poussèrent à l'intérieur du van où elle se retrouva agenouillée sur un tapis moisi. Blondie, celle qui l'avait interceptée dans le terminal, lui prit son bracelet en or et l'enfila. De toute évidence, c'était la chef du trio. Cokie, la maniaque de la reniflette, lui vola la bague que Janson lui avait offerte à Amsterdam, ce qui l'agaça mais confirma sa première supposition. Ces femmes étaient des flics ripoux habitués à racketter les maquereaux et les dealers. Mais qui les avait recrutées ? Qui, sinon Sécurité Referral ?

Blondie effleura la cachette aménagée sous le sac à main de Kincaid et parut surprise de ne pas trouver de couteau. Passer un couteau sous les portiques de sécurité ? La prenait-elle pour une demeurée ? Pourtant ce geste en soi prouvait qu'elles travaillaient pour le plongeur. Kincaid fit jouer quelque mécanisme interne censé amoindrir la crise de panique qu'elle sentait monter en elle. Elle savait que nul ne pouvait supprimer la panique, mais les Ops Cons lui avaient enseigné certains trucs permettant de la gérer. Il fallait se concentrer sur l'instant suivant, envisager une étape après l'autre, se forcer à raisonner puis passer à l'action.

Manifestement, Janson et elle avaient sous-estimé le rayon d'action de Sécurité Referral. Mais que faisait-elle dans ce van ? S'agissait-il d'une vengeance ? La simple perspective de se retrou-ver menottée face au mercenaire sud-africain qu'elle avait blessé et humilié quelques jours auparavant, lui faisait perdre tous ses moyens.

Et le Dr Flannigan ? C'était pourtant lui que Van Pelt recherchait, pas elle ! Oui, mais l'un n'empêchait pas l'autre, songeat-elle en frémissant. Van Pelt pouvait très bien pourchasser Flannigan et s'accorder une heure pour le plaisir de lui rendre au centuple ce qu'elle lui avait fait subir à Carthagène.

Heureusement, tout n'était pas perdu. Les deux blondes étaient si contentes d'avoir gagné un bracelet précieux et une belle bague qu'elles ne s'étaient pas donné la peine de lui prendre sa montre Swatch à deux sous. Comme personne ne voyait ses mains dans son dos, elle les bougea de manière à appuyer une menotte sur le remontoir de la montre. Normalement, cette procédure activerait le signal GPS de localisation, ce qui permettrait à Janson de la suivre sur Google Maps – Dieu bénisse Internet et les geeks de CatsPaw qui avaient eu la bonne idée d'adapter un système prévu à l'origine pour les parents désireux d'espionner leurs ados.

Ce serait vraiment génial que Janson soit assez proche pour venir l'aider, ou dans le cas contraire, qu'il puisse contacter un correspondant de CatsPaw en Australie. Seulement voilà, la minuscule pile équipant l'engin miniaturisé serait à plat dans deux heures.

La camionnette filait sur l'autoroute. À travers le pare-brise avant, elle voyait défiler des panneaux indiquant le quartier d'affaires de Sydney et le Harbour Bridge, reliant la partie nord de la ville. « Où va-t-on ? demanda-t-elle.

« À Lunapark, lança Sœurette, la conductrice.

— C'est quoi, Lunapark ?

— Une fête foraine.

— Des maisons hantées, ricana Cokie. Des trucs qui foutent la trouille. » Elle se pencha vers Kincaid et lui fit une grimace d'épouvante. Son haleine puait la vinasse.

Kincaid remua l'épaule comme pour décontracter les muscles de ses bras. Un bouton de son chemisier se dégrafa, révélant la naissance de ses seins. La lumière des phares et celle des réverbères qui formaient une voûte au-dessus de la route mirent en valeur son décolleté. Cokie se passa la langue sur les lèvres et regarda subrepticement sa copine Blondie, assise près de la conductrice. Puis elle plongea la main dans le chemisier de Kincaid.

Kincaid la sentit se glisser dans son soutien-gorge et lui caresser les seins. Mentalement, elle se prépara à la douleur. Son esprit s'évada vers une plage nimbée de brouillard où venaient se briser des vagues chargées d'écume. La femme forma une pince avec ses doigts.

*
* *

Paul Janson quitta l'aéroport de Sydney au volant d'une Volkswagen Golf de location. Il commençait à se demander s'il reverrait Jessica en vie. Malgré la vitesse de l'avion affrété par les Thaïlandais, un appareil enregistré et autorisé à atterrir comme un vulgaire jet privé, il était arrivé quelques minutes trop tard pour la rejoindre avant qu'elle passe l'immigration. Soudain, son téléphone Iridium vibra. Ce n'était pas une simple notification d'appel entrant mais une série de pulsations bien particulières. Il enfonça la pédale de frein et se rangea sur le bas-côté.

Une petite carte Google monta sur l'écran. Il poussa un profond soupir en reconnaissant l'autoroute où il se trouvait. À en juger d'après le point rouge qui clignotait sur la carte, la Swatch de Jessica Kincaid émettait depuis un véhicule roulant une vingtaine de kilomètres devant lui. Elle approchait du Sydney Harbour Bridge.

Janson redémarra, mit le pied au plancher et s'engagea dans la circulation fluide.

Ce point rouge indiquait seulement que la fausse montre se trouvait dans un véhicule en mouvement. Elle était peut-être au poignet de Kincaid. La jeune femme était peut-être encore vivante. À moins que son assassin la lui ait arrachée après qu'elle eut activé le signal GPS. Dans les deux cas, la pile serait bientôt déchargée. À tout moment, le point rouge pouvait disparaître. Mais comme Janson venait de passer vingt-quatre heures à se ronger les sangs – sachant en outre que Sécurité Referral avait piraté le téléphone de Kincaid –, il se raccrochait à cette lueur d'espoir en se disant que c'était mieux que rien.

Étant donné l'heure tardive, sa voiture n'était pas la seule à dépasser les limitations de vitesse. Il se colla derrière une grosse Mercedes, en pariant qu'elle attirerait l'attention de la patrouille autoroutière. Sinon, si les flics choisissaient de s'en prendre à lui, il se ferait une joie de les conduire jusqu'à Jessica.

Il jeta un œil sur l'Iridium. Le point rouge avait disparu. La pile n'était plus assez puissante pour envoyer le signal depuis un véhicule protégé par une carcasse métallique. Il régla son logiciel de détection et déclencha une recherche plus fine, axée sur des émissions de signaux trop faibles pour se manifester autrement que par intermittence.

*
* *

Avec un sadisme consommé, Cokie pressait les seins de Jessica Kincaid entre ses doigts crispés. Kincaid étouffa un cri, gémit faiblement puis entendit le souffle de sa tortionnaire s'accélérer. Alors elle baissa la tête et lui mordit la main, juste à la base du pouce.

Cokie hurla, reprit sa main et gifla Kincaid, laquelle répliqua d'un coup de pied, ce qui eut pour effet d'attiser la fureur de son agresseuse. Kincaid reçut un coup de poing phénoménal qui la fit pivoter sur elle-même et l'envoya cogner contre la paroi du van. Elle retomba en arrière sur sa tortionnaire.

« Qu'est-ce que tu fabriques ? hurla Blondie. Éloigne-toi d'elle ! »

Au lieu d'obéir, l'autre lui balança un autre coup. Kincaid s'affala comme une poupée de chiffon à l'arrière du van. Elle était bonne pour un œil au beurre noir et une foutue migraine.

À deux mètres d'elle, Cokie répliqua avec arrogance : « Ça lui apprendra à mordre. »

Blondie n'était pas née de la dernière pluie. « Où est ton pistolet ? »

Kincaid glissa ses poignets menottés sous ses fesses. Pour pouvoir actionner la culasse du Beretta Tomcat, le redresser, viser et tirer, elle devait d'abord faire passer ses mains sous ses pieds. Elle se recroquevilla en essayant d'escamoter ses jambes puis elle comprit qu'elle n'y arriverait pas à moins de lâcher le pistolet.

Cokie vérifia sa ceinture. « Ben, il est là… Oh merde ! »

Kincaid lâcha le Beretta et d'un geste désespéré, étira ses épaules. Ses poignets frottèrent ses semelles en caoutchouc. Elle s'étira encore, de toutes ses forces. La peau de ses mains se déchira.

« Quelle abrutie, celle-là ! hurla Blondie en plongeant la main dans la poche de son coupe-vent pour y pêcher son propre pistolet.

— C'est elle qui l'a dit, pas moi, lança Kincaid. Les mains en l'air, les filles. »

Ses poignets toujours entravés saignaient et ses doigts englués avaient du mal à s'assurer une prise sur le Beretta dont la présence suffisait à tenir en respect ses ravisseuses. Kincaid s'était redressée sur un genou en s'appuyant contre la porte arrière. Elle engagea une balle dans la chambre et ôta la sécurité. « Allez, on lève les bras ! Et toi, continue à conduire. Les deux mains bien en vue sur le volant. »

Sœurette hésita et regarda Blondie, comme pour attendre ses ordres.

Kincaid tira une balle dans le sol. La détonation produisit un bruit assourdissant qui se répercuta dans l'espace confiné.

Les mains de Sœurette se perchèrent en haut du volant. Blondie leva les siennes. En revanche, Cokie n'avait manifestement pas l'intention d'obéir. Elle tenta maladroitement d'atteindre le holster sanglé à son épaule. Kincaid déplaça légèrement le canon trapu du Beretta et visa son front.

Blondie réalisa tout à coup que Kincaid n'hésiterait pas à tirer.

« Non ! » hurla-t-elle. Se jetant sur Cokie, elle la plaqua au sol en la protégeant de son corps. « Ne lui fais pas de mal, suppliat-elle. Je t'en prie, ne tire pas.

— Dis-lui de lâcher son arme.

— Pas question ! brailla Cokie. Elle n'a pas le droit de donner des ordres. »

Blondie lui ferma le bec d'un coup de coude bien appliqué et lui confisqua le pistolet qui dépassait du holster.

« Lâche ce flingue ou je vous abats toutes les deux. »

Blondie laissa tomber l'arme, la fit glisser vers Kincaid et lui montra ses mains vides. « C'est bon. C'est bon. Personne ne tire. Mais ne…

— Eh toi, Sœurette ! File-moi ton arme, toi aussi. »

Un Glock de la police fila sur le sol et s'arrêta devant Kincaid.

« L'autre aussi ! Attention, pas d'erreur ou ce sera ta dernière. »

Sœurette baissa lentement la main droite. Un pistolet de cheville glissa vers l'arrière du van.

« Et maintenant, celle avec le bouchon ! » commanda Kincaid à Blondie.

Le Beretta avec silencieux atterrit sur le tapis.

« Et l'autre, elle est où ?

— Cheville.

— Donne ! »

Kincaid réceptionna un Jetfire.

« Coupe ces menottes ! Toi, tu continues à conduire. Des deux mains ! »

Blondie avança très lentement la main vers l'une de ses poches.

« J'ai un cutter ici, dit-elle. Je vais le sortir tout doucement. »

Kincaid identifia l'ustensile adapté aux menottes. « Approche. Dis à ta copine de ne pas bouger. Arrête ! Tends le bras. L'autre main derrière la tête. Coupe. »

Le cutter trancha sans difficulté le plastique et le renfort métallique interne.

« Laisse-le tomber. »

Kincaid poussa toutes les armes derrière elle.

« Toi, au volant ! Range-toi sur le bas-côté. En douceur. Mets le clignotant. Laisse tes mains bien en vue. »

Tandis que la camionnette ralentissait et s'arrêtait, Kincaid ramassa le cutter et se débarrassa de ce qu'il restait des menottes.

« La patrouille de l'autoroute va venir voir ce qui se passe, dit Blondie.

— J'adorerais faire leur connaissance », mentit Kincaid. En réalité, elle n'avait franchement pas envie que la police s'en mêle.

« Qui vous a envoyées ?

— Un Sud-Africain.

— Décris-le !

— Je ne l'ai jamais rencontré. Il m'a juste passé un coup de fil. Il appelait de l'étranger, je l'ai vu sur mon téléphone. Il parlait comme un Sud-Africain.

— Je vais te poser une question dont je connais la réponse. Si tu mens, je descends ta copine. » Kincaid braqua le canon sur la tête de Cokie. « Il t'a demandé de chercher un objet dans mes affaires. Lequel ?

— Un couteau. Dans ton sac.

— Où ça, dans mon sac ?

— En dessous. Dans une fente.

— Bonne réponse – maintenant, passons à une autre, plus difficile : Pourquoi t'a-t-il choisie toi ?

— J'en sais rien.

— Tu voudrais me faire croire que tu m'as enlevée pour faire plaisir à un mec que tu ne connais ni d'Ève ni d'Adam ? Dis adieu à ta copine.

— Non ! Non. Il a eu mon numéro par des amis à moi.

— Quel genre d'amis ?

— Je suis flic.

— Sans blague ! Qui sont ces gens ?

— Tu sais bien, fit Blondie en haussant les épaules. La Mafia.

— La Mafia ? » répéta Kincaid. Bon Dieu, Sécurité Referral avait le bras long, décidément. « Toi au volant, les mains bien en vue ! – Qu'est-ce que ça veut dire, la Mafia ? Les Italiens ?

— La Mafia d'ici. À Sydney. L'un des clans calabrais. Ils ont une franchise sur la coke.

— Des filières en Europe ?

— Ils font entrer la came, mais... par petites quantités, et chaque clan agit de son côté.

— Donc le Sud-Africain connaît la mafia calabraise de Sydney et c'est elle qui lui a donné ton nom.

— Exact.

— Où vous étiez censées me livrer ?

— À Lunapark.

— Ça, je le sais déjà. Où ça exactement ?

— Un camping-car sur le parking.

— Avec des menottes ! gueula Cokie. Et des pinces en plastique. Il va t'attacher et s'occuper de toi, salope. »

Kincaid répondit d'une voix glaciale. « Mon équipe a pour règle de ne pas faire de victimes innocentes. Mais je ne vois pas d'innocents, ici. Alors, fais-la taire ! »

Blondie prit la main de Cokie pour tenter de la calmer.

« Quoi ? brailla Cokie. Tu prends son parti ? »

Blondie plaqua ses mains sur les joues rondes de sa copine et plongea son regard dans le sien. « Je t'en prie, arrête de déconner. Juste pour une fois.

— Je ne déconne pas !

— Je t'en supplie.

— Elle ne peut pas m'obliger à …

— Elle va te tuer et je ne veux pas te perdre, plaida Blondie.

— Je l'emmerde. J'emmerde tous les… »

Blondie lui fit une clé au cou et colla sa main libre sur sa bouche. L'autre voulut la mordre. Elle serra plus fort. Cokie cessa de se débattre.

« Chauffeur ! cria Kincaid. On est loin de Lunapark ?

— Dix minutes. C'est juste après le pont. »

Kincaid vit les lumières du pont à travers le pare-brise. Elles formaient une arche bleue gigantesque contre le ciel. « On y va !

— Où ?

— À Lunapark. »

24

« L UNAPARK ? » RÉPÉTA BLONDIE d'une voix incrédule.
Kincaid tira une deuxième balle dans le plancher du van.
« On roule ! »

Le véhicule s'inséra dans le flux de la circulation et accéléra jusqu'à la vitesse limite sur autoroute. Kincaid étudia le visage de Sœurette dans le rétroviseur. Flic ou pas, elle paraissait tétanisée. Cette femme lui obéirait au doigt et à l'œil. Puis elle se tourna vers la chef.

« Tiens bien ta copine.

— Je la tiens. »

Blondie avait l'air aussi choquée que la conductrice. À présent qu'elle la tenait sous son emprise, Kincaid décida de lui remonter le moral. Elle aurait besoin de son aide pour épingler Sécurité Referral.

« OK, les filles. Comment on va faire pour se sortir de là ?

— Qu'est-ce que tu veux dire ? demanda Blondie, méfiante.

— Le Sud-Africain a l'intention de me tuer. En acceptant de lui donner un coup de main, tu as enfreint toutes les lois australiennes. Or tu es officier de police, pas très futée je l'admets, mais officier de police quand même. Tu es censée avoir un certain ascendant sur les civils. Donc, à ton avis, comment allons-nous procéder pour me sortir de ce mauvais pas tout en évitant que tu finisses tes jours en taule ?

— Bonne question, dit Blondie dont le visage rayonnait d'espoir.

— Comment tu t'appelles ? demanda Kincaid. Juste ton prénom. Je ne te trahirai pas, à moins que tu m'y obliges.

— Mary.

— OK, Mary. Qui tient le volant ?

— Doris.

— Doris, on compte sur toi. Reste à la vitesse limite. Mary,
ta furie de copine dont tu maintiens vachement bien la tête, c'est
quoi son petit nom ?

— Tout le monde l'appelle Mikie.

— Je t'emmerde ! beugla Mikie.

— Moi de même, Mikie. Très bien, Mary, au boulot. De quel
camping-car s'agit-il ?

— Je n'en sais rien. »

Kincaid s'arma de patience.

« À quoi ressemble-t-il ?

— Toyota Hilux, fourgon blanc, cabine bleue.

— C'est quoi un Toyota Hilux ?

— Une caravane quatre places posée sur un camion Toyota.

— Avec des lits pour te baiser ! cria Mikie.

— Rends-moi mon téléphone – cherche doucement dans ton sac,
Mary… Merci. Et mon bracelet… Merci. » Elle fit passer l'arme
d'une main dans l'autre et, sans quitter des yeux les trois femmes
devant elle, enfila son bracelet puis empocha le téléphone.

« Mon sac maintenant. »

Mary le trouva sur le sol, derrière le siège du passager. Elle le
lança à l'endroit indiqué par Kincaid.

« Et ma bague.

— Tu rêves ! » hurla Mikie.

Kincaid fit un geste avec le Beretta. Mary resserra sa clé au cou.
Mikie arracha la bague de son doigt et se retourna vers la conductrice.
Elle allait balancer l'anneau par la fenêtre ouverte quand Kincaid
bondit et lui brisa le poignet avec le canon de son arme. Mikie hurla
de douleur et lâcha la bague que Kincaid récupéra au vol et glissa à
son doigt, en gardant toujours Mikie dans son axe de tir.

« Donc, je répète, comment allons-nous faire ?

— J'en sais rien. J'en sais rien, bredouilla Mary.

— Tu es bien flic, n'est-ce pas ? Quel grade ?

— Sergent.

— Encore mieux. Et toi Doris ? Toi aussi, tu es flic, pas vrai ?

— Mouais, marmonna la conductrice.

— Quel grade ?

— Agent de police 1re classe.

— Et Mikie ?

— Mon cul, cracha Mikie.

— Je m'en serais doutée. Bon, Mary est sergent et Doris agent de police 1re classe. Pourquoi vous n'arrêtez pas le Sud-Africain ?

— L'arrêter ? Tu déconnes ? Tu me vois l'emmener au poste ?

— Je t'ai dit de l'emmener au poste ? »

*
* *

Les coordonnées « 33°5'08" S, 151°12'38" E » s'affichèrent sur l'Iridium de Janson. Le signal GPS de Jessica Kincaid venait de réapparaître. À présent, il savait où se trouvait la Swatch.

D'après Google Earth, elle était au beau milieu de Sydney Harbour Bridge.

L'arche sombre du pont se profilait quatre cents mètres devant lui, comme le dos voûté d'un gigantesque stégosaure. Il vit quelque chose bouger tout en haut, sous les drapeaux qui flottaient au vent. Accrochés à un filin de sécurité, des touristes suivaient le parcours guidé. Un pas après l'autre, ils grimpaient vers le sommet de l'arche, défilant en ombres chinoises devant le soleil couchant.

Puis les coordonnées GPS s'effacèrent. Soit la pile recommençait à faiblir, soit l'instrument faisait des siennes.

*
* *

« Arrête-toi là ! » ordonna Kincaid. Doris stoppa le van avant l'entrée du parking de Lunapark.

« C'est quoi le problème ? demanda-t-elle.

— Lis le panneau. »

Le panneau en question était suspendu par des chaînes devant elles.

HAUTEUR MAXIMUM 1,90 MÈTRE

« Ben quoi ? Le van n'est pas aussi haut.

— Le van non, mais un camping-car sur un camion si. Il n'est sûrement pas ici. Qui lui a dit qu'il pouvait se garer sur ce parking ?

— Mikie.

— Tu m'étonnes… » Kincaid se creusa les méninges. « Fais demi-tour, Doris. Ramène-nous à l'endroit où la route passait sous les premiers piliers. On va chercher dans ce coin. Il y est sûrement. »

Elles tournèrent pendant cinq minutes. Tout à coup, Mary porta instinctivement la main à sa ceinture.

« C'est ton téléphone ?

— Ouais. Il est sur vibreur.

— Vérifie si c'est lui. »

Elle orienta l'appareil de telle sorte que Kincaid voie l'écran. « INCONNU ».

« Réponds. Si c'est lui, dis que nous l'attendons à l'endroit où la route croise l'autoroute, sous le pont – tu vois cet escalier, Doris ? »

Doris dirigea le van vers l'escalier qu'on voyait mal à cause des planches et des pancartes annonçant sa fermeture due aux travaux de rénovation de la passerelle. Les piétons étaient invités à emprunter la piste cyclable.

« Dis-lui qu'on est là-dessous, Mary. Fais en sorte qu'il nous rejoigne.

— Allô ? » dit Mary. Elle écouta un instant et fit un signe de tête à Kincaid. « Ouais, désolée. On est là… Ouais, je sais que vous ne pouvez pas entrer. On s'est garées sur la route au pied de l'escalier qui mène au pont… Non. Après le garage des dépanneuses. Non, il n'y a personne dans le coin. Les escaliers sont fermés pour travaux. C'est tranquille. Il vous faudra juste une seconde pour la faire monter dans votre véhicule. » Elle coupa la communication. « Cinq minutes.

— Vous êtes bien entraînées, toutes les deux ? Ce gars est un sacré lascar.

— On a besoin de récupérer nos armes, dit Mary.

— Évidemment. »

Elle regarda Mary au fond des yeux, prit les pistolets de service mais avant de leur rendre, sortit les chargeurs, les vida et les renfonça. « Vos menottes en plastique sont trop fragiles pour lui. Vous en avez en métal ?

— Ouais. »

Kincaid vit les deux femmes reprendre du poil de la bête. Elles étaient prêtes à l'action, comme des flics aguerris sur le point de coincer un malfrat. Pourries jusqu'à la moelle mais pros quand même.

« Vous menotterez ses mains et ses pieds. Puis vous le jetterez à l'arrière du camping-car et vous l'attacherez à quelque chose de bien solide. C'est là que j'irai le cueillir.

— Et tu nous laisseras partir ?

— Si vous déconnez pas.

— Et l'argent qu'il nous a promis ? demanda Mikie.

— Mikie. Viens par ici. Je veux te montrer quelque chose.

— Quoi ?

— Mets tes mains derrière toi. Approche. Regarde ça. » Kincaid lui donna un bon coup sur la tempe avec le Tomcat. Mikie s'écroula sans faire de bruit.

« Pourquoi tu as fait ça ? hurla Mary.

— Pour qu'elle n'aille pas tout faire foirer.

— Bonne initiative, reconnut Doris.

— Le voilà qui arrive. »

Cachée dans la camionnette, Kincaid observa les deux femmes flics à travers la vitre ouverte du côté chauffeur. Tout se passa dans les règles de l'art. Elles attendirent que Van Pelt descende du camping-car. Puis elles sortirent leurs plaques et dégainèrent leurs armes.

Pris au dépourvu, Van Pelt n'opposa pas de résistance. Il devait se dire qu'il était tombé dans un guet-apens tendu par les forces de

police, songea Kincaid. Il obéit aux injonctions avec l'expression
résignée d'un homme sachant que ses avocats surpayés ne tarde-
raient pas à le sortir de là, et posa les mains sur le capot du camion
Toyota. Doris lui écarta les jambes d'un coup de pied, sans trop
s'approcher, le tenant en respect du bout de son pistolet déchargé.
Mary le palpa de la tête aux pieds. Elle trouva sur lui deux armes,
l'une sur le ventre, l'autre au niveau des reins. Encore une preuve
que SR disposait des ressources inouïes, pensa Kincaid. Van Pelt
venait à peine de franchir les portiques de sécurité de l'aéroport
que déjà il était armé jusqu'aux dents.

À présent que Mary tenait une arme chargée, Kincaid jugea
bon de braquer son propre pistolet. Mais le sergent de la police
australienne poursuivit la procédure d'arrestation comme s'il
s'agissait d'un délinquant ordinaire. Elle referma une menotte sur
son poignet gauche et lui dit de joindre les mains. Toujours aussi
soumis, Van Pelt leva son bras droit bandé au-dessus du capot.
Les policières commençaient à relâcher leur vigilance, alors que
c'était justement l'instant le plus critique.

« Attention ! » cria Kincaid.

Soudain le mercenaire sud-africain se mit en mouvement. Il se
redressa de toute sa hauteur et ouvrit violemment les bras. Les
deux femmes reçurent le même coup en même temps. Elles
s'écroulèrent sur le bitume. Van Pelt se baissa pour récupérer ses
flingues.

Kincaid ne lui en laissa pas le temps. Elle passa le Tomcat par
la fenêtre de la camionnette et fit feu. Mais son pistolet était trop
léger pour un tir précis sur un homme en mouvement et à une telle
distance. La balle siffla devant le nez de Van Pelt. Surpris de se
voir mitraillé depuis une camionnette qu'il croyait vide, il recula
d'un bond et, au lieu de ramasser ses armes, s'empara d'un Glock
perdu par l'une des policières. Puis il plongea à couvert, derrière
le camping-car. Les quelques secondes qui s'écoulèrent alors que
Kincaid sortait du van suffirent à Van Pelt pour sauter par-dessus
la barrière et se précipiter dans l'escalier de Harbour Bridge.

25

KINCAID FRANCHIT LA BARRIÈRE à son tour et se lança aux trousses de Van Pelt.

Autrefois, quand les Ops Cons faisaient appel à elle pour sélectionner les nouvelles recrues féminines, elle avertissait toujours les candidates du handicap qu'elles auraient à affronter : « Nous sommes parfois plus rapides que les hommes, leur disait-elle, et plus observatrices, mais nous sommes aussi plus petites. » Tel était son problème à cet instant.

L'agent SR mesurait trente centimètres de plus qu'elle et bien que tous deux bénéficient d'une condition physique équivalente, Kincaid montait l'escalier deux à deux tandis que Van Pelt franchissait les marches par trois ou quatre à la fois. Elle avait l'impression de faire du surplace. Elle le perdit des yeux lorsqu'elle arriva en haut, sur une passerelle pour piétons éclairée et flanquée d'un double grillage incurvé au sommet, surmonté de trois rangées de fils barbelés censés dissuader les candidats au suicide.

Kincaid grimpa sur la rambarde d'où la vue était meilleure. Il faisait presque aussi clair qu'en plein jour. Le tablier du pont et les pylônes en pierre qui flanquaient l'arche étaient vivement éclairés et, bordant l'énorme charpente d'acier, des lumières décoratives donnaient à l'ensemble la silhouette arrondie d'un animal lové contre le ciel nocturne. Au sommet de l'arche, des drapeaux claquaient, illuminés par des projecteurs très puissants. Sur les nuages bas se reflétaient les lueurs de la ville aux extrémités du pont, de part et d'autre de la baie. Elle s'agrippa au grillage et une fois perchée, inspecta le tablier de cinquante mètres de large. Quelques rares voitures et camions filaient le long des six voies de la partie autoroute. Un train passait en grondant sur l'une des deux voies ferrées. Des cyclistes entamaient la longue traversée, sur la piste qui leur était réservée. Sur le bord opposé du tablier, elle vit un autre passage pour piétons, lequel, contrairement à celui où elle se tenait, était accessible au public. La barrière latérale était haute. Van Pelt se trouvait encore sur la passerelle, sans doute. Mais dans quelle direction courait-il ? Le quartier des affaires, ou bien...

Là-bas !

Devant le pylône où commençait l'arche enjambant la baie, elle le vit traverser une flaque de lumière sous un réverbère. Il fuyait vers le centre du pont. Elle s'élança, atterrit en douceur et partit à sa poursuite.

Le chantier de construction lui bouchait la vue le long de la passerelle. À plusieurs reprises, Van Pelt disparut derrière des abris, des plates-formes, des matériaux empilés. Là ! Il venait de ressurgir. Mais c'était sans espoir ; il avait pris trop d'avance. Le quartier des affaires n'était qu'à quinze cents mètres devant lui. Dès qu'il aurait atteint les escaliers de l'autre côté, il se fondrait dans la ville. Et elle, pendant ce temps, serait toujours en train de courir sur ce pont.

Tout à coup, il s'arrêta. Kincaid en profita pour piquer un sprint et rattraper son retard. Une lumière bleue se mit à clignoter devant lui, sur la voie piétonnière. La police ? En tout cas, Van Pelt semblait le croire. Il empoigna le grillage et entreprit d'escalader la barrière.

Une fois au sommet, là où le filet métallique commençait à s'incurver, il saisit le fil de fer barbelé en prenant soin d'éviter les barbillons. Puis, comme un trapéziste, il balança les pieds, s'envola et se retrouva debout sur le fil, à mouliner l'air avec les bras, en équilibre précaire vingt mètres à la verticale de l'eau noire. Tout de suite après, le Sud-Africain s'étira, attrapa une poutre d'acier au-dessus de lui et, d'un coup de reins, passa à l'intérieur du réseau métallique des câbles, poutrelles et autres rivets, où il disparut.

Kincaid examina l'étonnant assemblage de triangles imbriqués constituant la charpente qui donnait sa forme au pont.

Kincaid identifia la lumière clignotante qui se rapprochait. C'étaient deux policiers montés sur un tandem. N'ayant plus qu'une seconde pour s'esquiver avant qu'ils la repèrent, elle escalada la barrière comme l'avait fait Van Pelt, s'élança, agrippa le fil de fer entre les barbillons, se projeta dans les airs comme lui, retomba accroupie et, rebondissant sur les fils élastiques, s'envola jusqu'aux poutrelles.

Il régnait un étrange silence au cœur de ce labyrinthe d'acier, et il y faisait nettement plus sombre. Quelques rayons parvenaient tout de même à percer entre les plaques, projetant des ombres immenses.

Soudain, des pas précipités firent vibrer la structure. Van Pelt courait juste au-dessus d'elle. Il avait trouvé un escalier intérieur qui grimpait en zigzaguant entre les poutres enchevêtrées. Kincaid se précipita. L'étroite volée de marches s'arrêtait devant une échelle qui, à son tour, donnait sur une autre volée de marches. Et ainsi de suite.

Kincaid se demanda si Van Pelt la prenait pour un flic venu en renfort. Si jamais il se croyait pris dans une embuscade, elle aurait peut-être une chance. L'attitude de Van Pelt semblait confirmer son hypothèse. Il courait droit devant, sans jamais se retourner. Qu'il continue ainsi, se dit-elle. Quand il verrait qu'elle était seule, il serait bon pour une surprise. Et quand il comprendrait que son arme était déchargée, il en aurait une autre, et de taille.

De nouveau, elle entendit le bruit de ses pas qui cognaient contre le métal.

Les escaliers étaient si étroits qu'ils offraient à Kincaid un gros avantage sur Van Pelt. Plus menue, elle grimpait donc plus vite. Elle l'entendit grogner de douleur. Il avait dû se cogner la tête sur une marche ou l'un des nombreux rivets dépassant des poutres. Elle-même s'égratigna le front sur une pièce métallique mais ne ralentit pas.

Elle y voyait mieux, à présent. Ses yeux s'adaptaient à la pénombre. Ou bien était-ce parce que la lumière pénétrait davantage au fur et à mesure de son escalade. Au sommet d'une volée de marches, elle trouva une autre échelle, puis quelques marches encore. Ensuite, elle contourna plusieurs grosses plaques d'acier riveté. Et enfin, elle le vit. Van Pelt était là, quelques degrés plus haut. Il lui faisait face en pressant son bras gauche contre son torse, dans l'attitude classique du tireur protégeant ses organes vitaux. Dans sa main droite, il tenait le Glock braqué sur elle.

Elle chercha à tâtons l'arme qu'elle avait glissée dans sa poche.

Il pressa deux fois sur la détente.

« N'oublie pas les balles la prochaine fois, abruti. »

Van Pelt se remit instantanément de sa surprise. « Tu crois que ça va m'empêcher de te faire ta fête ? hurla-t-il en se ruant vers elle.

— Avec du plomb dans la rotule ? » lui renvoya Kincaid en serrant tant bien que mal le petit pistolet qui glissait entre ses mains toujours humides de sang. Elle lui tira deux balles dans le genou. Il cria et en même temps, lui jeta son arme à la figure. Elle se baissa mais reçut un coup violent sur le crâne, qui lui entailla le cuir chevelu. À peine eut-elle repris son souffle, qu'elle le vit tourner au coin pour reprendre son ascension.

Elle savait qu'elle l'avait touché, mais pas au genou sinon il n'aurait pas détalé ainsi. Soudain, elle dérapa sur quelque chose d'humide et tomba de tout son long. Quand elle se redressa, elle vit ce qui avait causé sa chute. Du sang – le sang de Van Pelt. Il n'irait pas loin.

Les marches et les échelles s'interrompirent subitement. Elle leva les yeux. Devant le ciel orangé, la silhouette du Sud-Africain grimpait toujours, en s'aidant des contreforts triangulaires séparant les poutres porteuses. Le vent qui sifflait entre les montants d'acier se tut l'espace de quelques secondes. Van Pelt respirait fort mais il allait toujours aussi vite, comme si la balle qu'il avait reçue n'entamait pas son incroyable énergie. Bientôt, elle le perdit de vue.

Kincaid remit le pistolet dans sa poche, chercha des prises pour ses mains et ses pieds et repartit de plus belle. Elle sentit un picotement au niveau des yeux. Le sang de Van Pelt dégoulinait sur elle, crut-elle dans un premier temps. Mais non, c'était sa blessure au cuir chevelu. Elle l'essuya d'un revers de manche et continua son escalade, le souffle court.

Des voix retentirent. Plusieurs voix. D'abord, elle crut à une hallucination. On aurait dit des appels, des rires. Ces gens n'étaient pas des flics mais une bande de joyeux drilles. C'était sûrement une hallucination. Sa tête lui faisait mal, elle respirait si péniblement que son corps commençait à manquer d'oxygène. Et pourtant, elle s'évertuait à grimper encore et toujours, une main après l'autre, un pied après l'autre, comme Spider Man, à ceci près qu'elle n'avait rien d'un super-héros.

Elle se concentra sur le mouvement de ses bras, de ses jambes, tout en surveillant ce qui se passait en haut. Il fallait rester vigilante à tout prix. Soudain, plusieurs mètres au-dessus d'elle, Van Pelt émergea du réseau métallique, comme s'il jaillissait des flots. Ayant atteint le sommet des escaliers, il enjamba la structure d'acier et s'élança. De nouveau, elle entendit les voix. Mais les appels joyeux s'étaient transformés en cris de frayeur, de douleur. Puis l'acier se remit à vibrer sous les pas de Van Pelt.

Sitôt arrivée en haut des marches, elle sauta de la dernière poutre sur un étroit passage venteux. Derrière elle, la courbe de l'arche descendait ; devant, elle poursuivait sa course vers le ciel. Les gens se trouvaient à mi-chemin entre elle et le sommet. Huit personnes vêtues de combinaisons identiques, coiffées de casques radio, étaient reliées à un câble près de la passerelle. Un groupe de grimpeurs, comprit-elle.

À bord de l'avion et dans l'enceinte de l'aéroport, elle avait vu des publicités pour le club d'escalade Sydney Bridge Climb. Des moniteurs emmenaient des groupes de touristes au sommet du pont pour qu'ils profitent de la vue et prennent des photos aériennes de la ville. Deux d'entre eux étaient affalés sur la passerelle, sans doute assommés par Van Pelt, lequel continuait de grimper.

Apercevant Kincaid, une femme poussa un cri.

« *En voilà un autre !* »

Kincaid se précipita vers eux en leur faisant signe de se rabattre sur le côté. Elle hurla plus fort que le vent : « Dégagez ! »

Les touristes se serrèrent, impressionnés par cette femme au visage couvert de sang qui courait comme une folle.

Quinze mètres devant elle, Van Pelt filait toujours.

Le salopard semblait à son affaire. Il courait vite mais sans effort apparent, nullement handicapé par sa blessure. Un deuxième groupe d'escalade apparut, entre lui et le sommet. Le guide hurlait dans un talkie-walkie. Sans hésiter, Van Pelt sauta, atterrit sur les poutres reliant les deux arches jumelles et se mit à traverser le pont dans sa largeur, à la manière d'un funambule, plusieurs dizaines de mètres au-dessus de l'autoroute et des voies de chemin de fer.

Kincaid suivit, un peu soulagée. Elle se savait dotée d'un meilleur équilibre que lui. Elle était capable de courir sur une poutre. En fait, plus vite elle courait, plus elle assurait son équilibre – à condition qu'elle ne trébuche pas sur les trous qui perçaient l'acier. Van Pelt progressait plus lentement. Il fatiguait, vacillait, puis se raidissait comme un homme qui craint la chute. Elle n'était plus qu'à six mètres derrière lui quand le mercenaire, parvenu au niveau de l'arche opposée, sauta sur la passerelle et repartit en courant. La voie était dégagée jusqu'au sommet. Quand il y arriverait, il entamerait sa descente à une vitesse encore plus hallucinante. Kincaid atteignit la passerelle, passa la rambarde et lui emboîta le pas.

Tout à coup, une silhouette solitaire apparut au sommet de l'arche.

Hors d'haleine, à demi aveuglée par le sang qui ruisselait sur son visage, Kincaid cligna les yeux. Ce qu'elle vit lui donna la chair de poule, plus encore que les voix des grimpeurs quelques minutes plus tôt. C'était vraiment surréaliste. La silhouette penchée scrutait l'écran d'un téléphone portable à travers ses lunettes de lecture cerclées de métal. Elle identifia le halo jaune de Google Maps. On aurait dit un touriste égaré, essayant de retrouver son groupe à cent vingt mètres au-dessus de la baie de Sydney. Il dut les entendre arriver car il leva les yeux et ôta ses lunettes comme pour mieux voir la masse humaine nommée Van Pelt se ruer vers lui sur l'étroite passerelle. Il glissa les lunettes dans une poche, son téléphone dans une autre, et resta planté là.

« Janson ! » Kincaid venait de reconnaître les binocles et la carrure de son associé. Une décharge d'adrénaline irrigua ses bras et ses jambes. Pas question de laisser Paul Janson lui voler sa victoire. Elle rassembla ses dernières réserves, passa à la vitesse supérieure, s'élança avec la ferme intention de plaquer Van Pelt aux jambes.

Le mercenaire ne lui en laissa pas le temps. Il projeta l'épaule droite en avant, comme pour enfoncer une porte. Un hurlement sauvage jaillit d'entre ses lèvres, comme le mugissement d'un taureau qui charge. Se servant de son élan, il pivota et balança son poing gauche en direction de Janson.

Lorsque Paul Janson esquiva le coup en se décalant vers l'intérieur, Kincaid sut qu'elle avait perdu la partie. Malgré cela, elle consentit à admirer la suite, à savoir le magnifique crochet à l'ancienne que son partenaire venait de choisir dans sa panoplie de boxeur. Dans une combinaison explosive, Janson démontra son jeu de jambes, son pivot sur la hanche et sa détente exceptionnelle. La main qui avait tenu le téléphone cinq secondes plus tôt se ferma en un poing, s'envola dans un geste à la fois vif et fluide, parcourut une trajectoire volontairement courte et frappa Van Pelt en pleine course. Sa mâchoire produisit un craquement atroce, sa tête partit sur le côté, son corps suivit et fut emporté par-dessus la rambarde.

Van Pelt poussa un cri de stupéfaction.

Son corps tournoya un instant dans les faisceaux lumineux des divers projecteurs et réverbères. Chahuté par les rafales de vent, il dérivait à la manière d'un cerf-volant. Hadrian Van Pelt mit sept bonnes secondes à parcourir cent vingt mètres.

Pliée en deux, Kincaid souffla entre deux hoquets : « J'ai bien failli l'avoir. »

*
*   *

Paul Janson éclata de rire. Il se sentait si heureux de la revoir saine et sauve. « Et que comptais-tu lui faire subir après l'avoir attrapé ? Il pèse cinquante kilos de plus que toi.

— Son arme était vide – bon Dieu, regarde un peu ce salopard ! »

Tout en bas, le corps de Van Pelt effectua un genre de saut périlleux juste avant d'entrer dans l'eau. Les bras levés, les orteils pointés vers le bas, il perça la surface noire de la baie.

Janson saisit son téléphone, quitta Google Maps et appuya sur la touche « Redial ».

« … C'est encore moi. Un homme vient de sauter de Harbour Bridge, en plein milieu. Il a touché l'eau les pieds devant. Un saut impeccable. Il est peut-être encore en vie… Grand, cheveux blonds, épaules larges, bras droit bandé. J'attends une confirmation. »

Il se tourna vers Kincaid. « Mon ami de l'Australian Crime Commission prétend que les requins sont revenus depuis que la ville lutte contre la pollution. Ton gars a sauté dans une eau infestée de grands blancs et de requins-taureaux.

— Pauvres bêtes.

— Des patrouilles sillonnent la baie.

— Bien. Cette fois, je veux voir son cadavre. »

Des lumières clignotantes bleues s'éloignaient de la rive, au nord et au sud de Sydney. Elles filèrent vers le centre du détroit large de quinze cents mètres séparant Milsons Point et Central Business District. Janson prit dans son coupe-vent une petite bouteille d'eau qu'elle tendit à Kincaid. Pendant qu'elle s'hydratait goulûment, il cracha dans un mouchoir et lui essuya le visage.

« Jette cette arme au cas où on tomberait sur des flics. »

Kincaid balança le Tomcat de Mikie dans la baie. « Où va-t-on ?

— À Canberra. On a repéré la trace de Flannigan. Il participe à un voyage organisé. J'ai placé des hommes au pied de son hôtel. »

Ils descendirent de l'arche, côte à côte, épaule contre épaule, comme un couple rentrant chez lui après un rendez-vous tardif.

« Paul ? »

Janson se pencha près d'elle pour l'entendre malgré le vent. « Quoi donc ?

— Tu ne trouves pas que SR se donne beaucoup de mal pour une simple vengeance ? Ils avaient imaginé tout un scénario dans l'espoir de me coincer. En plus, qu'est-ce qu'ils ont fait à nos téléphones ? Tu connais un professionnel capable de gâcher une telle énergie juste pour redorer son blason ?

— Ils font peut-être cela pour de l'argent. Quelqu'un les a peut-être embauchés pour nous courir après ?

— Qui ?

— Le même qui les paie pour courir après le Dr Flannigan.

— Pourquoi ? »

Janson tournait cette question dans sa tête depuis le piratage des portables. « D'évidence, nous constituons une menace pour quelqu'un.

— On nous a embauchés pour capturer Iboga. Donc nous constituons une menace pour Iboga et pour SR.

— Oui, mais Iboga ne dispose pas des moyens nécessaires pour nous traquer.

— Contrairement à SR.

— Oui, à moins que SR soit juste une bande de mercenaires accomplissant une mission.

— Un peu comme nous.

— Oui, un peu comme nous, abonda Janson. Nous sommes payés par Ferdinand Poe pour capturer Iboga et par ASC pour sauver le docteur. SR est payé pour protéger Iboga et tuer le docteur.

— Crois-tu que Flannigan et nous menaçons les mêmes personnes ?

— C'est ce que je pense depuis le début. Si nous mettons la main sur le Dr Flannigan, nous ferons d'une pierre deux coups. Même s'il ignore qui le pourchasse, il peut nous aider à le découvrir. »

26

« J'AI LOUÉ UN VÉLO », dit la petite blonde à Terry Flannigan qui l'appelait sur son portable. Manifestement très excitée, elle avait une voix de gamine essoufflée. En fait, quand il avait prononcé son nom, elle avait même poussé un petit cri d'écolière ravie. « Canberra est une ville extraordinaire pour les cyclistes. Moi je fais du vélo tous les jours. Et comme j'avais le pressentiment que vous m'appelleriez aujourd'hui, j'ai emporté un pique-nique.

— Je ne sais pas si je suis assez en forme pour pédaler », admit Flannigan sans fausse honte. Il avait pour règle de ne pas trop en promettre à ses futures conquêtes. Ce qui évitait les désillusions.

« Il n'y a pas de montées. C'est tout plat, avec des sentiers magnifiques qui font le tour du lac et s'enfoncent dans la nature sur des kilomètres. Je connais des petits coins bien tranquilles où on peut s'allonger dans l'herbe loin des regards.

— Je faisais du vélo autrefois, répondit-il en espérant qu'elle n'avait pas oublié d'emporter une couverture dans son panier de pique-nique. Où puis-je en louer un ? »

Elle lui indiqua une boutique et lui donna l'itinéraire pour la rejoindre sur la rive du lac. On aurait dit qu'elle se fichait de son aventure avec la sénatrice ou qu'elle savait déjà que ce n'était qu'une passade.

Flannigan quitta le charmant appartement de la sénatrice, situé parmi une rangée de maisons de ville – elle présidait les débats d'une commission qui devaient durer jusqu'en fin d'après-midi –, monta dans un taxi puis continua à pied vers le parc à l'entrée duquel se trouvait la boutique de location. On lui remit un vélo, un casque et une carte.

Le dicton était exact : le vélo ça ne s'oublie pas. Après avoir vacillé sur une centaine de mètres, il se mit à pédaler avec entrain. Leur point de rendez-vous n'était qu'à huit cents mètres de là et il s'amusait comme un fou, profitant du soleil, du paysage buco-lique avec ses étangs miroitants, ses pelouses, ses arbres, sans parler de toutes ces ravissantes créatures qui se dandinaient sur leur selle, en minishorts ou jeans serrés. Cet instant de bonheur vira soudain au cauchemar, au détour d'un sentier qui longeait le lac.

Surgissant de nulle part, Calamity et le Mur lui coupèrent la route comme des loups bondissant devant une biche. Avant qu'il puisse faire un geste, ils l'empoignèrent pour l'immobili-ser. Le Mur paraissait moins volumineux que l'autre jour avec son treillis, mais il valait mieux ne pas s'y frotter. Quant à la petite Calamity, on aurait dit qu'elle sortait d'une bagarre dans un saloon. Derrière ses lunettes de soleil, il devina un œil au beurre noir. Elle avait un pansement dans les cheveux et des blessures encore fraîches aux poignets.

« N'ayez pas peur, dit-elle. On est de votre côté.

— Je n'ai pas peur », mentit Flannigan. Sous le coup de la panique, son visage s'était changé en bloc de glace.

Le Mur remarqua sa pâleur et dit sur un ton apaisant : « Nous ne faisons pas partie de la bande qui cherche à vous tuer. Nous vous protégerons. »

Bonne nouvelle. Sauf qu'il n'était pas assez stupide pour les croire. « Comment m'avez-vous trouvé ?

— Les autres touristes ont remarqué que vous aviez tapé dans l'œil de la sénatrice.

— Que voulez-vous ?

— Vous ramener sain et sauf au siège d'ASC, à Houston. Dès que votre employeur verra que vous êtes en un seul morceau, vous serez libre de partir. Personne ne vous fera de mal.

— Soit vous mentez, soit quelqu'un vous a menti, répondit Flannigan.

— Que voulez-vous dire ? demanda la femme.

— Je ne travaille pas pour ASC. »

Les deux commandos échangèrent des regards perplexes.

« Cela fait cinq ans que je ne suis plus salarié chez eux.

— C'est faux, s'écria Calamity. Vous étiez à bord de l'*Amber Dawn* quand les rebelles du FLF ont attaqué.

— Bon d'accord, je comprends tout, dit Flannigan, sentant poindre une lueur d'espoir.

— Comment cela ?

— Maintenant, je sais que vous ne mentez pas. »

Le Mur s'approcha de lui, « Pouvez-vous nous expliquer – au fait, docteur, nous nous sommes déjà rencontrés mais pas présentés. Nous savons que vous vous appelez Terry. Moi c'est Paul et voici Jesse. »

En serrant la main de Janson, Flannigan remarqua son regard à la fois attentif et chaleureux.

« Vous étiez bien sûr ce bateau, n'est-ce pas ?

— J'étais sur le bateau. Mais ASC l'ignorait.

— Quoi ? » Les deux commandos se tournèrent l'un vers l'autre. Leurs yeux semblaient émettre des rayons laser, se dit Flannigan.

« Personne ne savait que j'étais à bord.

— Que dites-vous ? lança Jesse. Passager clandestin ?

— Je faisais du bateau stop. J'avais eu quelques embêtements à Port Harcourt, et je devais partir au plus vite. Le capitaine de l'*Amber Dawn* était une amie. Elle m'a fait discrètement embarquer et m'a caché dans sa cabine. Personne ne m'a vu.

— Personne ?

— Elle risquait son poste. C'est strictement contraire au règlement de la compagnie.

— Pourquoi ne pas nous l'avoir dit plus tôt ?

— Ils avaient fait un carnage sur ce navire. Comment pouvais-je vous faire confiance ? Comment pouvais-je faire confiance à quiconque ? »

Une sonnette de vélo résonna joyeusement. Flannigan tourna les yeux vers le sentier du lac. La demoiselle était encore plus jolie que dans son souvenir, et terriblement jeune. Il se dit que Jesse et Paul allaient le prendre pour un vieux satyre.

« Veuillez m'excuser une petite seconde, dit-il. Je reviens de suite. Une personne que je dois saluer. »

Ils détaillèrent la petite blonde de la tête aux pieds. Leur regard s'attarda sur son sourire timide et le panier de pique-nique attaché au guidon.

« Attendez », dit Paul en s'interposant entre Flannigan et la fille.

Jesse s'avança vers elle et lui dit sur un ton amical : « Salut. Nous sommes chargés de la sécurité de ce monsieur. Ça vous ennuie si je vérifie que vous n'avez pas d'armes ?

— Des armes ? Il va bien ?

— Très bien. Nous voulons juste nous assurer que ça continue. Cela ne prendra qu'un instant, avec votre permission. »

Kincaid fouilla ses vêtements puis le panier en osier. Les fourchettes et les couteaux étaient en plastique. Kincaid hocha la tête à l'intention de Janson, lequel dit à Flannigan : « Vous allez devoir remettre ce pique-nique à plus tard, Terry. »

*
* *

« Tu es une femme, dit Janson à Kincaid pendant que Flannigan expliquait la situation à sa jeune amie, quelques mètres plus loin.

— En effet, Paul.

— Alors, peux-tu m'expliquer comment un mec comme lui peut faire craquer toutes ces femmes ? L'épouse du commissaire de bord, l'hôtesse de l'air, la sénatrice, sans parler de la malheureuse capitaine du remorqueur. Et maintenant, cette petite bombe. D'accord, celle-ci est une jeune provinciale mais prends la sénatrice. Une femme politique devrait se comporter autrement, tu ne crois pas ? Je veux dire, tu le trouves séduisant ?

— Ça dépend de ce que tu entends par séduisant.

— Assez séduisant pour partir avec lui.

— Regarde comme il lui parle. Il est totalement centré sur elle. Il la comprend, il l'apprécie. Quand un type comme lui convoite une femme, il se donne tout entier.

— Donc les femmes veulent qu'on soit tout à elles.

— De tels hommes ne courent pas les rues. Mais Terry possède une autre qualité appréciable. Il n'en a pas l'air mais il est solide. Et un peu triste – quoi, qu'y a-t-il ? »

Paul Janson n'était déjà plus là.

27

KINCAID SE PRÉCIPITA derrière lui. Janson avait si vite réagi qu'il rejoignit le couple en un clin d'œil. D'un coup porté du tranchant de la main, il brisa le poignet de la blonde avant qu'elle ne frappe à nouveau Flannigan avec le stylet qu'elle avait extrait du guidon de son vélo.

Kincaid lui ouvrit la pommette d'un coup de coude puis s'élança sur le sentier, à la recherche de ses éventuels complices. Sûrement un sniper juché au sommet d'un arbre, sur l'autre rive. Ou bien près du musée, sur la bande de terre qui se projetait vers le milieu du lac. Conscient du risque, Paul traîna Terry derrière un buisson peu épais. Ce faisant, il hurlait aux promeneurs, aux cyclistes : « Tout le monde à terre. Couchez-vous ! »

Kincaid vit luire un éclair sur le toit du musée – le soleil se reflétait sur une lunette de visée, à neuf cents mètres.

« Le toit ! » Elle désigna la position du sniper, plongea dans l'herbe et roula vers Janson. Ensemble ils traînèrent Flannigan à l'abri d'un petit monticule. Il y eut un premier tir silencieux. La balle se ficha dans la butte et fit pleuvoir la terre sur eux.

« Combien ?

— Un, pour l'instant. »

Moins de cinq secondes avaient passé depuis que Janson avait repéré le stylet. La tueuse tentait d'enfourcher son vélo mais chancelait à cause du coup reçu au visage et de son poignet brisé. Le vélo lui échappa, bascula. Elle voulut courir quand soudain du sang jaillit par les trous d'aération de son casque ; une balle de fusil venait de lui fracasser le crâne.

Janson et Kincaid échangèrent un regard. Poignarder Flannigan devait être le plan B, leur intervention ayant déjoué le Plan A qui consistait à attirer Flannigan dans l'axe du sniper. Sa complice ayant échoué, le sniper l'avait abattue pour qu'elle ne parle pas. Maintenant, il lui restait à déguerpir en abandonnant ses armes et se mêler à la foule des visiteurs du musée.

Janson composa le 000.

« Une ambulance. Lac Burley Griffin. Garryowen Drive. Sur la rive du lac en face du musée. Blessure à l'arme blanche.

— Pas la peine de les déranger », chuchota Flannigan. Son visage était exsangue, ses lèvres bleues.

« Ça va aller.

— Ne vous fatiguez pas. Je suis chirurgien. Elle a touché l'artère cœliaque. Il me reste deux minutes. Écoutez, il faut que vous sachiez. L'*Amber Dawn* était maquillé en OSV. En réalité, c'était un navire d'exploration. Et les gens abattus par les rebelles n'étaient pas des marins mais des prospecteurs.

— Qu'ont-ils trouvé ?

— Ils ont jeté les ordinateurs et les transmetteurs par-dessus bord – comme s'ils avaient fini de charger les données et voulaient faire disparaître les traces. Putain, j'arrive pas à croire ce qui m'arrive. » Il secoua la tête. « Impossible que les rebelles aient fait ce cadeau à la compagnie pétrolière sans le vouloir. Ils sont venus dans l'intention de descendre tout le monde. Sur ordre. »

Décidément, Doug Case lui avait raconté une histoire à dormir debout, pensa Janson. ASC se fichait bien de redorer son blason en explorant des gisements au bénéfice des nations pauvres. Ces individus n'avaient rien d'une bande de philanthropes. En réalité, la compagnie explorait pour son seul compte en se cachant derrière un réseau de sous-traitants.

« Voilà pourquoi je pensais qu'ils vous avaient chargés de me supprimer. Ils craignaient que je sois au courant de leur découverte – hé, petite Calamity ?

— Moi ? Qu'y a-t-il, Terry ?

— C'est quoi votre nom, déjà ? Ah, oui, Jesse. Chérie, je m'en vais. Je pourrais tenir votre main ? Ne vous fâchez pas, Paul, mais je préfère partir avec une femme. »

Jessica Kincaid prit la main de Terry Flannigan et lui caressa le front. « Tout doux, Terry. Ça va aller. Vous entendez l'ambulance ? Ils arrivent.

— Au revoir, Calamity... » Il ferma les yeux. Les sirènes approchaient.

— Terry, cria Janson. Terry ! Le type qui a aidé Iboga à monter dans l'avion à décollage vertical ? Vous l'aviez reconnu.

— Il commandait les rebelles qui ont attaqué le navire. »

Sur combien de tableaux SR jouait-il ?

« Prenez soin de vous, Jesse. »

Kincaid posa la main de Flannigan sur sa poitrine, souleva celle qui avait glissé sur le côté et la posa sur l'autre. « Bon sang, Paul, on a merdé.

— Si ce n'était pas une attaque improvisée, comment des rebelles en speedboat ont-ils fait pour localiser un petit OSV à quatre-vingts kilomètres au large de l'île de Forée, de nuit et en plein brouillard ?

— Ce pauvre type savait tout. Et on n'a rien vu. Je n'ai rien vu. Tout comme je n'ai pas vu le couteau de la blonde.

— Coïncidence ? Comment auraient-ils pu détecter par hasard le signal radar de l'*Amber Dawn* au moment même où les scientifiques jetaient leurs ordis par-dessus bord ?

— L'autre jour, à l'hôpital, Terry m'a dit qu'il n'exerçait plus parce qu'il ne supportait pas les amputations. Il ne trouvait pas le sommeil après ce genre d'opérations. Il se demandait tout le temps s'il n'aurait pas dû s'y prendre autrement. »

Janson l'entendait à peine. « Avec un simple radar, ils n'auraient jamais pu rejoindre le navire. À moins que quelqu'un ait placé un émetteur sur l'*Amber Dawn* avant qu'il ne quitte le Nigeria. Ils ont pu aussi trouver les coordonnées de l'*Amber Dawn* grâce aux transmissions cryptées par satellite effectuées par les scientifiques. »

Kincaid se frotta les yeux. « Tu m'en diras tant, monsieur la Machine.

— Les destinataires des données ont très bien pu communi-quer aux mercenaires la position de l'*Amber Dawn* – manière de s'assurer que personne sur le navire ne révélerait la découverte qu'ils venaient de faire.

— Terry Flannigan ne travaillait pas pour ASC. Doug Case t'a menti.

— Apparemment.

— Alors peux-tu le croire quand il prétend avoir appris l'enlè-vement de Terry de la bouche des trafiquants d'armes ? »

28

« **M**ONSIEUR LE PRÉSIDENT, soyez assuré qu'American Synergy Corporation ne désire pas plus que vous une situation à la "BP" dans les eaux territoriales de l'île de Forée, dit Kingsman Helms.

— Président par intérim », corrigea Ferdinand Poe.

Sacré bonhomme, songea Helms, quand on pensait qu'il avait failli mourir sous la torture moins d'un mois auparavant. Helms s'était imaginé un vieillard tremblant dans une chambre d'hôpital. Or pas du tout. Poe l'avait reçu dans son bureau du palais présidentiel jouxtant la « salle du trône », là où le président à vie Iboga avait coutume d'encaisser les pots-de-vin d'ASC.

« J'ai réclamé à plusieurs reprises des plans d'urgence détaillés en cas d'explosion, de rupture de pipeline, de collision de tankers, d'échouage, reprit Poe. J'ai reçu de la part d'ASC des réponses standard du genre circulaire, truffées d'un galimatias pseudo-scientifique dans lequel BP lui-même ne se retrouverait pas. J'ai soumis ces textes à l'un de mes plus brillants assistants, lequel m'a informé qu'il s'agissait en majeure partie d'un plagiat des normes de sécurité de BP. On a vu ce qu'elles valaient. »

Helms passa sa large main d'athlète dans ses boucles blondes. Le type à Houston qui avait rédigé le dernier compte rendu sur la santé du président Poe pouvait se considérer comme viré. Sa visite de courtoisie au président de cette île de merde – une simple formalité protocolaire, à la base – était en train de se transformer en interrogatoire digne de l'Inquisition espagnole.

« Monsieur le président…

— *Par intérim !*

— Monsieur, vous avez ma parole que nos tout derniers plans de sauvetage en cas de catastrophe seront envoyés par courriel à votre ministre du Pétrole dès demain matin.

— Merci. Maintenant parlons affaires.

— Je vous prie de m'excuser, monsieur le – monsieur. Quelles affaires ?

— Pour le moment, nous avons un accord de bail pétrolier – l'île de Forée et American Synergy Corporation.

— Pour le moment ? rétorqua Helms.

— Les termes de l'accord en question sont excessivement généreux envers American Synergy.

— Il nous donne les droits d'exploitation exclusifs pour cinq ans », répondit froidement Kingsman. Ce n'était plus le moment de prendre des gants. Si Poe voulait l'Inquisition, il l'aurait, mais dans la version américaine, face à laquelle l'espagnole aurait l'air d'une aimable plaisanterie.

« Un avenant à cet accord nous permet de conserver les droits d'exploitation sur tous les gisements que nous serons amenés à découvrir au cours de ces cinq années. Souvenez-vous que les forages dans les eaux profondes de l'île de Forée sont tout sauf faciles. Nous avons énormément investi. Nous prenons des risques en termes de géologie, d'ingénierie, de capitaux. Si nous avons la chance de tomber sur un « gisement rentable », nous entrerons dans le cadre de cet avenant et nous exercerons notre droit exclusif de développer une infrastructure nous permettant d'accéder et de traiter le pétrole sur l'île de Forée et dans ses eaux territoriales. En d'autres termes, monsieur le président par intérim, si nous trouvons du pétrole, il nous appartiendra. Et vous, vous toucherez des royalties.

— Justement, ce sont les royalties qui me tracassent, rétorqua Poe. Notre pourcentage est trop faible et les moyens de vérification des paiements trop opaques. En d'autres termes, monsieur le président de la Division Pétrole d'ASC, cet accord n'est pas équitable.

— Vous ne préférez quand même pas traiter avec les Russes ou les Chinois. Ces gens sont sans scrupules ! »

Poe refusa de mordre à l'hameçon. « Le Front de Libération foréen s'est rendu à vos conditions à l'époque où il n'avait pas le pouvoir de les discuter. Nous apprécions l'aide que vous nous avez apportée. Mais depuis, la situation a changé. Nous ne nous cachons plus au milieu de la jungle.

— Vous menacez de rompre vos engagements ?

— Les nations souveraines ne rompent pas leurs engagements. Elles renégocient. »

Helms se permit un sourire. « Je me félicite que vous évoquiez ce sujet. Plusieurs nations sont impliquées dans cette affaire.

— Lesquelles ?

— De mémoire, le Nigeria est la plus puissante. Quand l'île de Forée s'est séparée de la Guinée-Équatoriale pour acquérir son indépendance, n'avez-vous pas été soutenus par le Nigeria ?

— Cela fait des lustres. En échange de son soutien, le Nigeria nous a imposé des conditions onéreuses. Tout cela pour s'emparer de notre pétrole. En plus, pour protéger ces accords, le Nigeria a prêté main-forte à Iboga. » Poe lui lança un regard courroucé.

Helms décida de couper court. Il n'avait pas envie que Poe accuse ASC d'avoir joué sur les deux tableaux en soutenant Iboga jusqu'à ce que sa défaite devienne évidente. « Vous avez néanmoins développé vos champs pétrolifères en partenariat avec le Nigeria.

— Sur terre, protesta Poe. Sur terre uniquement. Jamais dans les eaux profondes qu'ASC explore pour notre compte.

— Le Nigeria pourrait facilement revendiquer sa part sur les gisements qu'ASC explore à grands frais, actuellement. Il lui suffirait de dire que ces gisements sont le prolongement des champs pétrolifères de Porto Clarence. Les Nigérians sont connus pour leur avidité. Je ne serais pas surpris s'ils prétendaient que les champs de Porto Clarence sont une extension structurelle connectée au delta du Niger.

— Absurde. Nos nouveaux gisements, à supposer qu'ils existent, seraient à des centaines de kilomètres du delta du Niger.

— En matière de fonds marins, les querelles de territoire relèvent plus de la géologie que de la distance. Mais le bien-fondé de cet argument sera abordé dans les négociations du traité. Sinon, le problème passera devant la Chambre pour le règlement des différends relatifs à la délimitation maritime au sein du Tribunal international du droit de la mer, puis devant la Chambre pour le règlement de différends relatifs aux fonds marins – à moins que ce ne soit le contraire. Les différends relatifs aux fonds marins d'abord ? Je ne me rappelle jamais. C'est l'affaire des avocats.

— L'île de Forée n'a pas de temps à perdre dans des débats juridiques interminables avec le Nigeria. Celui à qui nous accordons le droit d'explorer pour notre compte continuera de le faire.

— Si la Cour internationale vous ordonne de suspendre les forages et l'exploration avant le rendu du jugement, et que vous ne le faites pas, je vous garantis que le Nigeria ne se gênera pas pour vous envahir, quitte à répondre aux questions ensuite. »

Ferdinand Poe se frotta la bouche comme pour éviter que son interlocuteur ne devine son hésitation.

« Et je ne serais pas surpris que le Gabon se ramène pour voir s'il n'y aurait pas quelque chose à grappiller au passage », ajouta Kingsman Helms en se redressant de toute sa taille. « Monsieur le président par intérim, nous avons un accord. ASC respecte ses engagements. Nous espérons que vous ferez de même, parce que dans le cas contraire, votre pays n'aura plus qu'à se débrouiller seul. »

Ferdinand Poe se leva péniblement de son siège. « Notre nation doit prendre son essor et une telle occasion ne se représentera pas de sitôt. En ce moment, nous avons la possibilité de rattraper les erreurs du passé, d'effacer les derniers vestiges du colonialisme, de balayer le souvenir de la terreur qu'Iboga a répandue sur notre peuple. Cette manne sous-marine peut nous aider à construire une nation prospère, éprise de justice et de paix. En d'autres mots, monsieur Helms, je combattrai vos projets jusqu'à mon dernier souffle. Ce contrat ruineux, illégitime, me poursuivrait jusque dans la tombe. Par conséquent, nous le renégocierons. Ou nous le romprons. »

Kingsman Helms tourna les talons et sortit du bureau de Poe sans ajouter un mot. Le voyant débouler dans le couloir, Margarido, le chef d'état-major, le considéra d'un air étonné. « Je suis sûr que cet entretien a porté ses fruits, monsieur Helms.

— Tout à fait. C'est toujours un plaisir que de parler affaires sur l'île de Forée. Excusez-moi, on m'appelle. »

Il sortit son téléphone satellite.

Mario Margarido passa dans le bureau de Poe. « Alors ? »

Poe était affalé dans son fauteuil, l'air furibond. Il posa un regard las sur Margarido. « Quand j'ai accepté les conditions de ce bail pétrolier avec American Synergy en échange de leur aide dans notre guerre contre Iboga, je croyais sincèrement qu'une fois libérée de ce monstre, notre île deviendrait un havre de paix et de prospérité pour notre peuple. Dans mes rêves, j'étais un nouveau Nelson Mandela – je me voyais libérer la nation puis laisser la place aux jeunes, pour qu'ils la reconstruisent à leur guise. À l'époque, tu m'as dit que je passais un pacte avec le Diable. »

Espérant calmer le jeu, le chef d'état-major sourit et dit : « C'était mon rôle puisque je te servais d'avocat du diable.

— Je t'ai déclaré que nous ne pourrions rien faire sans leur soutien et tu t'es rangé à mes raisons. Mais jamais je n'ai mesuré à quel point le Diable tient à rester le Diable.

— Que s'est-il passé ?

— J'ai demandé des conditions plus équitables.

— Et alors ?

— Il m'a envoyé balader.

— Tu n'es pas obligé d'en tenir compte.

— Il m'a bien fait comprendre qu'il nous entraînerait dans un conflit avec les Nigérians.

— Oui, je me disais en effet... Alors, qu'est-ce qu'on fait ?

— La même chose qu'avec Iboga. On résiste.

— Tu veux repartir en guerre ? Si vite ? »

Ferdinand Poe se leva et boita jusqu'à une fenêtre qui donnait sur la digue. Il rassembla ses idées puis résuma sa conversation avec le pétrolier texan.

« Oui, je suis prêt à résister, conclut-il. Si c'est indispensable. »
Poe se retourna et scruta le visage de son vieux conseiller. « Et
toi, mon ami ? »

Mario Margarido baissa la tête. « Je mentirais si je disais que
cela m'enchante. Mais bien sûr, je suis avec toi. Cela va sans
dire. »

*
* *

Kingsman Helms sortit pour répondre au téléphone. Son
Sikorsky VIP S-76C++ attendait sur la terrasse battue par les
vents qui servait d'héliport au palais présidentiel. D'une main
impatiente, il ordonna à ses pilotes de faire tourner les moteurs,
puis il sauta sur les marches de la passerelle.

« On se tire d'ici. Tout de suite.

— Où va-t-on, monsieur Helms ?

— *Vulcan Queen.* »

L'hélicoptère de grand luxe décolla dans la seconde. Grâce à sa
cabine Silencer et sa boîte de vitesse QUIETZONE, on pouvait
discuter au téléphone sans hurler. Mais quand Helms comprit que
l'appelant n'était autre que Doug Case qui cherchait à le joindre
depuis un avion, il ne prit pas la peine de répondre. Qu'il aille se
faire voir.

L'hélicoptère partit en direction de la mer et, dans un bruit de
tonnerre, survola la prison de Black Sand. Lors de son dernier
séjour à Porto Clarence, cette prison abritait encore les alliés de
Ferdinand Poe. À présent, les rebelles dansaient dans les rues et
les officiers du président à vie croupissaient entre ces murs. Là
se trouvait le talon d'Achille de Poe, songea Helms. Si Poe avait
un poil de cervelle, il commencerait par les fusiller tous. Mais
comme la plupart des idiots, Poe se trompait d'ennemis. Au lieu
de se débarrasser des officiers qui lui avaient vraiment nui, il pré-
férait s'en prendre à American Synergy, au nom d'une question
de principe parfaitement déplacée.

Vingt minutes plus tard, à quatre-vingts kilomètres au sud,
Helms aperçut l'immense double tour de forage du *Vulcan*

Queen. Son téléphone sonna de nouveau. Le PDG et président du conseil d'administration d'American Synergy l'appelait de Houston. Helms se dépêcha de répondre. « Oui, monsieur. Comment allez-vous, monsieur ?

— Comment la situation se présente-t-elle sur l'île de Forée ?

— Poe veut renégocier. Je lui ai dit que nous nous les combattrions.

— Répliquera-t-il ?

— Je n'en suis pas sûr, monsieur. Mais ça m'en a tout l'air.

— Vous avez sacrément intérêt à ce qu'il change d'avis, sinon je ne donne pas cher de votre poste de président, dit le Bouddha avant de lui raccrocher au nez.

— Merde ! » Helms jeta son téléphone sur le siège à côté de lui, se leva d'un bond et regarda par-dessus les épaules des pilotes le *Vulcan Queen* qui grossissait en dessous. D'habitude, la vision de ce navire de forage de classe Vulcan, avec ses trois cents mètres de long, hérissé de grues et de derricks gigantesques, lui faisait chaud au cœur. Le *Vulcan Queen* était un navire d'exploration parfaitement autonome, capable de filer à une vitesse de quinze nœuds vers les gisements les plus profonds du monde puis, une fois sur place, de forer deux puits à la fois, même en pleine tempête. Grâce à ses propulseurs en tunnel de cent tonnes dirigés par satellite et à ses huit unités de propulsion rotatives, il pouvait maintenir sa position aussi fermement que s'il était soudé au plancher océanique. Deux cents ouvriers et techniciens assuraient la manœuvre ; les engins submersibles télécommandés qu'il transportait à bord exploraient les fonds. Par sa puissance et sa haute technologie, ce navire de forage était une merveille en soi. Kingsman Helms se sentait aussi fier que s'il en avait été le capitaine. Peut-être davantage, songea-t-il. Plutôt un monarque en son château ou un amiral contemplant son armada. Le capitaine du *Vulcan Queen* travaillait pour lui ; il pouvait toujours le virer. Cela dit, lui aussi occupait un siège éjectable, comme le Bouddha venait de le lui rappeler. Son téléphone sonna. Encore Case. Helms était trop furieux pour feindre l'amabilité alors qu'il détestait viscéralement ce sale infirme.

« Bordel, on aurait quand même pu m'informer que ce vieux croulant de président Poe était parfaitement capable de tout ficher par terre.

— Président par intérim, corrigea Doug Case.

— M'emmerdez pas avec ça, Case.

— Si vous m'aviez dit que vous rendiez visite au président par intérim, je vous aurais fourni un dossier complet.

— Vous auriez dû deviner que j'allais le voir.

— Je n'espionne pas les présidents de division, répliqua calmement Case, en prononçant le titre de Helms comme il aurait dit gérant de succursale bancaire dans un centre commercial. Quand ils me font part de leurs projets de déplacement, je leur remets un topo complet, dans les moindres détails.

— Que préconisez-vous ?

— Paul Janson veut vous voir à Singapour.

— Je ne vais pas à Singapour. Vous n'avez qu'à vous arranger avec lui.

— J'ai déjà essayé. Je vous rapporte ses paroles : "Dis à Helms de rappliquer. Dis-lui que je lui enfoncerai ce truc au fond de la gorge s'il ne ramène pas son cul à Singapour dans les vingt-quatre heures." De quel "truc" peut-il bien s'agir, Kingsman ?

— J'en sais rien.

— Il semble penser qu'il vous tient par les couilles. Cela aurait-il un rapport avec l'assassinat du Dr Terrence Flannigan la semaine dernière ?

— Vous l'avez déjà payé ?

— Janson ne veut pas de cet argent, répondit Case. Je descendrai à l'American Club de Singapour. Dois-je vous réserver une chambre ? »

29

L A CITÉ ÉTAT DE SINGAPOUR, île équatoriale située au sud-est du détroit de Malacca, connaissait un climat aussi chaud et humide que l'île de Forée mais, faute de montagnes, ses habitants devaient se contenter des centres commerciaux climatisés pour échapper à la suffocation. La ville densément peuplée occupait la majeure partie de sa superficie, ayant rapidement grignoté la jungle environnante. Les anciens ruisseaux couraient à présent le long des caniveaux en ciment, entre les hauts immeubles résidentiels et les hôtels rutilants ; les marais drainés, creusés, bordés de digues en béton, accueillaient les navires de commerce. Son port immense, à cheval entre l'océan Indien et le Pacifique Sud, faisait de Singapour la mégapole du transport maritime.

« *Namaste* », dit Paul Janson aux vigiles gurkhas qui, postés devant l'American Club, faisaient étalage de leurs armes : fusil Remington à crosse escamotable, MP5 Heckler & Koch, pistolets et autres poignards *khukuri*. *Je m'incline devant le Dieu qui est en toi.*

Il ne voyait pas d'inconvénient à ce que d'honnêtes travailleurs gagnent leur vie, mais avaient-ils besoin de tout cet arsenal, plus adapté à une guerre tribale qu'à ce job de gardiens ? Les Gurkhas étaient les combattants les plus féroces, les mieux entraînés du monde et Singapour la plus sûre des nations. Plus haut dans la même rue, le club de Janson, le Tanglin, comptant parmi ses membres les élites chinoise, malaise, indienne – sans parler des

Anglais – qui faisaient la pluie et le beau temps à Singapour, se contentait de simples portiers chargés de dégager les taxis encombrant le passage.

Doug Case lui avait laissé un message à la réception. Il l'attendait à l'Union Bar, une sorte de bar pour sportifs doté d'une énorme télé. Les hommes d'affaires américains devaient y affluer tous les samedis après-midi, histoire d'oublier le mal du pays, supposa Janson. L'endroit était calme, ce matin-là, et Case avait la salle pour lui tout seul. Il avait garé son fauteuil roulant dans un coin.

« Bienvenue en Extrême-Orient. Que dirais-tu d'un cheeseburger frites ?

— Où est Kingsman Helms ?

— En retard. Il sera là d'une minute à l'autre. Comment était ton vol ?

— À l'heure », dit Janson en choisissant un siège qui lui permettait de voir la porte d'entrée. Il portait une chemise et un pantalon de lin, sa veste repliée sur le bras. Case arborait un costume tropical sur mesure en laine peignée ultralégère.

« Où est Miss Kincaid ?

— En voyage.

— Je suis déçu. J'espérais avoir le plaisir de la revoir.

— La dernière fois, elle t'a posé une question pertinente : comment savais-tu que le docteur avait été enlevé ? Tu lui as répondu que des trafiquants d'armes t'en avaient informé.

— Exact.

— Est-ce que ta réponse est la même aujourd'hui ? »

Un reflet acier joua dans les yeux noisette de Case. « Tu en doutes ? Que se passe-t-il, Paul ? Qu'est-ce qui te ronge ?

— Les fameux trafiquants t'ont-ils dit ce que fabriquait l'*Amber Dawn* au sud de l'île de Forée ?

— Non, je ne crois pas. Il livrait une cargaison, j'imagine, ou alors il venait en embarquer une. C'est à cela que servent ces navires. Si ça t'intéresse, je suis sûr que l'info se trouve dans les registres de la compagnie.

— J'attendrai Helms. Il est peut-être au courant. Combien de temps Terry Flannigan a-t-il travaillé pour ASC ?

— Voilà Helms ! »

Toujours aussi grand et blond, le président d'ASC déboula dans le bar et traversa la salle à grandes enjambées. « Que comptiez-vous m'enfoncer dans la gorge si je n'avais pas parcouru la moitié du globe pour vous faire plaisir ? demanda-t-il à Paul Janson.

— Combien de temps Terry Flannigan a-t-il travaillé pour ASC ? »

Kingsman Helms se carra dans un fauteuil et dit : « Vous auriez pu me poser cette question au téléphone.

— Je ne crois pas que vous y auriez répondu. Combien de temps Terry Flannigan a-t-il travaillé pour ASC ?

— Très peu. »

Janson regarda Doug Case. Était-il au courant ? Difficile à deviner.

« Qu'est-ce que ça veut dire, très peu ?

— On l'a viré parce qu'il baisait la femme d'un vice-président.

— Je ne comprends pas. Pourquoi m'avoir engagé pour le sauver s'il ne travaillait plus pour ASC ?

— Il avait été des nôtres. Et il s'était fait enlever sur l'un de nos navires. Nous avons convenu que son sauvetage serait bon pour le moral de la compagnie, même s'il ne faisait plus partie du personnel.

— Les gens ont peur de travailler sur les puits de pétrole à l'étranger, renchérit Case. C'est dur de trouver de bons éléments qui acceptent de s'expatrier. »

Janson se concentra sur Helms. « Que faisait l'*Amber Dawn* au sud de l'île de Forée la nuit où il a coulé ?

— Encore une question à laquelle j'aurais pu répondre par téléphone. On en est à deux sur deux.

— Que faisait un navire de service off-shore au sud de l'île de Forée alors qu'il n'y a aucune plate-forme à ravitailler dans ce secteur ?

— L'*Amber Dawn* terminait une mission d'exploration dans le cadre d'un programme sismique secret concernant les blocs en eau profonde de l'île de Forée. Nous avions passé un contrat avec une petite société néerlandaise censée mener un projet d'acquisition sismique. Ils ont rafistolé l'*Amber Dawn* et l'ont reconverti en navire sismique trois D. »

Janson regarda Doug Case à la dérobée juste à l'instant où le chef de la sécurité écarquillait les yeux.

« Pourquoi ne pas avoir envoyé un vrai navire d'exploration ? En quoi consistait ce programme secret ? demanda Janson.

— Il y a quinze jours, je t'ai parlé de nos sous-traitants, intervint Case.

— Tu ne m'as jamais dit que l'*Amber Dawn* était aux mains d'un sous-traitant. »

Case posa un regard courroucé sur Kingsman Helms. « Apparemment, cette info était trop confidentielle pour qu'on m'en avise.

— Monsieur Helms pourrait-il nous donner sa version des faits ? »

Helms haussa les épaules. « La vérité c'est que l'industrie du pétrole ne pourrait pas survivre sans un minimum de confidentialité. Et ça ne date pas d'hier. Les produits que nous vendons doivent garder un peu de mystère puisque les prix, depuis les réserves potentielles jusqu'à la pompe à essence, sont dictés par la quantité de pétrole qui jaillit à un moment donné dans un territoire donné.

— En l'occurrence, combien paierez-vous la nation possédant ce territoire ?

— Je vois où vous voulez en venir mais vous faites erreur. Nous n'avions pas l'intention d'entuber Ferdinand Poe.

— Ah bon ? Alors qui comptiez-vous entuber ?

— Nos concurrents. Les autres compagnies pétrolières. Mais d'abord les Chinois. Quand nous espérons une découverte importante, il nous incombe de la garder secrète jusqu'à ce que nous en ayons le cœur net. N'oubliez jamais que nous cherchons du pétrole à des endroits où nous ne sommes guère susceptibles d'en trouver. Mais on ne sait jamais. Le monde du pétrole est plein de surprises.

— Les blocs en eau profonde de l'île de Forée ne relèvent pas d'un simple *espoir*. Vous savez pertinemment la valeur qu'ils revêtent. »

Helms secoua la tête. « Je n'irais pas jusqu'à dire ça. J'admets – entre nous – que nous avons des raisons d'espérer. Mais rien n'est jamais acquis.

— Si rien n'est jamais acquis, pourquoi avez-vous soutenu les deux camps lors de la guerre civile ? »

Kingman Helms ne chercha pas à nier. Au contraire, il regarda Paul Janson droit dans les yeux et dit : « Notre problème numéro un c'est l'accès aux ressources. Déjà en temps normal, on doit résoudre des tas de questions de logistique mais quand les gouvernements réclament l'accès, on passe sur le plan politique. Et là tout se complique.

— C'est une plainte très courante dans le métier que vous exercez.

— Se plaindre est inutile jusqu'à ce qu'une société pétrolière admette que les gouvernements nous forcent à faire des choix si nous voulons accéder au produit dont nos clients ont besoin.

— Quels choix ASC a-t-elle dû faire pour accéder au pétrole de l'île de Forée ?

— Des choix de survie, répondit Helms sur un ton égal. ASC doit se débrouiller seule pour survivre dans un monde de plus en plus compétitif et agité. L'époque où la simple existence de l'Armée américaine nous garantissait la sécurité est révolue. Notre société possède une dimension mondiale et malgré cela, nous subissons la concurrence de compagnies gérées en sous-main par les gouvernements chinois et russe. Aujourd'hui, nous n'effrayons plus personne. »

Helms se tut.

« Quels choix de survie avez-vous faits ? répéta Janson.

— Partout où nous explorons, American Synergy Corporation doit affronter tantôt une situation locale anarchique, tantôt le rouleau compresseur chinois. ASC est bien obligée d'assurer ses arrières. Si notre gouvernement ne veut pas nous ouvrir la voie – et je vous assure que ce n'est pas dans ses intentions –, nous l'ouvrirons pour lui. Quand il s'agit de nous taxer, ils sont toujours là, mais pour nous protéger c'est autre chose. Comme il ne fait rien pour préparer le terrain, c'est à nous de faire en sorte de

LA MISSION JANSON

le déblayer en vue d'affronter les Chinois avec toutes les cartes en main.

— En d'autres termes, si le gouvernement américain n'aide pas ASC, ASC s'aidera elle-même.

— Sans aucun remords ! répliqua Helms. Le monde a changé, Janson. Il vous échappe.

— C'est ce que m'a dit le Dr Flannigan. »

Kingsman Helms sourit patiemment, comme pour amadouer Janson. « Que vous a dit d'autre le bon docteur ?

— Il m'a dit qu'ASC ignorait qu'il était à bord de l'*Amber Dawn*. Voilà pourquoi il s'est enfui. Il croyait que vous nous aviez payés pour le tuer. »

Kingsman Helms resta interdit. « C'est ridicule. Cet homme était dérangé.

— Il m'a dit que l'*Amber Dawn* effectuait des recherches pétrolières dans le plus grand secret.

— C'est ce que je viens de vous dire.

— Oui, voilà deux minutes. Mais depuis la mort de Flannigan, j'ai discuté avec des gens qui appartenaient au camp rebelle. Les combattants du FLF qui ont assassiné l'équipage ont été exécutés pour trahison par le fils de Ferdinand Poe.

— Ils l'avaient bien mérité.

— Mais ils sont morts en jurant que ces assassinats leur avaient été commandés.

— Il se passe tous les jours des trucs atroces et incompréhensibles dans le delta du Niger.

— Peut-être mais cette histoire-là est véridique, rétorqua Paul Janson. Alors, je vous pose la question suivante : si les combattants du FLF responsables de cet assassinat ont bien été abusés, qui en porte la responsabilité ?

— Comment voulez-vous que je le sache ? fit Helms en haussant les épaules. Le fils de Poe est mort dans la bataille finale et notre bon docteur a été assassiné en Australie – devant vos yeux. Maintenant, si vous avez fini de me raconter des histoires colportées par des morts, je vais me coucher. J'ai voyagé toute la nuit.

— Dormez bien », fit Doug Case.

Kingsman Helms sortit précipitamment de l'Union Bar sans ajouter un mot.

« Doug, tu parais surpris, dit Paul Janson.

— Je n'avais jamais entendu la chose présentée de cette manière. »

Pour surprendre Doug Case, il en fallait beaucoup. Janson s'aperçut tout à coup que la dernière fois qu'il avait vu cette expression sur son visage remontait à quelques années. C'était à Ogden, dans l'Utah, le jour où Doug l'avait menacé d'un Glock 34 et que Janson avait dû le frapper au poignet pour ne pas se faire descendre. Il étudia le visage de son ami. « En revanche, tu savais déjà que Flannigan ne travaillait plus pour ASC.

— Je l'ai appris récemment.

— Après nous avoir engagés ?

— Après.

— Et pour la mission de l'*Amber Dawn* ?

— Là, je tombe des nues.

— Pas étonnant que tu aies l'air agacé. »

Doug le dévisagea un instant puis il dit : « Arrête-moi si je me trompe mais Helms a dit quelque chose comme, "pas vu, pas pris".

— C'est comme ça que je l'entendais moi aussi – attends, il revient. »

Helms refit irruption dans le bar. « J'allais oublier. Janson, nous vous signons un chèque d'un million de dollars. Vous n'avez pas vraiment sauvé le docteur, tout compte fait, mais vous avez tout mis en œuvre pour y parvenir. C'est équitable ?

— Équitable », dit Janson.

De nouveau, Doug Case parut surpris. « Cela épongera mes dépenses », lui expliqua Janson.

Helms sourit de toutes ses dents. « Bien. Ainsi, vous vous abstiendrez de réclamer un prix exorbitant la prochaine fois que nous aurons recours à vos services.

— Ce n'était pas mon intention, rétorqua Janson en lui retournant son sourire.

— Je ne voudrais pas que vous vous mépreniez sur ce que j'ai dit à propos du monde qui change et tout ça.

— Ah oui, sur le fait qu'il m'échappe ?

— J'ai peut-être exagéré. L'avenir est un sujet qui me passionne. J'ai appris à l'âge de sept ans que pour mériter la première place, on ne doit pas se focaliser sur le présent mais sur l'avenir.

— C'est une grande leçon à un âge aussi tendre.

— Un jour, mon père m'a emmené chez Greenan Oldsmobile. Il voulait s'acheter une nouvelle voiture. Vous vous rappelez cette petite Olds qu'on appelait la Cutlass ?

— Ça fait un bail, oui. Une autre crise pétrolière, acquiesça Janson.

— Mon père était vraiment excité. Il a voulu prendre toutes les options de la brochure, dont le nouveau moteur 6 cylindres qu'Oldsmobile avait emprunté à Cadillac. On est partis l'essayer avec le vieux Harry Greenan – un yankee de la Nouvelle-Angleterre, un type pas causant. "Ils en feront plus des comme celle-là", a grommelé Harry.

« Mon père a demandé pourquoi : "Super bagnole, confort de route. Silencieuse, souple, rapide comme tout."

« Le vieux Harry a dit : "Mais vous avez acheté une grosse voiture pour le prix d'une petite."

« C'était comme si mon père avait perturbé l'ordre social, la manière dont les choses se faisaient depuis toujours. Au lieu de miser un max sur cette bagnole, Olds a retiré toutes les options de la brochure. Après, pour acheter une bonne voiture comme celle-là, il a fallu se rabattre sur les importations allemandes ou japonaises, nettement plus chères.

« La Cutlass de chez Oldsmobile avait fait un carton en Amérique. Ensuite, les ventes ont chuté. Maintenant, on n'en trouve plus. Cette histoire m'a appris que la place de numéro un n'était pas une affaire de présent mais d'avenir. L'avenir souriait à Oldsmobile mais ils ont préféré regarder derrière eux. Je me suis juré de ne jamais commettre cette erreur. »

Il tourna les talons et sortit.

Lorsque Janson fut certain qu'il était bel et bien parti, il dit à Doug Case : « Tu l'écoutais comme si tu connaissais la chute.

— La dernière fois c'était une Pontiac.

— Dis-moi, tout à l'heure, qu'entendais-tu par "Je n'avais jamais entendu la chose présentée de cette manière"? Quelle chose?

— Je parlais de la piraterie comme mode de management. Tu n'as pas aimé la formule qu'il a employée? "Quand il s'agit de nous taxer, ils sont toujours là, mais pour nous protéger c'est autre chose"?

— Ça lui laisse les coudées franches.

— Absolument. » Case se couvrit le visage avec les mains. Au bout d'un instant, il regarda entre ses doigts. « Les renseignements américains emploient un million de personnes, pas vrai?

— Plus ou moins.

— Tu crois qu'il y aurait de la place pour un de plus?

— Que veux-tu dire?

— Crois-tu qu'avec mes références et ton aide pour leur expliquer mon parcours un peu chaotique, je pourrais reprendre du service au sein du gouvernement?

— Quoi? » fit Janson. C'était à son tour d'être surpris. « Qu'est-ce que tu mijotes?

— Je voudrais servir à nouveau mon pays.

— Et dire adieu aux vols en classe affaire et aux costumes à six mille dollars?

— C'est rien que des trucs matériels. Je m'en fiche. Je n'ai jamais… ne le prends pas mal. J'adore mon "superfauteuil". » Il tapota les accoudoirs truffés de boutons de son fauteuil roulant, comme s'il caressait un chien fidèle. « Tu n'as pas idée de ce que cela représente de se déplacer si facilement quand on n'a plus ses jambes. Mais je parie que la Fondation Phœnix me le laisserait même si je ne travaillais plus pour ASC. »

Janson hocha la tête. « Cela va sans dire. Cette démission, c'est vraiment du sérieux?

— Oui.

— Tu y penses depuis combien de temps?

— Dix minutes à peine.

— Pourquoi partirais-tu?

— Le monde a changé, comme disait Helms. Mais je n'aime pas particulièrement le nouveau. Notre gouvernement, la plu-

part des gouvernements, du moins les démocraties, sont complètement obnubilés par la crise financière. Ils passent leur temps
à chercher comment relever des systèmes économiques en voie
d'écroulement. Ça risque de les occuper pendant des décennies.
Pendant ce temps-là, on constate partout une vacance du pouvoir.
Les corporations mondiales l'ont reniflée, et elles sautent dedans
à pieds joints.

— Nous l'avons vue venir, dit Janson.

— Ouais, mais toi et moi avons vécu des périodes moins
complexes. Nos ennemis, on les connaissait. Il nous suffisait
d'affronter les agences de renseignements des États voyous, pendant que les technocrates derrière leurs bureaux nous déplaçaient
sur la carte du monde, comme des soldats de plomb. Aujourd'hui,
le pouvoir change de main. Les gouvernements déclinent. Chez
nous, les petites gens s'appauvrissent, leur argent passe entre les
mains des plus riches. Et sur le plan international, c'est la même
chose : la richesse des États-Unis se déplace vers la Chine. Je vois
se profiler un monde où les entreprises multinationales seront plus
dangereuses que les services secrets des États voyous. »

Janson hocha la tête. Pour sa part, il redoutait un scénario encore
plus sinistre : une alliance entre des multinationales sans scrupules et des agences gouvernementales véreuses. Rien n'empêcherait un service de renseignement d'aider une grande société
à recruter des mercenaires, comme ceux de Sécurité Referral, et
à se procurer un avion à décollage vertical. Rien n'empêcherait
ASC et les Ops Cons de passer un accord en vue d'un bombarde-
ment par un drone Reaper. C'était peut-être même déjà fait.

« Si on allait à côté ?

— Où ça, à côté ? demanda Case.

— Au Tanglin Club. On y mange mieux qu'ici, et on parlera
de ton avenir. »

Ils parcoururent seulement quelques dizaines de mètres, mais
la moiteur était si épaisse sur Singapour que même Doug dans
son fauteuil électrique était en nage quand ils entrèrent dans le
sanctuaire climatisé du Tanglin.

« Resto ou pub ? » demanda Janson.

Case coula un regard d'envie vers la somptueuse Churchill Room, avec ses banquettes en velours et ses tables dressées de lin blanc, d'argenterie et de cristaux. « Pub. Quelque chose me dit que je devrais commencer à oublier mes goûts de luxe. »

Janson le précéda dans le Tavern Bar.

Des poutres sombres, des estampes encadrées représentant des chevaux et des chiens, des cors de chasse pendus au plafond et un bar densément fréquenté par des buveurs assidus. Le tout typiquement *british*. Janson choisit une table près du buffet. Des serveurs chinois et des aides-serveurs malais écartèrent une chaise en bois pour faire de la place au fauteuil roulant de Case. Janson s'assit en diagonale pour pouvoir discuter discrètement et commanda des bières pendant que Case regardait les clients, hommes et femmes, s'installer aux tables alentour.

« Quel brassage ethnique ! On dirait le remake made in Singapour d'un film hollywoodien sur les tribulations d'un équipage de bombardier pendant la Seconde Guerre mondiale.

— Il y a un vieux dicton ici : l'argent ne connaît pas la haine.

— L'argent sûrement. Ces gens-là ont l'air de régner en maîtres sur la ville. Comment as-tu fait pour te dégotter une carte de membre ?

— Un ami m'a…, commença Janson. Doug, tu parlais de la "piraterie comme mode de management". J'avoue que tu m'intrigues. »

Case éclata de rire. Il avait l'air de faire machine arrière alors que tout à l'heure, il en était aux confidences. Janson regretta d'avoir changé de lieu. Il avait cru qu'un déjeuner l'aiderait à se lâcher. En fait, pas du tout. Il aurait dû continuer à faire pression sur lui tant qu'il était dans l'ambiance de l'American Club. À présent, il allait devoir batailler pour le faire revenir à de meilleurs sentiments.

« Qu'y a-t-il de drôle ? demanda-t-il.

— Tu en es un, toi aussi, dit Case.

— Un quoi ?

— Un pirate. Avec ta Fondation Phœnix, tu coupes bien l'herbe sous le pied des gouvernements, pas vrai ? Ou bien le fameux "Code Janson" te donne-t-il un passe-droit ?

— Il me donne de la lucidité.

— Ah ouais ? Moi je trouve que plus je vieillis moins je suis lucide. En fait, des tas de choses m'échappent. Alors, quand il arrive un truc comme aujourd'hui, je ne sais franchement pas quoi faire.

— Quel truc ? Des pirates internationaux qui poussent des gouvernements dans le fossé ? »

Soudain Case cessa de rire et se mit à hocher la tête d'un air sinistre. « S'il s'avère qu'ASC tue ses propres collaborateurs pour garder le secret sur une découverte pétrolière, c'est que cette pratique est déjà d'actualité. »

Janson acquiesça. « Si c'est le cas, nous avons été utilisés, l'un comme l'autre.

— Plus ou moins. En fait, ils m'ont poussé à t'embaucher et je t'ai poussé à sauver le docteur pour que quelqu'un d'autre se charge de le descendre.

— Qui cela ?

— Comment je le saurais ?

— Tu es le chef de la sécurité d'ASC.

— Embaucher des tueurs ne fait pas partie de mes attributions. » Il haussa les épaules et ajouta : « Du moins pas encore. Si des assassins travaillent pour eux, ça veut dire qu'un type de la compagnie a été chargé de les recruter – un homologue officieux que je n'ai jamais rencontré. Janson, je te jure que ce n'est pas moi.

— Et ces tueurs, qui seraient-ils ?

— On a l'embarras du choix. »

Janson posa enfin la question qui lui brûlait les lèvres et observa la réaction du Doug : « Tu connais des gens chez Sécurité Referral ?

— Non. C'est quoi ce truc ?

— Une équipe de mercenaires qui m'a donné du fil à retordre. »

Case regarda Janson comme s'il attendait une explication. Mais visiblement, Janson ne l'avait pas invité à déjeuner pour lui fournir des renseignements. « Ça t'ennuie de me parler d'eux ?

— Un autre jour. »

Case haussa de nouveau les épaules. « Bref, toutes ces magouilles me font penser qu'il est temps pour moi d'aller voir ailleurs.

« Ça vaut le coup d'y réfléchir, opina Janson.

— C'est tout réfléchi. » Il jeta un regard autour de lui puis, dans un geste emphatique, posa la main sur la table. « Je quitte ces connards. »

Janson saisit l'ouverture. « Pourquoi tant de précipitation ? Tu pourrais rester encore un peu.

— Putain mais pour quoi faire ? Ces salauds sont en train de pervertir le monde. Tu sais, pour la première fois, je saisis ce qui t'a poussé à créer Phœnix.

— Il s'agirait d'un immense bouleversement pour toi. Une orientation totalement différente.

— Je ne peux sans doute pas changer le monde, mais je peux essayer de réparer le mien.

— D'abord, il faudra déterminer dans quelle direction tu peux aller. Cela prendra un certain temps. Ensuite, on devra tâter le terrain, te trouver un nouveau job. En attendant, pourquoi ne pas rester au service d'ASC ?

— Et... ?

— Ouvrir l'œil. »

Dans le regard de Doug Case, Paul Janson devina de l'étonnement, de l'incrédulité et une profonde admiration. « Tu me proposes de travailler pour toi ?

— Tu serais ton propre patron. Il suffirait de garder le contact.

— Tu me demandes d'être ta taupe à l'intérieur d'ASC. »

30

« ON RESTE EN CONTACT.

— Tu as un numéro où je peux te joindre ?

— Quintisha Upchurch me transmettra tes appels.

— Attends une minute. Soyons clairs. Qu'attends-tu de moi exactement ? Des informations ? Des actes ? Tu veux que j'espionne ? Ou que je fasse un truc en particulier ?

— Ne le prends pas mal mais, étant donné qu'ils t'ont mis sur la touche, il faudrait vraiment que tu te démènes pour me ramener l'info du siècle.

— Tu entends quoi par l'"info du siècle" ?

— Avez-vous envoyé le Reaper qui a déjoué l'offensive blindée d'Iboga ?

— Paul, je ne suis pas le plus haut maillon de la chaîne alimentaire.

— Alors qui est-ce ? Helms ?

— Je n'en sais rien.

— Le Bouddha ?

— Ça se pourrait.

— Tu peux en avoir le cœur net ?

— Tu crois peut-être que je n'ai pas déjà essayé ? C'est une vaste question. Mais je ne suis pas plus avancé qu'au départ.

— Tu sais comment me joindre.

— Paul, que vas-tu faire ? »

Paul Janson se leva de table. « Le déjeuner est déjà réglé. Il y a d'excellentes spécialités asiatiques au buffet. Tu pourras regagner l'American Club sans aide ?

— J'ai fait Houston-Singapour sans aide. Je pense que j'arriverai à regagner l'American Club. Où vas-tu ?

— En Europe. »

*

* *

Janson passa le reste de la journée pendu au téléphone dans sa chambre du Tanglin.

Tard dans la soirée, il partit pour l'aéroport et prit le vol de nuit de Singapore Airlines à destination de Londres où il atterrit à six heures du matin GMT. Il passa les services d'immigration et les douanes avec son propre passeport puis arpenta le terminal 5, le temps de s'assurer qu'il n'était pas suivi, et s'enfonça dans les longs tunnels menant à l'Heathrow Express.

La navette ferroviaire lui évita les embouteillages matinaux sur l'autoroute. Quand il atteignit Paddington Station, Janson vérifia ses arrières une nouvelle fois, avant de faire en taxi le trajet de Hyde Park à Exhibition Road. Une fois arrivé, il emprunta des chemins détournés et finit par aboutir dans une ruelle pavée d'Ennismore Gardens, devant une porte noire massive munie d'un heurtoir de bronze en forme de griffon. Après avoir frappé, il tendit l'oreille pour savoir si quelqu'un venait. Un bruit de sabots ferrés lui parvint. Les chevaux de la Garde royale s'agitaient dans les Knightsbridge Barracks.

Une grande femme bien en chair, vêtue d'un déshabillé de soie bleu ciel, lui ouvrit. Elle avait une peau d'un noir brillant, un port de reine et d'énormes yeux étincelants. Elle s'était rapidement enveloppé la tête dans un turban assorti à sa robe. Ses lèvres charnues esquissèrent un sourire crispé.

« Tu sais l'heure qu'il est ?

— J'espère qu'il n'est pas trop tôt pour une tasse de café.

— Et tu espères aussi que je vais te préparer un petit déjeuner ?

— Je veux bien m'en occuper.

— Quoi d'autre ?

— Des informations.

— Janson, il fut un temps où cette question aurait suscité une autre réaction de ta part.

— Tu es trop délicate pour être bousculée, dit Janson, et je suis extrêmement pressé. Puis-je entrer ? »

« Princesse » Mimi était la fille d'un promoteur immobilier véreux de Lagos qui s'était enrichi en construisant des hôtels internationaux et des immeubles de luxe sur des terrains appartenant à l'État, grâce à ses amis du gouvernement nigérian. Mimi, elle, n'avait rien d'une délinquante mais elle vivait confortablement dans la maison d'Ennismore Gardens que son père avait acquise en prévision de ses inévitables revers de fortune. L'homme savait qu'un jour il serait contraint à l'exil, soit pour échapper à ses juges soit, plus probablement, pour fuir le Nigeria lorsque ce pays imploserait sous l'effet de la corruption et de la guerre civile.

Mimi comptait parmi ses amants épisodiques plusieurs dirigeants de l'armée nigériane et des hauts fonctionnaires du ministère du Pétrole. Chacune de ses ruptures accroissait le cercle de ses amis. Elle était en effet très douée pour transformer ses ex en chevaliers servants. Espérant la récupérer, ils l'invitaient dans les meilleurs restaurants londoniens et lui rapportaient des ragots et autres rumeurs, lesquelles se révélaient souvent fondées. Chose amusante, elle tenait dans la future planque de son escroc de père, un salon réservé aux expatriés nigérians de tous bords. Politiciens déchus, journalistes bannis, révolutionnaires en fuite y discutaient politique. D'où la masse d'informations que détenait la jeune femme. Elle savait tout ou presque sur les magouilles politiques en Afrique occidentale. Depuis Lagos jusqu'au Cap, rien ne se passait sans que princesse Mimi n'en fût avertie en priorité.

« On m'a dit que tu étais en Angola », remarqua-t-elle en lui versant une tasse de café. Son impeccable cuisine carrelée donnait sur la prairie communale qui s'étendait derrière la maison.

« J'y suis passé.

— Tu as apprécié leurs fruits de mer ?

— Énormément.

— Toujours aussi bavard. Tu n'aurais pas un petit secret pour moi ? »

Janson se leva de son tabouret, se dressa de toute sa hauteur et l'embrassa sur la bouche. « Pas aujourd'hui.

— Tu embrasses comme un homme qui en aime une autre.

— J'embrasse comme un homme pressé. Mimi, j'ai besoin de ton aide. Et tu m'aideras d'autant mieux que personne ne saura que nous nous sommes rencontrés. »

Mimi sourit. « À l'instant où tu franchiras cette porte, mes lèvres seront à jamais scellées. Que veux-tu ?

— Pourrions-nous commencer par les relations entre le Nigeria et l'île de Forée ?

— Sur le plan militaire ou pétrolier ?

— Je croyais que c'était la même chose. »

Mimi sourit de nouveau. « Je voulais tester tes connaissances. »

Elle prit un téléphone, sortit dans le jardin, prononça quelques mots en rafale et rentra. « J'ai invité deux copains à nous rejoindre pour le brunch, dit-elle. Tu sais encore préparer les omelettes ? »

Janson prit une poêle qu'il posa sur l'énorme cuisinière AGA. Puis il cassa une douzaine d'œufs dans un bol.

« Quoi d'autre ? demanda-t-elle.

— Iboga. Crois-tu qu'il se cache au Nigeria ?

— Impossible. Ça se saurait. Il n'a pas beaucoup d'amis là-bas.

— Pas même dans l'armée ?

— Iboga est toxique. La réputation du Nigeria sur le continent est déjà assez déplorable comme ça. Il ne manquerait plus qu'on nous reproche d'abriter des dictateurs assoiffés de sang. Nous ne nous sommes pas encore remis du nôtre. À supposer qu'on s'en remette un jour.

— Tes amis auraient-ils des renseignements sur lui ?

— Il leur arrive d'en parler, oui. Des gens l'ont vu, ici ou là. Ce type ne passe pas inaperçu. »

Janson sourit et pour lui faire plaisir, lui raconta une histoire qu'elle pourrait ajouter à sa collection. « Un jour, un pote du MI5 m'a raconté que lorsqu'Idi Amin a fui l'Ouganda, un satellite l'a repéré en Arabie Saoudite.

— Iboga est plus gros qu'Amin. Et la technologie a bien progressé depuis cette époque.

— Alors, où l'a-t-on vu ?

— France. Roumanie. Bulgarie. Croatie. Russie.

— Où ça en Russie ? »

Mimi l'ignorait. Son geste fit légèrement glisser son déshabillé, révélant une épaule ronde.

« Et la Corse, non ? » demanda Janson.

Mimi hocha la tête. « J'ai entendu parler de la Corse.

— Vraiment ?

— L'autre jour, de la bouche d'un ami qui y passait ses vacances. Il ne l'a pas vraiment vu, il en a juste entendu parler.

— Où ? »

Mimi haussa les épaules. « Il faisait du bateau. Donc, je suppose que c'était en mer.

— Connais-tu Sécurité Referral ?

— Non. C'est quoi ?

— Une sorte de coopérative d'agents secrets se vendant au plus offrant.

— Trafic de drogue ?

— Tout ce qui rapporte, je pense. »

Mimi versa de l'huile dans une poêle pour faire revenir des tomates. Janson râpa du fromage et trancha le pain. Puis les invités arrivèrent : Everest Orhii, un Nigérian, entre deux âges, vêtu d'un costume bleu élimé et d'une chemise sans cravate, et Pedro Menezes, un ancien ministre du Pétrole de Forée, mieux habillé que son compère et visiblement plus fortuné. Janson remercia Mimi d'un hochement de tête. « Très impressionnant, en si peu de temps, murmura-t-il.

— Ne dis pas que cela t'étonne, fit Mimi. Sinon, tu ne serais pas venu. »

Le ministre Menezes jeta un regard affamé sur l'omelette que Janson s'employait à couper. Le Nigérian Everest Orhii attaqua d'une fourchette enthousiaste la part que Mimi déposa devant lui sur la table de la cuisine. En fait, les deux hommes étaient en exil. Le Nigérian tirait le diable par la queue et dépensait en honoraires d'avocats le peu d'argent qu'il avait, dans l'espoir de retourner un jour à Lagos. Le Foréen comptait négocier son retour à Porto Clarence, moyennant quelques pots-de-vin. Orhii avait travaillé pour le ministère du Pétrole nigérian, mais pas à un poste aussi prestigieux que Pedro Menezes sur l'île de Forée.

L'un et l'autre recevaient des appels incessants sur leurs téléphones portables, si bien qu'ils se levaient de table toutes les cinq minutes en criant, « *Olà !* » ou « Ici Orhii ! », puis couraient dans le jardin pour parler en toute discrétion.

« Avant la guerre civile, dit Menezes à Janson, l'île de Forée refusait de s'associer au Nigeria pour explorer les blocs en eau profonde.

— Et pourtant le Nigeria soutenait Iboga, remarqua Janson.

— Cette politique est bien antérieure au règne d'Iboga. Des années auparavant, les Nigérians avaient profité de notre faiblesse en nous faisant signer des accords d'exploration en eau peu profonde peu équitables.

— Non, lança Orhii qui, revenu du jardin, étalait sa serviette sur son ventre plat. « Ce n'est pas tout à fait cela.

— Alors quoi ? » demanda Menezes.

Orhii engouffra une tranche de pain en deux bouchées. « Les Foréens détestent les Nigérians. Ils nous reprochent notre arrogance, comme le font toutes les petites nations face aux grandes. C'est un réflexe classique. Voyez l'attitude de la plupart des pays vis-à-vis de l'Amérique.

— Avoir le Nigeria comme voisin revient à dormir avec un hippopotame.

— Trois cents kilomètres d'océan séparent mon pays et le vôtre.

— Les hippopotames savent nager.

— Tout le monde raconte que nous avons les dents longues ! hurla Everest Orhii. Qu'on dépasse les bornes et qu'on ne respecte pas le bien d'autrui. »

Le téléphone de Menezes sonna. L'homme se précipita dans le jardin.

Orhii se rapprocha de Janson. « Si vous voulez en savoir davantage sur l'exploration pétrolière dans les blocs en eau profonde, questionnez Everest sur les pots-de-vin qu'il a reçus du GRA.

— Le GRA ? Qu'est-ce que c'est ? »

Orhii haussa les épaules. « Je l'ignore. Hélas, ils ne sont jamais venus me voir. Je soupçonne qu'ils traitaient directement avec mes supérieurs.

— Mimi ? »

Mimi secoua la tête. « Jamais entendu parler. Demande à Pedro, il ne se fera pas prier pour te dire ce qu'il sait. Il en a marre de Londres. Il ne pense qu'à rentrer chez lui et récupérer son porte-feuille de ministre du Pétrole. Mais il se fait des idées. Ferdinand Poe n'accepte que les vétérans de la guerre de libération dans son cabinet. »

Quand Mimi passa dans le jardin avec son téléphone, elle croisa Pedro Menezes qui rentrait.

« Qu'est-ce que le GRA ? demanda Janson dès que l'ex-ministre du Pétrole regagna son siège pour terminer son omelette.

— Oh, ceux-là ! sourit Menezes. Cela fait des lustres que je n'ai pas entendu parler d'eux. De toute façon, je n'entends plus parler de rien depuis que je suis coincé à Londres.

— Qui sont-ils ?

— Des gens très généreux.

— Ce qui signifie ? »

Everest Orhii répondit à sa place. « Ça signifie que le GRA lui a refilé une tonne de fric pour pouvoir accéder secrètement à l'exploration en eau profonde, au sud des champs pétroliers que l'île de Forée était censée partager avec le Nigeria.

— Il n'y avait pas de connexion, rétorqua Menezes avec dédain. Les Nigérians ne possédaient aucun droit là-dessus.

— La géologie dit le contraire. C'est la même nappe.

— La géologie n'est rien face à l'histoire et à notre souverai-neté nationale. Ce sont nos eaux territoriales et notre fond marin. Pas ceux du Nigeria !

— Cet argument ne tiendrait jamais devant une cour.

— Pas besoin de cour, à présent.

— Vous nous avez dépouillés. »

Janson posa une main sur le bras de chaque homme et dit : « Messieurs, que signifient les initiales GRA ?

— Ground Resource Access, répondit Menezes. Je crois.

— Vous croyez ? ricana Everest Orhii. Vous savez quand même qui vous a refilé tout ce pognon.

— Sur leurs cartes de visite était écrit : "Ground Resource Access". Mais je n'ai jamais trouvé ce nom sur aucune liste boursière, aucun répertoire commercial. »

« Ground Resource Access ? » Quelques jours plus tôt, Kingsman Helms avait déclaré : « Notre problème numéro un c'est l'accès aux ressources. » Coïncidence ? Mais, comme Janson l'avait lui-même signalé à Helms, c'était une plainte très courante dans l'industrie du pétrole.

« Était-ce une compagnie américaine ? demanda-t-il.

— Je ne sais pas.

— Vos contacts étaient-ils américains ? insista Janson sans s'énerver.

— L'homme qui a fait appel à moi semblait l'être.

— À quoi ressemblait-il ?

— Un type dans votre genre. Athlétique, comme un ancien soldat.

— Vous pensez donc à un militaire ? » demanda Janson. Le GRA était peut-être une société écran servant à couvrir les faits et gestes des services secrets américains.

Menezes exprima son ignorance d'un haussement d'épaules.

« Vous vous rappelez si sa carte était marquée "Limited" ou "Incorporated" ?

— Inc. C'était un Américain. Pas de doute là-dessus.

— Et cela remonte à quand ?

— Quatre ans. »

Kingsman Helms avait bien dit que des questions de pure logistique devenaient des problèmes politiques quand les gouvernements réclamaient l'accès au pétrole. Eh bien, quelqu'un y avait pensé avant lui. Et ce quelqu'un avait de la suite dans les idées.

Mimi réapparut. Janson lui adressa un signe discret du menton. Il était temps pour lui de partir. Il n'en apprendrait pas davantage ici. Les enquêteurs de CatsPaw avaient désormais un nom à pister.

« Terminez votre petit déjeuner, mes amis, dit Mimi. Et merci mille fois de votre présence. »

Quelques minutes plus tard, elle les mettait à la porte. « Ils ne t'ont pas beaucoup aidé, n'est-ce pas ?

— Chaque détail m'aide. Merci à toi. » Il consulta sa montre.

« Ne pars pas tout de suite, dit Mimi.

— J'ai un emploi du temps hyper serré.

— Mais je voulais te présenter quelqu'un d'autre.

— Qui ?

— Un policier en colère. »

Janson réprima son impatience. Mimi flirtait avec lui mais à son sourire, il devina qu'elle avait autre chose en tête. « Mais encore ?

— C'est un Français. Il occupait un très haut poste dans la sécurité mais il est entré en conflit avec le président français qui, de réputation, n'est pas très tendre avec ses flics. Du coup, il a subi une mesure disciplinaire injuste.

— Crois-tu qu'il sache quelque chose sur Sécurité Referral ?

— Non – enfin, je veux dire, ce n'est pas impossible mais ce n'est pas pour cette raison que je l'ai convoqué.

— Alors pourquoi ?

— Devine où il exerçait quand il était encore en odeur de sainteté.

— Princesse !

— En Corse. »

Janson lui renvoya son sourire radieux. « Je t'adore, Mimi.

— Il sera là dans une heure. Tu aimerais prendre une douche ou autre ? Tu as passé la nuit dans l'avion.

— Une douche me ferait le plus grand bien. »

*

* *

Dominique Ondine avait passé presque toute sa carrière en Corse à combattre les séparatistes, la mafia et les divers clans dont la principale occupation consistait à se mépriser, s'insulter et se vouer une haine indéfectible. Quand on voyait sa peau étonnamment blanche, on se disait qu'il avait toujours travaillé dans un bureau, ou bien de nuit.

« Je donne ma vie pour mon pays. Et voilà comment on me remercie. »

Bien qu'il ne fût pas encore midi, Dominique Ondine avait déjà descendu plusieurs cognacs, à en juger d'après l'odeur qui se dégageait de sa personne. Mimi lui en versa un autre qu'il saisit dans son poing épais aux articulations marquées de cicatrices. Janson réchauffa le sien pendant qu'ils discutaient chacun à une extrémité de la table à présent garnie d'un assortiment de fromages, pain et saucisses fraîchement livrés de chez Harrods Food Hall.

« Madame Mimi m'informe que vous vous rendez en Corse.

— Oui. J'ai rendez-vous avec l'un de mes associés, là-bas.

— J'espère que vous ne travaillez pas dans l'immobilier.

— Pourquoi cela ?

— La Corse est au bord de l'anarchie. Le mouvement nationaliste proteste toujours plus violemment contre la "colonisation" des riches étrangers. Ils détestent les promoteurs qui investissent le front de mer pour y construire des hôtels.

— Oh, ne vous inquiétez pas pour moi. Je suis consultant en sécurité pour les entreprises. »

Ondine leva un sourcil broussailleux. Entre ses paupières plissées, son regard embué par l'alcool se posa sur Janson. Une fois rasé, douché et vêtu d'une chemise bleue bien repassée, tirée de la collection de Mimi, l'Américain ressemblait davantage à un banquier, un médecin ou un avocat en vacances à Londres. Ondine parut déconcerté.

« Incendies, plasticages, reprit-il. Voilà les armes préférées des Corses. Et la tradition de la vendetta leur sert de "tribunal". Les Corses sont un peuple refermé sur lui-même. Cette attitude complique la tâche de ceux qui cherchent à assurer la sécurité des étrangers ayant le malheur de leur déplaire. Vous aurez du pain sur la planche. »

Malgré son inquiétude, Janson afficha un air détaché. Parmi tous les lieux qu'Iboga semblait avoir fréquentés, le plus plausible était certainement la Corse. Il prenait très au sérieux le témoignage de Daniel, l'ancien SEAL, et il avait déjà inventé une histoire pour couvrir les activités CatsPaw sur l'île. À l'heure qu'il était, Jessica Kincaid se trouvait sur place, en mission de reconnaissance. Le Protocolo de Seguridad de Freddy Ramirez recrutait une force d'exfiltration. Quintisha Upchurch contactait leurs divers intermédiaires dans le but de louer des hélicoptères, des bateaux et un avion-cargo.

« Heureusement, dit Janson à Dominique Ondine, notre contrat porte uniquement sur la garantie de légitimité des investisseurs étrangers. Leur sauvegarde physique incombe à d'autres.

— Je ne comprends pas.

— Votre gouvernement ne souhaite pas entrer en conflit avec les lois européennes contre le blanchiment. Mon boulot consiste à enquêter sur les investisseurs potentiels des projets de développement ayant le soutien de la France. En d'autres termes, si un trafiquant de drogue veut placer ses profits illégaux en Corse, dans un hôtel en bord de mer, nous le repérons aussitôt et son argent ne vient pas pourrir le projet.

— Ah. Vous êtes plus un genre de comptable.

— Précisément, dit Janson en chaussant ses lunettes à monture métallique.

— Je le répète : la Corse est au bord du gouffre. Si les séparatistes attaquent et qu'ils vous chopent en train de sabler le champagne dans un palace à Punta d'Oro, ils risquent de ne pas faire la différence.

— Merci du conseil. » Janson leva son verre et l'inclina vers Ondine. « J'éviterai donc les bulles et m'en tiendrai à l'honnête cognac. »

Ondine sourit enfin.

« Dites-moi, fit Janson, vous qui êtes un homme d'expérience, d'après Princesse Mimi, pouvez-vous me dire si vous connaissez une organisation nommée Sécurité Referral ?

« *Non**. » Ondine coupa un morceau de saucisse, le colla sur un bout de pain et l'enfourna. Janson vit les yeux brillants de Mimi dévisager le Français. Il ment, pensa Janson.

« Le nom d'Émile Bloch vous évoque-t-il quelque chose ? C'est peut-être l'un de leurs collaborateurs.

— J'ai entendu parler d'un mercenaire du nom d'Émile Bloch, dit Ondine. Un ancien légionnaire.

— Mais quand on vous a parlé de lui, ce n'était pas par rapport à Sécurité Referral ?

— *Non** !

— J'ai entendu parler d'un autre homme. Un Corse. Andria Giudicelli.

— *Merde** ! » Ondine prit un air dégoûté. Il aurait craché par terre s'il n'avait été dans la cuisine de Mimi.

« Vous le connaissez ?

— Si je le connais ? Je l'ai arrêté il y a vingt ans.

— Pour quel motif ?

— Recyclage corse.

— Je vous demande pardon ? Recyclage ? »

Un sourire joua sur les lèvres d'Ondine. « Le recyclage, c'est comme ça que les Corses appellent l'incendie criminel. Andria Giudicelli a mis le feu à l'usine d'un concurrent. Ses amis l'ont fait sortir de prison et il s'est envolé. Il n'a plus remis les pieds en Corse depuis.

— Aurait-il pu se faire recruter par Sécurité Referral ?

— Comment pourrais-je vous répondre puisque j'ignore tout de Sécurité Referral ?

— On m'a dit que vous étiez à la retraite, n'est-ce pas ? » demanda Janson.

Ondine avala sa bouchée et s'essuya les mains sur une serviette. « De temps en temps, il m'arrive de faire comme vous – du conseil. C'est mieux que de se tourner les pouces. »

Janson lui tendit une carte marquée « Janson Associates ». « Pourrais-je avoir la vôtre, au cas où j'aurais besoin de vos services ?

— Mais comment donc ! » Ondine produisit sa carte et se leva de table. « Merci, Princesse. Ravi d'avoir fait votre connaissance, monsieur Janson.

— J'espère vous appeler bientôt », dit Janson. Ils échangèrent une poignée de mains.

Mimi raccompagna le Français. Quand elle revint, Janson était en train d'enfiler sa veste.

« Où vas-tu ?

— En Corse, comme je disais.

— Il a menti au sujet de Sécurité Referral.

— C'est aussi ce que je pense.

— Pourquoi ?

— Soit il les connaît et les craint, soit il travaille pour eux. D'après ce que j'ai vu, c'est le genre de type qui leur plaît : malin, professionnel, disponible, avec un bon carnet d'adresses. D'un autre côté, il n'est plus de première jeunesse.

— Pourquoi tu ne l'as pas questionné davantage ?

— Parce qu'un "comptable" n'est pas censé se comporter comme un flic.

— Mais tu vas donner suite ? »

Janson l'embrassa sur la joue. « Tu as été merveilleuse. Comme toujours. »

31

L A PREMIÈRE CHOSE QUE VIT Janson en entrant dans le port de Porto-Vecchio à bord du yacht qu'il avait loué en Sardaigne, était un hôtel de onze étages entièrement brûlé. Les fenêtres éventrées comme des yeux figés par la mort et les murs noircis de fumée, il se dressait au-dessus des yachts rutilants massés dans le port de plaisance. Les tags – « *Resistenza !* », « *La Corse aux Corses* » – ne laissaient planer aucun doute sur l'origine de l'incendie.

Il confia le bateau aux bons soins de son capitaine et partit faire un tour en ville. Tout en marchant, il observait les ruelles dans le reflet des vitrines des boutiques de luxe. Il échangea un imperceptible salut avec le propriétaire musclé d'une boutique de plongée, puis s'arrêta un bref instant sur un quai où étaient alignées des vedettes appartenant à une compagnie qui proposait des stages de parachutisme ascensionnel. Il allait s'éloigner du front de mer quand il fit une pause pour regarder l'hôtel en ruines. Des ouvriers condamnaient les fenêtres du rez-de-chaussée à l'aide de planches. En revanche, ceux qui étaient censés nettoyer les graffitis échangeaient des sourires de conspirateurs et ne se tuaient pas à la tâche.

Janson héla un taxi qui le conduisit dans les collines. Il traversa des hameaux, dépassa des carrières, des oliveraies, des maisons vides. Sur les panneaux routiers bilingues, des traits de peinture couvraient les inscriptions en français. Sur une maison dont le toit avait été soufflé par une explosion, il lut « FLNC ». Il existait des endroits pires pour cacher un dictateur en fuite. De toute évidence, les insulaires n'étaient pas du genre à informer la police de la présence d'un fugitif.

Janson descendit du taxi devant un café, au rez-de-chaussée d'une vieille maison en pierre, et demanda au chauffeur de repasser dans une heure. La terrasse ombragée par un auvent, offrait une vue à 180° : à l'est sur l'eau turquoise, à l'ouest sur les falaises arides. Tout en bas, la mer Tyrrhénienne s'engouffrait dans la baie. En haut, une route étroite serpentait à flanc de montagne. Des odeurs de lavande et de myrte émanaient des broussailles desséchées par le soleil. En ce milieu d'après-midi, le café était presque vide, si bien que Janson avait la terrasse pour lui tout seul. Il commanda une pizza quatre fromages et un verre de rosé corse. À peine eut-il terminé son repas qu'il entendit le vrombissement aigu d'un moteur tournant à plein régime.

Sur la route des hauteurs, il aperçut une Ducati 848 rouge.

Janson connaissait une seule personne capable de piloter une moto sportive à une vitesse pareille. Il réprouvait la prise de risques mais ne pouvait s'empêcher d'admirer son talent. Ses bottes, ses genoux, ses cuisses épousaient étroitement la machine. Son torse s'inclinait avec souplesse, comme détaché du reste de son corps. Kincaid négociait les virages en épingle à cheveux de main de maître, freinant, coupant les gaz assez tôt pour maximiser les effets gyroscopiques et de transfert de charge du moteur, puis accélérant en douceur à la sortie de la courbe. Janson n'appréciait guère sa manière de défier les lois de la physique et de la chance. À la moindre erreur, elle basculerait dans le ravin, partirait en tonneaux à travers les broussailles. Il se demanda si cette vitesse suicidaire signifiait que Kincaid souffrait encore du traumatisme vécu en Australie. Jouait-elle avec le feu pour mieux exorciser sa peur ?

La Ducati passa le dernier virage. Kincaid coupa les gaz en rétrogradant plusieurs fois, freina sec et s'arrêta devant le café.

Gainée de daim noir depuis les bottes jusqu'au casque, elle portait en bandoulière une paire de jumelles Swarovski et un appareil photo numérique Canon muni d'un téléobjectif. Kincaid cala la moto sur sa béquille et, alors qu'elle s'approchait de la terrasse d'un pas chaloupé, elle jeta sur la table à côté de Janson un exemplaire corné de *Birds of Corsica* édité par l'Union des ornithologues britanniques. Ce livre expliquait son équipement de chasse photographique.

Elle enleva son casque, se passa les doigts dans les cheveux et jeta un coup d'œil à Janson – comme une touriste solitaire en remarquerait un autre. Janson lui donna la réplique d'un geste admiratif. Quand elle commanda une pizza et un verre de vin, elle glissa quelques mots en corse dans un accent assez bien imité pour arracher un sourire à la serveuse.

Dès qu'ils furent seuls, Kincaid dit : « Arrête de me regarder comme ça. Je vais bien, je relâche juste la pression.

— Heureux de l'apprendre. Je suis soulagé de voir que la loi de la gravitation selon Newton a enfin été abrogée. Alors, que penses-tu de la Corse ?

— La Corse ? Je m'y sens comme chez moi. Ici, ça cogne aussi fort qu'à Red Creek. Bien sûr, tant qu'on ne leur cherche pas des histoires, les gens sont adorables. Surtout dans les montagnes. Magnifiques au demeurant. Super. On prend un virage sur la route et hop, on aperçoit la mer bleu turquoise tout en bas et des plages de sable blanc à perte de vue. Ce serait sympa de revenir ici un de ces quatre, en vacances.

— Difficile de t'imaginer en train de faire la crêpe sur une plage.

— Non pas ça. En revanche, on pourrait essayer l'escalade.

— Iboga est ici ?

— Ça m'en a tout l'air. Mais il bouge pas mal. » Elle ouvrit son guide ornithologique sur une page blanche intitulée « Notes » et dessina rapidement la carte de l'île. Cent cinquante kilomètres de long, cinquante de large. Une main fermée, l'index pointé vers le nord. « Au départ, ils l'ont repéré ici, au Cap Corse. Freddy pense qu'ils sont arrivés d'Italie en bateau. Après, ils ont dû se

déplacer vers ces montagnes au centre. C'est là que je les ai perdus. Maintenant, les gars de Freddy croient qu'il se trouve sur
cette péninsule privée, près de Vallicone. C'est juste là, sur la côte
au-dessus de Porto-Vecchio. Freddy est sûr qu'il est là.

— Pourquoi ?

— C'est une putain de forteresse. »

32

J ESSICA KINCAID TOURNA LA PAGE de son guide et dessina un plan de la péninsule s'enfonçant dans la mer Tyrrhénienne.

« L'endroit est cerné de falaises sur une hauteur de quinze mètres. On ne peut pas accoster, donc impossible d'arriver par la mer. À la rigueur dans une crique, avec un petit canot pneumatique – mais il faudrait un pêcheur pour nous guider –, puis on grimperait la paroi de la falaise. Mais comment faire descendre Iboga ensuite, à moins de dégotter un treuil quelque part? On ne peut pas utiliser un hélico – ils ont un radar.

— *Un radar ?*

— Ceux qui se cachent là-bas redoutent que les habitants les prennent pour des promoteurs immobiliers. Donc s'il s'agit de SR, je trouve assez paradoxal qu'ils aient justement choisi de planquer Iboga sur une île où tous les étrangers sont considérés comme suspects. Selon la rumeur qui circule dans les villages, ils projettent de transformer la péninsule en un gigantesque club de vacances. Ils ont réussi à se mettre à dos tout le monde : les séparatistes, la mafia corse, les pêcheurs pauvres qu'ils ont dépossédés et les écologistes qui sont loin d'être tolérants, par ici. On dit qu'ils ont déclaré la guerre au gouvernement français et aux gros riches. Je ne les blâme pas – cette île est le genre de petit paradis que l'argent est capable de détruire.

— Tu veux dire que les autorités n'empêcheront pas le propriétaire de la péninsule de se défendre par lui-même.

— Ils ont les moyens d'arrêter une armée mais en cas de besoin, ils possèdent également leur propre hélicoptère équipé de réservoirs pour longue distance. Donc, si nous avons bien affaire à SR et s'ils cachent Iboga, ils pourront facilement rejoindre le continent.

— Et si on passait par la terre ?

— Il nous faudrait des tanks. » Elle traça une ligne le long de la péninsule. « Voici la seule route. Ils ont placé des postes de garde tout du long. J'ai aperçu une mitrailleuse Dushka dans le plus proche de la route principale.

— Une Dushka ? On dirait vraiment que les séparatistes leur font très peur. » La DShK (alias « Dushka »), mitrailleuse lourde de calibre 50, était capable de détruire toute cible militaire dans l'air ou au sol, excepté des tanks.

« Je suis sûre qu'ils les craignent plus qu'ils ne nous craignent, toi et moi. En tout cas, c'est ce que pense Freddy.

— Ça ressemble assez aux méthodes SR, abonda Janson. On assure sa position mais on est toujours prêt à dégager. »

Kincaid posa le doigt sur la côte sud-est. « Oui, ils peuvent évacuer à partir d'ici. Après, ils n'ont plus qu'à traverser le golfe de Bonifacio en direction de la Sardaigne, là où tu as loué ton bateau. Combien de temps a duré la traversée ?

— Vingt minutes. Plus deux heures pour arriver ici.

— La Sardaigne est italienne mais ce n'est pas un obstacle pour eux. On dirait qu'ils franchissent les frontières comme bon leur semble. Ils choisiront peut-être cette solution. Dix navires, peut-être quinze, franchissent ce détroit tous les jours. Soit ils font monter Iboga sur l'un d'entre eux, soit ils se retranchent sur la péninsule de Vallicone, soit ils descendent vers Porto-Vecchio. Regarde tous ces bateaux dans le port. »

Des centaines de yachts et de voiliers au long cours mouillaient dans la baie, alignés en rang d'oignons. Plusieurs avaient jeté l'ancre en dehors des marinas, près des digues extérieures. Des ferries arrivaient de Naples et de Marseille.

« Ils pourraient très bien planquer Iboga sur l'un de ces yachts de milliardaires – et le conduire n'importe où en Méditerranée. Lequel est le tien ?

— Le petit trente mètres au bout de cette longue rangée de gros.

— Ouais, tu as donc pu voir que cet endroit ressemblait à une résidence de luxe pour les Européens pétés de thunes.

— Iboga est pété de thunes.

— Peut-être qu'ils prévoyaient de le cacher ici au départ, mais qu'ils ont hésité. Il y a pas mal de domaines entourés de palissades sur les hauteurs et de yachts géants dans la baie. Sans compter les îles privées, au large de Bonifacio, dont une au moins appartient à la mafia, paraît-il. »

Un vrombissement leur parvint depuis la mer. Janson repéra dans le ciel les silhouettes familières d'une flotte de Transalls C-160 vert camouflage. Ils volaient en direction de la côte, à une altitude de deux mille pieds.

« La Légion étrangère, expliqua Kincaid. Le deuxième régiment étranger de parachutistes possède des unités d'intervention rapide casernées dans le nord, à Calvi. »

Une fusée orange s'alluma sur la plage. Kincaid s'empara de ses jumelles.

« C'est un exercice. Les huiles sont de visite. »

Des légionnaires sautèrent du ventre des avions, se déployèrent en formation serrée dans leur sillage, attendirent presque les dernières secondes pour ouvrir leur parachute puis ils atterrirent sur le sable.

« Joli ! », commenta Janson.

Kincaid lui passa les jumelles. « On dirait qu'ils se regroupent sur la plage. »

S'étant débarrassés de leurs parachutes, les légionnaires pointèrent leurs fusils d'assaut vers l'objectif : un camion sur le toit duquel leur supérieur, sans doute un sergent, observait un objet dans sa main. Il ne pouvait s'agir que d'un chronomètre.

« Honneur et fidélité, dit Kincaid. C'est la devise de la Légion.

— D'où tu tiens ça ?

— J'ai bu un verre de vin avec leur colonel.

— Vraiment ?... » Il la regarda. « Le colonel s'est-il exprimé à propos de la péninsule de Vallicone ?

— Je me suis dit qu'il valait mieux ne pas parler d'Iboga à un officier français.

— C'est clair », fit Janson. Il consulta sa montre puis examina de plus près les cartes que Kincaid avait dessinées.

— J'ai envoyé Freddy et ses gars en reconnaissance à Vallicone, reprit-elle. Ils attendent tes ordres.

— Je dispose d'hélicoptères et de bateaux rapides sur un cargo ancré dans le détroit de Bonifacio. Il me manque une seule chose : la preuve qu'Iboga se trouve bien sur cette péninsule. »

Kincaid tapota la carte. « Pour moi, ces mitrailleuses parlent d'elles-mêmes. Pareil pour les radars et les hélicoptères. Il faut attaquer rapidement, avant qu'ils le déplacent.

— Si on lance l'assaut sur la péninsule et qu'il n'est pas là, on risque de déclencher une guerre avec les types armés jusqu'aux dents qui tiennent ce bastion.

— On ne peut pas se contenter de rester les bras croisés pendant qu'ils l'enlèvent sous notre nez.

— Je veux en savoir davantage avant de me lancer dans un raid qui pourrait déboucher sur un épouvantable fiasco.

— Il faut bien faire quelque chose.

— Certes, tu vas commencer par t'extraire de ce cuir. Descends à Porto-Vecchio et achète-toi des vêtements.

— C'est une ville de snobs. On ne trouve que des fringues de pouffe dans ces boutiques.

— Tant mieux, c'est ce qu'il te faut.

— Redis-moi ça ? » fit Kincaid en le foudroyant du regard.

Janson ouvrit son portefeuille et lui montra une invitation gravée sur une carte.

« Le ministre des Affaires économiques, de l'Industrie et du Développement et l'Agence de développement économique de la Corse sont heureux de convier la société Janson Associates à boire une coupe de champagne dans le cadre d'une réception rassemblant des investisseurs autour du projet de construction d'un hôtel et d'un immeuble résidentiel.

— Où t'es-tu procuré ce truc ?

— Un ami à Paris. Il y aura des promoteurs pleins aux as et quelques grands financiers français. Certains d'entre eux auront sûrement des tuyaux à nous refiler sur cette péninsule de Vallicone tant convoitée par les investisseurs. Nous jouerons nos rôles et ainsi, nous obtiendrons des renseignements fiables.

— Et quels rôles est-on censé jouer ?

— Un homme riche, entre deux âges, consultant en sécurité d'entreprise, embauché pour protéger l'Agence de développement économique de la Corse contre les criminels qui blanchissent de l'argent dans des projets légaux, accompagné de sa ravissante petite amie se faisant passer pour sa secrétaire particulière.

— Lequel des deux personnages comptes-tu jouer ?

— Rejoins-moi sur le yacht. Il s'appelle *Tax Free*. »

Kincaid hocha la tête. Malgré son agacement, elle avait hâte de relever ce nouveau défi. « Où est l'avion ? » demanda-t-elle.

Janson consulta de nouveau sa montre. « Normalement, Ed et Mike sont en train de décoller de Zurich, lui assura-t-il. Ils atterriront à l'aéroport de Figari dans deux heures. » Il savait que l'Embraer n'était pas sa première préoccupation. En lui posant cette question, Kincaid voulait surtout avoir des nouvelles de son fusil préféré.

*

* *

Janson réquisitionna la passerelle supérieure du *Tax Free* pour passer ses appels téléphoniques. Perché à bonne hauteur sur le toit de la timonerie, le poste de pilotage extérieur offrait une vue imprenable sur la marina bondée, la baie de Porto-Vecchio et les maisons baignées de soleil. En outre, il permettait de jouir d'une certaine intimité, loin de l'équipage occupé à frotter les ponts, polir les chromes, astiquer les boiseries et aspirer les tapis.

Quintisha Upchurch lui annonça que tout le dispositif demandé était en place. « Y compris le leurre, encore que les Russes soient franchement chatouilleux sur le sujet. Il aurait été plus simple d'en commander un vrai à l'un de nos fournisseurs d'armes. »

Après que Janson eut confirmé les noms et les numéros, elle termina en disant : « Monsieur Case a appelé. Il m'a demandé de vous dire qu'il creusait "son terrier" et que vous sauriez ce que cela signifie.

— Merci, Quintisha, on se rappelle. »

Aussitôt, Janson composa le numéro de Case. « Son terrier ». C'était sans doute une manière humoristique d'évoquer son nouveau rôle de taupe.

« Quoi de neuf ? s'enquit-il.

— Je ne sais trop quoi en penser, répondit Case, mais Kingsman Helms a violemment critiqué le président Poe. J'ai l'impression qu'il monte la compagnie contre lui.

— Dans quel but ? demanda Janson.

— Tu veux mon avis ?

— C'est toi qui es au QG d'ASC, dit Janson. Pas moi.

— Alors à mon avis, Helms compte retourner ASC contre Poe. Là, il prépare le terrain.

— Pour quelle raison ?

— Pour pouvoir le remplacer.

— Intéressant, dit Janson. Cela mérite réflexion. Comment vont les choses à part cela ?

— Personnellement, j'ai hâte de me tirer d'ici.

— Reste où tu es, dit Janson. Jouons le jeu jusqu'au bout. Tu as du nouveau sur la connexion Reaper ?

— Non. Et cela ne m'étonne pas. Cette affaire a dû se traiter directement. Je vois bien un officier à la retraite reconverti dans le privé promettre monts et merveilles à l'un de ses anciens collègues.

— C'est évident, dit Janson. Continue à fouiller. Que sais-tu sur le GRA ?

— Ça me dit quelque chose mais sans plus. Que signifie ce sigle ?

— Ground Resource Access.

— Ça sent le pétrole.

— Oui. Ce ne serait pas le nom d'une compagnie ?

— Qui sait ?

— Je te le demande.

— Je reviens vers toi. Où es-tu ?

— À Londres. Mais contacte plutôt Quintisha. Je vais bouger dans pas longtemps.

— On se rappelle. »

*
*   *

Doug Case raccrocha, le sourire aux lèvres.

Les Ops Cons leur avaient appris à mentir. Sans se forcer, avec le plus grand naturel. Aucun détecteur de mensonge, aucun analyseur vocal existant n'avait la capacité de les percer à jour. Quand ils faisaient leurs classes, Case était très doué à ce petit jeu. Quant à Janson, c'était le meilleur. Il était tellement convaincant que Doug Case avait failli tomber dans le panneau pour Londres. Et pourtant, il savait pertinemment que Paul Janson se trouvait à Porto-Vecchio, en Corse.

33

JESSICA KINCAID ENTRA DANS le salon du *Tax Free* avec des escarpins à talons aiguilles de douze centimètres et un pantalon blanc, taille basse. La pochette en strass qu'elle tenait à la main suffisait à peine à contenir un téléphone portable et un couteau. Janson se demanda par quel miracle un mouchoir de soie avait pu se transformer en corsage dos nu.

« Comment tu me trouves ?

— Assez jeune pour qu'un patron de bar te demande ta carte d'identité – attends une minute ! Non, il y a un truc qui cloche. Qu'as-tu fait de tes bourrelets ? »

Kincaid jeta un regard inquiet sur ses hanches découvertes. « Je n'ai pas de bourrelets.

— Mais les ados si. Tu n'es pas assez grassouillette pour le rôle.

— Dans cette ville, les gros riches sortent tous avec des filles russes. T'inquiète, il n'y aura pas de bourrelets en vue, à cette réception. »

Ils allaient partir quand le téléphone de Janson sonna.

« Une seconde. J'attendais cet appel. » Il décrocha, écouta quelques secondes et couvrit le micro.

« Que se passe-t-il ? demanda Kincaid.

— Tu m'as bien dit que Van Pelt portait un short quand tu t'es bagarrée avec lui à Carthagène, n'est-ce pas ?

— Oui, il faisait semblant de réparer des cordages.

— Avait-il un tatouage à la jambe ? »

— Non. Pourquoi ?

— La patrouille de la baie de Sydney a trouvé une jambe dans le ventre d'un requin. Mais elle portait un tatouage. Un grand serpent enroulé autour de la cuisse.

— Seigneur... Enroulé vers le haut ? Ou vers le bas ?

— Je n'ai pas demandé.

— En tout cas, ce n'est pas la sienne.

— Alors il est possible que ton copain soit toujours de ce monde. »

*
* *

La réception battait son plein sur un yacht de cent trente mètres – le *Main Chance* immatriculé à Hong-Kong – ancré sur la jetée extérieure de la marina. La salle de bal donnait sur un vaste pont où la centaine d'invités était presque entièrement rassemblée car l'air était doux, le ciel clair et l'orchestre à l'intérieur trop bruyant. Les rayons du soleil vespéral et illuminaient les maisons en pierre et en stuc perchées au flanc des collines environnantes. La vue aurait été splendide sans les ruines calcinées de l'hôtel.

Comme prévu, chaque homme était accompagné d'une jolie femme, petite amie, attachée de presse ou secrétaire particulière. Ils prirent une coupe de champagne sur le plateau que leur présenta une serveuse encore moins vêtue que Kincaid, firent semblant de boire une gorgée et se mirent au travail. Kincaid servait de rabatteuse. Elle était chargée d'attirer l'attention des messieurs très bronzés qui arboraient chevalières et gourmettes en or. Une fois qu'ils étaient ferrés, Janson entrait dans la danse et se présentait : « Paul Janson de Janson Associates – ma collègue, Miss Kincaid. » Quand les messieurs ne parlaient que français, Janson laissait Kincaid traduire, même s'il comprenait l'essentiel de ce qu'ils racontaient.

L'immeuble incendié offrait une bonne approche et dès que Jason prononçait les mots « consultant en sécurité », on lui renvoyait des remarques du genre : « Vous ne manquerez pas de travail par ici, comme vous le voyez », ou : « Ils se prennent tous pour des écolos purs et durs, en Corse. »

Certains se plaignaient du manque d'opportunités. « Les Corses détestent vendre leurs biens immobiliers. Ils pensent que pour être un Corse à part entière, il faut posséder une maison. » D'autres, au contraire, s'en félicitaient ; une telle rareté donnait de la valeur à leurs propriétés. « Le prix du mètre carré est pourtant moins élevé que sur la Côte d'Azur », rabâchaient-ils.

Jessica fonça sur un groupe de vieux nababs endiamantés et engagea la conversation. Janson, de son côté, continuait à prospecter. Il entendit répéter que le marché commençait à décoller.

« Les grandes villas valent un ou deux millions d'euros en Corse. Le double ici, à Porto-Vecchio.

— C'est le moment de frapper un grand coup », déclara un promoteur expatrié, originaire d'Atlanta en Géorgie.

Jessica mit le cap sur un vieux Français à la peau tannée, parsemée de taches de vieillesse. Il avait les dents jaunes, une livre d'or autour du cou et une émeraude de quatre carats à l'oreille gauche.

« Monsieur Lebris est persuadé que tu es mon père », lança-t-elle à Janson.

Janson salua Lebris d'un bref hochement de tête et dit à Kincaid : « Monsieur Lebris *espère* que je suis ton père.

— Monsieur Lebris investit dans des terrains autour de Vallicone.

— Magnifique, s'écria Janson. Je t'en prie, sers-toi de ton excellent français pour lui expliquer que certains de nos clients seraient intéressés par ce secteur. Dommage que la péninsule ne soit pas à vendre. »

Kincaid traduisit.

Lebris branla du chef pour bien montrer qu'il compatissait puis il débita un flot de paroles trop rapide pour Janson.

« Qu'a-t-il dit ?

— La péninsule n'est pas vraiment exclue du marché. En ce moment, elle est louée à court terme et les propriétaires, une vieille famille parisienne, pourraient bien s'en défaire moyennant un bon prix.

— Louée ?

— Cela correspondrait aux méthodes de SR, lui glissa Kincaid à voix basse. Ce sont des nomades. Pas de base fixe. Comme nous. »

Soudain Lebris poussa un juron en désignant la rive d'un geste courroucé. Une bande de séparatistes venaient de déployer une immense banderole depuis le toit de l'hôtel incendié. L'inscription en lettres rouges disait :

RESISTENZA !
LA CORSE AUX CORSES
LES ÉTRANGERS DEHORS
FLNC

Un lourd silence s'abattit sur le yacht. On n'entendait plus que l'orchestre dans la salle de bal. Lebris grommela : « *Sales terroristes !** » et se précipita vers la rambarde en brandissant le poing.

« J'aime bien leur style, dit Janson. Ils pourraient nous être utiles.

— Pour faire diversion ?

— Oui, à condition de ne pas leur faire courir trop de risques.

— J'ai l'impression qu'ils sont assez grands pour prendre soin d'eux-mêmes. » Trois hommes masqués descendaient en rappel le long du bâtiment, aussi adroitement que des alpinistes chevronnés. Une escouade de la Gendarmerie et des agents de la Direction de la Surveillance du Territoire déboulèrent sur les lieux mais furent bloqués par trois camions abandonnés dans les ruelles étroites. Profitant de la confusion, un canot cigarette noir démarra en vrombissant et partit en direction de la jetée. Les séparatistes sautèrent à bord et le hors-bord mit cap à l'est, laissant loin derrière lui les navires de patrouille.

« Il suffirait d'un grand incendie, reprit Kincaid. Le colonel de la Légion dit que le maquis est si inflammable que ses hommes doivent tirer à sec.

— Un flic français m'a confié que les incendies criminels étaient le sport favori des Corses. Que dirais-tu de te rapprocher du FLNC ? Je doute que ton ami le colonel soit en bons termes avec des incendiaires. »

Kincaid regarda autour d'elle. Les invités s'étaient détournés de l'hôtel calciné et la fête avait repris comme si rien ne s'était passé. « Je ne crois pas que ces gens-là pourront me servir d'introduction. »

Janson jeta un coup d'œil sur la passerelle de service. D'autres invités venaient d'arriver. Tout à coup, il reconnut une silhouette. « Quand on parle du loup.

— Où ça ? »

Janson lui désigna un homme de l'autre côté du pont. « Ce type très pâle.

— Celui qui a l'air riche ou celui qui a l'air d'un flic ?

— Ex-flic, corrigea Janson. Je l'ai rencontré à Londres. Dominique Ondine.

— Que fait-il ici ?

— Je l'ignore. Il dirigeait les services de sécurité en Corse jusqu'à ce qu'on le révoque parce qu'il déplaisait au président. »

Ondine se faufilait entre les convives avec l'assurance d'un homme portant un mandat d'arrêt et un flingue.

« Que cherche-t-il ? demanda Kincaid. De l'argent ?

— Espérons-le. »

Ondine aperçut Janson et lui fit un signe de tête. Quand il arriva près d'eux, il regarda Jessica de la tête aux pieds, jeta un coup d'œil aux autres jeunes femmes court vêtues et dit à Janson : « Je vois que vous avez adopté les coutumes locales.

— Mon associée, Miss Kincaid », dit Janson.

Ondine prit la main de Jessica et s'inclina. « Mademoiselle.

— Je ne m'attendais pas à vous revoir si vite, dit Janson.

— Cela ne m'étonne pas.

— Vous cherchez du travail ? Monsieur Ondine est consultant en sécurité, ajouta-t-il à l'intention de Kincaid.

— Comme vous, répliqua Ondine.

— Contentieux financier ? » demanda Kincaid.

Le Français sourit. Il avait momentanément renoncé au cognac, remarqua Janson. « Trop intellectuel pour moi, répondit Ondine. Le contentieux qui m'intéresse implique l'usage des armes.

— Ce n'est pas de notre ressort, dit Janson.

— Monsieur Janson, j'ai repensé à votre question au sujet de Sécurité Referral.

— Pourquoi ? » s'étonna Janson sans le quitter des yeux. Pendant ce temps, Kincaid cherchait du regard les éventuels collaborateurs d'Ondine.

« Pourquoi ? S'il existe un seul policier honnête c'est bien moi.

— J'aimerais savoir pourquoi "un honnête policier" comme vous – et un "honnête policier" *à la retraite* de surcroît – m'a suivi jusqu'en Corse à ses propres frais. »

Dominique Ondine désigna l'hôtel calciné et la banderole qui pendait du toit. « Cet incendie s'est déclaré la semaine dernière. Mais cet incident n'est que le dernier d'une longue liste. Des villas inoccupées ont été plastiquées, les Mercedes de leurs propriétaires brûlées, leurs bateaux coulés.

— Vous me l'avez déjà dit à Londres. La Corse est une poudrière. Vous avez évoqué les séparatistes, la mafia corse, les pêcheurs pauvres, les écologistes. Mais pas Sécurité Referral.

— Absolument, abonda Ondine. L'incendie volontaire et la vendetta sont des maux endémiques en Corse. Les Corses ont l'habitude de laver leur linge sale en famille.

— Encore une chose que vous m'avez dite à Londres. Vous avez également prétendu n'avoir jamais entendu parler de SR. Alors je vous repose la question. Sécurité Referral est-il un groupuscule corse ?

— Non.

— Dans ce cas, je ne vois pas le rapport. Vous abusez de ma patience, monsieur Ondine.

— Sécurité Referral navigue dans les mêmes eaux troubles. »

Janson et Kincaid échangèrent des sourires discrets. SR naviguait en eaux troubles. Comme CatsPaw.

« Poursuivez, monsieur, dit brusquement Janson. Que voulez-vous de moi ?

— Du travail. Le consulting ne marche pas très fort en ce moment.

— Pouvez-vous me fournir des informations qui m'aideront à combattre Sécurité Referral ?

— Les comptables se battent ? dit Ondine en souriant.

— Ne faites pas le malin », lui conseilla Kincaid.

Le Français baissa les yeux. « Je ne peux pas vous donner de telles informations.

— Vous ne pouvez pas ou vous ne voulez pas ? demanda Janson.

— Je ne peux pas. Je ne suis pas au courant. Et même si je l'étais, je ne dirais rien. Je ne suis pas suicidaire.

— Au moins, une chose est claire : vous savez de quoi il est question.

— J'ai ma petite idée. Sécurité Referral est une organisation internationale, mais elle est issue d'un accord passé entre des officiers de renseignements français – des serviteurs de l'État devenus hors-la-loi – ayant appris les ficelles du métier en Russie. À présent, on y trouve de tout – des Russes, des Serbes, des Croates, des Africains, des Chinois. C'est tout ce que je peux vous dire.

— Vous pouvez quand même m'être utile.

— Dites toujours. »

Janson indiqua du menton l'hôtel en ruines. « Vous voyez la banderole qu'ils ont accrochée sur le toit ?

— Bien sûr.

— Je veux que vous réunissiez les gars qui ont fait cela. Ce soir, à minuit.

— Vous plaisantez ? Les séparatistes sont mes ennemis. En tant que policier, je les ai pourchassés.

— Il ne plaisante absolument pas, dit Kincaid. Les gens qui travaillent pour nous n'ont pas l'habitude de discuter les ordres. Vous organiserez cette rencontre. Vous êtes le mieux placé pour le faire. »

Ondine avala sa salive. « Que puis-je leur proposer pour les inciter à venir ?

— De l'argent.

— Combien ?

— Un million d'euros. »

Ondine eut un hoquet de surprise. « Un million d'euros pour assister à une réunion ?

— Non. Un million s'ils font le boulot.

— Quel boulot ?

— Le boulot dont on leur parlera pendant la réunion.

— Quelle sera ma part ?

— Dix pour cent. Quand ce sera fini.

— Je ferai de mon mieux.

— Minuit, dit Janson.

— Et quand nous quitterons cette réception, renchérit Kincaid, dites à ces deux flics déguisés en serveurs de ne pas nous suivre. »

34

L E PROBLÈME AVEC L'HÉROÏNE c'est qu'on en trouve difficilement. Mais quand on arrive à s'en procurer de manière
régulière, c'est une drogue idéale. On la renifle et on n'a
plus mal, surtout quand vous êtes affligé d'un cerveau qui tourne
à plein régime, consumant votre esprit et votre âme plus vite que
les chars Abrams ne brûlent leur kérosène. Avec l'héroïne, vous
trouvez la pédale de frein et vous décompressez assez longtemps
pour recharger vos batteries et repartir d'un bon pied. Et il n'y a
pas d'accoutumance, à condition de ne jamais se piquer. Seuls les
ratés utilisent des seringues.

Quand il était à l'hôpital pour vétérans, Doug Case avait rencontré des tas de types qui étaient passés des drogues douces à
l'héroïne. Une vraie dégringolade. Alors que pour lui, c'était tout
le contraire.

La nuit tombait sur Houston.

Doug Case avait passé tout l'après-midi au téléphone. À
présent, assis dans son fauteuil roulant, il regardait par la fenêtre
de son bureau le tapis lumineux qui s'étalait sur l'immense
mégapole, d'un bout à l'autre de l'horizon. Il n'éprouvait ni douleur ni anxiété. En revanche, il se sentait de plus en plus impliqué
dans une situation qui avait pourtant débuté sous de mauvais aus-
pices.

Son téléphone sonna. Il répondit. « Tu as trouvé l'avion ?

— Un Transall C-160 à deux moteurs turbopropulseurs.

— Quelle couleur ?

— Eh bien, il y a un petit souci de ce côté-là. Il est couleur camouflage, comme tu le souhaitais, mais bleu.

— Je t'avais dit vert.

— Ouais, mais…

— Vert camouflage ! Fais comme tu le sens, je m'en fiche. Repeins-le ou trouves-en un autre. Vert camouflage. Pour demain. »

Case coupa la communication. Il hésita. Il aurait bien aimé se faire une ligne ou deux mais l'héroïne risquait d'amoindrir sa vigilance et ce n'était franchement pas le moment. Il décida de s'abstenir. La drogue ne créait pas de dépendance. L'échec si.

Au bout de dix minutes à ne rien faire, il commençait à s'ennuyer ferme quand son téléphone se remit à sonner. Il vérifia l'écran et vit s'afficher le nom qu'il attendait. Monsieur X. Réglé comme du papier à musique. Tous les cinq jours, exactement. Un rythme régulier dont son correspondant ne s'apercevait peut-être même pas.

« Allô, cher monsieur X, répondit Case. Comment allez-vous ce soir ? À moins qu'il ne fasse jour, là où vous êtes ?

— Vous me semblez bien guilleret, Douglas. Comment allez-vous ? »

La voix de son interlocuteur était déformée. Il parlait dans un téléphone numériquement modifié par un système développé à l'origine, dans le cadre de la guerre psychologique, pour déjouer les systèmes d'identification vocale. Cela lui rappela ses débuts dans les rangs des Ops Cons. Depuis, la technique avait beaucoup progressé grâce à la numérisation, la miniaturisation, la nouvelle définition de la position articulatoire. Les logiciels étaient passés de la version VTS1 à la VTS14.8. Désormais, l'appelant pouvait changer de timbre, transposer le ton, ajouter des vibratos, des tré-molos, capturer et synthétiser des signaux pour générer des imita-tions. Monsieur X pouvait choisir de se faire passer pour un robot, une petite fille, George Clooney ou Hillary Clinton. Ce soir, sa voix ressemblait à un croisement entre Clooney et Wall. E.

Comme il appelait d'une ligne sécurisée, Case ignorait son identité et l'endroit d'où il émettait. De même que X ne pouvait sans doute pas savoir où Case se trouvait en ce moment, grâce à l'anonymat des téléphones satellites. Cela dit, si X lui avait demandé d'indiquer sa position, Case l'aurait fait sans hésiter. Alors que le contraire eût été impensable.

Qui était derrière cette voix ? Case ne pouvait que supposer. Il appelait certainement des locaux d'American Synergy Corporation. Un cadre dirigeant – l'une des vipères, sûrement – ou bien un membre du conseil d'administration. Ou le mystérieux Bouddha en personne. Il aurait très bien pu appeler de l'extérieur mais c'était peu probable ; il connaissait trop bien les arcanes d'ASC. Leur premier contact remontait à deux ans. « Vous étiez l'agent secret le plus talentueux qui ait jamais servi ce pays, lui avait-il dit sur un ton flatteur. Servez-moi et vous serez récompensé. »

Grâce à leur collaboration, Case était devenu un homme très riche et il avait tout lieu d'espérer un avenir cousu d'or, à condition de rester loyal, obéissant, utile et discret.

« Je suis d'humeur joyeuse, en effet, monsieur. Que puis-je pour vous ?

— Je veux remplacer un membre du cercle rapproché de Ferdinand Poe.

— Par qui ?

— Commencez par créer une vacance.

— Quand ?

— Bientôt. Tenez-vous prêt.

— Qui ? »

Monsieur X prononça le nom du chef d'état-major de Ferdinand Poe, Mario Margarido.

Margarido était le ciment qui maintenait d'aplomb le nouveau gouvernement de Ferdinand Poe pendant que ce même gouvernement s'efforçait de réparer les infrastructures et de redresser l'économie insulaire, dévastée par la guerre. La disparition soudaine de Margarido ne laisserait au président par intérim qu'un seul allié solide, son plus fidèle espion devenu chef de la sécurité, Patrice da Costa. Case se demanda si X fomentait un coup d'Etat. Mais il se garda bien de poser la question. Mieux valait rester loyal, obéissant, utile et discret.

« Comment doit-il disparaître ? Avez-vous une préférence ?

— Il vaudrait mieux ne pas lui tirer dessus à la mitrailleuse devant tout le monde. »

Case reconnut le style de son correspondant. Un genre d'humour noir calculé pour flatter l'intelligence de l'interlocuteur tout en lui transmettant une information capitale sans la formuler explicitement.

« Fiez-vous à votre jugement. L'affaire ne doit pas susciter trop de soupçons. Juste un léger doute, histoire de faire réfléchir les autres. »

Cela ressemblait fort à un coup d'Etat. « Je m'en occupe. Dès que vous me donnerez le feu vert.

— Je vous ferai savoir quand passer à l'action. Vous sous-traiterez auprès de SR ? »

Case hésita. « Pas sûr. Les événements se précipitent. J'en suis le premier surpris.

— Vous redoutez un problème avec SR ? »

Cette fois, Case n'hésita pas. La frontière était ténue entre obéissance et partenariat. Case voulait jouer la confiance car il espérait qu'à plus ou moins long terme, monsieur X – quel que fût l'individu qui se cachait derrière cette voix – lui proposerait une alliance. L'argent était une chose – une belle chose – mais le pouvoir était tellement plus séduisant. Case choisit de répondre franchement. Pour lui, confier une telle mission à Sécurité Referral comportait une grosse part de risques.

« Au départ, je considérais SR comme une organisation criminelle rassemblant d'anciens agents secrets de grande qualité capables de prendre en charge des opérations de manière autonome, sans jamais impliquer leurs commanditaires. »

Pour renforcer l'atmosphère de confiance qu'il tenait à instaurer, Doug Case ménagea une pause et laissa X mener la conversation. Ce qu'il fit en ajoutant une deuxième dose d'humour noir.

« Des qualités dignes des meilleures entreprises. Ces gens me plaisent énormément. Quel est le problème ?

— Je crains qu'ils n'aient tendance à voir l'île de Forée comme une base de transit pour le trafic de drogue entre l'Amérique du

Sud et l'Europe. Il serait regrettable qu'ils profitent de l'occasion pour créer un narco-État.

— Je comprends votre inquiétude. Les acteurs non-étatiques ont le vent en poupe. Il suffit de lancer une flotte de vieux 727 au-dessus de l'Atlantique entre l'Amérique latine et l'île de Forée pour faire transiter de la cocaïne et des armes par l'Afrique de l'Ouest, traverser le Sahara et pénétrer en Europe. Un jour, le crime organisé revendiquera une nation. Ce n'est qu'une question de temps.

— Je prévoyais qu'une fois l'île de Forée sous contrôle, nous n'aurions aucun problème à mettre SR sur la touche.

— Dominer une nation souveraine permet d'éliminer la concurrence. C'est un avantage, dirons-nous. Le premier qui domine a gagné. Quoi de neuf sous le soleil ?

— SR a changé de visage. Ils sont plus ambitieux.

— Les auriez-vous sous-estimés ? » Case avait suffisamment pratiqué son mystérieux interlocuteur pour savoir qu'il pouvait utiliser le langage comme un poignard.

« Oui, je l'avoue, je les ai sous-estimés. J'ai eu tort de ne pas leur demander ce qu'ils trafiquaient sur place. Je pensais avoir affaire à des mercenaires instructeurs venus renforcer les équipes.

— Quand avez-vous réalisé que vous les sous-estimiez ?

— Quand ils ont sauvé Iboga.

— J'avais la faiblesse de croire que nous – enfin, que vous aviez engagé SR pour sauver Iboga. Je trouvais cela plutôt habile de votre part.

— Je comptais tirer bénéfice de ce sauvetage. Mais je n'ai pas pu. À présent, il m'apparaît clairement que SR s'était entendu avec Iboga bien avant que nous mettions sur pied cette histoire de sauvetage. Depuis le début, SR mise sur Iboga pour parvenir à ses fins, à savoir s'emparer de l'île de Forée. Ils l'ont sauvé dans la perspective de le replacer à la tête du pays, à la suite d'un futur coup d'Etat.

— Je commence à comprendre votre réticence vis-à-vis de Sécurité Referral, dit X.

— Je crains qu'ils n'aient reniflé le potentiel de l'île de Forée en matière de réserves pétrolières.

— C'est foutrement évident! Il ne vous est jamais venu à l'esprit que SR n'a accepté de nous débarrasser de l'*Amber Dawn* que pour mieux camoufler les résultats des sondages pétroliers?

— Si mais un peu trop tard, monsieur.

— Le pétrole est beaucoup plus rentable que la drogue. La production de pétrole peut servir de fondement à un État légitime alors que les narcocraties sont sanctionnées, mises à l'index par les pays du monde entier. Aucune nation souveraine exportatrice d'hydrocarbures ne sera jamais traitée en paria, quoi qu'en disent certaines prétendues nations légitimes qui passent leur temps à couiner devant les Nations unies. »

Doug Case ne répondit rien. Le silence jouerait-il en sa faveur? Il fallait l'espérer car tout allait se décider à cet instant.

« Si vous leur confiez la tâche d'éliminer le chef d'état-major de Poe, vous leur offrez une chance inespérée. Ils sauront par avance quand mener leur attaque avec les meilleures chances de l'emporter, dit X.

— Et nous ne pourrons rien y faire, abonda Case en employant sciemment le pronom "nous".

— Ce serait une catastrophe si le gouvernement de Forée tombait à cause d'un coup d'Etat dont nous ne serions pas les instigateurs. Vous feriez mieux d'engager quelqu'un d'autre pour supprimer le chef d'état-major.

— Vous avez tout à fait raison, monsieur », dit Case.

Il avait joué franc-jeu, avoué ses erreurs, préparé le terrain pour mieux inciter X à faire montre de son intelligence supérieure. Et au bout du compte, Case avait remporté la victoire. Il avait eu le droit de dire « nous ».

« Je suppose qu'un ancien agent secret, avec vos états de service et vos relations, a une autre équipe à nous proposer.

— Parfaitement. Et elle est prête à intervenir. »

35

UNE TRENTAINE DE MÈTRES au-dessus de la mer Tyrrhénienne, lors d'une nuit sans lune, Paul Janson ne voyait ni le câble qui reliait son parachute au canot pneumatique filant vers la péninsule de Vallicone, ni le canot pneumatique lui-même. Ses yeux ne discernaient que l'écume qui bouillonnait dans le sillage du moteur assourdi.

C'était Daniel, l'ancien SEAL, qui pilotait, assisté par Adolfo qui lui indiquait les passes entre les écueils. Le pêcheur corse portait un jean rapiécé, des baskets déchirées et un coupe-vent en Gore-Tex dernier cri, aussi noir que la nuit, cadeau de CatsPaw Associates. Le premier vêtement coûteux qu'il eût possédé de toute sa vie. Le savoir-faire d'Adolfo faisait de lui le plus précieux des vingt hommes que Janson avait recrutés pour arracher Iboga à Sécurité Referral.

Janson avait à présent la certitude qu'Iboga était planqué sur la péninsule. Croyant à tort que les nouveaux résidents y bâtissaient un lieu de villégiature sécurisé, les séparatistes comptaient déjà lancer un raid. C'est du moins ce qu'ils avaient confié à Janson la veille à minuit. Lors d'une reconnaissance, ils avaient vu l'ancien dictateur de Forée faire les cent pas dans le parc. Un *sanglier gigantesque**, telle fut la métaphore qu'ils employèrent pour le décrire.

Son plan était la simplicité même : déclencher un tohu-bohu assez effrayant pour que les agents de SR battent en retraite. Il commencerait par détruire leurs défenses externes – les nids de mitrailleuses qui bloquaient la route – puis l'hélicoptère, leur seul moyen de s'échapper avec Iboga. En dernier lieu, avant qu'ils se retranchent comme des rats pris au piège, il leur ficherait la frousse de leur vie. Le but final était que les agents de SR se tirent en laissant Iboga derrière eux.

Au harnais du passager qui brinquebalait près de lui, Janson avait suspendu un panier d'osier assez profond pour contenir toutes ses armes : un fusil à pompe, un magnifique Bushmaster noir mat emprunté à la mafia de Porto-Vecchio et deux lance-roquettes fournis par le contact de Neal Kruger sur l'île.

Un léger *tsk* dans ses écouteurs l'informa que Kincaid était en position. Elle avait le bunker dans le collimateur et attendait la première explosion.

*

* *

À la base de la péninsule de Vallicone, là où le bras de terre de quinze cents mètres de long s'élançait dans la mer, deux Corses baraqués tiraient un grand sac en toile noire à travers le maquis. Les broussailles épaisses exhalaient des parfums de lavande, de thym et de romarin. Ils progressaient dans l'obscurité en se fiant au grondement des vagues sur leur gauche et au vent frais qui leur fouettait le visage. Avec un peu de chance, le bruit des éléments couvrirait ceux de leurs déplacements et les hommes postés derrière les mitrailleuses de calibre 50 ne les entendraient pas.

Les deux Corses connaissaient comme leur poche cette péninsule large de quatre cents mètres. La terre couverte d'herbes sèches où ils rampaient s'élevait progressivement vers l'extrémité rocheuse où se dressaient la maison et les bâtiments annexes, entourés de vastes pelouses s'étendant jusqu'au bord des parois à pic. Étant gosses, ils s'y introduisaient à la barbe des autorités, armés des mêmes fusils de chasse qu'ils portaient cette nuit, sanglés dans leur dos. Lorsque trois cents mètres plus loin, ils aperçurent les contours du premier blockhaus en pierre gardant la route, ils ouvrirent la fermeture Éclair du sac et le renversèrent sur le sol. Il contenait un gonfleur à grande capacité marchant à l'essence et une pièce de tissu plastifié ressemblant à une toile de tente. Un leurre gonflable.

*
* *

« Go ! » dit Janson dans le micro posé contre ses lèvres.

Daniel mit les gaz. Le canot pneumatique prit de la vitesse. Janson sentit le parachute s'élever encore plus haut. Il tira sur les filins ascensionnels rattachés aux fentes de levage, à l'arrière de la voile. Le parachute grimpa d'une trentaine de mètres supplémentaires.

Quand il chaussa ses lunettes panoramiques de vision nocturne à senseur de fusion, la péninsule lui apparut comme une étendue verte. Le dôme du radar n'était qu'un cercle aux contours vagues. La maison, l'hélicoptère se remarquaient à leurs teintes plus sombres. Plusieurs flammes minuscules remuaient entre les deux – des êtres en chair et en os.

Les soldats de SR sortaient de la maison et couraient vers l'hélicoptère.

Janson doutait que le radar de SR fût assez sensible pour détecter une cible presque impalpable comme celle qu'il formait avec sa voile. La raison de cette agitation était autre. Un garde avait dû entendre le moteur du canot. Quoi qu'il en soit, ils étaient en état d'alerte.

Janson sortit un lanceur de grenade du panier en osier. Les vagues qui s'écrasaient contre les falaises faisaient tanguer le bateau et secouaient le filin. Le parachute trembla. Janson visa l'hélicoptère et tira. L'éclair produit par l'allumage du moteur de la fusée se refléta sur la voile large de neuf mètres déployée au-dessus de sa tête. L'ogive à fragmentation hautement explosive explosa à quelques mètres de l'hélicoptère.

Ayant raté son tir direct, il n'avait plus qu'à espérer que les éclats de shrapnel qui faisaient fuir les gardes avaient gravement endommagé l'appareil. Janson laissa choir le lanceur vide dans la mer et s'empara du deuxième. Alertés par l'éclair du RPG, les combattants de SR s'immobilisèrent en regardant le ciel et tirèrent dans sa direction des coups de pistolet et de fusil à canon court.

*
* *

Quand ils entendirent la première déflagration, les Corses chargés de gonfler le leurre se mirent au travail. Leur mission était d'autant plus délicate que le moteur à essence du gonfleur produisait un bruit difficile à étouffer. Ils tournèrent le tuyau d'échappement dans la direction opposée au bunker, se groupèrent devant l'engin dans l'espoir d'atténuer le vacarme, se signèrent, détachèrent leurs fusils et tirèrent sur la cordelette de démarrage.

Le moteur s'alluma du premier coup. Il n'était pas aussi bruyant qu'ils l'avaient craint. Déjà, le leurre en plastique prenait forme. Quelques secondes plus tard, un char d'assaut T-90 grandeur nature se dressait devant eux. Le traitement chimique du tissu plastifié conçu par l'Armée russe pour tromper les satellites de reconnaissance ennemis et les agents de renseignement au sol, était censé refléter les cibles vers le radar et les engins d'imagerie thermique.

Avant que le vent n'emporte le tank en plastique, les Corses cherchèrent les filins d'amarrage à tâtons dans le noir et les nouèrent autour des buissons. Quand tout fut correctement arrimé, ils disparurent dans le maquis et s'éloignèrent le plus possible du leurre.

*
* *

Les mercenaires serbes qui gardaient le premier bunker de Sécurité Referral ne disposaient pas de répéteur d'ondes radar. Par contre, ils possédaient des lunettes à imagerie thermique et leur Dushka était équipée d'un viseur infrarouge.

Quand ils tentèrent de percer les ténèbres environnantes, ils virent à trois cents mètres d'eux la masse effrayante d'un char d'assaut russe T-90 muni d'un canon de 135 mm dépassant de sa tourelle. Des soldats moins aguerris auraient détalé ventre à terre, mais les Serbes avaient vécu une longue guerre sanglante. Sachant que toute fuite serait inutile voire fatale, ils ouvrirent le feu en priant pour qu'un projectile s'introduise dans l'une des meurtrières du tank.

Une grêle de balles antiblindage s'abattit sur le maquis. À la stupéfaction des soldats serbes, le « tank » décolla littéralement, retomba en douceur sur ses chenilles et commença à s'affaisser. Quelques instants plus tard, il formait un tas informe sur le sol. D'abord, ils crurent à une hallucination puis, à travers leurs lunettes thermiques, ils virent une bâche en plastique claquer dans le vent.

« Un ballon ! »

« Un ballon ! »

Leur hilarité fit vite place à l'inquiétude. Quelqu'un les guettait à l'extérieur ; ils étaient en danger. Pour améliorer leur angle de tir, ils déplacèrent la mitrailleuse lourde et la traînèrent hors de leur casemate improvisée.

*
* *

« Merci messieurs », murmura Jessica Kincaid.

Avec son fusil de précision Knight's posé sur un bipode, même un enfant aurait pu atteindre cette mitrailleuse éloignée de cinq cents mètres. Elle visa le mécanisme d'alimentation de la Dushka et pressa la détente. Les Serbes sursautèrent en jetant des regards affolés dans tous les sens. Kincaid supposait que la mitrailleuse n'était plus qu'une carcasse de métal froissé mais par mesure de précaution, elle tira une deuxième fois, détruisant les doubles détentes.

Les Serbes savaient à présent qu'ils se trouvaient dans la ligne de mire d'un tireur d'élite.

Courageux mais pas fous, ils replongèrent dans le bunker.

Kincaid souleva son Knight's de sept kilos et, après avoir étudié le terrain caillouteux à travers ses lunettes panoramiques, se mit à courir vers l'extrémité de la péninsule, à la recherche de la deuxième mitrailleuse.

*
* *

Paul Janson ajusta son lance-grenade et tira. De nouveau, le système d'allumage éclaira son parachute mais les hommes de SR n'eurent pas le temps de réagir car déjà l'engin filait en spirale en direction de l'hélicoptère. La grenade explosa dans un bruit de tonnerre. L'onde de choc s'engouffra dans la toile du parachute qui fit un bond de plusieurs mètres, et souffla toutes les vitres de la maison. Saisissant le Bushmaster et le fusil, Janson appuya sur la manette de libération rapide équipant son harnais.

Il tira sur la corde du parachute d'atterrissage sanglé dans son dos. La toile se déploya dans un bruit sec. Janson manœuvra pour s'éloigner le plus possible des hommes de SR car la lumière du brasier qui consumait l'hélicoptère risquait à tout moment de révéler sa position.

*
* *

Kincaid parvint non sans peine à s'extirper des broussailles et termina sa course au sommet d'une petite butte rocheuse d'où elle repéra le deuxième blockhaus. Elle se jeta à plat ventre, planta son bipode dans la terre, ôta ses lunettes et plaça le bunker dans sa ligne de mire. Mais avant de pouvoir appuyer sur la détente, elle se trouva prise sous une pluie de balles de calibre 50, le genre de vacarme qui vous reste à jamais en mémoire une fois qu'on l'a entendu.

« Bordel ! »

Alertés par les explosions et le rugissement de la première mitrailleuse, les artilleurs de SR avaient dû chercher à détermi-

ner la position de l'ennemi. Ils avaient tiré au jugé. Elle se laissa
glisser en arrière en traînant le Knight's avec elle, puis se déporta
rapidement sur la droite. Au même instant, la Dushka balança
une nouvelle rafale mieux ajustée. Les projectiles martelèrent
l'emplacement qu'elle venait de quitter.

Elle connaissait deux moyens de traiter le problème. Le premier
consistait à abandonner son fusil et à ramper jusqu'aux artilleurs
pour leur régler leur compte avec son pistolet et son poignard.
Mais cette solution lui prendrait trop de temps. Elle décida de
trouver un autre emplacement de tir. Les rafales de petit calibre
qui retentissaient au loin révélaient que Janson était occupé du
côté de la maison. Derrière elle, tout paraissait calme. Les Corses
devaient attendre le signal.

Elle remit ses lunettes panoramiques et inspecta le terrain. À ce
niveau de la péninsule, le sol plus accidenté présentait plusieurs
monticules assez hauts pour accueillir un tireur embusqué mais
hélas, ils étaient tous placés dans la ligne de mire des artilleurs.
Elle poursuivit sa reptation vers la droite en prenant garde à ne pas
agiter les feuillages. Un arbre solitaire apparut dans son champ
de vision. Quand elle l'eut atteint, elle positionna le Knight's puis
dressa la tête pour inspecter les alentours.

Une rafale coupa l'arbre en deux. Son sommet s'écroula à
deux pas d'elle. Elle jura entre ses dents. Il fallait s'y attendre.
Elle avait commis une erreur de débutante en se cachant derrière.
Les types en face devaient l'avoir dans le collimateur depuis un
bout de temps. Cette fois-ci, elle resta sur place et compta vingt
secondes, soit le temps approximatif qu'elle aurait mis avec son
fusil pour atteindre une nouvelle position. Puis elle glissa le canon
du Knight's sous le tronc couché, cadra la Dushka au centre de
son viseur et tira un seul coup précis. La balle percuta la culasse
de la mitrailleuse lourde.

Il fallait quand même reconnaître que les hommes de SR
n'étaient pas des mauviettes. Elle les vit tracer à travers le
maquis, dans sa direction. En plus, ils savaient s'y prendre. Ils
s'éloignèrent l'un de l'autre, selon la technique prévue dans le
manuel en cas d'attaque par un sniper. Deux cibles séparées

étaient bien sûr impossibles à ajuster dans un viseur. Elle aurait beau faire pivoter son arme de l'une à l'autre, elle risquait de les rater toutes les deux. Les hommes se rapprochaient rapidement en sautant par-dessus les buissons, le plus grand en tête.

Kincaid tira d'abord sur le second, histoire de gagner quelques précieuses secondes. Le type qui courait devant eut à peine le temps de réaliser que son camarade venait de tomber, que Kincaid le calait au centre de son réticule.

*
* *

Kincaid sursauta en entendant la voix de Janson dans ses écouteurs.

« Quoi ?

— Besoin d'un coup de main. »

C'était bien la première fois qu'il lui demandait de l'aide.

« On donne le feu vert à la Légion étrangère ? proposa-t-elle.

— Dès que la voie sera dégagée.

— Elle est dégagée.

— Bien joué ! Alors, vas-y. Envoie-les. »

*
* *

Un 4 × 4 Renault Sherpa visiblement surchargé roulait à toute vitesse sur la route étroite qui traversait la péninsule dans toute sa longueur. Derrière lui, un gros camion 6x6 TRM 10000 se balançait sur ses essieux. Le convoi s'arrêta en vue de la maison où l'hélicoptère en flammes projetait des éclats de lumière sur les pelouses piétinées et les vitres brisées.

Un sergent au front fuyant sauta du Sherpa en beuglant des ordres. Les bâches formant les flancs du camion Renault se soulevèrent brusquement, révélant un bataillon de bérets verts en treillis et rangers. Ils sautèrent des deux véhicules et fixèrent des baïonnettes au bout de leurs FAMAS-1.

Certains parmi les mercenaires qui défendaient la place s'étaient déjà frottés à la redoutable unité d'intervention rapide du 2e régiment étranger de parachutistes, les uns en Afrique du Nord, d'autres en Côte-d'Ivoire, et n'avaient nulle envie de renouveler l'expérience. Ils balancèrent leurs fusils par les fenêtres tandis que leurs compagnons, moins avertis, les engueulaient dans toutes les langues possibles et imaginables – français, russe, chinois, afrikaner, anglais. « Battez-vous, bande de lâches.

— Je ne suis pas payé pour mourir », déclara un géant australien en franchissant les mains en l'air la porte criblée de balles.

Un soldat russe leva son pistolet et visa l'Australien dans le dos.

Un Chinois le désarma d'un coup de crosse et lui brisa le bras par la même occasion.

*
* *

Une fois mis hors d'état de nuire, les gardes de l'ex-président Iboga avaient été regroupés à l'intérieur du gros camion militaire. Au loin, ils entendirent des sirènes de police. Mais quelle ne fut pas leur stupéfaction lorsqu'ils virent les légionnaires répandre de l'essence dans les hautes herbes et les broussailles entourant la maison et y mettre le feu au moyen d'une grenade thermique. Lorsque ces mêmes légionnaires jetèrent leurs bérets dans les flammes, les mercenaires déconfits comprirent qu'ils avaient été vaincus par des civils. Une bande de dingues composée de séparatistes, de pêcheurs au chômage, de voyous, de voleurs, d'écolos et autres incendiaires.

*
* *

Jessica Kincaid remontait la route en courant quand elle vit les flammes avancer vers elle, attisées par la broussaille et le vent violent. Deux murs incandescents s'élevaient de part et d'autre de la route. Elle calcula que l'incendie la prendrait de vitesse, alors elle versa l'eau de sa gourde sur sa manche, y colla son nez, agrippa son fusil et se précipita dans le brasier.

Quand elle eut franchi le dernier mur de flammes, elle atterrit dans les bras puissants de Freddy Ramirez. « Ça va ? demanda-t-il en étouffant les flammèches sur son sac à dos.

— Génial. Où est Janson ? articula-t-elle entre deux quintes de toux.

— Dans la maison. Dites-lui que la grue est prête. »

Elle trouva Janson occupé à fouiller l'arsenal que les hommes de SR avaient laissé derrière eux, dans la bibliothèque. « On n'a plus de grenades. Tu vas bien ?

— J'ignorais qu'ils avaient prévu de foutre le feu au maquis. J'aurais apprécié qu'on me prévienne.

— Désolé. Les Corses se sont laissé emporter par leur enthousiasme.

— Où est Iboga ?

— Barricadé dans la cave à vin avec un responsable de Sécurité Referral. Je viens d'avoir Ondine au téléphone. Il nous reste dix minutes pour l'emmener jusqu'au bateau avant que la gendarmerie envoie un hélicoptère. »

Il ramassa une grenade incapacitante et descendit l'escalier de la cave. Le vin était entreposé derrière une porte en chêne percée de trous hérissés d'échardes. « Il se met à tirer dès qu'on lui parle, expliqua Janson. *Président Iboga ?* »

Une balle traversa le panneau de bois et se ficha dans le mur opposé.

« Qui tire ? Iboga ou le type de SR ? demanda Kincaid.

— Difficile à dire.

— Iboga ! » cria-t-elle. Visiblement, les occupants de la cave ne s'attendaient pas à entendre une voix de femme.

« Qui êtes-vous ? prononça Iboga d'une voix à la fois gutturale et bredouillante. Que se passe-t-il ?

— On dirait qu'il a bu.

— Il est dans une cave à vin.

— Qui est là ? Réponds, femme !

« — Je mentirais si je disais que nous sommes des amis. Mais on ne vous fera pas de mal. On veut juste vous conduire devant le Tribunal pénal international de La Haye ! »

Janson et Kincaid se rabattirent sur le côté. Une autre balle traversa la porte. Janson tendit à Kincaid la grenade incapacitante, pointa son Bushmaster sur la poignée et régla le sélecteur sur AUTO. Il allait faire sauter la serrure quand ils perçurent des cris à l'intérieur puis un autre coup de feu, qui épargna la porte, assorti d'un coup sourd.

« Ils se battent, dit Kincaid.

— Il faut le prendre vivant ou l'île de Forée ne reverra jamais son argent. Prête ?

— Go ! »

Janson vida les vingt balles de son chargeur sur la serrure. Malgré le silencieux, les tirs produisirent un fracas assourdissant dans cet espace confiné. Kincaid balança un coup de pied dans la porte qui s'ouvrit mollement. Elle reculait le bras pour jeter la grenade mais Janson l'arrêta dans son élan.

« Attends ! »

Deux hommes se battaient sur les pavés de la cave. Iboga, le colosse d'un quintal et demi, était vautré sur son adversaire qu'il s'employait à étrangler tout en le mordant au visage de ses crocs aiguisés. L'autre n'était pas en reste. Il lui martelait le ventre et le bas-ventre avec les poings. Le combat semblait équilibré, aussi bien en termes de puissance que de technique, et son issue incertaine. Iboga pesait plus lourd mais il était plus vieux ; on lui donnait dans les cinquante ans, vingt de plus que l'athlète qu'il cherchait à étouffer.

« Regarde son bras », dit Janson.

En apercevant le bandage, Kincaid poussa un cri étouffé. « Oh, Seigneur. » Puis elle sortit son pistolet et colla le canon sur le crâne de Van Pelt. « C'est bon. On arrête de se battre. »

Janson pressa le Bushmaster sur la tempe d'Iboga. « Allez, on se calme ! »

Les deux hommes se séparèrent violemment. Iboga en profita pour balancer un revers sur le nez de Van Pelt tout en relâchant la pression qu'il exerçait sur la gorge du mercenaire. Van Pelt se dégagea, roula sur lui-même et le remercia en lui décochant un coup de pied dans les parties. Iboga se plia en deux, le souffle coupé.

Janson le fit tomber à plat ventre, lui passa les menottes dans le dos et le hissa sur ses pieds. « On sort d'ici.

— Arrêtez ! » dit Van Pelt. Du sang ruisselait sur sa joue.

« Si tu essaies de nous suivre, tu es un homme mort, fit Janson en retirant de son coupe-vent une autre paire de menottes qu'il tendit à Kincaid. Attache-le à ce truc », ajouta-t-il à l'intention de la jeune femme. Tout en braquant le Bushmaster sur le Sud-Africain, il désigna un énorme anneau de fer scellé dans le sol.

Tremblant de rage, Van Pelt pointa Kincaid d'un doigt vengeur. « Je te préviens. Ne t'attaque pas à SR.

— Redis-moi ça ! Ose un peu !

— *Jess !*

— Bon, d'accord. On se casse. Allez, cher président. On va faire un tour en bateau.

— Je te préviens ! hurla Van Pelt.

— Préviens plutôt la police française, dit Janson. Ils seront là d'une minute à l'autre.

— Je sais qui tu es, dit Van Pelt.

— Tu ne sais rien du tout », dit Janson en traînant Iboga vers la porte. L'ancien dictateur boitait et avait toujours autant de mal à respirer.

« *Je sais qui tu es !*

— Tu crois le savoir. Mais tu te trompes.

— Je sais **que** tu fais dans les bonnes œuvres. »

Janson s'arrêta sur le seuil. « Quoi ?

— Iboga est mon client, brailla Van Pelt. Rends-le-moi immédiatement. »

Kincaid s'avança vers lui, les yeux brillants, les narines palpitantes. « Sinon ?

— Occupe-toi d'Iboga, lui ordonna Janson d'une voix calme. Fouille-le entièrement. Cette veste de chasse doit bien avoir un millier de poches. Regroupe ce qu'il transporte – armes, téléphone, argent, passeport. Je me charge de ce…. Exécution !

— Oui chef. » Elle franchit la porte.

« Maintenant réponds, dit Janson. Si on ne te rend pas ton client, que feras-tu ? Tu vas nous dénoncer à la police ? Nous empêcher de livrer à la justice internationale un dictateur sanguinaire coupable de crimes contre l'humanité ? Vas-y. À ce moment-là, nous serons loin. Et toi tu seras toujours menotté par terre. »

Hadrian Van Pelt se redressa. La rage crispait son visage ensanglanté, mais on le sentait maître de lui. « Pour la dernière fois, articula-t-il en pesant ses mots, tu as une minute pour me rendre mon client. Sinon, Sécurité Referral te pourchassera jusqu'au bout du monde. Tu passeras ta vie à regarder derrière toi. Tu seras tellement occupé à rester en vie que tu n'auras plus une minute à consacrer à tes bonnes œuvres.

— Et qui mènera cette chasse à l'homme ? Toi ?

— Crois-moi.

— Je te crois, répondit Paul Janson. Tu ne me laisses pas le choix. »

Il ramassa le pistolet tombé et visa la tête de Van Pelt.

— Un philanthrope tirerait sur un homme désarmé ?

— Deux fois. »

Van Pelt cessa de rire. Ses lèvres virèrent au blanc. « Deux fois ?

— C'est bien la méthode des assassins, non ? »

Les deux coups de feu partirent à moins d'une seconde d'intervalle. Ils se fondirent dans le même fracas.

QUATRIÈME PARTIE

Guet-apens

Soirée

29°45' N, 95°22' O
Houston, Texas

36

D OUG CASE PRÉSIDAIT UNE « Soirée Fauteuil » au Refuge
des Phœnix Boys – la maison de repos qu'il dirigeait
au profit des jeunes délinquants mutilés dans des
fusillades – situé au sud de Houston, quand Monsieur X l'appela
sur son portable. Lorsqu'il rendait visite à ses jeunes protégés,
Case le réglait de manière à bloquer tous les numéros sauf celui-
là. Chose étonnante, moins de cinq jours s'étaient écoulés depuis
son dernier coup de fil. Son interlocuteur d'habitude si flegmatique, voire cynique, se laisserait-il gagner par l'inquiétude ? Cela
ne présageait rien de bon.

« Les gars, je suis vraiment désolé mais il faut que je réponde,
s'excusa Case. Quelqu'un me remplace ? »

Parmi les mains impatientes qui se levèrent à ces mots, Case
en choisit deux et recula son fauteuil vers la sortie en posant sur
les gamins un regard plein de fierté. Ceux qui possédaient déjà
leur superfauteuil présentèrent le nouveau venu, lequel venait
de gagner le sien à force de persévérance. En effet, pour mériter
ce petit bijou, il fallait d'abord apprendre à le diriger au moyen
de ses multiples commandes. Or, le gamin en question n'avait
plus qu'une main valide. Son autre bras et sa colonne vertébrale
étaient paralysés depuis qu'il s'était fait tirer dessus en voulant
défendre son petit commerce de crack-cocaïne dans un squat de
Higgins Street.

Un infirmier souleva le corps atrophié de l'adolescent et le
déposa dans son superfauteuil personnalisé.

Case sortit de la salle. Le vigile armé posté dans le hall et le grillage qui protégeait les vasistas étaient là pour décourager les voyous encore entiers qui traînaient dans les arrière-cours de Sunnyside. Case regarda par la vitre son Escalade noire garée au bord du trottoir. Le chauffeur était assis au volant, pistolet en main.

Case s'arrêta devant une vitrine d'exposition contenant les trophées que son Refuge avait remportés lors des compétitions paralympiques, en basket, escrime, tennis, haltérophilie, judo ou tir à l'arc.

« George, dit-il au vigile.

— Oui, monsieur Case.

— Vous êtes toujours accro au tabac ? »

George grimaça. « Hélas oui.

— Alors sortez donc vous en griller une. Je vous couvre. »

George ne se fit pas prier.

Case décrocha enfin : « Allô, monsieur X ?

— Surtout, prenez votre temps, ne vous gênez pas.

— Il fallait que je trouve un endroit calme. Désolé.

— Où en êtes-vous avec Paul Janson ?

— Il a mordu à l'appât, répondit-il sur un ton enjoué. Il a même bouffé l'hameçon, la ligne et le plomb.

— Il vous a cru quand vous lui avez parlé de votre intention de démissionner ?

— Mieux que ça.

— C'est-à-dire ?

— Il est persuadé que j'ai retourné ma veste. Il m'a demandé d'être sa taupe chez ASC.

— Sa taupe ? » Le rire déformé de son correspondant grinça comme une courroie de ventilateur qui dérape. « Où a-t-il été chercher cette idée ?

— J'ai accepté sa proposition. »

L'autre faillit s'étrangler de rire. « Bravo ! Mille fois bravo, Douglas. Vous êtes un homme selon mon cœur.

— Je prends cela comme un compliment, monsieur.

— Qu'attend-il de vous, exactement ?

— Rien de particulier, pour l'instant, mentit Case. Il m'a juste demandé d'être vigilant.

— Voulez-vous un conseil d'ami ?

— Je vous en prie », se hâta de répondre Case. Malgré la distorsion numérique, il venait de percevoir un soudain changement de ton. Une menace froide.

« Évitez de vous prendre au jeu.

— Bien entendu.

— Comment pouvez-vous en être si sûr ? Paul Janson a plus d'un tour dans son sac. Et il a les moyens de vous corrompre.

— Le métier d'agent double ne m'a jamais tenté. »

Monsieur X ne paraissait pas convaincu. « Ne croyez pas que cela jouerait en votre faveur. Bien au contraire. La vie d'une taupe est un vrai calvaire. Vous vous exposez à des souffrances inimaginables. »

Case ne supportait pas les menaces, d'où qu'elles viennent. S'il avait pu, il aurait plongé la main dans le téléphone et lui aurait arraché le cœur. Mais lorsqu'il contempla son reflet dans la vitrine des trophées, il vit un infirme assis dans un fauteuil roulant. Le pauvre diable le regardait avec un sourire plein d'amertume. L'époque était à jamais révolue où il arrachait le cœur des types qui lui déplaisaient. Désormais, la violence qui couvait en lui devait s'exprimer autrement.

Il dut rassembler toute sa volonté pour réprimer le frémissement de haine et répondre aimablement, « Pas de soucis. Je ne mordrai pas la main qui me nourrit.

— On reste en contact. »

Ils raccrochèrent.

Case interrogea son reflet dans la vitre.

Jamais X ne l'avait menacé si ouvertement. Même lorsqu'il avait pris contact avec lui, la première fois, il n'avait pas utilisé cette méthode pour le cadrer. Une étrange impression se forma au creux de son estomac – ayant passé sa vie à fomenter et déjouer des complots, il s'y connaissait en pressentiments. Par inadvertance, X avait révélé sa position au sein d'ASC. Non seulement il en faisait partie mais il y occupait un poste très élevé. Sinon, pourquoi se montrer si parano à l'idée que Case puisse révéler la stratégie de la compagnie à Paul Janson ?

Puis quelque chose de plus drôle encore lui vint à l'esprit. X avait peut-être délibérément révélé cette info, comme pour lui indiquer de manière subtile qu'il lui faisait vraiment confiance. Le moment approchait-il où ils pourraient traiter d'homme à homme, d'égal à égal ?

Il savait comment en avoir le cœur net.

Case passa deux coups de fil rapides puis se replongea dans la contemplation de la vitrine en attendant qu'on le rappelle. On le rappela. C'était X.

« Oui, monsieur.

— Je viens d'apprendre qu'Iboga a été enlevé. Sécurité Referral a échoué. »

La vitrine lui renvoya un large sourire. « Comme je le prédisais, SR nous a déçus.

— Iboga nous file entre les pattes juste au moment où nous avons le plus besoin de lui.

— Nous ne l'avons pas vraiment perdu, répondit Doug Case sans quitter des yeux son reflet souriant.

— Bon Dieu, comment vous appelez ça alors ?

— Temporairement égaré.

— Vous semblez sacrément sûr de vous.

— Je le suis, monsieur. Ne vous inquiétez pas, je vous en prie.

— Ne croyez-vous pas que vous devriez vous rendre sur l'île de Forée au plus vite ?

— Un Gulfstream d'ASC est en train de se ravitailler à Hobby Airport. Je monterai à son bord dans vingt minutes.

— Je pense que vous devriez y aller en force.

— J'ai déjà doublé la sécurité sur le *Vulcan Queen*.

— Par précaution ? »

Doug Case joua le tout pour le tout.

Il était temps de revendiquer le rôle qui lui revenait de droit. Avant de porter le grand coup.

« Ce n'est pas une précaution mais une *anticipation*. Cette idée m'est venue quand vous m'avez demandé de supprimer le chef d'état-major, Mario Margarido. »

La voix déformée produisit un son cocasse, sans doute un rire étouffé. « Je vous admire, Douglas. Vous voyez les choses de haut.

— Merci.

— Êtes-vous prêt à éliminer Margarido ?

— Bien sûr, comme je l'ai promis. Tout est en place.

— Alors, allez-y !

— C'est comme si c'était fait.

— Et quand vous serez sur l'île de Forée…

— Oui, monsieur ?

— Faites l'impossible pour soutenir Kingsman Helms. »

Par sa brutalité, cette dernière phrase lui fit l'effet d'une épée chauffée à blanc qu'on lui enfoncerait dans le ventre.

Case passa en revue les possibilités. Soit monsieur X était Kingsman Helms en personne, désireux de s'assurer le soutien de Case. Soit c'était le Bouddha et, dans ce cas, il venait de désigner Helms comme son successeur. Ou bien alors, X était un inconnu, un quelconque membre du conseil d'administration ou un rival du Bouddha, impatient de placer son favori, Helms, à la tête d'ASC.

Dans tous les cas, Case venait bien de recevoir un coup d'épée dans le ventre.

« Douglas, vous êtes toujours là ?

— Je ferai tout ce qui est en mon pouvoir pour soutenir Kingsman Helms.

— Excellent. Je savais que je pouvais compter sur vous. »

37

À l'aube

39°55' N, 09°41' E
Aéroport de Tortoli, Sardaigne, 1 300 kilomètres au sud-est de La Haye

IBOGA SOUFFRAIT DU MAL de mer. Ses nausées avaient commencé dans le canot pneumatique, pendant le court trajet entre les falaises de la péninsule de Vallicone et le canot cigarette qui les attendait au large. Une fois à bord, il s'était mis à gémir à haute voix comme un homme pris de boisson – ce qu'il était. Il continua de se plaindre tandis qu'ils filaient rejoindre le cargo ancré dans le détroit de Bonifacio. Lorsqu'on l'eut hissé à bord dans un filet, l'ex-président à vie vomit son vin sur le pont.

Sous les néons de la cambuse qui sentait la graisse et le café, Janson et Kincaid inspectaient les objets confisqués au dictateur. Dans un gros portefeuille de voyage en lézard, ils trouvèrent des passeports français, russe et nigérian plus vrais que nature, un permis de conduire international et des cartes de crédit Visa et American Express au nom de N. Kwame Johnson. Parmi les autres objets, ils énumérèrent une liasse d'euros tenue par une épingle à billets en or, un briquet Zippo, le tout dernier iPhone garni d'une liste de contacts valant fort cher, un couteau de berger français magnifiquement ouvragé, une Rolex en or et diamants, un sac en plastique avec un assortiment de pilules sorties de leurs emballages – oxycodone, aspirine, Viagra – et plusieurs petits sachets contenant chacun un demi-gramme de poudre noire. D'après Janson, il s'agissait certainement de la substance hallucinogène tirée de l'arbuste équatorial dont le dictateur avait emprunté le nom : le Tabernanthe iboga. Il transféra à ses experts financiers les données présentes sur la carte SIM de l'iPhone ainsi que les numéros des cartes de crédit et des passeports, avec pour instruction de transmettre au service Recherche tout ce qui ne leur servirait pas à retrouver le butin d'Iboga.

Ce dernier était encore trop malade pour qu'on l'interroge. Janson s'agenouilla près de lui et lui ordonna de boire de l'eau pour éviter la déshydratation. Ils auraient tout le temps de discuter gros sous à bord de l'avion. Et en cas de besoin, on pourrait toujours attendre sur la piste d'un territoire ami le temps nécessaire pour que le dictateur se mette à table.

Au large des côtes orientales de la Sardaigne, ils le firent descendre dans un autre canot pneumatique. Avec Daniel aux commandes, l'embarcation fendit tranquillement les premières brumes de l'aube vers l'aéroport de Tortoli. Penché par-dessus bord, Iboga vomissait toujours.

« Le châtiment divin prend parfois des formes mystérieuses », dit Janson à Kincaid.

Ils étaient assis sur les boudins à la proue du canot. Il faisait trop sombre pour qu'elle voie son expression mais le petit sourire qu'elle perçut dans sa voix la soulagea d'un poids. Depuis qu'ils avaient quitté la Corse, la nuit dernière, c'était la première fois qu'il lui parlait autrement que pour lui chuchoter des ordres.

« Comment ça va ?

— Je tiens le choc.

— Il ne t'a pas laissé le choix, Paul.

— Ce qui ne veut pas dire que ça m'ait plu. »

Lorsqu'elle lui prit la main, Kincaid ressentit cette douceur qui la surprenait toujours. « Je connais tes règles, Paul, dit-elle. "On ne tue que ceux qui veulent nous tuer." Mais ce type était prêt à t'éliminer et à détruire tout ce en quoi tu crois.

— Piètre consolation. Mais merci quand même.

— Ne m'envoie pas sur les roses ! Je n'essaie pas de te consoler mais de te remettre les idées en place.

— Eh bien, merci pour ton effort. Je suis sérieux, crois-moi. » Il lui tapota le bras d'un geste distrait, composa un numéro sur son portable en masquant la clarté de l'écran avec la paume, écouta sonner puis raccrocha. « Je n'arrive toujours pas à joindre les garçons. »

Plus tôt dans la nuit, Ed et Mike avaient annoncé leur arrivée à Tortoli. Ils avaient garé l'Embraer dans un coin discret, à l'écart de la piste. Le petit aérodrome situé à l'extérieur de la ville de Tortoli – la tour de contrôle était entourée d'arbres, d'après Ed – recevrait un ou deux charters de touristes par jour. Son unique piste s'étirait entre le bâtiment rustique servant de terminal et la plage où le canot allait bientôt accoster. Avec un vent d'est dominant, l'Embraer avait atterri le nez tourné vers la mer, ce qui signifiait qu'il décollerait au-dessus de l'eau. Pour rejoindre l'avion, il leur faudrait donc parcourir deux kilomètres à pied depuis la plage en traînant Iboga dans le noir.

Les petites vagues de la rive clapotaient contre les flancs du canot. Iboga vomissait toujours.

« Heureusement qu'on a embarqué le chariot. »

Le canot pneumatique s'engagea sur le sable. Daniel les aida à traverser la plage et revint chercher le chariot sur lequel ils sanglèrent Iboga en position debout. Les pneus épais roulaient facilement sur la piste en asphalte.

« Merci pour ton aide, dit Janson en serrant la main de Daniel.

— Rentrez bien. »

Janson et Kincaid prirent chacun une poignée du chariot et poussèrent Iboga en direction de la tour de contrôle noyée dans l'obscurité des collines. Janson rabattit ses lunettes panoramiques sur ses yeux et aperçut le bâtiment trapu au milieu d'un bouquet d'arbres. À côté, il discerna la silhouette d'un avion – mais pas l'Embraer. Ses moteurs étaient fixés aux ailes. Sans lâcher la poignée du chariot, il balaya du regard la zone entourant les hangars et vit l'Embraer, tous feux éteints, le nez pointé vers la piste. Il les attendait. Sa porte était ouverte, sa passerelle déployée.

« Je le vois. »

Grâce au système à infrarouge équipant ses lunettes de vision nocturne, il remarqua au niveau de la queue la masse brillante des gros moteurs Rolls-Royce. Ils dégageaient plus de lumière que les bâtiments et l'autre avion, ce qui signifiait qu'Ed et Mike les avaient fait chauffer en prévision d'un décollage immédiat.

Depuis qu'il avait posé le pied sur la terre ferme, Iboga ne gémissait plus. Il retrouva même la parole.

« Où va-t-on ? demanda-t-il.

— Pays-Bas. La Haye. Tribunal pénal international.

— Laissez-moi partir. Je paierai.

— Combien ? fit Janson sans ralentir le pas.

— Dix millions d'euros.

— Arrêtez, ne dites pas que vous possédez une somme pareille, cracha Kincaid.

— Si si, je l'ai.

— Cent millions, renchérit Janson.

— Soixante-dix », répliqua Iboga.

Janson sentit l'espoir renaître. Iboga marchandait comme si le montant lui importait peu, comme s'il savait qu'il lui en resterait toujours assez. La part du lion. À moins qu'il bluffe, pour détourner leur attention, espérant encore leur échapper.

« Où il est, ce fric ? demanda Kincaid.

— Vous m'emmenez. Je donne l'argent.

— Où ça ?

— D'abord vous dites oui. Et vous me rendez mes affaires.

— Je dirai oui quand vous m'aurez dit où. Et vos affaires, vous ne les aurez qu'au moment où je palperai vos millions. »

Iboga garda le silence pendant de longues secondes puis il céda.

« Zagreb. »

Le choix de la capitale croate avait une certaine logique, pensa Janson. La Croatie faisait partie des pays les plus corrompus de l'ancien bloc soviétique. Les organisations criminelles transnationales du style Sécurité Referral devaient y jouer un rôle majeur. Il tenta de calculer la somme reversée à SR par la banque croate où était entreposé l'argent volé par Iboga – et par le gouvernement lui-même – en récompense de ses bons et loyaux services.

Soudain, Kincaid chuchota : « C'est quoi ce bruit ? »

Janson l'entendit lui aussi. Derrière eux. Un avion approchait par la mer. Il remonta ses lunettes sur son front. La tour de contrôle lui apparut dans les premières lueurs de l'aube.

« Turboréacteurs. »

Le vrombissement passa sur les collines puis l'appareil amorça une boucle et revint vers eux.

« Il descend. »

Les fenêtres de la tour étaient sombres, le terrain fermé pour la nuit. Cet avion n'avait pas l'autorisation d'atterrir. Janson et Kincaid accélérèrent le pas pour échapper aux feux d'atterrissage tout en se fiant au bourdonnement des moteurs. Tout à coup, la silhouette de l'appareil se découpa contre le ciel de plus en plus clair. C'était un transporteur militaire à ailes hautes et deux moteurs.

« Bizarre », dit Janson.

Kincaid acquiesça. On aurait dit un Transall C-160, le bimoteur turboprop qu'utilisaient les unités d'intervention rapide du 2ᵉ régiment étranger de parachutistes. Il se posa vite et sans encombre. Ses feux ne s'allumèrent qu'à la dernière seconde, révélant un fuselage vert camouflage. Le triple train d'atterrissage absorba l'impact. Les moteurs s'inversèrent dans un rugissement. Le Transall décéléra si vite qu'il put faire demi-tour au tiers de la piste. Puis il se mit à rouler vers eux, tous feux allumés.

« Au secours ! » hurla Iboga en essayant de se protéger les yeux de ses mains ligotées. Janson et Kincaid avaient déjà rabaissé leurs lunettes à vision nocturne pour ne pas être éblouis.

Quand ils virent la soute du cargo s'ouvrir et cracher sur le tarmac un bataillon de parachutistes, ils calculèrent qu'il ne leur restait que quelques secondes pour fuir. Mais il n'en était pas question. Fuir signifiait abandonner leur prisonnier et mettre en danger Ed et Mike à bord de l'Embraer.

« Qu'est-ce qu'ils foutent ici, ces putains de légionnaires ?

— On est en Italie. Ils n'ont pas le droit d'atterrir comme ça.

— Apparemment, ils ne sont pas au courant. »

Une voix de stentor retentit, amplifiée par un haut-parleur. L'homme parlait français.

« Il dit "les mains en l'air", traduisit Jessica.

— J'avais compris. » Ils levèrent les bras. « Et maintenant, il dit quoi ?

— Euh… "Iboga… en état d'arrestation… sorti illégalement du territoire français." »

Deux soldats arrivaient au pas de charge. Ils attrapèrent les poignées du chariot et poussèrent Iboga vers le Transall.

« Voilà les flics qui débarquent. »

Une voiture de la police italienne contourna le terminal sur les chapeaux de roues, dépassa la tour de contrôle et s'engagea sur la piste. Son gyrophare lançait des éclairs bleus. Deux carabiniers en descendirent, rajustèrent leur vareuse noire et marchèrent vers le Transall en roulant des mécaniques. Un parachutiste français s'avança, braqua sur eux son fusil d'assaut et tira une longue rafale. Les balles sifflèrent aux oreilles des policiers, faisant exploser les vitres de leur véhicule.

« Depuis quand l'armée française utilise-t-elle des AK-47 ? » s'étonna Kincaid.

La deuxième rafale leur passa au-dessus de la tête. Les flics italiens se retranchèrent dans l'ombre.

Janson compta les soldats. « Ce Transall contient quatre-vingts paras, normalement. Je n'en vois que dix.

— Ces types ne sont pas des légionnaires. Pas plus que les nôtres. Mais bon Dieu, qui est-ce ?

— Espérons seulement qu'ils continuent à manquer leurs cibles. Ces AK ont l'air vraies, contrairement à eux.

— Et Iboga ? On ne va quand même pas les laisser faire !

— On va les suivre, dit Janson sans trop d'espoir. À moins qu'ils ne tirent dans les roues de l'Embraer. »

Les faux parachutistes détachèrent Iboga du chariot et l'aidèrent à monter dans le Transall.

Parvenu en haut des marches, Iboga se fendit soudain d'un sourire si large que ses dents pointues étincelèrent.

« Que se passe-t-il ? Il a l'air sacrément content, dit Kincaid.

— Attends, dit Janson. Et prépare-toi au pire. »

L'un de ses pseudo-ravisseurs tendit à Iboga un foulard jaune vif, le keffieh qui lui servait d'emblème. Iboga l'enroula autour de son énorme crâne et se rengorgea. Puis d'un geste impérieux, il ordonna au soldat d'abattre Janson et Kincaid qui n'avaient toujours pas baissé les bras.

Au lieu d'obéir, l'homme poussa Iboga dans le ventre de l'avion sans prêter attention à ses gesticulations. Il fallut le renfort de quatre hommes pour lui faire passer la porte. Janson n'en croyait pas ses yeux. Non seulement le soldat ne tira pas dans le train d'atterrissage de l'Embraer avec son fusil d'assaut mais il leur adressa un salut moqueur. Déjà l'avion repartait le long de la piste. La porte se referma.

Janson se dépêcha d'escalader les marches de l'Embraer, Kincaid sur les talons.

« On met la gomme, les garçons ! Il faut les suivre. Oh, mon Dieu ! »

Ed et Mike étaient assis sur leurs sièges. Les sangles de sécurité les empêchaient de basculer en avant. Il y avait du sang partout dans le cockpit. Les deux hommes avaient la gorge tranchée.

38

« IGNOBLE... ABSURDE... » La voix de Kincaid se brisa, sa bouche tremblait. « Pourquoi les avoir tués eux, et pas nous ?

— Ed et Mike étaient plus vulnérables. »

Certains jours, Janson avait honte d'appartenir au genre humain. Ces deux braves types, ces deux aviateurs talentueux, si fiers de piloter cet avion magnifique, toujours prêts à conduire Janson aux quatre coins du monde, à changer de cap au débotté au risque de perdre leur licence, ne méritaient pas de mourir assassinés.

« Absurde, répéta Kincaid. Ce sont des pilotes. Ils ne sont.... Oh, mon Dieu, ils ont toujours été si gentils avec moi. »

Pas si absurde que cela, pensa Janson. Il y avait une raison à ces meurtres. Les faux légionnaires les avaient laissés avec deux cadavres sur les bras, à des milliers de kilomètres de chez eux et sans aucun moyen de quitter rapidement le pays. Les autorités italiennes les retiendraient des semaines durant et, selon la loi italienne, ils pouvaient passer deux ans en prison avant même de connaître les charges retenues contre eux.

Son cœur chavira. Ces deux hommes faisaient partie de la famille CatsPaw et Phœnix dont les membres se comptaient sur les doigts d'une main : Jesse, Quintisha, Mike, Ed. Il regarda à travers le pare-brise. Combien de kilomètres Ed et Mike avaient-ils vu défiler à travers cette vitre, depuis qu'ils étaient à son service ? L'Embraer était pointé vers l'est. Le ciel rosissait à l'horizon. Les carabiniers étaient sans doute en train d'appeler des renforts sur leur radio.

« Je vais prendre des serviettes et des couvertures pour les allonger à l'arrière », dit-il.

Kincaid le suivit en trébuchant comme si elle venait d'émerger d'un profond sommeil. Ils trouvèrent ce qu'ils cherchaient dans le placard à linge puis retournèrent à l'avant. En chemin, il s'arrêta pour ramener l'échelle et fermer la porte puis il rejoignit Jessica, occupée à éponger le sang, dans le cockpit. Ils enveloppèrent Ed et Mike du mieux possible, les portèrent dans la queue de l'avion et les sanglèrent sur les couchettes.

« Iboga semblait étonné. Il ne s'attendait pas à ce sauvetage.

— Ouais, j'ai remarqué moi aussi. Ce SR de malheur…

— Ces types n'appartenaient pas forcément à SR. Les agents de SR auraient abattu tous les gêneurs. Les flics, nous.

— Ils ont eu Ed et Mike.

— Oui mais ils ont agi à dessein. Ils nous ont laissé sur place pour que nous servions de boucs émissaires. Au lieu de les pourchasser, les Italiens vont nous tomber dessus. Soit nous restons à les attendre et nous sommes coincés ici pendant des mois, soit nous essayons de passer entre les mailles du filet et nous recommençons à traquer Iboga et son argent.

— Et nous chopons les assassins d'Ed et Mike.

— Tu as déjà travaillé les techniques de décollage sur le simulateur ? »

Elle détacha son regard des cadavres emmaillotés. « Ouais, une fois. C'est Ed qui me l'avait réglé. Mike était assis à côté de moi.

— Tu t'en es tirée comment ?

— Réussi du premier coup. Tu veux essayer ?

— Ça fait un bout de temps que je n'ai pas piloté. J'espère que tu es meilleure que moi.

— C'est peu de le dire.

— Alors j'envoie la fumée et toi, tu nous sors de ce guêpier. »

*
* *

Kincaid essuya le sang de Mike sur le siège de gauche, s'y installa et l'avança pour pouvoir atteindre les pédales de direction. Ed avait collé un carton sur la manette des gaz, où était écrit « V1 114 » et « VR 130 ».

V1 correspondait à la vitesse de décision au décollage, qu'Ed avait calculée à partir du poids de l'avion, de la longueur de la piste, de la température et de la vitesse du vent. Kincaid pouvait donc renoncer à décoller jusqu'à ce que leur avion de 22 tonnes atteigne les 114 nœuds – 210 kilomètres/heure – si, par exemple les deux moteurs ne tournaient pas au même rythme. Mais une fois passé les 114 nœuds, elle n'aurait plus le choix. Elle montra à Janson la marque qu'Ed avait tracée sur le cadran de vitesse. Puisqu'il ne pilotait pas, ce serait à lui d'annoncer « V1 » dès le passage des 114 nœuds. Puis quand le cadran afficherait 130 nœuds, soit la vitesse de rotation ou VR, il devrait dire « Rotation ». À ce moment-là, Kincaid tirerait sur le manche et l'avion décollerait.

Janson grimpa sur le siège du copilote, coiffa les écouteurs et observa les appareils électroniques. L'expression « envoyer la fumée » signifiait se servir du dispositif d'autoprotection de l'Embraer pour leurrer les contrôleurs aériens et leur faire croire que leur bimoteur était ailleurs ou bien encore nulle part.

Pour commencer, il éteignit le transpondeur, ce qui coupa la liaison avec le radar au sol et les autres avions. Puis il ferma le Système automatisé de rapports d'information de vol qui avait récemment remplacé l'enregistreur de données de vol, ou « boîte noire ». Ainsi, ils ne laisseraient aucune trace électronique dans le ciel.

Janson vérifia le plan de vol sur l'ordinateur. Ed avait entré La Haye, Pays-Bas, mille trois cents kilomètres nord.

« On va tenter de voler en rase-mottes le long des côtes de Sardaigne pour quitter au plus vite le territoire italien. Après, sur la Méditerranée, l'espace aérien sera libre.

— Tâchons d'abord de nous arracher du sol. »

Kincaid toucha la manette de commande des moteurs à sa main gauche puis le levier de démarrage. Le compresseur du moteur numéro un se mit à tourner sur alimentation batterie. Les yeux de Kincaid faisaient des allers-retours entre les diverses manettes et les moniteurs. Avec son séquenceur de démarrage automatique, l'Embraer était à peine plus difficile à lancer qu'une voiture puisqu'on n'avait pas à décider si la turbine tournait assez vite pour introduire le carburant et démarrer. Le moteur réagit au quart de tour. Elle le laissa tourner pendant qu'elle enclenchait le compresseur du moteur numéro deux, lequel ne répondit pas. Le séquenceur refusait d'enflammer le carburant.

Janson vit des lumières clignoter entre les arbres bordant la tour de contrôle. « C'est maintenant ou jamais. »

Le moteur numéro deux n'était toujours pas allumé mais Kincaid joua le tout pour le tout. Elle lâcha les freins et envoya les gaz dans le moteur numéro un. L'avion se mit à rouler. Une voiture de police contourna la tour de contrôle sur les jantes et fonça sur l'avion pour lui barrer le passage. Les flics commençaient à freiner quand le moteur numéro deux se réveilla. Aussitôt le conducteur se ravisa en donnant un coup de volant. Le Fadec, régulateur numérique de moteur à pleine autorité, synchronisa les révolutions du numéro deux sur le numéro un.

« Première bonne nouvelle, marmonna Kincaid en testant les volets, les becs de sécurité et le gouvernail. Ed et Mike avaient tout préparé pour le décollage. La check-list est faite, les moteurs sont chauds... enfin, nous allons bientôt savoir s'ils le sont assez. Deuxième bonne nouvelle : le temps séparant le ralenti du décollage est réduit sur ces moteurs Rolls-Royce.

— Maintenant la mauvaise ?

— La piste est courte. Je dois faire demi-tour et repartir du début. »

Janson approuva d'un hochement de tête. L'avion avait déjà parcouru plusieurs centaines de mètres sur la piste dont l'extrémité semblait étonnamment proche, dans la lumière de l'aube. Kincaid tourna la roue avant, fit pivoter l'avion sur 180 degrés et le dirigea vers la voiture de police. Janson alluma les feux d'atterrissage de manière à aveugler ses occupants. Le véhicule dégagea le terrain pour se réfugier derrière le terminal.

Arrivée en début de piste, Kincaid refit pivoter l'avion, cala les freins et poussa doucement la manette des gaz vers l'avant jusqu'à l'encoche marquée « TOGA » désignant la commande de poussée. Les moteurs montèrent en puissance. L'avion se mit à vibrer. Avant d'enlever les freins, Kincaid prit le temps de s'assurer que les deux moteurs tournaient à la même vitesse, précaution inutile, se dit Janson, puisque la séquence les synchronisait automatiquement ; Ed et Mike, dont les carrières de pilotes avaient commencé avant l'automatisation, lui avaient sûrement enseigné cette dernière vérification.

Kincaid lâcha les freins.

Neuf tonnes de poussée projetèrent l'Embraer vers l'avant. Janson sentit son dos s'enfoncer dans son siège. Déjà le sol défilait très vite de chaque côté d'eux. Les chiffres sur l'indicateur de vitesse roulaient comme dans une machine à sous. Janson fixa d'un regard anxieux le petit indicateur des 114 nœuds. L'Embraer semblait peser sur ses roues qui raclaient le tarmac usé. À travers le pare-brise, la plage se précipitait vers eux. Le soleil surgit de l'eau rouge sang. D'elle-même, la main de Janson se tendit vers la commande du train d'atterrissage.

« Pas encore, dit tranquillement Kincaid.

— V1 », dit Janson.

C'était parti.

Janson attendit le VR. Enfin, ils arrivèrent à 130 nœuds.

« Rotation. »

Kincaid abaissa le manche à balai. « On y va, mon ami. »

Juste avant que ses roues ne touchent la plage, l'Embraer leva le nez. Ses ailes s'inclinèrent légèrement, cherchant le vent. Le train d'atterrissage souleva un tourbillon de sable et d'eau. L'Embraer volait.

« Train d'atterrissage rentré. »

*
* *

Janson négligea les appels radio répétés venant du Contrôle aérien italien.

« Fais-le voler plus bas », dit-il à Kincaid. Les antennes radar au sol pouvaient les traquer jusqu'à une distance de quatre cent cinquante kilomètres à partir du rivage. Pour disparaître, ils devraient voler sous le radar.

« Cent pieds, ça te va ? » Fière de son décollage, Kincaid avait les joues en feu, les yeux étincelants.

« Évite quand même de heurter les bateaux. »

Ils étaient à quinze kilomètres au sud des côtes, soixante mètres au-dessus des vagues. Les pêcheurs, les capitaines de yachts qui les voyaient passer devaient se frotter les yeux pour y croire.

Janson espérait que l'heure matinale, les petites querelles territoriales et la confusion générale augmenteraient le temps de réaction du contrôle aérien italien. Normalement, dans ce cas de figure, on envoyait les chasseurs de l'armée de l'Air intercepter l'appareil en infraction. Le moment était venu de brouiller les pistes. Sur le clavier du copilote, il entra un code privé destiné à déverrouiller les options du transpondeur alternatif. Le transpondeur était censé identifier l'Embraer, révéler son plan de vol et son altitude sur la demande du radar du Contrôle. Le transpondeur alternatif – en violation de toutes les règles de l'aviation civile – répondrait aux demandes du radar avec des données erronées, celles d'un Embraer fantôme suivant un plan de vol imaginaire.

Vingt minutes plus tard, ils contournaient la pointe sud de la Sardaigne et viraient à l'ouest sur la Méditerranée. « On grimpe », dit Janson.

Kincaid régla la vitesse et le pilotage automatiques sur montée initiale. « Au-dessus ou au-dessous de un-huit-zéro ? » demanda-t-elle.

Le fait de monter au-dessus de dix-huit mille pieds autorisait l'application de la procédure de vol aux instruments.

« Au-dessus », dit Janson. Il comptait à la fois sur le transpondeur alternatif et sur la toute dernière réglementation d'EUROCONTROL en Méditerranée permettant aux aéronefs traversant l'espace aérien peu fréquenté entre l'Europe et l'Afrique du Nord de suivre leur propre route au lieu de se plier aux ordres spécifiques du contrôle du trafic aérien. Le vol en « mode autonome », sans obligation de rendre compte de chaque mouvement, faciliterait leur disparition.

Il tablait également sur la confusion qui régnait sans doute en ce moment sur l'aérodrome de Tortoli. Les choses s'étaient passées si vite que les policiers italiens avaient très bien pu confondre l'Embraer avec le faux Transall C-160 de la Légion française dont ils avaient certainement noté le numéro après la destruction de leur véhicule.

Ils étaient seuls dans le grand ciel d'azur. Derrière eux, le soleil levant ; devant, la Méditerranée à perte de vue. Mais tant qu'ils ne seraient pas sortis de l'Union européenne, Janson ne pouvait rien faire sauf prier pour que le gouvernement italien passe les trois prochaines heures à se prendre de bec avec les Français par la voie diplomatique. Le temps pour eux de franchir le détroit de Gibraltar et de se perdre au-dessus de l'océan Atlantique.

« Où allons-nous ?

— Il n'existe à mon sens qu'un seul endroit au monde où l'on nous acceptera sans poser de questions. L'île de Forée. Comment ça va, côté carburant ?

— Ed et Mike ont fait le plein à Rome, mais c'est insuffisant pour nous emmener jusqu'à l'île de Forée. »

Le panneau de commandes et d'affichage multifonction confirma le pronostic de Kincaid. Janson joua avec les fonctions pour établir un plan de vol. « Trois mille kilomètres jusqu'aux Canaries, si nous pouvons franchir le détroit de Gibraltar.

— Tout est dans le "si". »

Des bases militaires espagnoles, marocaines, américaines et britanniques contrôlaient le détroit séparant les côtes d'Espagne et du Maroc.

« Tant que personne ne nous prend en chasse, je peux m'arranger pour passer. Ce n'est pas comme si on essayait d'introduire en Manche une escadrille d'avions transatlantiques. Donc, si je comprends bien, tu veux qu'on se ravitaille sur les îles Canaries et qu'on reparte tranquillement en contournant les côtes nord-est de l'Afrique en suivant une trajectoire courbe de six mille kilomètres.

— Six mille kilomètres au minimum. Quand on volait vers la Méditerranée, Mike était obligé de zigzaguer à cause des vents contraires.

348 LA MISSION JANSON

— En cas de doute, on peut toujours tenter une escale à Praia ou à Dakar, mais c'est un peu hasardeux. Aux Canaries, on peut compter sur l'aide de Freddy tandis qu'au Cap-Vert et au Sénégal, on ne connaît personne. »

Janson entra un autre code privé. Il obtint le manuel d'application des contremesures. Le distributeur de contremesures caché sous le fuselage ne servirait qu'en tout dernier recours, l'objectif principal des leurres électroniques étant de déjouer les missiles ennemis. Un jet privé comme le leur n'avait pas d'autre moyen d'échapper à des avions de chasse. Pour l'instant, il s'agissait de déjouer le radar du contrôle aérien. En cas d'échec, Janson enverrait les leurres pour tromper les chasseurs de l'armée de l'Air. Mais avant de déployer les grands moyens, mieux valait continuer à voler avec le transpondeur éteint, et rester assez vigilant pour éviter une collision avec un autre avion, toujours possible malgré la quasi-absence de trafic aérien dans ce secteur.

« Quelque chose me dit que tu as raison. Ces faux légionnaires n'ont rien à voir avec SR, fit Kincaid. Mais il faut être drôlement habile pour monter une telle opération dans un délai si bref. J'ai l'impression que quelqu'un s'attendait à ce qu'on enlève Iboga en Corse.

— Quelqu'un qui voudrait lui éviter de passer en jugement à La Haye, abonda Janson. On a le choix. Il peut s'agir des renseignements militaires nigérians, du mystérieux GRA ou d'American Synergy Corporation.

— Tu devrais peut-être interroger ton copain Doug.

— Pas encore. »

Janson appela le département Recherche de CatsPaw sur son téléphone satellite. « Qu'avez-vous trouvé sur le GRA ?

— Rien. Aucune compagnie n'est répertoriée sous ce nom.

— Pourrait-il s'agir d'une filiale d'American Synergy Corporation ?

— J'y ai pensé mais je n'ai rien trouvé de ce côté. »

Janson s'accorda quelques secondes de réflexion. « Et si c'était un organisme de façade servant à dissimuler une agence gouvernementale ? La CIA ou... » Il laissa sa phrase en suspens ; son interlocuteur la termina pour lui, « Les Ops Cons ?

— Pourquoi pas ?

— Possible. Mais on n'en a aucune trace. Ni sur le papier, ni sur les réseaux informatiques.

— À ma connaissance, le seul papier portant ce sigle est une carte de visite.

— À quoi ressemble-t-elle ?

— Je ne l'ai pas vue. On m'en a parlé, c'est tout. Que dirais-tu d'aller faire un tour à Londres ?

— En classe affaire ?

— Pas de problème. Tu chercheras un dénommé Pedro Menezes. C'est un ancien ministre du Pétrole de l'île de Forée. Il prétend avoir touché de l'argent de GRA. »

Kincaid posa la main sur le bras de Janson. « L'*Amber Dawn*. On nous a bien dit qu'il appartenait à des Néerlandais, non ? »

Janson dit à l'intention de son correspondant : « Cherche une connexion néerlandaise. Pose la question à Menezes. »

Ils raccrochèrent.

Kincaid lui tapota le bras d'un geste urgent. « Paul !

— Quoi ?

— Où sont ses cigarettes ?

— Quelles cigarettes ?

— Celles d'Iboga. Il avait un briquet mais pas de cigarettes. Ni de cigares.

— Peut-être qu'il fume sa drogue.

— Non. L'ibogaïne ça s'avale, ça ne se fume pas. »

Ils échangèrent un regard interloqué. Auraient-ils laissé passer un détail de première importance ? « Où sont ses affaires ?

— Dans mon sac à dos. »

Janson se précipita à l'arrière, trouva la poche contenant les objets confisqués à Iboga, sortit le Zippo et revint s'asseoir sur le siège du copilote. L'objet ressemblait à un briquet tout à fait normal. La marque était gravée sur le fond du réservoir, avec une petite flamme sur la lettre « i », à la place du point. Il ouvrit le clapet. À l'intérieur, rien de particulier : une mollette d'acier cranté et une mèche noircie. Il le porta à ses narines. Ça sentait l'essence à briquet. Quand il fit tourner la mollette, une étincelle jaillit de la pierre et la mèche s'enflamma. Un peu déçu, Janson souffla la flamme et démonta le briquet. En dessous, il y avait la laine de coton servant à absorber l'essence et la vis retenant la pierre. Il retira la vis. Une pierre parfaitement normale tomba au creux de sa main. Il ouvrit son canif, choisit un poinçon et avec le bout, sortit la laine de coton. Le réservoir était vide. Il pressa le tampon entre ses doigts.

« Tiens donc ! »

Janson posa le coton sur le clavier devant lui, éplucha les fibres et saisit entre le pouce et l'index l'objet rigide qu'il avait senti à la pression. « C'est quoi, d'après toi ? demanda-t-il à Kincaid. Une clé ? On dirait la clé d'un coffre. »

Kincaid lui adressa le regard de commisération qu'elle réservait aux agents secrets ayant débuté leur carrière au XXe siècle. « Janson, ça ressemble à une clé mais en fait, c'est une clé USB qu'on transporte suspendue à un porte-clés. »

Janson enfonça l'USB dans le port relié à l'écran d'Ed. « Je vois des nombres. Des codes bancaires à neuf chiffres. Toute une série. » Il appela l'experte financière de CatsPaw sur son Iridium. « Essayez donc ça », dit-il. Puis il lui dicta la liste.

Elle rappela quelques minutes plus tard. « Quatre banques à Zagreb.

« Vous pouvez y accéder ?

— Quelles règles faut-il contourner ?

— Les règles d'un dictateur corrompu.

— Nous pouvons tenter d'y accéder avec l'aide d'un tiers que nous avons déjà appâté en lui faisant miroiter une prime d'un million d'euros.

— Prime accordée », dit Janson.

*
* *

Comme ils approchaient du détroit de Gibraltar à treize mille mètres d'altitude, Janson éteignit le radar de l'Embraer. Ils devraient désormais se fier à leurs yeux pour éviter les mauvaises rencontres. Seuls les points aveugles en queue d'appareil échappaient à leur vigilance. Janson fouillait le ciel du regard quand soudain un Mirage F1 de l'armée de l'air marocaine apparut, en provenance de la base aérienne numéro 4 de Casablanca.

Le chasseur les aurait coincés à coup sûr si Janson n'avait pas été alerté par un reflet du soleil sur ses ailes. Il ne lâchait plus la commande des contremesures depuis qu'ils avaient passé le seuil des trois cent cinquante kilomètres avant Gibraltar. Une simple pression suffit pour détacher la nacelle des leurres. On entendit un genre de détonation, la nacelle fut éjectée puis sa fusée interne s'alluma et fila vers l'arrière. Quelques secondes plus tard, elle explosa comme une fleur qui s'ouvre, éparpillant dans l'espace des leurres réfléchissants et des pièces métalliques chauffées à blanc, censés apparaître sur l'écran du Mirage telle une myriade de cibles.

« On monte ou on descend ? » demanda Kincaid.

Janson songea un instant à lui demander de redescendre mais il se ravisa. Avant qu'ils ne repassent sous le champ du radar, ils auraient tout le temps de se faire repérer. « On monte. Vite. »

Kincaid vira à l'ouest.

Sur la radio de bord, on entendait les cris des contrôleurs aériens toujours plus perplexes. Cinq minutes passèrent avec une lenteur exaspérante. Le Mirage avait-il renoncé à les poursuivre ? Ou revenait-il à la charge ? Janson fouilla le ciel limpide dans tous les sens en redoutant d'apercevoir la flèche argentée d'un avion de guerre.

Il finit par conclure que leur subterfuge avait marché. Non seulement le Mirage avait renoncé à les prendre en chasse mais le ciel était vide de toute autre menace. Devant, à droite et à gauche, il ne voyait que le bleu de l'Atlantique Nord. Les îles Canaries se trouvaient à mille huit cent kilomètres au sud-ouest. Soit deux heures et demie de vol.

Kincaid s'assura que le système de pilotage automatique avait bien enregistré l'itinéraire puis elle se leva et s'étira.

« Mike aurait été fier de son élève, lui dit Janson.

— Imaginons que SR ait fait le coup. Ils ne nous auraient jamais laissés en vie. Iboga avait trop envie de nous éliminer.

— Peut-être qu'Iboga et SR ne sont plus sur la même longueur d'onde. Cette opération ressemblait plus à un enlèvement qu'à un sauvetage.

— Tu veux dire qu'ils en auraient après son fric ? Mais ils l'ont eu sous la main pendant des semaines avant qu'on l'attrape. S'ils convoitaient son argent, ils auraient eu largement le temps de le lui piquer. »

Le téléphone satellite de Janson produisit la sonnerie qui annonçait les appels de Quintisha Upchurch. « Oui, Quintisha ?

— Le président par intérim Ferdinand Poe aimerait vous parler. De toute urgence. »

Janson appela Poe. Le vieil homme répondit d'une voix haut perchée qui trahissait son anxiété. « Vous avez attrapé Iboga ? hurla-t-il.

— Je l'avais attrapé, monsieur. Mais hélas je l'ai perdu. Je m'efforce de le récupérer.

— Je vous avais dit qu'il s'échapperait.

— Oui, je sais et…

— Vous ne comprenez pas. Ils ont tué Mario Margarido.

— Qui a fait cela ?

— Comment voulez-vous que je le sache ? Il s'est soi-disant noyé dans sa piscine, ajouta Poe d'un ton amer.

— Où est le chef de la sécurité da Costa ?

— Je l'ignore.

— Je serai là dans treize heures.

— Iboga va revenir. Je le sais.

— J'arriverai avant lui. Je vous le garantis. »

JANSON TÉLÉPHONA À DOUG CASE. « Quoi de neuf dans ton terrier ?

— Comment le saurais-je ? Je suis dans un jet privé à 40 000 pieds au-dessus de la flotte et on vient de me servir un filet de bœuf en croûte arrosé d'un vieux bordeaux de derrière les fagots.

— Un luxe auquel tu devras renoncer quand tu redeviendras simple fonctionnaire gouvernemental.

— De toute façon, c'est toujours pareil, ces sauteries. Au début, on s'éclate et après, les mecs et les nanas, trop peu nombreuses au demeurant, commencent à pianoter sur leurs portables pour envoyer des textos à leurs chères têtes blondes. Les gens ne savent plus faire la fête.

— Où allez-vous ?

— Sur l'île de Forée. Il va y avoir un super raout médiatique à bord du *Vulcan Queen*. Et toi, où es-tu ?

— En Italie.

— Qu'est-ce que tu fais en Italie ?

— J'essaie de me sortir du pétrin. C'est quoi ce raout médiatique ?

— On est censés fêter la signature d'un accord d'exploration entre ASC et Ferdinand Poe. Les journalistes du monde entier ont été convoqués pour immortaliser la poignée de main. Sauf que je viens d'apprendre la mort de Mario Margarido. Ça risque de jeter un froid. Mario était la voix de la raison dans ce gouvernement – Écoute, il faut que je te laisse. Je n'arrête pas de recevoir des appels.

— Doug. As-tu trouvé des infos sur le GRA ?

— Ground Resource Access ? Non. »

Janson posa le téléphone et regarda Kincaid, assise derrière le socle du contrôle moteur. « Comment va ton vieux pote ? demanda-t-elle.

— Il ne peut pas parler, répondit Janson. Pourquoi n'irais-tu pas piquer un petit somme ? Je surveillerai le pilote automatique tout en passant quelques coups de fil.

— Je ne suis pas fatiguée.

— Il faut que tu sois reposée pour ce qui t'attend.

— Que m'as-tu prévu ?

— Es-tu capable de poser cet avion aux Canaries et de redécoller juste après pour l'île de Forée ?

— Je viens de réussir un décollage. Avec un peu de chance, j'en réussirai un autre. Ils sont dix fois plus faciles que les atterrissages : on fonce tout droit le long de la piste, on cabre dès qu'on atteint la bonne vitesse. Les atterrissages, c'est autre chose. Si on va trop vite ou trop lentement, on rate la piste. Il suffit d'un changement dans la direction du vent pour chasser sur le côté. Sans parler des rafales qui vous font chuter comme une pierre. En un mot comme en cent, je ne suis pas à la hauteur, Janson. Pourquoi crois-tu que Mike ne m'a jamais laissée atterrir seule. Deux atterrissages, ce serait abuser de ma bonne étoile.

— Combien faisais-tu sur le simulateur ?

— Deux sur trois.

— Ça baigne, alors.

— Au fait, pourquoi cette question ?

— Je ne trouverai jamais de pilote digne de confiance disposé à nous rejoindre à temps sur les îles Canaries. En plus, compte tenu du carburant et avec tout ce qu'on transporte déjà, on ne peut embarquer que huit personnes et leur équipement, pilote compris.

— Et alors ?

— Je préférerais rentabiliser la charge au maximum. Un combattant supplémentaire vaut mieux qu'un pilote qui ne sait rien faire d'autre que voler. Surtout si je ne suis pas sûr de sa fiabilité.

— Nous partons en guerre?

— Comprends-moi. Le chef d'état-major de Poe s'est noyé dans sa piscine. Les huiles d'American Synergy Corporation affluent vers l'île de Forée pour assister à un "raout médiatique". Iboga court toujours et c'est de ma faute. Quand il se pointera sur l'île de Forée, il faudra bien que je sois là pour l'accueillir comme il le mérite.

— C'est le genre d'opération que tu détestes. Pas de préparation, des décisions au pied levé... l'improvisation, quoi!

— J'ai merdé. Je dois réparer mes conneries.

— Tu as raison sur un point.

— Lequel?

— Je ferais bien d'aller dormir un peu. » Elle se leva. « Occupe-toi de l'avion. »

Janson se glissa sur le siège de gauche. « Je le tiens, dit-il. Dors bien. »

*
* *

Étant jeune, Mike était été aviateur dans la Marine. Et par la suite, il lui était arrivé de poser ses roues en tout début de piste, comme à l'époque où il atterrissait sur des porte-avions. Mais il avait toujours interdit à Jessica de reproduire cette cascade. Un atterrissage comportait déjà assez de dangers sans chercher à en rajouter.

Avant de se poser sur la piste de Fuerteventura, elle laissa filer six cents mètres de tarmac sous ses roues, pour plus de sûreté. L'Embraer atterrit durement, rebondit et dévia. Dans ce cas de figure, le pilote devait absolument garder le contrôle et se replacer dans la bonne trajectoire sans rien brusquer. Sinon, c'était l'accident. Kincaid parvint à maîtriser l'Embraer d'une poigne assurée, sachant que cette piste de trois kilomètres de long, conçue pour accueillir des 747 bourrés de touristes, était largement suffisante pour son appareil.

Dans le terminal, tout se déroula à merveille. Les hommes de Freddy Ramirez avaient eu raison des scrupules du directeur adjoint chargé de l'aviation civile. On versa la somme promise et dans la foulée, on remplit le réservoir de l'Embraer, lequel fut prêt à reprendre son vol avant même que Freddy n'arrive devant la passerelle d'embarquement, au volant d'un camion de sécurité sans vitres contenant quatre hommes et leurs instruments de musique – trombone, contrebasse, clavier, guitare – rangés dans des étuis. Pour des musiciens d'âge mûr, ils étaient terriblement musclés. En réalité, il s'agissait d'anciens officiers des forces spéciales de la Marine espagnole.

Freddy Ramirez s'excusa de n'avoir pu trouver de tireur d'élite, faute de temps. Janson lui dit de ne pas s'inquiéter : un homme en moins signifiait quelques minutes de vol en plus. Il le remercia chaleureusement d'avoir si vite rallié les Canaries depuis la Corse.

Comme prévu, on n'avait pas déniché de pilote digne de confiance.

Kincaid calcula sa V1 et sa vitesse de rotation – elle les choisit assez hautes étant donné la longueur de la piste et le poids des passagers et de leurs armes – puis obtint l'autorisation de décollage en se servant du signal d'appel régulier – November-Eight-Two-Two-Roméo-Papa – et d'un plan de vol vers Praia, au Cap-Vert. Le transpondeur et le système de transmission d'information de vol automatisé fonctionnèrent correctement jusqu'à ce que Janson les éteigne à quatre cent cinquante kilomètres au sud des Canaries, hors de portée du radar basé au sol.

Janson ne lâchait pas son téléphone. Il contacta le marchand d'armes Hagopian à Paris ; l'agent d'Hagopian à Luanda ; Neal Kruger, soi-disant en vacances au Cap ; Agostinho Kiluanji et Augustus Heinz, les « double A », dont l'agent désespérait de rentrer dans les bonnes grâces d'Hagopian après avoir forcé Janson à rattraper l'avion-cargo à bord d'un hélicoptère bon pour la casse. Après plusieurs tentatives, il finit par joindre les patrons de LibreLift à Port-Gentil au Gabon.

« Très bien, c'est le dernier », dit-il à Kincaid. On le sentait satisfait d'avoir réussi à rameuter tous ses contacts, encore qu'il fût très conscient qu'avec un délai aussi court, rien n'était gagné. « On est fin prêts.

— Dors un peu. Tu as l'air d'avoir cent ans. »

Janson s'étendit sur une couchette de l'autre côté de l'étroite allée qui le séparait des dépouilles d'Ed et Mike. Il se souvint des paroles de Doug à Houston : « Les bons élèves ont tendance à se faire tuer, dans notre métier. »

Qu'avait-il fait de ses règles éthiques, le fameux Code Janson ? Ed et Mike étaient morts par sa faute. Il aurait dû les protéger. Le Code Janson ne servait-il pas avant tout à préserver les civils innocents ? Il aurait dû les avertir que ses bonnes œuvres les exposaient au pire. Voilà ce qui arrivait quand on combattait la violence par la violence. Le plus absurde des paradoxes. Les meurtres d'Ed et Mike étaient-ils sa « punition » pour la mort de Hadrian Van Pelt ? Comment pourrait-il se racheter ?

« Tu as encore plus mauvaise mine que tout à l'heure, dit Kincaid lorsqu'il repassa dans le cockpit pour la relever.

— Comment ça va, côté carburant ? »

Elle le rassura. Le système de gestion de vol qui ajustait la dépense en carburant en fonction des vents avait trouvé une route plus économique passant sur le courant-jet. Elle les mènerait tout droit sur l'île de Forée.

« Bon travail. »

Janson prit les commandes. Puis, tout en surveillant le pilote automatique, il se brancha sur Internet, bien déterminé à tout apprendre sur les navires de forage de classe Vulcan.

40

« QUELLE ANIMATION CE SOIR, à Porto Clarence ! » lança Jessica Kincaid pendant que l'Embraer roulait sur le tarmac. Il venait d'atterrir sur la courte piste ventée de l'aéroport international de l'île de Forée et ses passagers étaient étrangement pâles.

Janson inspecta le terrain dans l'espoir d'apercevoir l'appareil qui aurait pu transporter Iboga.

En effet, quelle animation ! L'autre jour, quand il était reparti après avoir accepté la proposition de Poe, la piste était déserte. Ce soir, trois Gulfstream or et blanc d'American Synergy Corporation étaient stationnés devant le luxueux terminal qu'Iboga avait fait construire à sa propre gloire. Un Boeing 777 d'EuroAtlantic Airways se tenait prêt à décoller et un TAAG 737 d'Angola Airlines roulait vers la piste d'envol. La présence d'avions de ligne indiquait que Ferdinand Poe avait persuadé les compagnies aériennes que l'île de Forée était assez stable pour qu'elles recommencent à desservir Lisbonne et Luanda. Un vrai tour de force de sa part.

Il vit décoller un hélicoptère S-76D flambant neuf, blanc et or, les couleurs d'ASC. Un autre attendait sur le tarmac pendant que des hommes en bras de chemise munis de bagages à main faisaient la queue pour embarquer. Sans doute des cadres d'ASC en partance pour le navire de forage *Vulcan Queen* et son grand « raout médiatique ». Janson chercha des yeux le fauteuil roulant de Doug Case mais ne le vit pas. Peut-être était-il arrivé avec le premier contingent.

L'officier des services d'immigration qui les avait accueillis lors de leur dernier séjour sur l'île reconnut Janson et le salua chaleureusement. Janson lui demanda où se trouvait le chef de la sécurité da Costa.

« Vous l'avez raté. Il embarque dans l'avion pour Lisbonne.

— Da Costa s'en va ? » Alors qu'Iboga peut revenir d'une heure à l'autre ? « L'avion de Lisbonne n'est pas encore parti. Je dois lui parler.

— Alors allez-y, courez ! Vous pourrez peut-être le rattraper. Je m'occuperai de la paperasse plus tard. »

L'homme escorta Janson dans l'immense terminal presque vide. Les vols commerciaux ne devaient pas transporter beaucoup de passagers. Il y avait des lumières partout mais la plupart des comptoirs étaient fermés et les voyageurs ne se bousculaient pas à la porte d'embarquement d'EuroAtlantic Airlines.

« Là-bas ! »

Janson piqua un sprint.

Un blazer plié sur son bras, da Costa tirait une petite valise à roulettes. Il écarquilla les yeux en le voyant. « Que faites-vous ici, monsieur Janson ?

— Et vous ? Où allez-vous ? demanda Janson.

— À Lisbonne. En vacances, pour tout dire.

— J'ai appris la mort du chef d'état-major Margarido.

— Tragique. Si jeune.

— Ce n'est pas un peu bizarre de partir en vacances juste après le décès inattendu du bras droit de Ferdinand Poe ? »

Da Costa esquissa un sourire raté et lui lança sur un ton faussement enjoué : « C'est un voyage prévu de longue date. Adieu.

— Vous êtes conscient du fait qu'Iboga pourrait revenir ?

— Je suis conscient du fait que vous ne l'avez pas attrapé. Adieu, Janson. Je dois partir.

— Donnez-moi un cadeau d'adieu, fit Janson.

— Un cadeau ? » Da Costa le regarda curieusement. « Je ne suis pas riche, Janson.

— Il n'est pas question d'argent. Je veux parler d'un cadeau qui vous permettrait de partir le cœur un peu plus léger.

— De quoi s'agit-il ?

— Avant de partir pour Lisbonne, ordonnez à la garde présidentielle de se rassembler dans le palais.

— Je ne peux pas faire ça. Ils sont en manœuvre dans l'intérieur du pays.

— Le palais n'est pas gardé ?

— Si, par une poignée d'hommes.

— Alors, je vous prie d'ordonner l'atterrissage d'un hélicoptère près du palais. »

Au lieu de lui demander pourquoi, da Costa sortit son portable, visiblement soulagé de pouvoir l'aider. « Je peux faire cela pour vous. Quelle est son immatriculation ?

— Il est marqué LibreLift. Son numéro est assorti du préfixe "TR"gabonais. »

Da Costa prononça quelques mots au téléphone. Puis il dit : « C'est fait.

— Merci. Vous êtes sûr de ne pas vouloir reporter vos vacances ? »

Da Costa regarda Janson dans les yeux. Un muscle se contractait sur sa joue. « Quand j'espionnais dans la forteresse d'Iboga, j'ai survécu en me fiant à mon instinct. Aujourd'hui, mon instinct me dicte de prendre cet avion pour Lisbonne car il se pourrait bien que ce soit le dernier. S'il vous plaît, épargnez-moi votre mépris. Ce n'est pas si facile de tourner le dos à l'adversité.

— Je sais, dit Janson. C'est presque aussi difficile que de l'affronter. »

Da Costa piqua un fard. « Les gens qui m'ont payé pour que je parte croient que j'agis par cupidité, murmura-t-il. En fait, c'est pour sauver ma peau. Tout est foutu. Iboga va reprendre le pouvoir. Si je reste, je suis un homme mort.

— Qui vous a payé ? »

Da Costa s'éloigna. Près de la barrière, il s'arrêta et revint sur ses pas.

Janson se porta à sa rencontre. « Vous avez changé d'idée ?

« Non, fit da Costa. Mais je vais vous faire un deuxième cadeau. Si j'étais vous, je regarderais l'écran des vols à l'arrivée. »

Aussitôt les yeux de Janson se posèrent sur le moniteur le plus proche. Le dernier vol de la soirée était un TAAG 224 de la compagnie Angola Airlines en provenance de Luanda. Prévu à l'origine pour 21 heures, il avait subi un retard et devait finalement atterrir à minuit.

Le sourire angoissé du chef de la sécurité était suffisamment explicite. Des amis d'Iboga, qui était à moitié Angolais et vétéran des guerres civiles angolaises, avaient aidé le dictateur déchu à monter à bord de ce vol. Dans deux heures, il foulerait de nouveau le sol de l'île de Forée.

*
*   *

Ils gagnèrent le palais présidentiel à bord de trois taxis, deux pour les instruments de musique des agents espagnols, un pour Janson, Kincaid et leurs bagages.

« C'est la première fois que je pars au combat en taxi, marmonnat-elle. Où sont passés les habitants ? Les rues sont désertes. »

Le palais lui-même était plongé dans un silence irréel. Un unique garde en uniforme, portant un fusil d'assaut et un pistolet à la hanche, leur fit signe d'entrer puis il tendit à Janson une carte de visite maculée de graisse, marquée « LibreLift ».

Pendant que Kincaid s'entretenait avec le pilote français anorexique, Janson se dirigea vers le bureau du président par intérim qu'il trouva en train de discuter avec plusieurs hommes âgés et un garçon de quatorze ans. Poe portait un costume de lin blanc, les autres étaient en treillis. Ils avaient tous des armes sur eux. Poe lui-même avait posé un FN P90 compact sur son bureau, près d'un tas de chargeurs de rechange. Une vision qui aurait pu paraître incongrue à qui aurait oublié que moins d'un mois auparavant, Poe avait défendu un camp de rebelles dans les grottes du Pico Clarence.

« Où est mon armée ? dit Poe d'une voix amère. Plusieurs unités sont brusquement parties à l'intérieur de l'île pour de prétendues manœuvres. Même chose pour ma garde personnelle. Les autres sont cantonnés dans leurs baraquements. Ils attendent de voir comment tournent les choses.

— Ils sont neutres ?

— Pour le moment. Ils craignent Iboga plus que moi. Ils ne prendront pas le risque de lui déplaire jusqu'à ce qu'ils sachent d'où vient le vent et je redoute fort qu'il ne me souffle dans la figure d'ici peu.

— Où sont les officiers d'Iboga ?

— Dans la prison de Black Sand, comme ils le méritent.

— Encore en prison ? s'étonna Janson. Qui les garde ?

— Mes derniers fidèles.

— Eh bien, voilà une excellente nouvelle, dit Janson. Tant qu'ils seront sous les verrous, ils ne pourront pas retourner les troupes contre vous.

— Peut-être mais j'imagine qu'Iboga va débarquer avec ses propres soldats et qu'il commencera par se rendre à la prison pour libérer ses hommes. Dès qu'ils sortiront, ils rallieront leurs troupes et ce sera un bain de sang.

— J'ai peur qu'il ne soit à bord du vol d'Angola Airlines. Il arrivera à Porto Clarence à minuit.

— Putains d'Angolais ! Ils ont dû mettre cet avion à sa disposition en espérant que le retour d'Iboga causera la ruine de notre nation. Après cela, notre pétrole ne leur fera plus concurrence.

— C'est aussi ce que je pense.

— J'imagine aussi qu'ils lui ont permis d'emporter un arsenal dans la soute. » Ferdinand Poe prit le pistolet dans sa main zébrée de cicatrices, le contempla, le soupesa d'un geste familier. « Jamais je n'aurais cru devenir soldat, dit-il comme s'il réfléchissait à haute voix. Jamais je n'aurais pensé mourir les armes à la main.

— Votre mort n'est pas encore à l'ordre du jour, répliqua Janson. Vous avez des hommes de valeur dans cette prison, et ici aussi. » Du menton, il désigna les vieillards et le jeune garçon. « Quant à moi, j'ai fait venir une petite unité de combattants valeureux. Iboga ne peut rien faire avant d'avoir libéré ses officiers.

— Combien de temps pourrai-je défendre mon palais ? Une heure ? Deux heures ? Trois au grand maximum. Je suis plus coriace que je ne le croyais. Je l'ai prouvé à maintes reprises.

— Inutile de défendre ce palais. Regroupez vos forces dans la prison de Black Sand. »

Poe secoua sa tête grisonnante. « Je regrouperai mes forces ici, dans ce palais.

— C'est justement ce qu'Iboga attend de vous. Si vous laissez la prison sans défense digne de ce nom, ses officiers s'échapperont et reprendront le commandement.

— Vous voyez le dilemme. Même avec votre aide, je n'ai pas assez d'hommes pour défendre à la fois le palais et la prison.

— Où est le dilemme ? Il n'y a qu'une chose à faire : vous retrancher à l'intérieur de la prison et tenir assez longtemps pour que je neutralise Iboga.

— Non. Je ne peux pas aller dans cette prison.

— Pourquoi cela ?

— Je ne peux pas et je n'irai pas.

— Quelque chose m'échappe », dit Janson.

Un vieil homme s'immisça dans la conversation. « Le président par intérim a trop souffert dans la prison de Black Sand. Personne ne peut imaginer ce qu'il a enduré.

— Si, je l'imagine très bien, répondit Janson.

— Alors vous comprenez que chaque homme a ses limites, reprit Poe. Voilà les miennes. Je ne peux pas remettre les pieds dans cet endroit maudit. Je me battrai ici, dans le palais présidentiel.

— Et vous y mourrez, répliqua Janson.

— Si c'est nécessaire. La mort ne me fait pas peur.

— Si vous mourez, que deviendra votre pays, monsieur le président ? »

Jessica Kincaid, qui était restée sur le seuil à écouter leurs échanges, décida d'entrer dans le bureau. « Pourquoi ne pas partir ? Nous pouvons vous conduire à Lisbonne ou à Londres. Pendant ce temps-là, nous nous occuperons de la prison et d'Iboga.

— Bonne idée, dit Janson.

— Non ! s'écria Poe. Dès que j'aurai quitté l'île de Forée, je ne serai plus qu'un prétendant au trône. Je dois rester aux commandes d'un État souverain.

— Alors, retranchez-vous dans les montagnes, proposa l'un des vieillards.

— Non, mon ami. Nous ne sommes pas assez forts pour nous cacher dans les montagnes. Au mieux, je serai isolé. Au pire, on me traquera comme un animal.

— Ce ne sera pas la première fois.

— Non, je suis désolé, répondit Poe d'une voix radoucie. À l'époque, nous avions du temps devant nous. C'est ainsi que nous avons pu bâtir nos défenses, obtenir de l'aide de l'extérieur, de l'argent, des armes. La dernière fois, Iboga a commis l'erreur de nous sous-estimer. Il n'est pas près de recommencer. »

Kincaid fit un signe à Janson. Elle voulait lui parler en privé. Quand il la rejoignit, elle lui chuchota : « Ce type veut se lancer dans un combat perdu d'avance, Paul. Personnellement, je ne mourrai pas en essayant de défendre l'indéfendable.

— Pareil pour moi. »

Le jeune soldat lança une autre idée. « Et si on demandait de l'aide au Nigeria ?

— Non, pas le Nigeria ! répliquèrent à unisson tous les Foréens présents dans la pièce, ce qui déclencha une soudaine hilarité et relâcha la tension l'espace d'un instant.

— Il existe un autre moyen, dit Janson.

— Quelle malédiction que d'être convoités par des géants, l'interrompit Ferdinand Poe, toujours plus amer.

— Il existe un autre moyen, répéta Janson.

— Lequel ? »

Il sentit le regard de Kincaid posé sur lui.

« Le réservoir de l'hélicoptère est-il plein ? lui demanda-t-il.

— À ras bord.

— Freddy, tu es là ? »

Freddy Ramirez attendait dans le couloir. Sa silhouette de colosse s'encadra dans l'embrasure de la porte.

Janson dit à la cantonade : « Écoutez-moi bien ! Que tous les combattants se rendent dans la prison. Il faut la défendre à tout prix. Dépêchez-vous. » Puis il se tourna vers Jessica. « Prends ton fusil.

— Oui, chef.

— Monsieur le président, montez à bord de l'hélicoptère.

— Non, protesta Poe. Où m'emmenez-vous ?

— À nous deux, nous pourfendrons les géants.

— Mais où ?

— Dans le seul endroit où le président de l'île de Forée sera en sécurité, visible et totalement maître de son pouvoir. »

41

L E Français anorexique qui pilotait l'ancien Sikorsky S-76 de LibreLift avait contracté une mauvaise toux depuis qu'il les avait déposés sur le cargo des trafiquants d'armes, quelques semaines auparavant. Janson lui trouva très mauvaise mine, pour ne pas dire plus. L'odeur âcre du carburant qui fuyait devait irriter sa gorge enflammée. Le copilote angolais jetait des regards inquiets sur son collègue qui n'en finissait pas de cracher ses poumons.

Cette toux récalcitrante rendait le pilotage un peu hasardeux, si bien que l'hélico frôlait les vagues en se balançant bizarrement. Pour rassurer Ferdinand Poe, Janson lui posa la main sur l'épaule. Les lumières de Porto Clarence s'évanouirent sous l'épaisse brume équatoriale. Devant eux, s'étendaient les eaux sombres et indifférenciées de l'océan Atlantique.

Janson guettait les messages sur le canal 16 de la radio VHS. Soudain, on entendit un officier de vigie signaler une cible radar non identifiée. Après quinze minutes de vol dans le noir à une vitesse de 130 nœuds – un maximum pour ce vieux coucou dont les turbines actionnant les rotors menaçaient de rendre l'âme –, Janson discerna une lueur à l'horizon.

Le point lumineux grossit peu à peu.

Il n'était plus qu'à huit kilomètres de leur position quand une voix retentit dans la radio. « Engin volant à un-trois-cinq nœuds sur cap un-neuf-quatre, ici le *Vulcan Queen*. M'entendez-vous ? »

Une question de pure routine. Le radar du navire de forage avait repéré l'hélicoptère, calculé sa vitesse et son cap mais n'obtiendrait son altitude précise qu'après avoir capté un signal du transpondeur. S'il ne recevait pas de réponse, l'officier de vigie croirait à une panne des instruments ou à une erreur humaine.

Janson regarda l'heure. 23 h 40. Parfait, ils étaient dans les temps. Le troisième lieutenant – le plus jeune, le moins expérimenté des officiers du navire de forage – terminait son quart à minuit et, avec les hélicoptères d'ASC qui ne cessaient de faire la navette entre l'île et le navire, leur appareil avait toutes les chances de passer inaperçu. L'idée consistait à s'immobiliser le plus près possible du *Vulcan Queen*, mais pas assez longtemps pour que l'officier de quart s'inquiète de leur présence et alerte le capitaine qui devait dormir dans ses quartiers, sous la passerelle de pilotage.

Janson attacha la corde de rappel à la porte latérale.

« Engin volant à un-trois-cinq nœuds sur cap un-neuf-quatre, ici le *Vulcan Queen*. Prière de vous identifier et d'annoncer vos intentions. »

« C'est de la folie, dit Poe. Ils vont nous prendre pour des pirates et nous abattre en plein vol.

— Les pirates ne pilotent pas d'hélicoptères. »

Le navire se trouvait à un kilomètre environ. À cette distance, il brillait comme une ville la nuit. Il y avait des lumières absolument partout : sur les grandes cheminées de la poupe, les tours de forage hautes de quarante étages et l'énorme timonerie à la proue. La coque longue de trois cents mètres, haute de vingt-cinq, était si massive qu'elle formait un abri contre le vent. D'un côté, les vagues frangées d'écume s'écrasaient contre la structure métallique, de l'autre c'était le calme plat. Sous la clarté des projecteurs, un navire de ravitaillement était justement ancré à l'abri, sous une grue de chargement.

Trois navires de service off-shore attendaient leur tour pour s'approcher du monstre flottant. Ils étaient hérissés de canons à incendie, comme pour rappeler à ceux qui l'auraient oublié que cette gigantesque usine flottante avait pour objectif l'exploitation d'hydrocarbures hautement explosifs. Sur le *Vulcan Queen* lui-même, s'alignaient des guirlandes de canots de sauvetage en chute libre orange vif, installés au sommet de toboggans très pentus, penchés vers la mer.

Les dômes blancs surplombant les six étages de la timonerie servaient à protéger les antennes satellites recevant les données GPS à destination du système de positionnement dynamique, lequel contrôlait les propulseurs transversaux et les pods permettant de stabiliser le navire. Même au cœur d'une forte tempête, le *Vulcan Queen* ne tanguait ni ne dérivait. Le système de positionnement dynamique le maintenait en place, aussi ferme qu'un continent.

« Engin volant à un-trois-cinq nœuds sur cap un-neuf-quatre, ici le *Vulcan Queen*. »

Pour répondre, Janson adopta l'élocution traînante des pétroliers, « ASC 44 Crew Bird à l'approche avec chargement vers de terre ». Dans le jargon du métier, « vers de terre » signifiait novices. Une équipe de débutants arrivait en renfort.

L'hélicoptère était à présent si proche que Janson distinguait nettement les derricks et les grues de pont. Le navire forait 24h/24 et 7 jours/7. On voyait des ouvriers perchés sur le treuil de forage. Un mouvement sur le pont principal attira son attention. Une équipe de vigiles décrochait le canon sonique et les canons à eau, comme s'ils avaient l'intention de s'en servir. Une chose était sûre, se dit Janson, aucun pirate sévissant dans le golfe de Guinée ne serait assez suicidaire pour s'attaquer à un tel mastodonte.

« ASC 44, suis toujours négatif sur votre transpondeur, dit la voix dans la radio.

— Je me prends la tête sur ce truc depuis ce matin », répondit Janson en guise d'excuse.

Janson tapota l'épaule du pilote.

Le Français mit le cap sur la plate-forme soutenue par des piliers, au-dessus de la proue du navire. L'héliport se trouvait à quelques mètres du centre de contrôle de positionnement du *Vulcan Queen*, son talon d'Achille.

Le jeune homme à la radio se mit à hurler d'une voix paniquée : « Négatif ! Négatif ! Vous ne pouvez pas atterrir sans permission.

— J'ai toute une flopée de vers, protesta Janson. Qu'est-ce que je fais de ces types, moi ? »

Il arracha ses écouteurs et enfila ses gants d'escalade.

Secoué par une quinte de toux, le Français plaça l'appareil en vol stationnaire, quinze mètres au-dessus de l'héliport. Janson lança la corde et sauta. Quatre secondes après que ses bottes eurent touché le sol, il dévala une volée de marches métalliques, atterrit sur un palier et pivota sur lui-même pour descendre la deuxième volée. Deux vigiles en uniforme qui montaient par le même escalier le virent arriver.

Ils levèrent leurs fusils à canon court.

Janson tira le premier. Les détonations assourdies de son MP5 furent avalées par le bruit du rotor mêlé aux gémissements du moteur de l'hélicoptère qui s'éloignait dans le ciel nocturne.

Janson enjamba le corps des vigiles et s'engouffra dans la passerelle de pilotage par une porte latérale. Des écrans d'ordinateur, des instruments de navigation éclairaient l'espace silencieux.

Janson aperçut deux hommes, et pas un seul agent de sécurité. Il avait vu juste. Les jets privés, les hélicoptères, les navires géants, tout cela servait à rassurer les hommes d'affaires mais ce n'était qu'illusion.

L'opérateur dédié au positionnement dynamique, abrégé en DP, et l'officier de vigie que Janson avait roulé dans la farine tout à l'heure, regardèrent médusés ses armes et la cagoule qui masquait son visage. L'opérateur DP resta assis devant son clavier. Le troisième lieutenant, qui n'avait pas plus de vingt ans, se précipita vers l'autre porte latérale.

Janson lui coupa la route et braqua son MP5 sur sa poitrine.

« Tout doux, fiston. Personne ne sera blessé. » Il poussa le troisième lieutenant près de l'opérateur DP, toujours penché sur ses instruments. « Faites votre boulot, dit Janson à l'opérateur. Et pas de mouvement brusque. Contentez-vous d'empêcher ce navire de dériver. Compris ?

— Oui monsieur.

— Appelez le capitaine Titus, dit Janson au troisième lieutenant. Quand il répondra, passez-moi les écouteurs. »

Le jeune officier s'exécuta et lui tendit le casque d'une main tremblante.

« Capitaine Titus, venez donc sur la passerelle accueillir le président de l'île de Forée, dit Janson.

— Mais putain, qui êtes-vous ?

— Nous avons investi la passerelle de commandement, capitaine Titus. » Le « nous » était censé lui donner à méditer sur la taille de ses troupes. « Pas un mot. Venez seul, sans gardes du corps. Sinon, nous détruirons le système de positionnement dynamique.

— Vous avez perdu l'esprit ? Ce navire…

— Ce navire se détachera aussitôt de la station de forage. Il se mettra à dériver, les neuf mille mètres de canalisation verticale et la chaîne de forage qu'American Synergy Corporation a installés entre le navire et le plancher sous-marin, pour la somme de cent millions de dollars, seront totalement détruits. Venez nous rejoindre. Seul. Et prenez l'escalier, pas l'ascenseur. Exécution ! »

Janson recula contre la cloison d'où il pouvait voir à la fois l'ascenseur, l'escalier et les portes des coursives. « Ouvrez à votre capitaine », ordonna-t-il.

Le troisième lieutenant obéit. Janson entendit un homme monter en courant l'escalier reliant les cabines à la passerelle. Le capitaine apparut, vêtu de kaki. Un cou de taureau, des cheveux coupés ras, l'air pas commode, il s'attendait à affronter un commando armé jusqu'aux dents. Il en fut pour ses frais.

« Mais bordel, qui êtes-vous ? Qu'est-ce que vous fichez sur mon navire ?

— Nous l'avons arraisonné, répéta Janson. Il n'y aura ni tuerie, ni dommages matériels à condition que vous fassiez précisément ce qu'on vous dira. Dans le cas contraire, je détruirai le système de positionnement dynamique. » Janson désigna le troisième lieutenant. « Lancez un message radio à l'hélicoptère. Il attend pour atterrir. »

Le jeune homme interrogea son supérieur du regard.

« Faites-le ! » beugla le capitaine.

Le S-76 se posa dans un bruit de tonnerre. Après une attente éprouvante, Ferdinand Poe s'encadra sur le seuil de la coursive. Le copilote angolais auquel il s'appuyait de tout son poids l'aida à entrer, lui tendit un fusil mitrailleur et s'en retourna.

« Vous allez bien, monsieur ? » lui demanda Janson.

Poe reprit son souffle et répondit « Parfaitement bien.

— Capitaine Titus, voici votre hôte, le président par intérim de l'île de Forée, Ferdinand Poe.

— Mais pour qui vous prenez-vous ? rugit Titus. Monter à bord de mon navire en haute mer ? Saloperies de pirates ! »

Ferdinand Poe se hérissa. « Nous ne sommes pas en haute mer, capitaine.

— Quoi ?

— Nous sommes sur le territoire souverain de l'île de Forée. Et vous êtes l'hôte de mon pays.

— Le droit maritime…

— Le droit maritime vous autorise à traverser nos eaux territoriales. Mais tant que vos chaînes de forage et vos canalisations verticales vous rattacheront au plancher sous-marin, vous serez implantés sur l'île de Forée.

— Pour les détacher, nota Paul Janson, il me suffit de tirer une simple rafale sur ces ordinateurs. » Du bout de son MP5, il désigna l'unité de contrôle de positionnement dynamique.

« C'est bon, j'ai compris. Qu'est-ce que vous voulez ?

— Plusieurs gros bonnets d'ASC sont sur ce navire. Qui exactement ?

— Ils sont tous là, ces foutus Texans.

— Parlez-moi de votre service de sécurité. »

Le capitaine Titus hésita.

Janson lâcha froidement. « Il ne faut surtout pas que vos gardes se mettent à tirer dans tous les sens. Vous avez deux cents personnes qui travaillent à bord de ce bateau, capitaine – des marins, des techniciens, des grutiers, des foreurs, des régisseurs, des cuisiniers. Réfléchissez bien avant de répondre.

— J'ai une équipe de vigiles fournis par ASC. Quatre hommes.

— Combien monsieur Case en a-t-il amené avec lui ? »

Les épaules du capitaine s'affaissèrent. « Dix.

— De quel style ?

— Militaire. »

Janson et Poe échangèrent un rapide coup d'œil.

Le capitaine Titus se raidit de nouveau et affronta Janson du regard, comme un officier habitué à imposer sa volonté en faisant appel au bon sens de son interlocuteur. « Monsieur, vous êtes seul et sans protection. Pourquoi risquer la vie de tous ces innocents ? Je vous en conjure, rendez-vous. »

42

Trois ponts sous la passerelle du *Vulcan Queen*, un groupe composé de quinze hommes et trois femmes partis de Houston quelque vingt-quatre heures auparavant, se restaurait dans la salle de conférences du navire. De lourdes pièces d'argenterie garnissaient la longue table tendue de lin blanc. Des serveurs noirs aussi efficaces que silencieux assuraient le service.

Discrètement ravi, Doug Case considérait les mines terreuses et les cheveux plats des convives. La compagnie ASC avait pour tradition de mener la vie dure à ses directeurs. Dans l'industrie du pétrole, personne ne trimait autant que ces gens-là. Peu importait le temps qu'ils avaient mis pour arriver, peu importait la distance parcourue, les cadres d'ASC étaient censés récupérer dans la seconde, se remonter les manches et filer au boulot.

Cette nuit, leur « boulot » consistait à amadouer les journalistes et leur faire gober la nouvelle du merveilleux partenariat en passe d'être signé entre la munificente American Synergy Corporation et l'île de Forée, un petit État paisible, accueillant et surtout éperdu de reconnaissance. Ils avaient invité des journalistes spécialisés de NPR, PBS, de la BBC et du *New York Times* à un copieux festin à base de poissons de récif capturés par des artisans-pêcheurs foréens. Bientôt viendrait le moment de se « remonter les manches », à savoir leur déballer le scoop : ASC avait découvert un gisement pétrolier en eau profonde à très haut rendement. Très haut rendement, qu'est-ce à dire ? La mère de toutes les réserves. « Ah, j'oubliais, notre vieil ami le président Iboga a repris les rênes du pays, donc tout est rentré dans l'ordre. »

Le légendaire et insaisissable PDG d'ASC en personne, le bien nommé Bouddha alias Bruce Danforth, amorça l'offensive de charme. Il la joua tout en douceur et modestie, pour ne pas froisser les susceptibilités médiatiques. Malgré son titre pompeux – président de la sécurité globale –, c'était la première fois que Doug Case rencontrait le grand patron et il devait s'avouer bluffé. Le Bouddha frisait les quatre-vingt-dix ans mais les portait allègrement.

« Le charbon demeurera la première source d'énergie mondiale pendant un siècle encore, dit le Bouddha en répondant à la cantonade à une question posée par un journaliste de NPR. Le pétrole et le gaz viendront en deuxième et troisième positions. Que cela nous plaise ou non, les techniques de conversion de l'énergie mises au point par James Watt et Charles Parsons sont encore d'actualité. Sans chaleur pas d'énergie. Cette chaleur, nous l'améliorons, nous la raffinons, nous l'augmentons, mais à l'arrivée c'est toujours de l'énergie. Et quatre-vingt-cinq pour cent de cette chaleur – de cette énergie – viennent des carburants fossiles. »

Case jeta un coup d'œil sur le vice-président chargé des relations avec la presse. Il faisait une tête de six pieds de long. Il faut dire que cet imbécile passait une bonne partie de son temps de travail à tenter de convaincre des journalistes dubitatifs qu'ASC était une entreprise écolo passionnément impliquée dans les énergies renouvelables.

Danforth le remarqua et s'en offensa. « Jeune homme, dit-il sur ce ton acéré qui coupait court à toute discussion, vous me semblez fatigué de votre voyage. Vous devriez aller vous reposer dans votre cabine. Tout de suite. »

L'homme quitta la table, le teint blême.

D'un doigt ridé, Danforth réclama l'attention de tous puis répéta la question qui lui avait inspiré son premier accès d'éloquence. « American Synergy empêchera-t-elle le développement des sources d'énergie renouvelables qui fournissent actuellement les autres quinze pour cent ? Bien sûr que non. Pourquoi nous donner cette peine ? ASC n'a pas besoin de limiter le potentiel des énergies renouvelables. La physique le fera pour nous.

— La physique ou la libre concurrence ? » lança une voix féminine au bout de la table.

Le téléphone de Case vibra. Des nouvelles de la prison de Black Sand. Et des bonnes, espérons.

Il recula son fauteuil et prit l'appel pendant que le Bouddha se tournait vers la journaliste qui venait de s'exprimer et la gratifiait d'un sourire qui avait fait fondre nombre de cœurs féminins avant sa naissance. « ASC investit des millions dans le développement des sources d'énergie renouvelables. Grâce à cela, nous payons moins d'impôts. Ainsi donc, si les chercheurs d'ASC parviennent malgré les difficultés à dépasser les lois actuelles de la physique, nous détiendrons déjà les brevets d'invention. »

De toute évidence, le rôle de grand patron de la plus puissante compagnie pétrolière d'Amérique lui plaisait énormément. Bruce Danforth resterait à son poste jusqu'à ce que la mort l'en arrache. Ce qui laissait à Doug Case un laps de temps suffisant pour établir une relation durable avec lui. Surtout si c'était bien monsieur X le Bouddha, et non Helms.

Case posa son téléphone et rapprocha son fauteuil des sièges occupés par Bruce Danforth et Kingsman Helms.

« Les troupes de Poe se battent comme de beaux diables dans la prison. Ils sont en train de faire reculer l'avant-garde d'Iboga. »

Les prunelles jaunâtres du Bouddha se fixèrent sur Case. Les cadres et les journalistes les plus proches firent semblant de s'intéresser à autre chose. De toute façon, ils n'entendaient rien. Le PDG d'American Synergy Corporation était maître dans l'art de moduler sa voix ; ses paroles ne dépassaient pas le cercle qu'il formait avec ses interlocuteurs. « Vous n'aviez pas prévu cela, Douglas.

— Non, monsieur Danforth », admit Case, le cœur chaviré. Il n'avait bien sûr pas prévu que le président par intérim Poe se retrancherait dans la prison pour mieux combattre ses agresseurs. Si tout s'était déroulé selon ses plans, les officiers incarcérés seraient déjà libres et en train d'accueillir Iboga à sa descente d'avion pour le porter en triomphe jusqu'au palais présidentiel.

« Et vous non plus, Kingsman.

— Non monsieur. »

Les lèvres craquelées du Bouddha remuaient à peine. « Qu'est-ce que vous comptez faire pour remédier à cela, bordel ? »

Kingsman Helms paraissait décontenancé. Doug Case aurait dû l'être également mais, contrairement à son collègue, il avait fait la guerre. Il prit donc l'initiative.

« J'espérais que les éclaireurs d'Iboga auraient tout réglé avant qu'il atterrisse, monsieur Danforth. Mais je vous garantis que la tendance se renversera dès que les troupes fraîches voyageant avec Iboga mettront le pied sur l'île. »

43

IBOGA AVAIT ACHETÉ TOUS LES SIÈGES de la classe Affaires du 224 de la TAAG en provenance de Luanda. Confortablement installé, il déplia une carte topographique de Porto Clarence. Il s'agissait de répéter la marche à suivre entre l'aéroport et la prison de Black Sand. Les neuf mercenaires qui l'entouraient étaient tout ouïe. La libération des officiers emprisonnés dépendrait de leur discipline. Le plan était téméraire mais ils devraient le respecter à la lettre. Aucun d'entre eux ne doutait de son efficacité. Certes, Iboga était un personnage pour le moins étrange, avec son double menton ridicule dépassant de son keffieh jaune et sa réputation de junkie amateur de chair humaine, mais dès qu'on avait affaire à lui, on ne voyait plus que le grand soldat, le stratège.

À l'atterrissage, les deux snipers descendirent en premier.

Leur mission consistait à détruire les postes de contrôle et déjouer les embuscades avec leurs fusils à longue portée. Pendant que les autres commandos harcelaient l'équipe au sol pour qu'elle décharge rapidement les lanceurs de roquettes rangés dans la soute, les tireurs d'élite montèrent dans le taxi qui les attendait. Le chauffeur les déposa chacun dans un secteur clé. Le premier au carrefour entre la route de l'aéroport et celle de la plage, le second au Parlement, un bâtiment néoclassique doté d'un genre de beffroi. L'horloge de la tour annonçait minuit moins dix. Un partisan d'Iboga lui indiqua l'escalier en colimaçon. De là-haut, le sniper disposerait d'une vue imprenable sur le dernier kilomètre de la route menant de la plage à la prison, où Iboga ne tarderait pas à apparaître.

L'air était moite, l'escalier raide et interminable. La tour culminait à trente mètres. Le sniper transpirait. La valise contenant ses armes pesait un peu plus à chaque palier. Il atteignit l'horloge à quatre côtés. Encore un étage pour la cloche. Là-haut, il faisait noir comme dans un four. Au loin, on apercevait la prison de Black Sand, grâce aux puissants projecteurs illuminant sa façade. Il cadra le bâtiment dans ses jumelles. Des soldats morts jonchaient le sol, devant la prison. Les murs eux-mêmes étaient criblés d'impacts de balles ou carrément écorchés par des éclats de mortier. Mais les portes étaient encore fermées.

Les ennemis retranchés à l'intérieur avaient dû être décimés par le premier assaut, mais ce n'était rien face à ce qui les attendait. Les roquettes d'Iboga leur donneraient le coup de grâce. Le sniper chaussa ses lunettes de vision nocturne et s'agenouilla devant sa valise.

« Désolée, c'est occupé. »

Une voix de femme. Il se retourna vivement et voulut saisir le pistolet glissé dans son holster de cuisse.

« Ne fais pas ça », dit-elle.

Il ne l'avait pas vue en arrivant mais à présent qu'il portait ses lunettes à infrarouge, il percevait sa silhouette nimbée d'un halo vert phosphorescent. Elle était accroupie comme un elfe, à deux pas de lui. Ses lunettes panoramiques lui couvraient une bonne partie du visage. Elle tenait un pistolet muni d'un silencieux et d'un suppresseur de flash. Posé sur un bipode, un Knight's M110 SASS était pointé vers la prison.

Quelle idiote ! Qu'espérait-elle atteindre à une distance de mille mètres ? Certes, elle avait un excellent fusil, meilleur que le sien ; et ses lunettes étaient supérieures aux siennes. Ça tombait bien, il allait pouvoir renouveler son équipement pour pas cher. Croyant la déséquilibrer, il feignit de s'élancer vers elle et fit un bond de côté, en sortant son pistolet. La dernière chose qu'il vit sur cette terre ressemblait fort à un éclair.

*

* *

Jessica Kincaid prit le temps de guetter les bruits dans la tour. Quand elle fut certaine que personne d'autre ne montait, elle s'étendit à plat ventre sur le sol de pierre, colla son œil sur la lunette de visée et cadra le portail en fer de la prison. Cinq minutes plus tard, elle entendit une voiture qui approchait à toute vitesse sur la route de la plage. Des phares luisaient entre les palmiers bordant la voie. Un deuxième véhicule arrivait juste derrière. Puis un troisième. Ils dépassèrent la tour et continuèrent tout droit.

« Laissez-les venir », murmura-t-elle. Mais Freddy et ses gars, épuisés par les premiers combats, ouvrirent le feu un poil trop tôt.

Comme c'était hélas prévisible, la voiture de tête freina juste à temps. Trois types armés en descendirent, indemnes, et plongèrent à l'abri des arbres. Les deux autres véhicules se rangèrent derrière le premier, de chacun s'échappèrent trois hommes, des professionnels à voir la manière dont ils se mirent à couvert.

À travers ses lunettes thermiques, Kincaid repéra Iboga à la lumière qu'il émettait, bien plus brillante que celle de ses troupes. L'homme obèse produisait plus de chaleur. Son turban formait une tache sombre sur son crâne. Pour rallier ses soldats et coordonner l'attaque, il agitait un lance-roquettes comme un tambour-major brandit son bâton.

Deux commandos planqués derrière la première voiture pointèrent leur RPG en direction du portail. Les autres occupaient des positions latérales, sous les arbres. Kincaid voyait nettement le plan conçu par Iboga. Freddy, ses quatre hommes et les vieillards de la garde présidentielle étaient pris au piège, entre la force d'assaut postée à l'extérieur de la prison et les officiers présents à l'intérieur, lesquels se jetteraient sur leurs geôliers dès le premier tir de roquette.

44

L E TÉLÉPHONE DE DOUG CASE vibra. Sur l'écran, s'afficha le nom de Paul Janson. Le fait que Janson laisse paraître son identité prouvait qu'il était en fâcheuse posture. Peut-être l'appelait-il à la rescousse du fond de sa cellule, quelque part en Italie.

« Il vaut mieux que je réponde, dit Case.

— Ne sortez pas, dit le Bouddha. Restez ici.

— Allô Paul. Quel temps fait-il en Italie ?

— Fais monter les journalistes sur la passerelle de commandement. Le président Poe voudrait leur parler.

— Quelle passerelle… Quoi ? Tu es sur ce navire ?

— Fais monter la presse ou je détruis les unités de positionnement dynamique. Les deux. Tu comprends ce que ça veut dire ? »

Case avait du mal à respirer. « Oui.

— Tu comprends aussi qu'il vaut mieux ne rien tenter. Sinon, ce sera un massacre.

— Oui.

— J'ai l'impression d'avoir été trahi. »

Case se reprit. La situation semblait gérable. « Ouais, je le conçois parfaitement mais tu ignores par qui.

— Pas de témoin, pas de crime ?

— Tu te trompes d'ennemi. Je n'y suis pour rien.

— Helms est ici ?

— À côté de moi.

— Passe-le-moi. »

Doug Case murmura sans se soucier de couvrir le téléphone :
« C'est Paul Janson. Il est ici ! Sur le *Vulcan Queen*. Il veut qu'on
fasse monter les journalistes sur la passerelle – de ce bateau –
pour qu'ils rencontrent Ferdinand Poe.

— La passerelle ? Mais le système de positionnement dynamique est là-haut !

— Il le sait déjà. Prenez ce téléphone et allez-y doucement. Ne
l'énervez pas.

— Janson, fit Helms d'une voix mesurée. Je vous demande de
garder votre sang-froid. Ne commettez pas d'imprudence.

— Je n'en commettrai pas si vous faites ce que je dis. J'ignore
encore qui est le responsable de tout ce merdier. Mais j'en aurai
bientôt le cœur net. Je crois que je suis arrivé à temps.

— Nous pouvons sûrement trouver un arrangement.

— Le Bouddha est avec vous ? »

Kingsman Helms déposa le téléphone dans la main parchemi-
née du PDG.

*
* *

Bruce Danforth avait entendu un hélicoptère atterrir une minute
auparavant. À présent, il savait pourquoi. Il plaqua un sourire sur
son visage pour mieux donner le change aux journalistes et aux
cadres d'ASC puis il chuchota comme il savait si bien le faire :
« Janson, ici Bruce Danforth. Vous savez, ça fait longtemps que
j'ai envie de faire votre connaissance. Mais votre ancien patron,
Derek Collins, disait que ses avocats le déconseillaient. On ne
serre pas la main d'un homme qui n'est pas censé exister.

— Derek avait raison, répondit froidement Janson.

— Il travaillait pour moi.

— Ça c'est un scoop.

— Cela remonte à loin. À l'époque où vous êtes entré dans le
métier, j'avais déjà opté pour le secteur privé. Mais je suis toujours resté en contact avec les gros bonnets, le crème du renseignement. Mon souhait sera-t-il exaucé ce soir ?

— Je ne peux pas vous serrer la main. Je tiens une arme.

— Vous pourriez la poser.

— Je ne crois pas.

— Allons, dites-moi combien vous voulez pour renoncer à cette folle entreprise.

— Non, c'est à vous de me dire qui a tué mes pilotes et le Dr Terry Flannigan.

— Je ne vois pas de quoi vous parlez.

— Et par la même occasion, dites-moi qui a envoyé le drone pilonner le Pico Clarence.

— Là, j'avoue que je n'y comprends strictement rien », répliqua posément le Bouddha.

*
* *

Pour l'instant, malgré son acharnement, Paul Janson n'était pas parvenu à faire le lien entre les crimes perpétrés par des larbins anonymes et leurs tout-puissants commanditaires, les têtes pensantes. Il avait juste réussi à *prouver* que les jets privés, les hélicoptères et les navires géants donnaient aux dirigeants d'entreprise un sentiment de sécurité dont ils ne percevaient nullement le caractère illusoire. Ils planaient loin au-dessus de leurs semblables et cette position dominante leur conférait une telle certitude de légitimité qu'il leur suffisait de nier la vérité pour s'en protéger. Janson pouvait hurler sur le PDG d'ASC jusqu'à en perdre la voix, il n'obtiendrait pas le début d'un aveu. Bruce Danforth, Kingsman Helms et Doug Case se retrancheraient dans cette forteresse faite de couches superposées où se mêlaient vérités, mensonges et tout ce qui pouvait exister entre deux. Cette situation perdurerait pendant des années encore. Mais il vaincrait un jour, se promit Janson. Et pour vaincre les têtes pensantes, il devrait au préalable détruire leur forteresse pierre par pierre.

« Faites monter la presse, dit-il à Danforth. Vous, Helms, Case et les journalistes, c'est tout. Personne d'autre. »

*
* *

Kincaid posa la joue sur la crosse du M110 et chercha Iboga dans le cercle brillant de sa lunette de visée à infrarouge.

Les commandos, Iboga à leur tête, s'étaient approchés en rampant des portes de la prison. Ils n'en étaient plus qu'à une centaine de mètres. Elle s'étonna. Pourquoi ne lançaient-ils pas leurs roquettes ? Quand elle vit Iboga faire signe à ses hommes d'avancer encore, toujours plus près, elle comprit son plan. Ils allaient faire sauter les portes et profiteraient du désordre pour s'introduire dans la place tout de suite après.

Iboga se comportait comme un vrai chef de guerre. Ses hommes lui obéissaient au doigt et à l'œil, malgré leur manque de préparation. Seule la mort de leur commandant les dissuaderait de passer à l'attaque.

Iboga s'accroupit derrière un palmier.

Il ne bougeait plus. Enfin !

Mais un tir de huit cents mètres relevait de l'exploit.

Kincaid aligna son fusil sur sa cible. Elle pivota légèrement de manière à placer son corps dans l'exact prolongement de l'arme, puis elle dressa la tête et colla son œil droit sur la lunette de visée, ferma les paupières, respira calmement à plusieurs reprises et les rouvrit. Au milieu du réticule de visée, elle vit l'écorce de l'arbre. La tête d'Iboga se découpait cinq centimètres à côté. Elle déplaça les talons d'un demi-centimètre, s'immobilisa et fixa son point de visée à sept centimètres sous l'*agal*, la cordelette maintenant le keffieh d'Iboga sur son crâne.

Elle inspira, expira, toucha la détente. Le réticule glissa vers la droite. Elle relâcha la pression sur la détente, inspira, expira et retrouva son point de visée. De nouveau, elle posa le doigt sur la détente et appuya fermement, mais en douceur.

La cloche sonna le premier coup de minuit. Le fracas fut tel que tout l'édifice vibra.

Raté !

Elle entendit le rire de son père dans son dos. Elle avait huit ans à l'époque et elle passait son temps à s'entraîner, et s'entraîner encore, juste pour lui montrer qu'elle était capable de tirer aussi bien que le fils qu'il n'avait jamais eu. *Regade, peupa*. Elle avait encore ce défaut de prononciation qui l'empêchait de former correctement certaines syllabes. Elle se fabriquait des mots bien à elle : « Peupa », pour « Papa ». « Écureuil » devenait « ureuil ». *Ureuil en haut du chêne, vingt mètres. Regade, Peupa !*

Et ce foutu écureuil filait sur la droite alors qu'elle l'attendait à gauche.

Raté. Peupa riait.

Elle s'était exercée à recharger aussi – recharger, tirer, recharger, tirer jusqu'à ce que les reculs de l'arme lui meurtrissent l'épaule. Fusil à verrou de calibre 22. Elle avait glissé une nouvelle cartouche dans la chambre pour battre de vitesse cette sale bestiole et mériter les félicitations de son père. Elles étaient si rares, il était si sévère. « Le deuxième tir, celui qui vient après un premier tir raté, c'est ce qui fait la différence entre un gosse et un homme », lui avait-il dit cette nuit-là en préparant une omelette à la cervelle d'écureuil. À sa voix, Kincaid avait deviné qu'il était fier de sa fille.

Iboga avait dû sentir passer la balle, mais sans savoir d'où elle venait. Il devait croire qu'on lui avait tiré dessus de la prison. Jamais il n'aurait imaginé qu'un sniper le visait depuis un perchoir situé à huit cents mètres derrière lui, aussi resta-t-il tapi au pied de son arbre, pendant que la cloche du Parlement sonnait les douze coups et que Kincaid ajustait son deuxième tir.

*
* *

Paul Janson s'était recroquevillé dans un coin sombre, à l'avant de la passerelle, le dos collé à la cloison d'acier, l'œil rivé sur les hublots et les portes d'accès, au cas où des vigiles auraient eu la mauvaise idée d'intervenir. Les unités de positionnement dynamique qui flanquaient le gouvernail jouaient un rôle si primordial pour les opérations de forage en eau profonde qu'ils en avaient prévu deux, en cas de panne. Janson dirigea son MP5 sur celui de gauche, qui n'était pas en service. Il lui suffirait de déplacer légèrement son canon pour détruire celui de droite.

Kingsman Helms entra le premier, d'un pas élastique. Suivant les instructions de Janson, le capitaine vint à sa rencontre et le repoussa près des deux ascenseurs dont les portes s'ouvrirent simultanément. Du premier sortit un vieillard, sans doute Bruce Danforth, suivi par Doug Case dans son fauteuil roulant, lequel se plaça aussitôt en position haute. Le second ascenseur transportait les journalistes. Janson dénombra trois hommes et deux femmes dont une correspondante de la station NPR, une personne aussi belle que courageuse avec laquelle il avait eu une aventure quelques années plus tôt, en Afghanistan.

Les mini-caméras qu'ils avaient apportées avec eux se braquèrent soudain sur Ferdinand Poe qui venait d'apparaître, venant de la coursive. Le vieil homme était si fatigué qu'il avait du mal à tenir son FN P90.

« Monsieur le président par intérim, vous voilà. Ces personnes sont venues faire votre connaissance. »

Helms voulut le prendre par les épaules mais Poe s'écarta et se tint en léger retrait pendant les présentations. Helms opta pour la formule rapide.

« Mesdames, messieurs, je vous présente un patriote courageux : monsieur Ferdinand Poe, président par intérim de l'île de Forée.

— Bonsoir, dit Poe. Ou bonne nuit, car il est tard. Je sais que vous avez fait un très long voyage, aussi serai-je bref. J'ai deux choses à vous annoncer. Premièrement, grâce au navire de forage sur lequel nous nous trouvons, une découverte exceptionnelle vient d'être confirmée dans les eaux territoriales de l'île de Forée – ce qui constitue une excellente nouvelle autant pour les citoyens de notre île que pour les nations consommatrices qui ne dépendront plus exclusivement du pétrole nigérian dont les réserves commencent à diminuer. »

Il regarda dans le vague, comme s'il rassemblait ses idées. En réalité, il guettait un signe de Janson, tapi dans l'ombre. L'un des journalistes, un homme grand, vêtu d'une chemise blanche, suivit son regard.

Tsk.

Janson avait branché son oreillette sur son téléphone satellite. Il porta le micro à ses lèvres. « J'écoute.

— C'est fait », dit Kincaid d'une voix blanche. Elle paraissait totalement épuisée.

« Bravo.

— On peut rentrer chez nous maintenant ? »

Paul Janson se redressa, se tourna vers Poe et leva le pouce.

Au même instant, le journaliste en chemise blanche laissa tomber sa caméra, fit semblant de se pencher pour la ramasser, attrapa un pistolet caché au niveau de la cheville et se rua sur Janson en brandissant son arme. L'enchaînement harmonieux de ses gestes révélait un professionnel aguerri. Janson eut juste le temps de lever son MP5 et de passer d'AUTO à SEMI. Mais s'il tirait – même en semi-automatique –, il risquait de toucher les vrais journalistes qui se tenaient derrière l'imposteur.

Janson laissa donc choir son arme et fit un pas en avant, les mains en l'air.

« Il n'y aura pas de prisonniers », dit le tireur. Dans son regard, Janson vit qu'il avait vraiment l'intention de le descendre. Une femme poussa un cri strident. Des hommes se jetèrent à plat ventre sur le pont. Au même instant, Janson fit un pas en avant. D'un coup de botte, il défonça le genou du tueur. Le claquement de l'os qui se brise fut presque aussi sonore que la détonation concomitante. En tombant, l'homme venait d'appuyer sur la détente.

La balle érafla la jambe de Janson et s'enfonça dans l'unité de positionnement dynamique. Une alarme résonna, l'unité de secours s'enclencha automatiquement.

Pour faire bonne mesure, Janson distribua encore deux coups de pied à son agresseur. L'homme cessa de s'agiter. « Case ! beugla Janson. Rappelle tes gardes. Il ne vous reste plus qu'une seule unité en état de fonctionnement. »

Bruce Danforth prit la parole avant que Case ait pu répondre. « Que personne ne tire. Pas un geste. » Avec un petit sourire, il ajouta : « À vous de parler, monsieur. Que voulez-vous ? »

Paul Janson fit un pas en arrière et repassa dans l'ombre. « Je veux que le président Poe achève sa déclaration. Je veux que les journalistes écoutent attentivement. Continuez, je vous prie, monsieur le président.

— Deuxième point, reprit Ferdinand Poe. L'ancien dictateur Iboga a tenté, fort maladroitement je précise, de renverser mon gouvernement. Je suis heureux de vous annoncer qu'il a échoué et que nous avons évité le bain de sang. Vous pouvez constater que je suis indemne. Iboga a été capturé.

— Tué, l'interrompit Janson.

— Tué », répéta Poe. Il se baissa, déposa son fusil au sol et se releva en montrant ses mains vides.

Janson sourit. Décidément, Poe était de la race des gagnants.

« Je lance un appel à mes soldats et à leurs officiers – tous leurs officiers. Le règne sanglant d'Iboga est révolu à tout jamais. Iboga n'est plus. Et je suis ravi de vous annoncer qu'une grande partie du Trésor national qu'il avait volé a été récupérée. C'est un grand jour pour l'île de Forée... Avez-vous des questions ? »

Les journalistes ne savaient plus où poser les yeux. Leur regard passa de Janson à la jambe affreusement disloquée du vigile. Puis de nouveau, ils contemplèrent le président Poe, bouche bée. La femme que Janson avait connue en Afghanistan reprit ses esprits la première.

« À votre avis, s'agit-il d'une heureuse coïncidence ? Ou étiez-vous déjà à bord du *Vulcan Queen* quand l'attaque a eu lieu ?

— Les deux, chère madame. L'heureuse coïncidence tenant dans le fait que je sois toujours de ce monde. »

Tout le monde se mit à rire.

« D'autant plus heureuse qu'au moment où nous avons appris la reddition d'Iboga, nous étions justement en train de fêter la signature d'un nouveau contrat avec les aimables représentants d'American Synergy Corporation, lesquels ont accepté de partager avec d'autres compagnies pétrolières l'exploitation de nos formidables gisements. Je vous annonce la création d'un consortium dont le conseil d'administration comprendra plusieurs ministres foréens. »

Ferdinand Poe brandit sa main couturée sous le nez de Kingsman Helms.

Helms la serra avec un sourire blême.

Les journalistes se précipitèrent vers eux en contournant le fauteuil roulant de Doug Case. Janson eut beau observer le visage de son ami, il ne parvint pas à sonder ses pensées.

*
* *

L'Embraer leur rappelait trop de mauvais souvenirs. Ils prirent un vol commercial pour Lisbonne, descendirent dans un bel hôtel, firent le tour du cadran et le lendemain, embarquèrent pour New York. Pendant le trajet, Janson dévora un ouvrage sur la victoire du tsar Alexandre contre Napoléon ; Kincaid se passa quelques films, regarda par le hublot, arpenta les allées. À l'arrivée, un taxi les conduisit au centre-ville où ils se promenèrent pour se dégourdir les jambes.

« Tu ne crois toujours pas à la vengeance ? » demanda Kincaid.

Janson hésita. « Je n'y crois toujours pas. Mais hélas, cette fois-ci, j'ai enfreint mes propres règles.

— Puis-je te faire remarquer que tu ne les as pas tués ?

— Je ne savais pas lequel choisir. Y avait-il un coupable ? Plusieurs ? À quel degré ? Enfin, je leur ai quand même pris ce qu'ils convoitaient le plus au monde.

— L'île de Forée.

— Et je leur ai laissé la vie pour qu'ils aient le temps de ruminer leur défaite.

— Qu'est-ce qui te fait penser qu'ils ne recommenceront pas ? »

Paul Janson retrouva son optimisme. « Qu'ils essaient. Je serai ravi de leur remettre des bâtons dans les roues, fit-il dans un sourire radieux.

— Pourquoi es-tu si indulgent à l'égard de Douglas Case ?

— Je ne comprends pas. Que veux-tu dire ?

— Tu as tendance à ajouter foi à tout ce qu'il te raconte. Cette histoire de collègue qu'il aurait abattu parce qu'il torturait un type… Comment savoir si c'est vrai ? Il l'a peut-être tué pour une tout autre raison.

— Cette histoire est vraie.

— Comment peux-tu en être si sûr ?

— J'étais présent.

— Comment cela, tu étais présent ? J'y crois pas… Si tu avais été là, tu t'en serais chargé toi-même.

— C'était impossible.

— Pourquoi ?

— J'étais menotté. »

Kincaid le regarda avec de grands yeux. « C'était toi le type qu'on torturait ?

— Je m'étais fait avoir par un genre de fou sadique – un de ces mecs qui se cherchent des excuses pour faire souffrir les autres. Il s'était mis en tête que j'étais un traître. Je ne l'étais pas. Doug est intervenu. Il m'a sauvé la vie mais il en est sorti brisé. Il connaissait bien le mec en question, il avait combattu à ses côtés. Ça a failli le détruire. »

Kincaid garda le silence pendant un bon moment. Puis elle dit : « Eh ben, ça alors !

— Depuis, j'avoue que je me sens profondément lié à lui. »

Ils traversèrent Broadway et marchèrent deux cents mètres entre les touristes et les gens qui sortaient des théâtres. Quelque part, un haut-parleur beuglait *Shake that Thing*.

« Peut-on s'entendre sur un point ? demanda Kincaid.

— Tout ce que tu veux.

— Conviens que ton jugement n'est pas totalement impartial en ce qui concerne le président des services de sécurité d'American Synergy Corporation.

— J'en conviens », dit Paul Janson.

Ils entrèrent dans l'hôtel Edison et descendirent une volée de marches.

Les Nighthawks jouaient *Blue Skies*.

La jolie brune aux cheveux bouclés qui prit leurs tickets n'oubliait jamais un visage. « Bienvenue, dit-elle à Kincaid. Quel plaisir de vous revoir. »

Paul Janson eut droit au sourire enchanteur qu'elle réservait à ses nouveaux clients.

Remerciements

Je souhaite remercier mon vieux compagnon de bord Hunt Hatch; mon camarade de classe Mike Coligny; mais aussi Ed Daugherty pour m'avoir généreusement accueilli dans son cockpit et Christopher Ford, « mécanicien » de l'Old Rhinebeck Aerodrome, qui m'a aidé à comprendre le fonctionnement des avions. Enfin, je remercie Alasdair Lyon et Ken Pike de m'avoir présenté ces machines fantastiques qu'on appelle hélicoptères.

Postace

Pour un jeune écrivain qui débarque à New York, rien n'égale le plaisir de s'entendre interpeller par Robert Ludlum lors d'une soirée littéraire rassemblant tout le gratin de l'édition. Je le revois s'écarter brusquement de son cercle d'admirateurs, m'accueillir avec un grand sourire de bienvenue, me prendre par les épaules et me serrer contre son cœur à m'en couper le souffle, tout en déclarant de sa voix de stentor aux têtes couronnées de la littérature américaine : « Je vous présente le meilleur auteur que je connaisse. » Ce genre d'entrée en matière était du Ludlum tout craché. Qu'il ait eu pour habitude de soutenir les auteurs débutants avec une générosité et un enthousiasme toujours renouvelés ne diminuait en rien l'émotion que j'ai éprouvée ce soir-là.

Lorsque, des années plus tard, on m'a proposé d'initier une nouvelle collection basée sur les aventures de Paul Janson alias « la Machine », le héros tourmenté de l'un des derniers romans de Bob, je me suis senti happé dans son aura, et son chaleureux accueil m'est aussitôt revenu en mémoire. Je me suis également souvenu de la conclusion optimiste de *La Directive Janson* – un thriller finement ciselé, dans la lignée des romans haletants qu'il écrivait à l'époque où nous nous étions rencontrés.

Les dernières pages de *La Directive Janson* me rappelaient le Ludlum que j'avais connu – un type costaud, les bras tendus dans un geste de bienvenue, un verre de scotch dans une main, une clope dans l'autre, et ce sourire éclatant de ceux qui ont le don de faire rêver leurs semblables.

J'ai relu *La Directive Janson* pour voir si j'étais capable de relever le défi. Eh bien, cette histoire n'avait pas pris une ride. Elle était toujours aussi excitante. Avec une écriture superbe, impressionnante, basée sur une recherche documentaire proprement ahurissante. J'ajouterais que la fin était encore meilleure que dans mon souvenir.

Dans ce livre, Paul Janson fait la connaissance de sa future partenaire – une jeune femme dangereuse qu'il admire pour sa force, son courage, son talent et sa volonté de parvenir au sommet de son art. Paul Janson, « la Machine », le meilleur d'entre tous, le plus redoutable aussi, craque devant la jeune Jessica Kincaid, sa détermination, sa technique de combat, son adresse au tir. Quant à Jessica, elle est éblouie par le savoir-faire de Janson, son indéfectible solidité et sa capacité à se fondre dans n'importe quel contexte, à la manière d'un caméléon.

Mais ce que j'apprécie le plus c'est que Paul Janson se rend parfaitement compte de sa chance d'avoir croisé le chemin de Jessica Kincaid. Cette qualité d'âme correspond tout à fait à l'homme qu'était Robert Ludlum dans ses rapports avec son épouse Mary, loin de la foule et des mondanités. Il lui vouait un amour passionné. C'était elle qui donnait du piment à son existence.

En créant le personnage de Paul Janson, Robert Ludlum a offert à ses lecteurs un héros magnifique, tiraillé entre un passé douloureux et son désir de rachat. Paul Janson est un homme qui doute. Son regard sur le passé s'accompagne d'une interrogation lancinante : les meurtres commis pour son pays ne seraient-ils pas des crimes comme les autres ?

De mon point de vue – celui de l'écrivain censé donner un avenir à Janson –, ce personnage, par sa modestie, son aspect tragique, sa volonté de rendre le bien pour le mal, représente l'idéal du justicier que rien n'arrête dans sa quête de la rédemption. Le fait qu'il ait une partenaire pour le couvrir et l'assister le rend encore plus formidable. Le fait qu'il ait peur pour elle rend « la Machine » vulnérable.

L'épilogue de *La Directive Janson* révèle l'essence de son auteur. Mais c'est aussi une invitation à prolonger l'aventure. Le héros de Ludlum poursuit son chemin de vie, ailleurs. Il passe d'un point à l'autre et poursuit sa quête. On y devine comme une incitation à l'imiter par l'écriture. De toute évidence, Robert Ludlum a conçu *La Directive Janson* comme le premier jalon d'une nouvelle série. Quand j'ai enfin compris cela, j'ai accepté de me lancer dans l'aventure à mon tour avec *La Mission Janson.*

Paul Garrison
Connecticut
2012

Cet ouvrage a été imprimé par
CPI BRODARD ET TAUPIN
72200 La Flèche
en septembre 2013

pour le compte des Éditions Grasset
61,rue des Saints-Pères, 75006 Paris

Ce volume a été composé
par DATAGRAFIX

Grasset s'engage pour
l'environnement en réduisant
l'empreinte carbone de ses livres.
Celle de cet exemplaire est de :
900 g Éq. CO_2
Rendez-vous sur
www.grasset-durable.fr

PAPIER À BASE DE
FIBRES CERTIFIÉES

Première édition dépôt légal : septembre 2013
N° d'édition : 17917 – N° d'impression : 3001568
Imprimé en France